NICOLE RICHIE

Die Vintage Prinzessin

W0215542

GOLDMANN
Lesen erleben

Buch

Die 22-jährige Charlotte hat alles, wovon andere Mädchen nur träumen können: Sie ist reich, groß, schlank, blond, bildhübsch und dazu noch eine talentierte Sängerin. Gerade hat sie ein Auslandsjahr in Paris abgeschlossen und ist glücklich, in ihrem Penthouse in der schillernden Park Avenue endlich wieder ihren Vater in die Arme zu schließen. Jacob Williams, ein sehr erfolgreicher Finanzberater, ist nach dem Tod ihrer Mutter ihre ganze Familie und – wenn sie ganz ehrlich zu sich selbst ist – ihr einzig wahrer Freund.

Doch statt harmonischem Wiedersehen erlebt sie eine böse Überraschung: Ihr Vater wurde wegen Veruntreuung angezeigt und kommt in Untersuchungshaft. Charlotte, einsam unter lauter skrupellosen Paparazzi und klatschsüchtigen falschen Freunden, tritt die Flucht an. Und zwar dorthin, wo sie niemand suchen wird: nach New Orleans …

Autorin

Nicole Richie, geboren 1981 in Berkeley, Kalifornien, ist ein amerikanisches It-Girl. Sie ist die Adoptivtochter von Lionel Richie und wurde an der Seite von Paris Hilton durch die Reality-Show »The Simple Life« bekannt. Neben zahlreichen Fernsehauftritten arbeitete Nicole Richie auch als Schauspielerin. 2005 gewann sie den »Young Hollywoods Style Icon«-Award von *Hollywood Style Awards* und 2008 den »Golden Pacifier Award« vom *Babytalk Magazine*. Im Juni 2008 kam Richies erste Schmuckkollektion »House of Harlow 1960«, die sie nach ihrer Tochter benannte, heraus. 2010 gründete sie das Schuh- und Fashionlabel »Winter Kate«.

Seit Ende 2006 ist sie mit Joel Madden, dem Sänger der US-amerikanischen Punk-Band »Good Charlotte«, zusammen. Die beiden sind verlobt und haben zwei Kinder.

Nicole Richie

Die Vintage-Prinzessin

Roman

Deutsch
von Stefanie Retterbush

GOLDMANN

Die Originalausgabe erschien 2010
unter dem Titel »Priceless« bei Atria Books,
a Division of Simon & Schuster, Inc., New York.

MIX
Papier aus verantwortungsvollen Quellen
FSC® C014496

Verlagsgruppe Random House FSC-DEU-0100
Das FSC®-zertifizierte Papier *München Super* für dieses Buch
liefert Arctic Paper Mochenwangen GmbH.

1. Auflage
Deutsche Erstveröffentlichung Juni 2011
Copyright © 2010 by Nicole Richie, Inc.
Copyright © der deutschsprachigen Ausgabe 2011
by Wilhelm Goldmann Verlag, München,
in der Verlagsgruppe Random House GmbH
Umschlaggestaltung: UNO Werbeagentur, München
Umschlagcollage:
FinePic®; Getty Images/Irina Tatarnikova
KA · Herstellung: Str.
Satz: omnisatz GmbH, Berlin
Druck und Bindung: GGP Media GmbH, Pößneck
Printed in Germany
ISBN 978-3-442-47552-0

www.goldmann-verlag.de

Kapitel 1

Die bildhübsche junge Frau, die durch die internationale Ankunftshalle des JFK-Flughafens schritt, erregte einiges Aufsehen, und etliche Leute drehten sich neugierig nach ihr um. Einer Flugbegleiterin fiel ihr anmutiger Gang auf, ihre exquisite Kleidung und die teuren Schuhe, und sie war sich sicher, dass sie gerade aus der ersten Klasse ausgestiegen sein musste. Und recht hatte sie. Der junge Mann an der Espressomaschine der Kaffeebar ließ, von ihrer unwiderstehlichen Ausstrahlung und ihrer hinreißenden Figur betört, alles stehen und liegen. Als die Frau seinen Blick auf sich spürte, drehte sie sich zu ihm um und bedachte ihn mit einem flüchtigen Lächeln, das ihm die Hand zittern ließ, die er sich prompt verbrühte. Ein Mann im Savile-Row-Anzug ließ sein *Wall Street Journal* sinken und zog die Augenbrauen hoch. Hmm. Charlotte Williams war wieder in der Stadt. Das würde ihren Vater freuen. Und die Börsenkurse würden zulegen. Er faltete die Zeitung zusammen und rief seinen Broker an.

Charlotte fuhr mit der Rolltreppe nach unten und ließ den Blick über die wartenden Menschen in der Ankunftshalle schweifen. Dann lächelte sie; dort drüben stand Davis. Er sah sie und erwiderte ihr Lächeln. Ihr Gepäck hatte er schon abgeholt.

»Hallo, Davis, wie schön, gleich wieder ein vertrautes Gesicht zu sehen.« Und damit gab sie ihm die Hand.

»Miss Charlotte, es ist uns ein Vergnügen, Sie wieder bei uns in New York zu haben. Es war sehr still ohne Sie.«

Sie lachte. »Das wage ich zu bezweifeln, Davis, aber besten Dank. Ist es weit bis zum Wagen? Meine Schuhe bringen mich um.« Während des Fluges hatte sie einen bequemen Jogginganzug getragen, aber kurz vor dem Landeanflug hatte sie sich dann umgezogen und war in etwas Vorzeigbareres geschlüpft. Louboutins, die ihre Füße schon nach gerade mal hundert Metern malträtierten wie mittelalterliches Foltergerät, ein Marc-Jacobs-Kleid vom Frühjahr 09 mit breitem Wickelgürtel, und dazu eine lange Kaschmirstrickjacke. Alles ebenfalls sehr bequem und angenehm zu tragen, aber man konnte sich darin sehen lassen.

Er schüttelte den Kopf. »Er steht gleich vor der Tür, Miss.«

Und tatsächlich, die lang gezogene, tief liegende Mercedes-Limousine stand unmittelbar vor dem Flughafengebäude im absoluten Halteverbot, und davor ein Verkehrspolizist, der gerade dabei war, im Schneckentempo einen Strafzettel auszustellen. Als er die beiden kommen sah, schaute er sich kurz um, um sich zu vergewissern, dass es niemand mitbekam, wie er sich von Davis einen aufgefalteten Geldschein zustecken ließ. Drinnen streifte Charlotte erleichtert die Schuhe ab und machte es sich gemütlich, während Davis den Wagen fachmännisch durch den dichten Stadtverkehr manövrierte.

Es war wunderbar, wieder zu Hause zu sein.

*

Wobei außer den Hausangestellten niemand da war, um sie zu Hause willkommen zu heißen. Die Haushälterin war dieselbe wie eh und je, aber ein junger Mann, den sie noch nie gesehen hatte, kümmerte sich gerade um die Pflanzen. Sie musterte ihn kurz und beschloss, ihn sich für später aufzuheben. Auf der Bettkante sitzend schaute sie sich in ihrem Zimmer um.

»Dein Vater hat es eigens neu streichen lassen.« Die Haushälterin packte gerade ihre Sachen aus, wobei sie wortlos die seidene Unterwäsche und die edlen Markendessous beäugte und goutierte: La Perla, Aubade, Eres.

»Wie hat er es denn geschafft, dass es immer noch genauso aussieht wie vorher?« Jede Puppe, jedes Bild, jedes Foto war noch an genau demselben Platz wie vor einem Jahr, als sie weggegangen war.

Greta zuckte die Achseln. »Er war oft hier, während du weg warst.« Sie schaute sich um. »Und er hat den Innenarchitekten einen Plan zeichnen lassen, auf dem genau zu sehen war, was wohin gehört.« Bei der Erinnerung daran musste sie lächeln. »Eine Herkulesaufgabe.«

Stirnrunzelnd strich Charlotte sich die langen blonden Haare hinter die Ohren. »Weshalb war er so oft hier drin?« Sie zog die Beine an, legte die Füße aufs Bett, stockte, als sie Gretas Blick sah, und zog schnell die Schuhe aus.

Greta strich sich die graue Uniform über den Hüften glatt, dann ging sie zur Tür. »Er vermisst deine Mutter, und er hat dich vermisst. Er wird sich sehr freuen, dich heute Abend zu sehen.«

»Erwarten Sie ihn zum Abendessen?«

»Nein. Ich denke, es wird später werden.«

Charlotte nickte. Ihr Vater kam selten vor zehn nach Hause; so war das immer schon gewesen. Als sie irgendwann kein Kindermädchen mehr gehabt hatte, hatte sie jeden Abend allein gegessen. Wenn sie mit den Hausaufgaben fertig gewesen war, hatte sie sich in einem Sessel in seinem Arbeitszimmer zusammengeringelt und auf ihn gewartet, bis sie einschlief. Wenn sie die Augen zumachte, konnte sie sich noch genau daran erinnern, wie es sich angefühlt hatte, behutsam aus dem Sessel hochgehoben zu werden, den Duft von Whiskey und Zigarren zu schnuppern, seine rauen stoppeligen Wangen zu spüren, wenn er ihr einen Kuss gab, und die weiche Wolle seiner Anzugjacke. Gemeinsam saßen sie dann vor dem Kamin, während er ihr von seinem Arbeitstag erzählte und sich Märchen ausdachte über die sagenhafte Finanzwelt und die Ritter und Drachen, die sie bevölkerten. Er war wunderbar, wenn er da war, und Charlotte liebte ihn von ganzem Herzen. Wenn er denn da war.

Doch auch wenn er durch seine Arbeit kaum Zeit für sie hatte, verdiente er damit doch das Geld für ihre Wohnung am Central Park, ihr Pony im Reitstall in der 89th Street (bis der Stall irgendwann zumachte), den neuen Jaguar zu ihrem achtzehnten Geburtstag, das Apartment im Marais während ihres Auslandsaufenthaltes in Paris und alles an Kleidern und Schmuck, was ihr kleines Herz begehrte. Es gab eine Menge, wofür sie dankbar sein konnte. Sollte sie je das Gefühl gehabt haben, dass etwas fehlte, so hatte sie es sich zumindest nicht anmerken lassen.

*

Charlotte rief ein paar Freunde an und organisierte eine spontane kleine Willkommensparty für sich selbst. Dann riss sie die Türen ihres begehbaren Kleiderschranks auf, trat zwischen die Kleiderstangen und schob die Bügel auseinander. Der Schrank war beinahe sieben Meter lang und wohlgeordnet wie eine Museumssammlung. Auf der einen Seite hingen Hosen, Hosenanzüge, Kostüme, Blazer und Jacken. Auf der anderen Kleider, Röcke und Blusen. Alles von Abercrombie bis Alaïa. Deckenhohe Regale beherbergten vier Dutzend Paar Schuhe, alle einzeln in durchsichtigen Plastikschachteln verpackt. Manchmal, wenn sie sich als Teenie allzu sehr gelangweilt hatte, hatte sie den Schrank umgeräumt und neu geordnet. Nach Designern zum Beispiel. Oder chronologisch. Oder farblich. Sie hatte sich oft gelangweilt.

Ihr Lieblingsregal war das mit den Kleidern ihrer Mutter; denen, die ihr Vater behalten hatte. Ihre Mutter war bei einem Autounfall ums Leben gekommen, als Charlotte gerade sieben war. Auf dem Weg von einer Party zurück nach Hause, ausnahmsweise allein unterwegs, ohne ihren Mann, stocknüchtern und allem Anschein nach unterhalb der zulässigen Höchstgeschwindigkeit. Ein anderer Autofahrer, betrunken, high, war mit beinahe achtzig Meilen auf eine Kreuzung zugerast, hatte die Ampel an der Fifth überfahren und ihren Wagen seitlich gerammt. Sie war auf der Stelle tot gewesen. Wohingegen der Unfallverursacher aus dem Auto gestiegen und beinahe unversehrt davongekommen war. Charlotte konnte sich kaum an ihre Mutter erinnern, obwohl überall im ganzen Haus Fotos von ihr hingen. Jackie Williams war eins der ganz großen Models gewesen, auf der ganzen Welt bekannt und anerkannt, und von ihr hatte Charlotte die mandelförmigen Augen und den breiten Mund geerbt. Ihr Tod hatte die Modewelt erschüttert, und das Einzige, woran sich Charlotte aus dieser Zeit noch ganz klar und deutlich erinnern konnte, war, dass pausenlos das Telefon geklingelt hatte. Nach der Beerdigung war ihr Vater nach Hause gekommen und hatte die Schnur aus der Wand gerissen, sich in seinem Arbeitszimmer eingeschlossen, sich betrunken und haltlos geschluchzt wie ein kleines Kind. Als er schließlich wieder herausgekommen war und gesehen hatte, wie Jackies Assistentinnen ihre Kleider einpackten, hatte ihn die Wut gepackt, er hatte sie allesamt auf der Stelle gefeuert und dann jedes einzelne Kleidungsstück zärtlich glatt gestrichen, behutsam zurück auf die gepolsterten Kleiderbügel gehängt und schließlich leise die Schranktür geschlossen.

Und nun hatte Charlotte eine Weltklassesammlung von Beinahe-Vintage-Couture im Schrank, und sie kannte die Geschichte und sämtliche Details jedes einzelnen Teils. Vieles waren Einzelstücke, nur bei Modeschauen getragen und eigens für ihre Mutter genäht. Jackie war größer und schlanker gewesen als Charlotte, die eine etwas kurvenreichere Figur hatte, und viele der Stücke passten ihr nicht. Viele saßen aber auch wie angegossen, und sie liebte es, in einzigartige Kreationen ihrer exquisiten Kollektion zu schlüpfen.

An diesem Abend entschied sie sich für ein schlichtes Spaghettiträgerkleid von Galliano, eins seiner weniger grellen, auffälligen Stücke, und betrachtete sich kritisch im Spiegel.

Sie wusste, dass sie bildhübsch war, und sie wusste um ihre Wirkung auf Männer, aber sie konnte nicht anders, als sich mit ihrer Mutter zu vergleichen. Oder vielmehr mit dem Bild, das sie von ihrer Mutter hatte, denn sie war noch viel zu klein gewesen, um sich an sie erinnern zu können. Die Öffentlichkeit hatte Jackie zu einer unnahbaren, eleganten Mode-Ikone stilisiert, bekannt für die platinblonden Haare und das aristokratische, eher distanzierte Auftreten. Charlotte hatte eine sinnlichere, wärmere Ausstrahlung. Ihre hellblonden Haare waren von honigfarbenen Strähnen durchzogen, von denen einige beinahe dunkelblond leuchteten. Ihre Mutter hatte ganz glatte Haare gehabt, ihre dagegen fielen in weichen Wellen und Locken widerspenstig bis auf die Schultern. Sie war ein bisschen nervös, nach der langen Zeit zum ersten Mal wieder in ihrem alten Revier auszugehen, und entschied sich für die volle Kriegsbemalung. Die Haare ließ sie einfach offen und ungebändigt. Bei ihrem Teint brauchte sie keine Grundierung und stäubte sich stattdessen einfach nur ein bisschen schimmerndes Rouge auf die Wangenknochen, um sie etwas hervorzuheben. In Paris trugen die Frauen meist nur minimales Augen-Make-up, und sie tat es ihnen nach, trug nur ein wenig blass-aquamarinblauen Lidschatten auf, der das gedämpfte Türkis ihrer Augen sehr schön betonte, und zog zum Schluss einen rasiermesserscharfen, feinen Lidstrich mit Flüssigeyeliner. Mehrere Schichten Wimperntusche und matten roten Lippenstifts später war sie schließlich ausgehfertig.

Schmuck. Den hätte sie beinahe vergessen. Inmitten ihrer Garderobe stand ein chinesisches Lackkästchen, an sich schon unschätzbar kostbar, und in seinen vielen Schubladen lag ein kleines Vermögen an Edelsteinen und Edelmetallen. Ihr Vater kaufte nur zu gerne besonderen Schmuck und war in dieser Hinsicht ein echter Snob. Die Sammlung seiner Frau beinhaltete Dutzende antiker Stücke neben etlichen wichtigen zeitgenössischen Kreationen. Charlotte öffnete eine der Schubladen auf der Suche nach dem perfekten Schmuckstück. Ein einzelner Smaragd in Cabochonschliff an einer langen goldenen Kette, die zwischen ihren Brüsten endete; der Stein passte besonders gut zu ihren grünen Augen. Und dann: Auf in den Kampf.

Kapitel 2

Vor Charlottes Abreise nach Paris ein Jahr zuvor war das Le Petit Champignon noch ziemlich neu gewesen; ein echter Geheimtipp, ein bisschen ungünstig an der Jane Street gelegen. Sie hatte es spontan zu ihrem Lieblingslokal auserkoren, weil sie die opulente vegetarische Küche einfach zu köstlich fand. Der Chefkoch war für seinen Ausspruch bekannt: »Nur, weil es vegetarisch ist, muss es noch lange nicht gesund sein«, und die schweren Soßen und butterlastigen Gerichte waren der lebende Beweis, dass dieser Satz kein bloßes Lippenbekenntnis war. Anscheinend hatte sich das inzwischen herumgesprochen, denn als Davis sie vor dem Restaurant absetzte, hatte sich vor dem Eingang bereits eine veritable Warteschlange gebildet.

»Möchten Sie nachher anrufen, Miss?«

Sie nickte. Nach dem einen Mal, als sie allein mit der U-Bahn nach Hause gefahren war, hatte ihr Vater sie beiseitegenommen.

»Charlotte, die Welt ist voller hochinteressanter Menschen. Wie dem auch sei, es ist nicht nötig, gleich mit hundert von ihnen im unbelüfteten engen Wagen einer U-Bahn Bekanntschaft zu schließen. Bitte ruf Davis an, wenn du irgendwohin willst. Dafür ist er schließlich da.«

Kaum hatte sie einen Fuß in das Restaurant gesetzt, erkannte sie der Oberkellner Jean-Claude auch schon.

»Miss Williams! Paris' Verlust ist unser Gewinn. Ich habe Ihren Namen bei den Reservierungen gesehen und gehofft, dass Sie das sind. Ihr Lieblingstisch wartet schon auf Sie.«

Zwei ihrer Freunde waren bereits da, James und Zeb. Highschool-Freunde. Sie standen auf und umarmten Charlotte zur Begrüßung.

»Du bist ja noch dünner als vorher, du Miststück. Wie hast du das denn geschafft?« Zeb war schwul und nahm kein Blatt vor den Mund. »Ich dachte, die Franzosen ernähren sich von Schmalz und Käse?«

James brachte ihn rasch zum Schweigen. »Schrei hier nicht so rum, Zeb. Wir sind noch nicht im Club. Vielleicht hat sie angefangen zu rauchen; das hält schlank.«

Angewidert rümpfte Charlotte die Nase. »Dünn und stinkig. Bestimmt nicht. Ich glaube, Zebs Erinnerung ist ein bisschen getrübt von den vielen Partydrogen und den hübschen Jungs, die er regelmäßig inhaliert.«

»Ich inhaliere keine Jungs.«

»Ach, schluckst du nur?«

Zeb gluckste.

James goss Charlotte etwas von dem 2007er-Malbec ein und hob dann sein Glas.

»Auf die liebreizende Charlotte. Willkommen zu Hause, meine Süße.« Sie und James hatten mal eine kurze Affäre gehabt, und als er sie nun mit seinem Grinsekatzenlächeln anstrahlte, musste sie wieder an seine … besonderen Fähigkeiten denken. Und fragte sich, ob sie diese kleine Bettgeschichte kurzfristig aufwärmen sollte. Ansonsten war weit und breit nichts Verlockendes in Aussicht.

Dann flog die Tür auf, und hereingeschneit kamen Clara, Jane und Emily. Die drei verrückten Schwestern. Wobei nur Jane und Emily tatsächlich Schwestern waren; durch eine Laune der Natur und der Fruchtbarkeit waren sie bloß elf Monate auseinander, aber in dieselbe Klasse gegangen. Abwechselnd Erzfeindinnen und Busenfreundinnen waren die zwei zusammen eine wahre Naturgewalt. Clara war die Friedensstifterin zwischen den beiden, eine Cousine irgendeines Grades. Unter den Superreichen von Manhattan gab es vielfältige Verwandtschaftsbeziehungen: Cousinen, Cousinen zweiten Grades; man war verwandt, verschwägert, verheimlicht. In der 10021 wohnen nicht allzu viele Leute, und wenn man nicht arbeiten muss, hat man jede Menge Zeit totzuschlagen.

»Charlotte!« Schrilles Kreischen. Umarmungen. Küsschen links, Küsschen rechts.

Schließlich hatten sich alle beruhigt und kamen zum ernsten Teil des Abends, nämlich, sich gegenseitig auf den neuesten Stand zu bringen, was die jüngsten Gerüchte und Geschehnisse betraf.

Während der Vorspeise gaben die Zwillinge sämtlichen Klatsch und Tratsch aus ihrem kleinen, feinen Kreis zum Besten.

Emily war ganz aufgebracht. »Und wusstest du schon, dass Bebe heimlich mit dem Freund ihrer Schwester schläft? Ich meine, bitte, wir sind doch hier nicht in einer Realityshow.« Das Kerzenlicht schimmerte in ihren dunklen, welligen Haaren; ihre perfekte kleine Stupsnase war das Ergebnis hervorragender plastischer Chirurgiekunst.

Charlotte fand das eher amüsant. »Jüngere oder ältere Schwester?«

»Älter. Sie war am Vassar College, als Bebe Tim kennengelernt hat, und dann ist sie während der Semesterferien im Frühjahr zurückgekommen und dachte wohl, der kleine Timmy könne auch sie beglücken.« Sie seufzte. »Ist alles irgendwie sehr East-Village-mäßig geworden.« Und damit säbelte sie gedankenverloren an ihrem Steak herum.

James grinste. »Was auch immer das heißt.« Er schenkte ihnen Wein nach. Charlotte merkte, dass sie schon ein bisschen beschwipst war, denn er wirkte von Minute zu Minute unwiderstehlicher.

Auch Clara hatte Neuigkeiten zu berichten. »Erinnert ihr euch noch an Jemima Rhodes?« Alle erinnerten sich noch. »Ihre Mutter hat ihren Job verloren, als Bear Stearns zusammengebrochen ist, weshalb sie ihr Strandhäuschen verkaufen mussten. Wir waren alle schrecklich enttäuscht.« (Das Strandhäuschen war ein Herrenhaus mit sechzehn Schlafzimmern gleich am Meer in East Hampton.) »Ich meine, wo sollen wir denn dieses Jahr am 4. Juli den Unabhängigkeitstag feiern?« Dann senkte sie vertraulich die Stimme. »Ich habe gehört, sie wollen was *mieten*.« Kurzes Schweigen. »Auf der *North Fork*.« Alle drei Mädels schüttelten sich wohlig.

Charlotte pickte wie ein Vögelchen an ihrem Salat herum und genoss das vertraute Geplapper sinnlosen Klatschs. Man konnte sich immer darauf verlassen, dass diese drei haargenau wussten, was die Gerüchteküche gerade hergab. Emily und Jane waren die mittleren Töchter einer Familie, der seit den Zwanzigerjahren der größte Teil der Upper West Side gehörte. Durch die UWS-Verbindung waren sie die obligatorischen »Künstlertypen« auf ihrer ultrakonservativen Upper-East-Side-Schule gewesen, und man hatte, wenn es um ihr Betragen ging, die Zügel etwas länger gelassen. Clara stammte aus einer leicht inzuchtgeschädigten blaublütigen Familie, die auf der *Mayflower* nach Amerika gekommen war und kurz danach ein Vermögen gemacht hatte. Wie genau sie zu Geld gekommen waren, wusste Charlotte nicht. Knopfhaken? Kutscherpeitschen? Irgendwas Archaisches jedenfalls. Seit Generationen hatte in Claras Familie niemand mehr für seinen Lebensunterhalt arbeiten müssen, aber sie engagierten sich sehr für den guten Zweck und saßen in unzähligen Wohltätigkeitsgremien. Clara war in der Schule fast so etwas wie eine Überfliegerin gewesen und hatte sich irgendwann mal zu der Bemerkung verstiegen, am MIT studieren zu wollen. Solche hehren Ziele steckte man sich in ihrer Klasse nicht, hatte man ihr unmissverständlich zu verstehen gegeben, weshalb sie die Idee gleich wieder verwarf. Haltung bewahren, das schon. Aber ein Rückgrat? Fehlanzeige.

James stand auf, um zur Toilette zu gehen, und schaute Charlotte vielsagend an. Sie seufzte. Ach, warum nicht? Sie wartete einen Augenblick, dann folgte sie ihm. Leise klopfte sie an die Toilettentür, und sofort zog er sie zu sich hinein.

»Charlotte Williams, dass ich ausgerechnet dich hier treffe.« James knabberte an ihrem Hals, während seine Hände auf ihren Rücken wanderten und anfingen, ihr das Kleid auszuziehen.

Entschieden packte sie seine Handgelenke. »James.«

»Hmm, du willst ein bisschen spielen? Von mir aus gerne.« Und damit löste er sich aus ihrem Griff, umklammerte ihre Handgelenke und drückte sie über ihrem Kopf gegen die Wand. Dann beugte er sich vornüber und wollte ihre Brüste küssen.

»James, nein.« Ihr Tonfall ließ keinen Zweifel aufkommen, dass sie es ernst meinte, und er stockte.

»Was denn, meine Herzallerliebste? Willst du nicht das vergangene Jahr schnell wieder aufholen? Wir können einmal vor dem Hauptgang vögeln und dann noch mal vor dem Dessert. Wie in guten alten Zeiten.«

»Und das«, meinte Charlotte sehr bestimmt und schob ihn beiseite, »ist genau das Problem.« Sie seufzte. »Du bist wirklich süß, aber mir ist gerade nicht danach. Weißt du, was ich meine? Ein Jahr französische Männer hebt unweigerlich die persönlichen Ansprüche.«

Gekränkt zog er eine Schnute. James war äußerst attraktiv und gut aussehend und hatte an jedem Finger zehn Mädchen. Dass Charlotte ihm eine Abfuhr verpasste, konnte sein immenses Selbstbewusstsein nicht ankratzen.

»Und warum bist du dann hinter mir hergekommen?«

Charlotte zuckte bloß die Achseln. »Ich war mit der Vorspeise fertig und hatte gerade nichts Besseres zu tun.«

James strich sich die Hose glatt und wusch sich die Hände. »Du bist ein kleines Miststück, Charlie, meine Süße.«

Charlotte nickte fröhlich. »Du bist nicht der Erste, der mir das sagt, Schatz.«

Und damit war sie auch schon nach draußen verschwunden und ließ die Tür hinter sich sperrangelweit auf.

Kapitel 3

Es war unfassbar laut und heiß im Club. Der pulsierende Beat war in jedem Höschen im gesamten Laden zu spüren, was wohl auch die glasigen Blicke und erhöhte Herzfrequenz der Anwesenden erklärte. Wobei möglicherweise auch Drogen im Spiel gewesen sein könnten. Nicht, dass hier irgendwer Drogen konsumierte. Das wäre ja illegal.

Wäre man nichtsahnend die Straße in Alphabet City entlanggegangen, man hätte wohl angenommen, dass irgendwer hier eine kleine Privatparty feierte. Keine Warteschlange. Kein Schild an der Tür. Kein Absperrseil. Nur von ganz entfernt ziemlich laute, wummernde Musik. Man musste vorher anrufen, um in diesen Club zu kommen, und wenn sich dann jemand dazu herabließ, ans Telefon zu gehen, bekam man eine Ankunftszeit genannt, zu der man eingelassen wurde. Der Chauffeur hielt vor der Tür, die Tür ging auf, und man war drin. Charlotte schrieb dem Besitzer des Clubs einfach eine SMS. Normale Telefonanrufe waren was für normale Leute.

Mit einer Umarmung nahm er sie oben an der Treppe in Empfang und umarmte dann auch die anderen Mädels.

»Charlie, dich habe ich ja seit einer halben Ewigkeit nicht mehr gesehen. Ich glaube, ich war noch auf der West Side High, als du gegangen bist.« Er lachte. »Das ist Lichtjahre her!«

Charlotte lächelte ihn an. Nur eine Handvoll Menschen durfte sie ungestraft Charlie nennen, und Nick war einer von ihnen. Er war mit ihr zur Schule gegangen, und sie hatte ihm geholfen, seinen ersten Club zu finanzieren. Clubs wie der von Nick zogen meist rastlos weiter wie die sprichwörtliche Karawane: Es ging nicht um die Lokalität, es ging um die Mischung. Man musste der Polizei einen Schritt voraus sein, den East Village Hipsters zwei Schritte und der Meute aus dem Umland drei. Nick war ein Meister seines Fachs. Kaum hatte er eine Örtlichkeit gefunden, machte er sich schon auf die Suche nach der nächsten. Eine Lagerhalle in DUMBO. Ein verlassenes Kaufhaus oberhalb von Harlem. Ein entkerntes Stadthaus im West Village. Seine Kundschaft waren die Jungen, die Reichen und die Gelangweilten. Sie kamen, um sich unterhalten zu lassen, Freunde zu treffen, die Show zu sehen.

»Wer ist denn heute Abend da?« Charlotte beugte sich zu ihm vor, um seine Antwort zu verstehen.

Er nahm sie an der Hand und zog sie zur Seite. »Ehrlich gesagt, Herzchen, Taylor ist da. Fast hätte ich dir gesagt, du sollst lieber nicht kommen, aber dann dachte ich mir, bestimmt ist der Kuchen inzwischen gegessen.«

Charlotte wurde es plötzlich eiskalt, trotz der schwülen Hitze im Club. »Ach.«

Nick trat einen Schritt zurück und schaute sie an. »Aha, verstehe. Da habe ich mich wohl geirrt.«

»Ist sie auch da?«

»Soll das ein Scherz sein? Nein, Herzchen, die ist längst Schnee von gestern. Heute Abend ist er mit Stacy Star da. Und ihrer Freundin. Und der Freundin ihrer Freundin.« Er hüstelte. »Promis, was soll man sagen?« Fragend zog Charlotte eine Augenbraue hoch, doch Nick schüttelte bloß den Kopf. »Ignoriere ihn einfach, Schätzchen. Du warst sowieso viel zu gut für ihn.«

Charlotte seufzte. In ihrem ersten Studienjahr in Yale hatte sie sich Hals über Kopf in Taylor Augustine verliebt. Er war ein paar Jahre älter als sie, studierte europäische Literatur und war einfach göttlich. Er selbst sah sich als Beatnik des 21. Jahrhunderts und murmelte viel in seinen nicht vorhandenen Bart. Die meiste Zeit verbrachten Charlotte und er im Bett, lasen sich gegenseitig Gedichte vor und rauchten Gras. Bis er dann irgendwann fand, das sei ihm alles zu bourgeois, und sie für eine heiße Politikwissenschaftlerin abservierte, die der Meinung war, sich die Achselhöhlen zu rasieren bedeutete, sich der Diktatur des Patriarchats zu beugen.

Charlotte war am Boden zerstört. Es war das allererste Mal in ihrem Leben, dass sie nicht ihren Willen bekommen hatte, und diese Niederlage hatte sie nicht gerade mit Fassung getragen. Ganz und gar nicht. Betrunken und außer sich vor Wut und Raserei hatte sie das Politikwissenschaftsgebäude in Brand gesteckt.

Zum Glück war ihr Vater in die Bresche gesprungen und hatte angeboten, den Teil des Gebäudes, der nicht bis auf die Grundmauern niedergebrannt war, wiederaufbauen zu lassen, und schließlich hatten er und das Direktorium in Yale sich darauf geeinigt, dass es besser wäre, Charlotte würde ihr zweites Studienjahr in Paris verbringen. Europa wäre sicherlich weit genug weg, dachten sie sich, und so bekam die Sorbonne zum folgenden Semesterbeginn eine neue Studentin und als Sahnehäubchen ein modernes Computersystem dazu.

Und nun war sie wieder da, noch nicht mal einen Tag in der Stadt, und schon musste er ihr über den Weg laufen. Manchmal war das Leben wirklich zum Kotzen.

⋆

Als sie in den Hauptbereich des Clubs kam, sah sie auf den ersten Blick, dass sich in ihrer Abwesenheit nicht viel verändert hatte. Alles, was jung, bildschön, reich oder notgeil war, war da, und die meisten von Nicks Gästen waren alles zusammen. Umwerfend gut aussehende Jungs und Mädels tanzten in diversen Stadien der Nacktheit auf den Podesten des Clubs, während alle angestrengt taten, als schauten sie nicht hin, und gleichzeitig hofften, selbst gesehen zu werden. Immer dasselbe. Sie drehte sich zu Nick um, der ihr gefolgt war, vermutlich um sicherzugehen, dass sie seinen Club nicht in Brand steckte.

»Wie ich sehe, die üblichen Verdächtigen.«

Er zuckte die Achseln. »Was soll man machen? Die oberen Zehntausend werden von mir magisch angezogen – warum wäre ich wohl sonst hier?« Mit fachmännischem Blick, dem trotz Kerzenlicht und Zigarettenqualm nichts entging, schaute er sich um. »Da hinten in der Ecke ist er.«

Charlotte brauchte einen Augenblick, bis sie ihn gesichtet hatte, aber dann blieb ihr fast das Herz stehen. Taylor. Immer noch zum Darniederknien, wobei er neuerdings einen auf Gangsta machte, was ein bisschen albern wirkte in Anbetracht der Tatsache, dass er aus Connecticut stammte und sein Vater Präsident einer Großbank war. Die schlimmste Bedrohung, der er je ausgesetzt gewesen war, war die Begegnung mit den Einheimischen seines Universitätsstädtchens. Weite Hose, schlaffe Haltung, jede Menge Bling und drei als futureske Schlampen verkleidete Mädels auf jeder Seite. Eine Flasche Courvoisier auf dem Tisch. Eine Flasche Cristal, vermutlich für die Schlampen.

Nick drückte ihren Arm. »Willst du hier Wirbel machen oder bleibst du cool?«

»Ich bleibe cool.«

»Zünde bitte nichts an, versprochen?«

»Das ist über ein Jahr her.«

»Hast du Streichhölzer dabei?«

»Nein, du Trottel. Und außerdem, schau dich mal um. Der ganze Laden ist voller Kerzen und Besoffener. Das macht ungefähr sechshundert potenzielle Brandstifter. Wenn hier mal jemand vom Brandschutz reinkäme ...«

Schnell legte er ihr eine Hand auf den Mund. »Sag dieses Wort nie, niemals wieder in meiner Gegenwart.« Er zeigte mit erhobenem Zeigefinger auf sie. »Also ehrlich, so was bringt Unglück. Treib es nicht so weit, dass ich deine Nummer sperren muss.«

Lachend schaute sie ihm hinterher, als er in der Menge verschwand. Auf der anderen Seite des Clubs, so weit von Taylor entfernt wie nur möglich, hatte ihr Dinnerclub seine Zelte aufgeschlagen, und James war allem Anschein nach damit beschäftigt, zwei Stripteasetänzerinnen zu bequatschen, ihn zu sich auf die Bühne zu lassen. Die beiden schienen allerdings kein Interesse zu haben, waren aber so angetrunken, dass sie sich dennoch recht widerstandslos angraben ließen.

Emily und Jane winkten sie zu sich. Mit einem stummen Seufzer steuerte sie auf die beiden zu. In vieler Hinsicht lebte sie quasi in diesen Clubs, zumindest die öffentliche Person Charlotte Williams. Bis sie das Miststück in sich entdeckt und gemerkt hatte, dass die Leute es offensichtlich köstlich fanden, wenn sie keck ein bisschen über die Stränge schlug, hatten solche Clubs ihr eigentlich immer ein bisschen Angst gemacht. Und insgeheim war ihr immer noch ein wenig mulmig dabei, aber so ginge es wohl jedem, wenn man ständig unter Beobachtung stünde und die ganze Welt einem auf Schritt und Tritt zuschaute. Nicht, dass irgendjemand aus ihrer Clique das je zugegeben hätte.

»Hast du Taylor schon gesehen?« Jane schien etwas besorgt.

Charlotte nickte. »Schon okay. Ist lange her.«

»Hast du gesehen, mit wem er hier ist?« Emily schien ganz kribbelig vor Aufregung.

Wieder nickte Charlotte. »Stacy Star.«

Zeb war völlig außer sich. »Ich habe all ihre Alben zu Hause. Sie ist einfach unglaublich. Sie ist für Gaultier gelaufen, und es war fabulös, jenseits jeder Beschreibung. Sie ist der Hammer.«

Charlotte schaute ihn an. »Du brabbelst wirres Zeug, Zeb. Beruhige dich.«

Er zitterte wie ein Greyhound kurz vor dem Rennen. »Kann ich nicht. Sie ist der Hammer. Ich liebe sie.«

Charlotte runzelte die Stirn und winkte einer vorbeieilenden Kellnerin. Die Kellnerin ignorierte sie. »Zeb, ich war mit ihr in der Vorschule. Im wahren Leben heißt sie Stacy Fishbein.«

Was Zebs Begeisterung allerdings nicht den geringsten Abbruch zu tun schien. »Tja, dann kann ich nur zu gut verstehen, dass sie sich einen anderen Namen zugelegt hat. Ich würde meinen auch ändern, wenn ich könnte.«

»Und was hindert dich daran?«

»Meine Eltern. Die finden, Zebediah ist ein cooler Name für eine Schwuchtel. Verdammte Hippies. Die sind so tolerant, das ist nicht zum Aushalten.«

Endlich kam die Kellnerin zu ihnen. Charlotte lächelte sie an.

»Zwingt Nick Sie, diesen Fummel zu tragen, oder sind das Ihre eigenen Klamotten?«

Die Kellnerin trug einen Peekaboo-BH mit Schlitz über den Brustwarzen und Glitzer auf den Nippeln, und dazu ultrakurze Hotpants. Mit zusammengekniffenen Augen guckte sie Charlotte an. »Sind Sie eine Freundin von Nick?«

»Ich bin eine sehr gute Freundin von Nick. Sie müssen neu sein, sonst hätten Sie mich sofort erkannt und mir längst einen Grey Goose mit Grapefruit gebracht, den trinke ich nämlich immer. Ich bezahle nicht, und das erwartet auch niemand von mir.«

Die Kellnerin lachte laut auf. »Das soll ein Scherz sein, oder?«

Urplötzlich wurde es totenstill am Tisch. Die Kellnerin wirkte nervös. Dann schaute sie rüber zu Nick, der sie kritisch beäugte. Mit hochgezogenen Augenbrauen sah er sie an und machte eine Handbewegung, um ihr zu bedeuten, dass sie Charlotte alles bringen sollte, was ihr Herz begehrte.

»Ähm, ich bringe Ihnen sofort Ihren Drink. Sorry.« Sie drehte sich um.

»Zeig mir deine Titten.« Eigentlich eine Unverschämtheit von James, der sich mal wieder unmöglich aufführte, aber Charlotte ließ ihn gewähren. Neuem Personal musste man eben manchmal eine Lektion erteilen.

Die Kellnerin drehte sich wieder zu ihnen um. Eigentlich war sie ganz hübsch. »Nein. Du kannst mich mal.«

Hübsch und angriffslustig. Eine ziemlich unwiderstehliche Mischung, weshalb James nun richtig scharf auf sie war.

»Nein, im Ernst, zieh deinen BH aus, damit ich deine Titten anfassen kann. Wobei, wenn du nicht blöd bist, dann zeigst du mir am besten gleich alles. Sonst sagt Charlotte Nick Bescheid, und du fliegst hier raus.«

Charlotte seufzte entnervt. Das war eindeutig zu viel. »Nein, das tue ich bestimmt nicht, James. Reiß dich zusammen. Und Sie holen uns unsere Drinks, ja?« Die Kellnerin suchte schleunigst das Weite.

James war beleidigt. »Ich wollte die Kellnerin, Charlotte.«

Charlotte zuckte nur die Achseln. »Tja, warum machst du

es dann nicht wie jeder andere normale Mann, James? Unterhalte dich zehn Minuten mit ihr und sag ihr, wie schön du sie findest. Funktioniert doch sonst auch immer, oder? Wobei du jetzt natürlich erst mal dein Arschlochbenehmen wiedergutmachen musst, weshalb es womöglich eine halbe Stunde dauern könnte.«

Währenddessen hatte sie Taylor nicht aus den Augen gelassen. Er hatte sie noch nicht gesehen. Zeit, den ersten Schritt zu tun.

Also stand sie auf, zerstrubbelte sich lässig die Haare und strich sich das Kleid glatt. »Komm, James, tanz mit mir.« Innerlich fühlte sie sich ganz leer, aber das durfte sie sich nicht anmerken lassen.

James schmollte. Trotzig schüttelte er den Kopf.

Charlotte lächelte ihn bloß an. »Komm schon. Wir beide tanzen so heiß, dass die Kellnerin nicht mehr anders kann, als es dir gleich auf der Tanzfläche zu besorgen.«

James grinste. Er war wirklich ein schlichtes Gemüt. Langsam stand er auf, groß und elegant, und nahm sie an die Hand.

Eben war die Tanzfläche noch brechend voll gewesen, doch nun leerte sie sich rapide, und auf einmal war die Hälfte der Leute verschwunden, um sich was zu trinken zu holen. Weshalb jeder Charlotte und James sehen konnte, als sie die Tanzfläche betraten, und da die meisten Menschen im Club wussten, wer sie waren, wurde sofort getuschelt und geraunt.

Geschmeidig wie eine Katze begann Charlotte zu tanzen. Sie wusste, wie gut sie aussah, und Tanzen machte sie eigentlich immer an. Sie und James hatten das schon tausend Mal gemacht; so hatten sie sich kennengelernt. Irgendwie sprühten zwischen ihnen auf Anhieb die Funken, und was sie auf der Tanzfläche machten, war mehr Vorspiel als Tanz.

Sie spürte Taylors Blicke auf sich und legte die Hände an ihren Körper, strich über das Seidenkleid, bis ihre Brustwarzen hart wurden und sich unter dem dünnen Stoff deutlich abzeichneten. James war ganz dicht neben ihr, er bewegte sich im Takt mit ihr, drückte sich gegen sie, gegen ihre Hüften. Dann nahm er ihre langen Haare in eine Hand und schlang sie um sein Handgelenk, zog damit ihren Kopf nach hinten und leckte lasziv über ihren Hals. Die andere Hand wanderte zu ihrer Brust, legte sich darum, drückte zu und zog an ihrem bereits harten Nippel, was sie mehr und mehr erregte. Die Tanzfläche war inzwischen leer gefegt, und selbst die Tänzerinnen an der Stange schauten ihnen zu. Urplötzlich drehte Charlotte sich um und kehrte James den Rücken zu, worauf er sie an den Hüften packte und mit geschlossenen Augen gegen sich presste. Charlotte sah, wie die Kellnerin sie beobachtete, und winkte sie heran.

»Er gehört dir, Süße. Viel Spaß.« Und damit küsste sie das Mädchen auf den Mund, einfach so, und schlenderte zu Taylors Tisch.

Taylor sah sie kommen, und sein Gesicht war kaum zu deuten. Stacy Star dagegen war ein offenes Buch.

»Charlotte Williams, als ich dich das letzte Mal gesehen habe, hast du noch mit Legos gespielt. Du hast dich ja gut gemacht! Meine Freundin würde dich am liebsten gleich vernaschen, stimmt's, Kätzchen?«

Das Kätzchen nickte und lutschte an seinem Finger. »Du bist hübsch.«

Charlotte lächelte sie zuckersüß an. »Und du bist ein Spatzenhirn. Geh lieber spielen. Ich will mit Taylor reden. Geht und leckt euch auf dem Klo.«

Erst sah es so aus, als wollte Stacy ihr an die Gurgel gehen, aber dann zuckte sie bloß die Achseln. »Was soll's? Kommt,

Mädels, ich muss mir das Näschen pudern, wenn ihr versteht, was ich meine.« Dann kicherte sie, beugte sich schnell vornüber und schniefte zwei Lines Koks, die hinter ihrem Drink versteckt waren. Schließlich rieb sie sich den Rest auf das Zahnfleisch, stand auf, schwankte ein wenig und zog die anderen Mädchen hinter sich her. Charlotte setzte sich und wischte mit dem Handrücken das restliche Koks vom Tisch. Taylor wollte protestieren, ließ es aber dann bleiben. Dazu war Koks einfach zu billig.

»Was gibt's, Charlotte? Lange nicht gesehen, Süße.«

»Ist gerade mal ein Jahr her, Taylor. Wo ist denn Phillipa abgeblieben?«

Ein unbeteiligtes Schulterzucken. »Sie hat jetzt was mit einem Rohstoffbroker mit Haus auf den Bahamas.«

»Und du hast was mit Stacy Fishbein?«

»Sie hat ihren Namen geändert. Ich will ins Musikbusiness einsteigen, weißt du. Sie kennt Leute. Sie ist total angesagt, eine ganz heiße Nummer, und sie steht auf mich. Warum also nicht?« Charlotte sagte gar nichts. Taylor zündete sich eine Zigarette an; dass er rauchte, war ihr neu. »Ich bin fertig mit der Uni, Mäuschen, und nicht jeder hat einen Daddy, der einen aus allem Ärger freikauft. Ich muss arbeiten, ich muss was für meine Karriere tun.«

»Ehrlich? Ich dachte, das wäre optional.«

Er schüttelte den Kopf. »Nein, ich möchte arbeiten.«

Das wunderte sie. Denn nötig hatte er das eigentlich nicht. Seine Familie war beinahe so stinkreich wie ihre. Wieder schaute sie ihn an. Blonde Haare bis zu den Schultern, Dreitagebart, Gesicht wie ein Model; es zog sich immer noch alles schmerzlich zusammen, wenn sie ihn sah.

Aber es ging vorbei. Sie spürte förmlich, wie das sehnliche Verlangen langsam nachließ, und dankte der dafür zuständigen höheren Macht, die beschlossen hatte, sie aus den Klauen dieser unerfüllten Liebe zu entlassen.

Als könne er ihre Gedanken lesen, setzte Taylor wieder an. »Du machst mich immer noch ganz schön an, Charlotte. Komm doch mit uns nach Hause. Stacy ist ein echtes Partytier, falls du verstehst, was ich meine. Würde dir sicher gefallen. Früher haben wir die ganze Nacht durchgefeiert, weißt du noch?«

»Das weiß ich noch. Aber besten Dank, Taylor. Das ist es nicht wert, die Glut noch mal zu entfachen, wenn du mir das kleine Wortspiel verzeihst.«

Sein Lächeln verschwand, als sie sich umdrehte und ging. Aber ihres wurde mit jedem Schritt breiter.

Kapitel 4

Natürlich war ihr Vater aufgeblieben und hatte auf sie gewartet. Sie ließ den Hausschlüssel auf den Tisch im Foyer fallen, blieb stehen und lauschte.

»The lovely girl, the lovely day …«

Sie lächelte. Ihr Vater hatte eine großartige Stimme – das war ihr kleines Geheimnis, das sie niemandem verriet –, und zusammen zu singen war eins ihrer liebsten Privatvergnügen. Dieses Lied hatte er sich eigens für sie ausgedacht, als sie noch ein kleines Mädchen war.

»A perfect time to run and play …«

Charlottes Stimme dagegen war ein offenes Geheimnis. Mit fünf hatte sie »Happy Birthday« gesungen und damit einen ganzen Raum in andächtigem Schweigen versinken lassen. Die Leute hörten wirklich zu, wenn sie sang, und zuerst hatte sie das verlegen gemacht und sie geängstigt. Aber als Millie, ihr geliebtes Kindermädchen, ihrem Vater erklärt hatte, wie talentiert sie war, da hatte ihr Vater Charlotte ermuntert, Unterricht zu nehmen, sie zu den besten Gesangslehrern geschickt, und vor allem hatte er kaum etwas lieber getan, als ihr beim Singen zuzuhören. Ihre Stimme war tief, sanft und weich, mit einem winzig kleinen rauen Unterton.

»Daddy's here, won't go away …«

Charlotte folgte dem Klang seiner Stimme und fand ihn, wie erwartet, vor dem Kamin in seinem Arbeitszimmer.

»And in his arms you'll always stay.«

Gemeinsam sangen sie lachend das Lied zu Ende, und Jacob Williams streckte die Arme nach ihr aus. Sie ließ sich von ihm umarmen, legte den Kopf auf seine Schulter, und der weiche Kaschmir seiner Jacke fühlte sich so wunderbar flauschig an wie immer. Nicht mal ein Hauch von Zigarrenrauch zu riechen – das hatte sie ihm abgewöhnt.

Er küsste sie auf die seidig weichen Haare und ging dann zum Sideboard. »Drink?« Er schenkte sich noch etwas Scotch nach, und die Eiswürfel in seinem Glas klirrten.

Charlotte nickte. »Einen kleinen.«

»Scotch?«

»Brandy.«

Er nickte und griff nach der Flasche.

Sie kuschelte sich gemütlich auf das Sofa, wärmte das Glas in beiden Händen und lächelte ihn strahlend an. Zu Hause durfte sie einfach sie selbst sein.

»Erzähl mal, Daddy, was gibt's Neues an der Wall Street?«

Er lachte. »Als würde dich das interessieren.«

Sie tat ein bisschen gekränkt, streifte die Schuhe ab und ließ sie auf den Boden fallen. »Natürlich interessiert mich das. Bloß weil ich es nicht verstehe, heißt das noch lange nicht, dass ich es nicht interessant finde. Griechische Philosophie verstehe ich auch nicht, aber ich höre gerne zu, wenn Leute darüber reden.«

»Tatsächlich?« Er schaute sie etwas perplex an. »Blödsinn.«

Sie lachte.

»Aber wo du schon danach fragst, der Markt hat heute einen ordentlichen Sprung gemacht, und gewisse Leute haben eine Menge Geld verdient.«

»Und wie das?«

Er schaute in sein Glas. »Ich war gut aufgelegt, ich habe

verkauft, ich habe gekauft, und siehe da – der Markt hat angezogen.«

»Himmel, was du für eine Macht hast. Kannst du nicht auch was für den Weltfrieden tun? Oder noch besser, gegen die Wucherpreise für Couture-Klamotten?«

Er schüttelte den Kopf. »Das liegt nicht in meiner Macht. Aber um den Preis für Couture-Klamotten brauchst du dir keine Sorgen zu machen. Du bist heute um rund drei Millionen Dollar reicher geworden.«

Charlotte schwieg kurz und nippte an ihrem Brandy. »Ehrlich? Kam mir gar nicht vor, als hätte ich auch nur einen Finger gerührt.«

»Hast du ja auch nicht. Und ich hatte auch nichts damit zu tun. Vor ihrem Tod hat deine Mutter einen Treuhandfonds für dich eingerichtet, auf den ich keinen Zugriff habe. Der hat heute ordentlich zugelegt, ganz ohne mein Zutun.«

»Hm, wer hätte das gedacht?«

»Abgedroschene Redensarten, Charlotte? Ich habe dich doch nicht nach Paris geschickt, damit du dein Englisch verlernst. Ich habe dich hingeschickt, damit du Französisch lernst.«

Sie überhörte ihn. »Und was gibt's sonst so Neues? Triffst du dich mit jemandem?«

Augenblicklich wurde sein Gesicht hart und verschlossen. »Nein, natürlich nicht.«

Scherzhaft verzog auch sie das Gesicht. »Und warum nicht? Du bist doch noch nicht zu alt dafür.«

»Das will ich doch sehr hoffen.«

»Und du siehst auch immer noch ganz passabel aus.«

»Das sagst du nur, weil ich dein Vater bin.«

»Möglich.« Aber sie hatte recht. Jacob war immer noch eine stattliche Erscheinung. Groß, gesund und sportlich, exzellent gekleidet und einer der mächtigsten Männer der Wall Street.

Er war schon auf den Titeln von *Time* und *Business Week* und auf den Partyseiten der *Vanity Fair* gewesen. Zu gesellschaftlichen Anlässen sah man ihn meist mit verschiedenen Schauspielerinnen und Models, manche davon kaum älter als seine Tochter, aber diese Frauen meinte Charlotte nicht. Er wusste genau, was sie meinte.

Seufzend schaute er sie an. »Charlotte, wenn du älter bist, wirst du das verstehen. Ich glaube, es gibt auf der ganzen Welt nur ein oder zwei Menschen, mit denen man sich wirklich verbunden fühlt. Wenn man das unverschämte Glück hatte, einen davon zu finden und ihn auch noch zu heiraten, dann will man sich nachher nicht mit weniger zufriedengeben. Geliebte, ja, die gibt es wie Sand am Meer. Aber die wahre Liebe, die gibt es nur selten ein zweites Mal.«

Charlotte schnaubte. »Himmel, Dad, du klingst wie irgend so eine Hallmark-Werbung für schnulzige Grußkarten. Warum gehst du nicht mal mit Frauen aus, die eher in deinem Alter sind als in meinem? Mit denen du irgendwas gemeinsam hast?«

Jacob stand auf. »Herrgott noch mal, Kind, erst sagst du ständig ›irgend‹, und dann auch noch all diese Fragen. Ich muss dieses Gespräch leider beenden.« Aber er lächelte.

Charlotte stellte ihr Glas ab und griff nach seiner Hand. Jacob half ihr auf die Füße, hielt sie im gebeugten Arm und fing an, mit ihr zu tanzen.

Sie strahlte ihn an, während sie langsam in den Flur hinaustanzten und sich gemächlich um die eigene Achse drehten.

»The lovely girl … the lovely day …«

Am Fuß der Treppe blieben sie stehen, und Jacob ließ Charlotte sachte nach hinten fallen, während sie gemeinsam das Lied zu Ende sangen. Er zog sie wieder hoch und schob sie dann zur Treppe.

»Geh ins Bett, Kleines. Du brauchst deinen Schönheitsschlaf, obwohl du ihn weiß Gott nicht nötig hast.«

Er schaute ihr hinterher, bis sie verschwand, dann schloss er die Augen und versuchte, das Bild festzuhalten. Entschlossen drehte er sich um und ging zurück in sein Büro. Es war Morgen in Tokio, und der Teufel schläft nie.

Kapitel 5

Jacob war längst fort, als Charlotte am nächsten Morgen zum Frühstück herunterkam. An ihrem Caffè Latte nippend streifte sie durch die Wohnung.

»Suchst du mich, Charlotte?«, wurde sie von Greta überrascht. Sie hatte Charlotte dabei erwischt, wie sie heimlich den jungen Mann beobachtete, den sie tags zuvor bereits gesehen hatte und der nun mit seinem zum Anbeißen süßen Knackpo vornübergebeugt in der Küche stand und irgendwas reparierte. »Bewunderst du mein neues Küchengerät?«

»So nennen Sie das also?« Charlotte redete ganz leise, aber Greta posaunte dafür umso lauter.

»Sehen Sie sich vor, Andy, die Dame des Hauses hat es auf Sie abgesehen.«

Er richtete sich auf und drehte sich zu seinem Publikum um. Breites Lächeln. Weiße Zähne. Dunkle Haut.

»Aber Sie wissen doch, mein Herz gehört nur Ihnen allein, Greta.«

»Ich weiß, aber sie ist neu in der Stadt.«

Charlotte protestierte. »Ich bin nicht neu, ich bin bloß gerade zurückgekommen.«

Er zuckte die Achseln. »Vielleicht haben Sie's ja noch nicht mitbekommen. Jung und hübsch ist out, älter und weiser ist in.« Worauf er Greta angrinste und sich wieder an die Arbeit machte.

Greta ging aus der Küche und bedeutete Charlotte mit gekrümmtem Zeigefinger, ihr zu folgen. Sie gingen in den Wintergarten mit den geschwungenen Glasfronten und dem Blick auf den Central Park. Es war immer noch Winter, und der warme Raum und das Gewirr tropischer Pflanzen schien beinahe surreal vor dem Hintergrund der aschgrauen, kahlen Bäume unten.

»Jetzt hör mir mal gut zu, Charlotte.« Greta hatte bereits für die Familie Williams gearbeitet, ehe Charlotte geboren wurde, und nach dem Tode von Charlottes Mutter war Greta fast wie eine zweite Mutter für das Mädchen geworden. »Lass bloß die Finger von Andy. Er ist nur ein Mann, genau wie jeder andere, und er lässt sich genauso leicht den Kopf verdrehen, aber er ist glücklich verheiratet und hat zwei kleine Kinder, und das ist nicht dein Stil. Also lass gefälligst die Finger von ihm.«

Charlotte kniff die Augen zusammen. »Ich habe keine Ahnung, was Sie meinen, Greta.«

Worauf diese nur abfällig schnaubte. »Bitte. Ich habe doch mit eigenen Augen gesehen, wozu du imstande bist. Ein Haus anzuzünden war ja noch harmlos für deine Verhältnisse.«

Was Charlotte ein wenig kränkte. »Greta, Sie übertreiben.«

»Tue ich nicht. In einem Jahr haben wir im Sommerhaus drei Poolboys verschlissen. Und damals warst du gerade mal siebzehn, also weiß der Himmel, was du heutzutage anzurichten vermagst, wo du ein bisschen Erfahrung hast.«

Charlotte kicherte. »Ja, das war ein toller Sommer.«

Greta schaute sie streng an. »Für dich mag das ein großer Spaß gewesen sein; für die Jungs war es eine Katastrophe. Manche Menschen müssen arbeiten, um ihren Lebensunterhalt zu bestreiten, weißt du.«

Was Charlotte nicht sonderlich zu beeindrucken schien. »Na, hören Sie mal, Greta, ich habe sie zu nichts gezwungen.

Sie waren kaum älter als ich. Wir haben uns doch bloß ein bisschen amüsiert.«

»Hmm. Na ja, jedenfalls wollte ich eben damit sagen, du bist keine siebzehn mehr, und Menschen wie Andy tragen Verantwortung, und zwar nicht nur dafür, reiche junge Damen vor Sonnenbränden und chlorverseuchten Swimmingpools zu schützen.«

Charlotte hob abwehrend die Hände. »Okay, Greta, schon verstanden. Ich hab's gehört. Finger weg von Andy. Großes Indianerehrenwort.«

»Damit und mit meiner MetroCard komme ich überallhin. Versprichst du es mir?«

»Versprochen.«

Greta schaute sie einen Moment durchdringend an. »Freust du dich schon darauf, im Herbst wieder nach Yale zurückzugehen?«

Darüber musste Charlotte kurz nachdenken. »Nein, eigentlich nicht.«

»Und warum nicht?«

»Weil ich mein Studium nicht besonders interessant finde und weil die Leute immer noch an diese blöde Geschichte denken. Ich wünschte, ich wäre stattdessen ans Juilliard gegangen.«

»Um Gesang zu studieren?«

Das junge Mädchen nickte. »Ich glaube, heute würde ich anders entscheiden.«

Vor etlichen Jahren, als Charlotte noch eine absurd teure Privatschule besuchte, hatten die Studienberater am College ihr eindringlich davon abgeraten, Musik zu studieren. »Die Studenten am Juilliard arbeiten alle darauf hin, Berufsmusiker zu werden«, hatten sie ihr gesagt. »Sie selbst haben keine klassisch ausgebildete Gesangsstimme. Sie sind auf einer gewöhnlichen Schule gewesen. Hätten Sie Musik studieren wollen, dann hätten Sie auf eine musikalisch ausgerichtete Schule gehen müssen. Nein, Miss Williams, sehen Sie Ihre Stimme lieber als wunderbare Gabe Gottes, mit der Sie einmal Ihren Mann und Ihre Kinder erfreuen werden. Haben Sie schon mal ein Medizinstudium in Erwägung gezogen? Oder Jura? Mit einem Abschluss in Jura stehen Ihnen sämtliche Berufszweige offen. Yale ist eine ausgezeichnete Universität. Yale sollten Sie auf jeden Fall in die engere Auswahl nehmen.«

Verlegen hatte Charlotte die Segel gestrichen, die Infobroschüren von Yale mit nach Hause genommen, die Bewerbungsunterlagen ausgefüllt und den ganzen Rest der Schule überlassen. Es hatte sie nicht weiter gewundert, dass Yale sie unbesehen aufgenommen hatte, da ihre Schule und die Uni in einer langen, traditionsreichen und engen Beziehung zueinander standen und Yale Absolventen ihrer Schule bevorzugt aufnahm.

»Hast du Janet schon gesehen?«

Charlotte lächelte. »Ich treffe mich heute Vormittag mit ihr. Wir wollen eine Übungsstunde machen und anschließend zusammen zum Lunch gehen.«

Janet war Charlottes Gesangscoach und einer der wenigen Menschen, bei denen Charlotte sich wirklich wohlfühlte. Man würde es Janet mit ihren Stevie-Nicks-Zipfelkleidern und ihrer Vorliebe für hexenhafte Aufmachungen, den langen grauen Haaren, die sie sich hartnäckig weigerte zu färben und die immer wirr in alle Richtungen vom Kopf abstanden, gar nicht zutrauen, dass sie eine der führenden Musiklehrerinnen der Ostküste war. Viele Mitglieder des Philharmonic wurden von ihr betreut, sie hielt regelmäßig Meisterklassen am Metropolitan ab und unterrichtete die talentierten Kinder der Reichen. Charlotte liebte Janet heiß und innig.

»Ja, ich mache mich wohl lieber gleich auf die Socken.« An der Tür drehte sie sich noch mal um. »Ich glaube, meine Dusche hat ein Leck. Meinen Sie, Andy könnte sich das nachher mal anschauen?«

Greta machte den Mund auf, um ihr ordentlich den Kopf zu waschen, doch dann begriff sie, dass Charlotte sie nur aufziehen wollte. Die lief nun kichernd nach oben.

Eine Weile saß Greta still da und dachte nach. Sie wusste nicht so recht, was aus Charlotte werden sollte, um ganz ehrlich zu sein. Das Kind hatte so viel mitbekommen: Schönheit, Geld, sämtliche Möglichkeiten im Leben. Aber für Greta war Charlotte immer noch das schluchzende siebenjährige Mädchen, das nachts nach seiner Mommy rief und dessen Vater vor Kummer und Gram nichts davon mitbekam. Ein paar Wochen, nachdem Jackie verunglückt war, war ein Kindermädchen ins Haus gekommen, von Greta eingestellt, und Miss Millie und Greta hatten das Mädchen gemeinsam großgezogen. Jacob vergötterte seine Tochter, aber er arbeitete fast rund um die Uhr. Und nach Jackies Tod war er ein anderer Mensch geworden. Greta hatte es mit ansehen können, und Davis genauso. Aber Miss Millie war ein wunderbares Kindermädchen gewesen, sehr liebevoll und konsequent, und Charlotte hatte sich langsam von diesem Schicksalsschlag erholt und war nach und nach wieder aufgeblüht. Sieben ziemlich friedvolle Jahre waren ins Land gegangen, doch dann hatte eins von Millies eigenen Kindern in Louisiana sie gebraucht, und Millie musste gehen. Über diesen Verlust war Charlotte nie ganz hinweggekommen, und auch Greta fehlte ihre alte Kollegin und Freundin. Zu Beginn ihrer Teenagerzeit waren die Dinge mit Charlotte schließlich ziemlich aus dem Ruder gelaufen, mit Jungs und weiß der Himmel was noch. Nicht weiter verwunderlich. Schließlich war niemand da, der mit gutem Beispiel voranging, auch wenn Greta sich große Mühe gegeben hatte. Und jetzt war Charlotte eine junge Frau, und Greta konnte nicht mehr viel tun, um sie zu beschützen.

Eigentlich konnte niemand mehr irgendwas für sie tun.

Kapitel 6

Als Charlotte ungefähr eine Stunde später das Haus verließ, beschloss sie, einfach durch den Park zu laufen, statt sich von Davis im Wagen fahren zu lassen.

»Ganz sicher, Miss?« Davis wirkte besorgt. »Durch den Park? Allein?«

»Ach, ich bitte Sie, Davis. Wir reden hier vom Central Park am helllichten Tag, und nicht dem Tompkins Square nachts um zwei. Das ganze letzte Jahr in Paris war ich doch auch auf mich allein gestellt; ich kann ganz gut auf mich selbst aufpassen. Ich bin sogar allein Metro gefahren, nur mit einem frischen Baguette unter dem Arm bewaffnet.«

Davis, der nicht gerade für seine sorglose Art bekannt war, erbleichte vor Schreck. »Das würde Ihrem Vater gar nicht gefallen, Miss. Es dauert keine Minute, eben schnell den Wagen vorzufahren.«

Entschieden schüttelte sie den Kopf und drückte auf den Fahrstuhlknopf. »Nein, Davis. Ich rufe Sie nachher an, dann können Sie mich bei Janet abholen, okay?« Sie wusste, dass ihm das Sorgen machte, aber sie konnte doch nichts dafür. Ihr Dad konnte selbst auf sich aufpassen – und sie genauso.

Nach der warmen Wohnung war das fröstelige Wetter draußen ein kleiner Schock. Sie grüßte den Portier und zog ihren Kaschmirmantel von Ungaro fest um sich. Fast hatte sie schon vergessen, wie kalt es mitunter in New York sein konnte, wenn man die schützenden Hochhausschluchten verließ. Jogger mit Ohrenwärmern und Handschuhen liefen an ihr vorbei; ihr Atem hing wie Wattewölkchen in der Luft, der Blick war hoch konzentriert, und das kaum vernehmbare hohe Surren ihrer iPods klang wie ein vorbeischwirrender Insektenschwarm. Charlotte war noch nie gerne gelaufen – sie war mehr der Yoga- und Pilates-Typ. Nein, eigentlich war sie noch eher der »Von Natur aus schlank und isst am liebsten einen großen Salat«-Typ.

Sie musste an ihre Mutter denken. Wie sie sich wünschte, sich an mehr Einzelheiten erinnern zu können, aber ihre Erinnerung an ihre Mutter bestand hauptsächlich aus unzusammenhängenden kurzen Bildern, Gerüchen, Geräuschen; ihre Mutter, die sich zu ihr herunterbeugte, um ihr einen Abschiedskuss zu geben, wenn sie und ihr Vater ausgingen, der Duft von Chanel No. 5 und feinem Gesichtspuder. Jackie musste sie sehr geliebt haben und hatte Charlotte überallhin mitgenommen. Eins von Charlottes Lieblingsfotos zeigte sie als Krabbelkind in der Garderobe hinter der Bühne bei einer Modenschau, mit Make-up-verschmiertem Gesicht und von barbusigen Models umgeben, die zu ihr heruntergucktén und sie anlächelten wie gutherzige, langwimprige Giraffen. Und sie grinste zurück, zahnlos und glücklich, und ganz am Rand des Bildes war Jackie zu sehen, die gerade frisiert wurde und sie mit stolzem Blick betrachtete. Als sie im letzten Jahr nach Paris gegangen war, hatte man sie begrüßt wie ein Wunderkind, in sämtlichen Modehäusern der Stadt war sie mit offenen Armen empfangen worden, geherzt und verhätschelt von Designern, deren Namen wie in Stein gemeißelte Ikonen die Titelfotos der *Vogue* zierten. Mit warmherziger Zuneigung wurden Geschichten über ihre Mutter erzählt, und man zeigte Charlotte Fotos, die ihr den Atem verschlugen.

Auf vielen dieser Bilder war sie als Baby mit Jackie abgebildet. Auf manchen war Jackie auch schwanger zu sehen; Schnappschüsse, die zeigten, wie sie anderen Models beim Anziehen half, mit kugelrundem Bäuchlein, weshalb für sie selbst an die Arbeit auf dem Laufsteg nicht zu denken war. Und auf einigen war auch ihr Vater zu sehen, wie er entspannt Zigarre rauchend mit heißem Blick und warmem Lächeln seine bildschöne Frau beobachtete.

Mehr als nur ein Designer hatte versucht, Charlotte klarzumachen, sie müsse unbedingt Model werden, aber die alternden Models, die sie damals vor vielen Jahren bei den Modenschauen auf dem Arm gehalten hatten, schüttelten bei dieser Vorstellung entschieden den Kopf. »Nein«, hatten sie sehr bestimmt gesagt. »Zuerst das College. Mach deinen Abschluss. Deine Mutter hätte darauf bestanden, dass du dein Studium beendest, und recht hätte sie gehabt.« Eine der Frauen, Nadia, die nach einer erfolgreichen Karriere als Model nun eine noch erfolgreichere Model-Bookerin geworden war, erklärte ihr, sie würde sie nicht mal als Klientin aufnehmen, wenn sie sie auf Knien anflehen würde.

»*Non, non, non.* Deine Mutter war eine gute Freundin von mir, und sie würde sich im Grab umdrehen und mich verfluchen, würde ich auch nur im Traum daran denken. Das Modelbusiness ist ein grausames, hartes Geschäft, und sie hätte alles getan, um dich davon fernzuhalten. Ihr hat es Spaß gemacht, weil sie die Kleider liebte und die Designer und die anderen Models, aber heute ist es nicht mehr wie damals. Heutzutage ist es ein lukratives Geschäft, und es geht um so viel Geld, dass Freundschaften nicht mehr viel wert sind.« Sie stieß einen typisch französischen Missfallenslaut aus. »Und außerdem, die Models heute sind alles Kinder, kleine Mädchen, die noch nicht mal ihre Periode haben, kleine Mädchen, die eigentlich auf Bäume klettern und Jungs küssen und Fangen spielen sollten.« Sie hatte sich umgedreht und schaute auf Paris hinaus und seufzte. »Wäre Jackie heute noch unter uns, sie wäre dick und glücklich, und du hättest ein Dutzend Brüderchen und Schwesterchen, *chou chou*.«

Während sie jetzt durch den Park schlenderte, den ihre Mutter so geliebt hatte, musste Charlotte wieder daran denken. Ihren eigenen Erinnerungen an ihre Mutter war nicht zu trauen; die waren durchsetzt mit Geschichten, die sie aus Zeitschriften kannte, aus Büchern und Dokumentationen. Es gab eine Reportage über die Modewelt der Achtziger, in der ein Interview mit ihrer Mutter zu sehen war, das sie sicher schon hundert Mal angeschaut hatte. Es war lange vor ihrer Geburt aufgenommen worden, aber Charlotte konnte es in- und auswendig, jedes einzelne Wort, jede kleine Kopfbewegung, jedes Lächeln.

Mit den Füßen wirbelte sie das Herbstlaub auf dem Reitweg auf und fragte sich, ob ihre Mutter wirklich noch mehr Kinder gewollt hatte. Ihr ganzes Leben lang hatte sie sich immer eine Schwester gewünscht, und als sie noch klein war, hatte sie inständig gehofft, ihr Vater würde wieder heiraten, womöglich sogar eine Frau mit Kindern, gerne auch eine mit vielen Kindern. In der großen Wohnung war es einsam und viel zu still. Irgendwann, als sie älter wurde, gab sie diesen Traum auf und hielt sich stattdessen an ihre Schulfreunde, bei denen sie zumindest zeitweise als zusätzliches Familienmitglied aufgenommen wurde. Aber in den meisten dieser Familien ging es ebenso unterkühlt zu wie bei ihr zu Hause, manchmal sogar noch schlimmer. Geschwister spielten nur selten miteinander, meist wurden sie von einer der zahlreichen Nannys von einer außerschulischen Aktivität zur nächsten gekarrt. Die Eltern arbeiteten oder shoppten oder widmeten sich den notleidenden Armen oder den neurotischen Reichen, und Zeit mit den eigenen Kindern zu verbringen war etwas, wofür man die Mütter anderer Kinder bezahlte. Kein Wunder, dass sie und ihre Teenie-Freunde so eine verschworene Clique waren; sie brauchten einfach jemanden zum Spielen.

Von ihrer Mutter kam sie ganz selbstverständlich auf Miss Millie, die kurz nach dem Tod ihrer Mutter zu ihnen gekommen war. Und schnell war die dunkelhäutige Millie Pearl mit dem fein geschnittenen Gesicht und der scharfen Zunge zu einem unsagbar wichtigen Teil von Charlottes Leben geworden. Immer, wenn sie etwas wirklich Dummes letztendlich doch nicht gemacht hatte, wenn sie standhaft harte Drogen abgelehnt hatte oder nicht in das Auto voller sturzbetrunkener College-Jungs eingestiegen war – dann war das Millies gutem Einfluss zu verdanken gewesen. Sie hatte dem jungen Mädchen beigebracht, innere Werte zu schätzen, selbstständig zu denken und Menschen nach ihrem Tun zu beurteilen und nicht nach ihrem Aussehen. Und sie hatte das kleine Mädchen aufrichtig ins Herz geschlossen, es in den Arm genommen, ihm jeden Abend die langen Haare gekämmt und ihm Lieder vorgesungen, und ihm so das Gefühl vermittelt, etwas ganz Besonderes zu sein, ein Gefühl von Geborgenheit und warmer Zuneigung, das sie schützend umgab und sie wachsen und gedeihen ließ wie ein Spalier für eine zarte Kletterrose im Garten. Charlotte hatte sie sehr vermisst, als sie gegangen war, und war wochenlang untröstlich und niedergeschlagen gewesen. Worauf sie irgendwann todtraurig zu dem Schluss gekommen war, dass alle Menschen, die man liebte, einen irgendwann wieder verließen, und so hatte sie sich ein hartes, glänzendes Schneckenhaus zugelegt, in dem sie sich fortan verstecken konnte.

Ungefähr auf halber Strecke durch den Park, als sie gerade auf Höhe des Reservoirs war, wurde sie von einem jungen Mann angesprochen. Er hatte etwas in der Hand, und instinktiv wich sie vor ihm zurück, aus Angst, es könnte eine Waffe sein. Es waren aber bloß Stift und Block.

»Entschuldigen Sie bitte, aber sind Sie nicht Charlotte Williams?«

Sie nickte und ging ein bisschen langsamer. Kannte sie den Mann vielleicht irgendwoher?

»Ich bin Dan Robinson vom *New York Sentinel.* Möchten Sie vielleicht irgendetwas sagen?«

Das verwirrte sie ein bisschen, und sofort war sie auf der Hut. Es gab eine Menge Verrückte in der Stadt, und es gab eine Menge Reporter. Man konnte gar nicht vorsichtig genug sein. Ihr Dad traute der Presse nicht, und sie genauso wenig.

»Etwas sagen, wozu?« Entschlossen ging sie weiter, schneller als zuvor.

»Zur Verhaftung Ihres Vaters.« Der Reporter hatte leuchtende Augen, und er merkte sofort, dass er sie auf dem falschen Fuß erwischt hatte. Sie wurde langsamer und blieb fast stehen.

»Sie müssen mich mit jemand anderem verwechseln. Mein Vater ist im Büro.«

»Er war im Büro. Augenblicklich wird er wegen des Verdachts der Veruntreuung und Unterschlagung vernommen.«

Charlotte fühlte und hörte ihr Handy in der Handtasche klingeln. Sie zog es raus. Es war ein Anruf von zu Hause. Dann kam gleich noch ein Anruf, diesmal von Emily. Sie nahm den ersten Anruf an.

Greta klang zutiefst erschüttert. »Charlotte, wo bist du?«

»Auf dem Weg zu Janet. Greta, hier steht ein Reporter, der behauptet, Dad sei verhaftet worden? Was ist denn los?«

»Komm nach Hause, Charlotte. Oder geh schnell zu Janet, wenn das kürzer ist. Ich schicke Davis, der kann dich abholen.«

Charlotte schaute nach oben zu den Hochhäusern. Sie konnte schon das Dakota sehen.

»Zu Janet ist es kürzer. Sag Davis, ich bin in zehn Minuten da. Stimmt es denn?«

Greta klang, als könne sie jeden Moment in Tränen ausbrechen. »Ja, Charlotte, aber noch wissen wir nichts Genaueres.« Sie schwieg kurz. »Bitte, beeil dich, Charlotte.«

Sie legte auf. Emily war längst auf die Mailbox umgeleitet worden, und während Charlotte noch auf das Display schaute, trudelten bereits weitere SMS ein, und eine Sprachnachricht nach der nächsten ging ein. Sie schaute hoch. Der Reporter war immer noch da, er hatte ein Aufnahmegerät in der Hand, das er ihr entgegenstreckte, um alles aufzufangen, was sie von sich gab; ihre ersten Äußerungen zu dem, was da gerade vor sich ging, was immer es sein mochte. Sie holte tief Luft.

»Miss Williams? Haben Sie vielleicht etwas zu sagen? Ihr Vater soll angeblich für einen groß angelegten Betrug verantwortlich sein und Millionen, wenn nicht sogar Milliarden Dollar unterschlagen haben. Angeblich hat das SEC ihn bereits seit Jahren im Auge. Was sagen Sie dazu?«

Charlotte kniff die Augen zusammen und richtete sich kerzengerade auf. »Ich habe nicht den geringsten Zweifel an der Unschuld meines Vaters und bin davon überzeugt, dass er diesen Verdacht in kürzester Zeit wird entkräften und seinen Namen wieder reinwaschen können.«

»Ist ja auch Ihr Name, Charlotte.« Der Reporter rührte sich nicht vom Fleck, wohl in der Hoffnung, sie könne noch irgendetwas sagen oder tun, weswegen seine Chefs stolz auf ihn sein könnten.

Doch stattdessen sagte und tat Charlotte etwas, weswegen Miss Millie stolz auf sie sein konnte. »Namen sind Schall und Rauch, Mr. Robinson. Ein Name sagt nichts über den Charakter eines Menschen.«

Und damit drehte sie sich auf dem Absatz um und ließ ihn einfach stehen.

Kapitel 7

Mit einem strahlenden Lächeln öffnete Janet ihr die Tür und breitete die Arme aus. Die Haare hatte sie auf dem Kopf aufgetürmt, und das vogelnestartige Gebilde wurde von antiken Essstäbchen gehalten, und dazu trug sie eine funkelnde strassbesetzte Schmetterlingsbrille. Sie war wirklich ein Unikat.

»Wie ich mich freue, dich zu sehen, Charlotte. Lass dich umarmen, Herrgott noch mal. Und du musst mir alles über Paris erzählen, alle Einzelheiten, ohne Ausnahme.« Dann unterbrach sie sich plötzlich und musterte ihre jüngere Freundin mit fragendem Blick. »Was ist passiert? Ist alles in Ordnung?«

Sanft schob Charlotte sich an ihr vorbei nach drinnen und ging in die Küche, wo, wie sie wusste, ein Fernseher stand. »Könnten wir bitte den Fernseher anschalten, Janet? Irgendwas ist mit meinem Dad passiert.«

Entsetzt schnappte Janet nach Luft und stürzte hinter ihr her in die Küche, suchte hektisch nach der Fernbedienung, die sie schließlich unter einem flauschigen grauen Kater aufstöberte, und knipste den Fernseher an. Beleidigt verzog der Kater sich und stakste unter heftigem Schweifschlagen von dannen.

»Krieg dich wieder ein, Brutus, du hast doch ohnehin nichts geschaut.«

Janet McTavish stammte, wie schon ihr Name verriet, ursprünglich aus Schottland, doch vier Jahrzehnte in den USA hatten ihren harschen Akzent erheblich abgemildert. Sie und ihre Lieblingsschülerin standen da und warteten gespannt darauf, von CNN zu erfahren, was eigentlich vor sich ging. Und dann tauchte unvermittelt ein Foto von Jacob Williams auf dem Bildschirm auf, und der Moderator sagte seinen Text dazu auf.

»Die Nachricht, dass einer der ganz großen Global Players, Jacob Williams, heute wegen des Verdachts auf Wertpapierbetrug festgenommen worden ist, hat an der Wall Street für heftige Turbulenzen gesorgt. Sprecher von SEC und FBI erließen folgende Erklärung.«

Daraufhin waren Bilder einer Pressekonferenz zu sehen, bei der ein nicht gerade bedrohlich wirkender Mann über Charlottes Vater redete, als sei er ein Schwerkrimineller.

»Über fünf Jahre lang haben SEC und FBI nun schon gemeinsam daran gearbeitet, belastendes Beweismaterial gegen Jacob Williams zu sammeln, der das Vertrauen einiger führender Persönlichkeiten unseres Landes, mehrerer Großbanken und Tausender Kleinanleger genießt. Phasenweise haben wir befürchtet, niemals genügend Material zusammentragen zu können, so verworren war sein Netz aus Transaktionen und Geldanlagen, doch nun sind wir uns sicher, eine wasserdichte Anklage gegen ihn anstrengen zu können. Er wird derzeit ohne die Möglichkeit, eine Kaution zu stellen, in Manhattan festgehalten, und die vorläufige Anklageerhebung ist für morgen Vormittag angesetzt.«

Janet nahm Charlotte am Arm und führte sie zu einem Stuhl, von dem sie den armen Brutus abermals vertreiben musste, der daraufhin angewidert den Raum verließ.

»Himmel, Kind, du bist ja weiß wie die Wand. Warte, ich hole dir schnell einen Whiskey.«

Stumm schüttelte Charlotte den Kopf.

»Dann vielleicht eine Tasse Tee?«

Erneutes Kopfschütteln.

Worauf Janet direkt vor Charlottes Nase mit den Fingern schnippte. »Charlotte, wach auf.« Verschreckt fuhr Charlotte auf. »Dein Vater ist unschuldig, da muss irgendein Missverständnis vorliegen. Du musst dich zusammenreißen, damit du ihm jetzt beistehen kannst.«

Es klopfte an der Tür, und plötzlich stand Davis vor ihr.

»Miss Charlotte? Soll ich Sie jetzt nach Hause bringen?« Er hüstelte, was so ziemlich die größte Bekundung inneren Aufruhrs war, zu der Davis sich je hatte hinreißen lassen. »Bedauerlicherweise belagern derzeit Journalisten und Fotografen das Gebäude. Wir werden ihnen kaum aus dem Weg gehen können.«

Charlotte schüttelte sich. Sie mochte zwar jung sein, aber sie war hart im Nehmen. Entschieden wandte sie sich an Janet. »Ich nehme einen Whiskey, danke. Davis?«

»Ich muss noch fahren, Miss.«

»Aber natürlich.« Sie dachte kurz nach. »Haben Sie Mr. Bedford schon benachrichtigt?« Mr. Bedford war der Anwalt ihres Vaters.

»Er hat uns benachrichtigt, Miss. Er ist downtown bei Ihrem Vater.«

»Und was ist mit Marshall?« Michael Marshall war der Geschäftspartner ihres Vaters. Er arbeitete schon eine ganze Weile mit ihrem Vater zusammen, wobei er sich mehr im Hintergrund hielt und nicht so sehr in der Öffentlichkeit stand wie ihr Vater.

Davis guckte etwas gequält. »Mr. Marshall haben wir bisher nicht erreichen können.«

»Womöglich ist er ja auch verhaftet worden?«

Davis zuckte mit den Schultern. Das hatte sie noch nie erlebt, und irgendwie beunruhigte diese kleine Geste der Hilflosigkeit sie zutiefst.

Charlotte schaute sich in Janets Küche um, vollgestopft und winzig, aber ebenso innig geliebt wie die feudale Küche bei ihr zu Hause. Viele der glücklichsten Augenblicke ihres Lebens hatte sie in dieser Küche erlebt, als sie mit Janet gesungen und herausgefunden hatte, was sie mit ihrer Stimme alles anstellen konnte. Doch diese unbeschwerten Zeiten waren fürs Erste vorbei. Vielleicht sogar für immer.

»Es tut mir leid, Janet. Aber ich muss nach Hause.«

Janet nahm sie in den Arm und drückte sie fest. »Ach, ich bitte dich, das braucht dir doch nicht leidzutun. Sicher ist da irgendwo ein Fehler passiert oder irgendwer neidet ihm das Geld. Ist doch meistens so. Nächste Woche kommst du bestimmt schon wieder her, und dann lachen wir beide herzlich darüber.«

Charlotte stand auf und ging durchs Wohnzimmer zur Tür. Das ausgeblichene Sofa, der riesige Steinway-Flügel, der den ganzen Raum beherrschte, das leuchtende Rubinrot und Blau des Orientteppichs, all das hatte sie so lieb gewonnen, und dieser Anblick hatte ihr in Paris schrecklich gefehlt. Es kam ihr fast vor, als schlafwandele sie. Brutus beäugte sie finster von seinem Platz auf dem Flügel, doch seine Schwester Kleopatra strich ihr schnurrend um die Beine. Sie bückte sich, um ihr über das weiche schwarze Fell zu streicheln, aber es kam ihr vor, als sei es gar nicht ihre Hand, die sie da sah. Irgendwie erinnerte das sanfte Schnurren der Katze sie daran, dass die Welt sich weiterdrehte; dass es schlicht und ergreifend darum ging, sich dem Problem zu stellen und es aus dem Weg zu räumen, und dass dann alles wieder gut werden würde. Die Katze schaute zu ihr auf und blinzelte ihr dann einmal mit den bernsteinfarbenen Augen teilnahmsvoll zu. Charlotte richtete sich auf und drehte sich zu Davis um und spürte, wie das Blut wieder in ihre Finger und Zehen strömte und ihr Kopf frei wurde.

»Auf in den Kampf, Davis. Stellen wir uns der Meute. Zuerst nach Hause und dann downtown.«

Davis lächelte kurz, erleichtert, dass sie die Führung übernahm. »Ja, Miss.«

Aber als sie nach Hause kamen, mussten sie feststellen, dass downtown bereits auf sie wartete.

⋆

Charlotte blieb ganz ruhig, während sie sich einen Weg durch die wartenden Fotografen und Reporter vor ihrem Haus bahnte, und blieb im Foyer stehen, um kurz mit dem Hausverwalter zu reden. Jacob Williams war nicht der erste Bewohner, der ungewolltes Medieninteresse erregt hatte, und der Verwalter war nicht aus der Ruhe zu bringen.

»Miss Williams, ich darf Ihnen versichern, dass kein Pressevertreter ohne Ihr Einverständnis Zugang zum Gebäude erhalten wird, und dass kein Fotograf hereingelassen wird. Davy und Felipe kennen Sie von Kindesbeinen an; Sie wissen, dass auf ihre Diskretion Verlass ist.«

Charlotte wusste das. Die beiden Portiers hatten sie mehr als einmal heillos betrunken nach Hause kommen gesehen und niemals auch nur einen Pieps gesagt, nicht zu ihr und erst recht nicht zu ihrem Vater. Und ihre Diskretion hatte nichts mit den Weihnachtsboni zu tun, die sie jedes Jahr von der Hausgemeinschaft bekamen; für die beiden war es eine Frage der Ehre, es ging um ihren Stolz. Oder womöglich interessierten die Eskapaden ihrer verwöhnten Hausbewohner sie auch nicht die Bohne, aber Charlotte zog es vor, an ihren Berufsethos zu glauben.

Sie lächelte dem Hausverwalter freundlich zu. »Das weiß ich, Mr. Rockwell. Ich bin Ihren Mitarbeitern sehr dankbar für ihren Einsatz. Natürlich werden wir sämtliche eventuell entstehenden Mehrkosten übernehmen …« Taktvoll ließ sie den Rest des Satzes in der Luft hängen, doch die Botschaft war deutlich: *Sparen Sie weder Kosten noch Mühen. Halten Sie uns die Aasgeier vom Leib.*

Mr. Rockwell nickte verständnisvoll. »Dies ist Ihr Zuhause, Miss Williams. Hier sind Sie sicher, und wenn Mr. Williams nach Hause kommt, sind wir zuversichtlich, dass sein guter Name wieder rehabilitiert sein wird.«

Danach fühlte Charlotte sich gleich viel besser, zumindest, bis die Türen des Lifts sich im Foyer öffneten, wo Greta sie bereits erwartete.

»In der Bibliothek sind ein paar Herren, Charlotte. Sie wollten in das Arbeitszimmer deines Vaters, aber ich habe die Tür abgeschlossen und ihnen gesagt, sie sollen auf dich warten.«

Charlotte holte tief Luft und versuchte, das aufsteigende Gefühl der Panik zu unterdrücken. »Okay. Sagen Sie ihnen bitte, dass ich wieder da bin und gleich bei ihnen sein werde. Haben Sie ihnen einen Kaffee angeboten?«

Greta schien empört. »Nein. Das ist die Polizei. Die halten deinen Vater für einen Kriminellen.«

»Umso wichtiger, sie zivilisiert zu behandeln, meinen Sie nicht?« Charlotte machte sich auf den Weg zu ihrem Zimmer. »Bitte, bieten Sie ihnen einen Kaffee an.« Sie überlegte kurz. »In dem Sèvres-Porzellan, bitte.«

Charlotte ging auf ihr Zimmer und schloss die Flügeltür mit einem Klick hinter sich. Dann lehnte sie sich mit dem Rücken dagegen und wartete, bis ihr Kopf aufhörte, sich zu drehen. Was. Zum. Geier. Als sie damals das Gebäude in Yale abgefackelt hatte, hatte ihr Vater ihr umgehend einen Anwalt auf die Polizeiwache geschickt und war ihr kurz darauf selbst zu Hilfe geeilt. Jedes Mal, wenn sie als Teenie in Schwierigkeiten geraten war, war Davis aufgetaucht und hatte sie gerettet wie der

Ritter mit dem weißen Ross. Nie, wirklich nie in ihrem ganzen Leben hatte sie sich irgendwelchen Problemen vollkommen allein stellen müssen, zumindest nicht sehr lange. Sie fühlte sich schrecklich allein, verlassen und verängstigt, aber sie wusste, dass sie sich jetzt zusammenreißen musste. Sie schaute sich in ihrem Zimmer um und sah, dass alles, was sie brauchte, da war. »Wenn man in eine Schlangengrube steigt«, hatte ihr Vater immer gesagt, »sollte man aussehen wie ein Superstar. Es verwirrt die Schlangen.« Ein Chanel-Kostüm schien ihr eine der Situation angemessene Rüstung, und dazu entzückende kleine Schühchen als kleines »Ihr könnt mich mal« dazu. Volle Kriegsbemalung, aber nicht zu nuttig. Glattes, streng zurückgekämmtes Haar mit Diamantenspange. Alles sehr distinguiert und professionell. Ja, sie war ein vierundzwanzigjähriges Mädel, aber sie würde tun, als hätte sie es jeden Tag mit den Strafverfolgungsbehörden zu tun. Insgeheim wünschte sie sich ihre Mama herbei, aber die Kleider ihrer Mama anzuziehen war das Nächstbeste, was sie tun konnte. Es war zwar nur ein schwacher Trost, aber immerhin ein Trost.

Als sie die Treppe hinunterging, zitterten ihr die Knie, und irgendwann stolperte sie sogar und musste sich geistesgegenwärtig am Geländer festhalten. Sie sah Greta unten am Fuß der Treppe stehen und mit müdem, abgespanntem Gesicht auf sie warten. Charlotte richtete sich kerzengerade auf und schluckte ihre eigene Angst herunter, in der Hoffnung, Greta dadurch etwas von ihrer Sorge zu nehmen. Wie ein Schwan, sagte sie sich. Über der Wasseroberfläche ruhig und anmutig, darunter paddelnd wie verrückt.

Den Rest der Treppe schaffte sie, ohne zu stürzen.

*

Als Charlotte in die Bibliothek kam, sah sie aus wie das Titelmodel einer Hochglanzzeitschrift, und die drei Männer im Raum sprangen wie auf ein Kommando gleichzeitig auf. Gegen das dunkle Kostüm leuchteten ihre Haare geradezu, und ihr hinreißender Teint mit der pfirsichweichen Haut und das ungewöhnlich hübsche Gesicht waren einfach atemberaubend.

»Gentlemen.« Charlotte reichte ihnen die Hand. »Ich bin Charlotte Williams. Ich glaube, es hat da ein Missverständnis gegeben.«

Der erste Mann, klein und eher rundlich, stellte sich vor.

»Miss Williams, ich bin Philip Mallory, NYPD. Ich arbeite als Verbindungsbeamter zwischen dem NYPD und den beiden anderen beteiligten staatlichen Behörden, die mit der Untersuchung des Falls befasst sind.« Sein Ton war nüchtern und ruhig. Vermutlich sah er, dass ihre Hand zitterte, aber er schien das bloß zur Kenntnis zu nehmen und dann zu den Akten zu legen.

»SEC und FBI?« Charlotte gab sich ebenso kühl. »Dann darf ich annehmen, dass Sie, meine Herren, je eine der beiden Behörden vertreten?« Womit sie die anderen Herren anlächelte, die nicht anders konnten, als ihr Lächeln zu erwidern. *Okay, Charlotte, das sind auch bloß Männer*, sagte sie sich, *nichts als Männer. Männer stehen auf dich.*

»Ich bin Jim Scarsford vom SEC.« Er war größer als der Polizist, sah deutlich besser aus und trug einen Anzug, den Charlotte auf den ersten Blick als einen Armani identifizierte. Vermutlich musste man wie ein Banker aussehen, wenn man Bankern das Handwerk legen wollte. Sie bedachte Scarsford mit einem flüchtigen Lächeln und wandte sich dann dem letzten Mann zu.

»Sam Dale, FBI.« Er hätte von überallher kommen und alles

oder nichts sein können. Strohblonde Haare, blasse Augen, schmaler Mund. Sein hundsgewöhnliches Allerweltsgesicht war in seinem Beruf vermutlich ein unschätzbarer Vorteil. Man schaute einfach an ihm vorbei. Sein Anzug schrie geradezu Kaufhaus-Herrenabteilung. »Kann einer von Ihnen mir vielleicht sagen, wo mein Vater ist, Gentlemen?«

Scarsford räusperte sich. Zu seinem Unglück schien der SEC-Agent Charlotte attraktiv zu finden, und wie es aussah, musste er sich zusammenreißen, um sich auf die Tatsache zu konzentrieren, dass sie Gegenstand laufender Ermittlungen war. »Ähm, ja, Miss Williams. Ihr Vater wird augenblicklich in einer Einrichtung des FBI downtown festgehalten. Natürlich ist er dort in Sicherheit.«

»Natürlich. Und warum das FBI, wenn ich fragen darf? Wird er eines Bundesvergehens angeklagt?« Charlotte war beeindruckt, wie ruhig sie klang. Innerlich war sie in Aufruhr, aber sie klang wie die Ruhe in Person. All die vielen Übungsstunden, in denen sie unermüdlich Haltung und Auftreten trainiert hatte, zahlten sich also endlich aus.

Mr. Dale antwortete. »Ja, wird er. Wertpapierbetrug ist ein Vergehen mit weitreichenden Konsequenzen und Opfern in mehreren Staaten. Ihrem Vater wird vorgeworfen, Investoren aus mehr als vierzehn verschiedenen Ländern betrogen zu haben.«

Charlotte lächelte abermals, obwohl sie fürchtete, sich jeden Augenblick übergeben zu müssen. »Tatsächlich? Da scheint er ja wirklich sehr rege gewesen zu sein.« Sie schwieg, schlug die Beine übereinander und setzte sich etwas bequemer zurecht, wobei die roten Sohlen ihrer Schuhe die anwesenden Herren abzulenken schienen. Jim Scarsford wurde hochrot; die Röte stieg ihm aus dem Kragen ins Gesicht. »Der Anwalt meines Vaters war die ganze Zeit anwesend, nehme ich an?«

Der FBI-Agent nickte. »Ja. Ihr Vater hat bisher keine Fragen beantwortet und mit keinem der Mitarbeiter einer der beteiligten Behörden gesprochen, aber wir hoffen, dass sich das noch ändern wird. Sollte er seine Unschuld beweisen wollen, führt kein Weg daran vorbei, mit uns zu reden.«

Charlotte verzog keine Miene. »Ich denke, er wird das tun, was er für angebracht hält.« Womit sie entschlossen aufstand. »Nun, Gentlemen, es muss sicher etwas geben, was ich für Sie tun kann, sonst wären Sie nicht hier. Wie kann ich Ihnen behilflich sein?«

Der Polizist zog ein Blatt Papier hervor. »Wir haben einen Durchsuchungsbeschluss für das Arbeitszimmer Ihres Vaters. Dieser Beschluss gestattet uns, sämtliche Rechner, Akten und sonstige Unterlagen oder anderes Material zu beschlagnahmen, das wir für die laufende Untersuchung für relevant halten.«

Charlotte nahm das Blatt und faltete es zusammen, ohne einen Blick darauf zu werfen. »Das muss ich natürlich erst mit meinem Anwalt besprechen. Würden die Herren mich einen Augenblick entschuldigen, damit ich ihn anrufen kann?«

Kaum aus dem Zimmer raus, stürzte Charlotte zum Badezimmer und schaffte es gerade noch rechtzeitig. Dann lehnte sie die klamme Stirn gegen das Waschbecken, faltete das Papier auseinander und las es durch. Es war, genau wie der Mann gesagt hatte, ein Durchsuchungsbeschluss für das Arbeitszimmer ihres Vaters. Unterschrieben war er von einem Richter, den sie persönlich kannte, der mehr als einmal bei ihnen zu Hause am Tisch gesessen und mit ihnen gegessen hatte. *Verräter.* Vermutlich war es nur eine Frage der Zeit, bis sie die ganze Wohnung durchsuchten. Ihr Zimmer. Ihren Kleiderschrank. Wieder musste sie würgen, und dann wartete sie einen Moment, bis sie sich wieder gefasst hatte.

Sie wischte sich den Mund ab und schaute sich im Spiegel an. Etwas blass. Rasch kniff sie sich in die Wangen und riss die Augen weit auf. *Jetzt reiß dich zusammen, Charlotte.* Und dann ging sie in das Arbeitszimmer ihres Vaters und rief seinen Anwalt an.

»Arthur?« Die Leitung war nicht besonders gut, und es klang, als sei er nicht allein.

»Charlotte? Bist du zu Hause?«

»Die Polizei ist hier, Arthur, mit einem Durchsuchungsbefehl für Dads Arbeitszimmer.«

Der Anwalt seufzte. Ihr ganzes Leben kannte sie Arthur Bedford nun schon, und noch nie hatte sie erlebt, dass er derart angespannt klang. »Dein Vater wird diverser schwerer Vergehen angeklagt, Charlotte, und das FBI und SEC haben jedes Recht, eure Wohnung zu durchsuchen.«

Charlotte schaute zum Fenster hinaus. Draußen ging das Leben seinen gewohnten Gang. Touristen stiegen in Pferdekutschen. Kinder spielten. Merkte denn niemand, dass die Welt stehen geblieben war?

»Der Durchsuchungsbeschluss gilt nur für das Arbeitszimmer. Da bin ich jetzt gerade. Keine rauchenden Colts. Keine Dollarstapel.«

Arthur schien jedoch der Sinn für Humor abhandengekommen zu sein. »Fass nichts an, Charlotte. Lass alles, wie es ist, und nimm ja nichts mit.«

Verwirrt runzelte sie die Stirn. »Warum sollte ich, Arthur? Je schneller diese Sache aufgeklärt wird, desto eher können wir sie wegen Rufmords und Verleumdung anzeigen.«

Wieder dieses Seufzen. Langsam machte sie das wirklich nervös.

»Dad ist doch unschuldig, oder, Arthur?«

»Charlotte, ich wünschte, ich wüsste es.« Sie hörte laute

Stimmen im Hintergrund. »Wir reden nachher noch mal. Vielleicht in einer Stunde, ja?«

Einen Augenblick blieb sie einfach stehen und berührte nur sachte die Sachen auf dem Schreibtisch ihres Vaters. Sein Laptop stand da. Ein USB-Stick. Schlüssel für den Aktenschrank. Nichts Verstecktes, keine Geheimnisse. *Also gut. Sollen sie doch kommen.*

Sie ging zu Greta und ließ sich den Schlüssel zum Arbeitszimmer ihres Vaters geben und ging dann wieder in die Bibliothek. Dort wandte sie sich an Dale, den FBI-Agenten.

»Mein Anwalt sagte, dass mein Vater nach mir gefragt hat. Dürfte ich ihn sehen?«

Zu ihrem Erstaunen drehte Dale sich zu Scarsford um.

Charlotte zog eine Augenbraue hoch. »Ich dachte, das FBI hielte meinen Vater fest.«

Scarsford warf Dale einen kurzen, etwas entnervten Blick zu. »Das stimmt, aber das SEC hat die Ermittlungen eingeleitet. Ich bin der führende Ermittler.«

Tief drinnen, noch unter ihrer Angst, spürte Charlotte einen winzigen Funken Ärger aufflackern. »Gentlemen, ich möchte mich ganz klar ausdrücken. Sie halten meinen Vater irgendeines Vergehens für schuldig. Sie halten ihn für einen Kriminellen. Aber ich möchte doch annehmen, dass dieser Verdacht nicht auch mich mit einschließt?«

Ein kurzes, betretenes Schweigen machte sich breit, während jeder der drei Männer darauf wartete, dass der andere den Gesprächsfaden wieder aufnahm.

»Oder doch?«

Der Polizist erbarmte sich. »Derzeit nicht, Miss Williams. Die Ermittlungen stehen noch ganz am Anfang.«

»Aber ich dachte, Ihre Anklage ist hieb- und stichfest? Das haben Sie doch der Presse erzählt. Dann haben Sie meinen

Vater also gehenkt, noch ehe Sie richtig angefangen haben? Ist das nicht etwas unfair, meine Herren?«

Und damit ging sie ans Fenster und schaute hinaus, fasste sich wieder und nahm alle verfügbare Kraft zusammen. Wie sie sich wünschte, ihr Vater würde jetzt durch die Tür spazieren und lachen und laut verkünden, was für ein herrlicher Spaß das doch alles gewesen sei. Aber als sie sich wieder zu den Ermittlern umdrehte, sah es eher danach aus, als wolle sie ihnen eine Tasse Tee servieren und kein Ultimatum.

»Sollte ich zu irgendeiner Zeit während dieser Ermittlungen das Gefühl haben, nicht mit äußerstem Respekt behandelt oder in irgendeiner Weise in die Irre geführt zu werden, dann werde ich jedem Einzelnen von Ihnen das Leben zur Hölle machen, bis Sie sich irgendwann wünschen, Sie wären nie geboren worden. Mein Vater und meine ganze Familie haben Beziehungen bis in die höchsten Regierungsebenen und die besten Gesellschaftskreise, national wie international. Bitte denken Sie immer daran, dass Sie in diesem Haus willkommen geheißen und höflich empfangen wurden. Seien Sie bitte so nett, mir mit der gleichen Höflichkeit zu begegnen.«

Sie holte tief Luft.

»So, würden Sie mir nun, wer auch immer hier das Sagen hat, bitte eine simple Frage beantworten. Darf ich zu meinem Vater?«

Scarsford lächelte. »Natürlich, Charlotte.«

»Miss Williams.«

Das Lächeln verrutschte keinen Millimeter. »Miss Williams, Entschuldigung. Sobald unsere Leute mit der Durchsuchung des Arbeitszimmers Ihres Vaters angefangen haben, bringe ich Sie persönlich hin.«

»Sehr gut.« Sie reichte ihm den Schlüssel. »Den brauchen Sie. Es ist nichts verändert oder herausgenommen worden, seit mein Vater heute Morgen zur Arbeit gegangen ist. Wir haben nichts zu verbergen.« Womit sie Scarsford direkt in die Augen schaute. »Können Sie das auch von sich behaupten, Mr. Scarsford?«

Scarsford wurde knallrot.

Kapitel 8

Es dauerte allerdings noch gut eine Stunde, ehe sie so weit waren, und in dieser Zeit konnte Charlotte ungestört mit Emily telefonieren. Emily schien die ganze Sache mehr zu amüsieren als zu beunruhigen.

»Das ist doch einfach lächerlich, Charlotte! CNN zeigt Fotos von deinem Dad. Kaum zu fassen. Und besonders vorteilhaft sind die nicht gerade.«

Charlotte verzog das Gesicht. »Das ist momentan meine kleinste Sorge, Emily. Wenn die ganze Sache ausgestanden ist, sorge ich dafür, dass sie ihr Fotoarchiv aktualisieren, ja?«

An Emily schien dieser Rüffel spurlos vorbeizugehen. »Na ja, er sieht ziemlich korpulent aus, wenn du mich fragst.« Sie kicherte. »Vielleicht macht er es ja wie Martha Steward und nutzt die Zeit im Knast, um sich wieder in Form zu bringen.«

»Emily.« Charlottes Stimme hatte einen schneidenden Unterton. »Darüber macht man keine Witze. Das ist nicht komisch.«

Sie konnte förmlich hören, wie ihre Freundin eine Schnute zog. »Ein bisschen komisch ist es schon, Charlotte. Es ist albern. Warum um Himmels willen sollte dein Vater Geld stehlen, wo er doch in Geld schwimmt? Die Bullen sind echt zu dämlich.«

Zufälligerweise beobachtete Charlotte gerade Detective Mallory, als Emily das sagte, und dachte bei sich, dass sie selten einen Mann gesehen hatte, der weniger dämlich aussah als er, aber sie beließ Emily in dem Glauben.

»Soll ich vorbeikommen und dir Gesellschaft leisten?« Emily klang richtig aufgekratzt. »Ich könnte eine dunkle Sonnenbrille anziehen und mir ein Tuch um die Haare binden und mich heimlich zum Hintereingang reinschleichen.«

»Wage es ja nicht, Emily. Bleib, wo du bist, sonst wirst du auch noch mit in den Schmutz gezogen. Und außerdem fahre ich gleich zu Dad, also bin ich ohnehin nicht mehr lange hier.«

»Okay, Charlotte. Dann rufe ich dich nachher noch mal an, ja?« Emily legte auf, vermutlich, um prompt all ihre gemeinsamen Freunde anzurufen und sich in Schadenfreude zu suhlen.

Ihren Ärger hatte Charlotte zwar ganz gut im Griff, aber es irritierte sie, wie sorglos und fast herzlos ihre Freundin diese schlimme Situation abtat. Mit keinem Wort hatte Emily Mitgefühl signalisiert oder ihr gesagt, wie leid es ihr tat, was Charlotte da durchmachen musste, oder irgendeine konkrete Hilfe angeboten. Na ja. Um ganz ehrlich zu sein, wusste sie nicht, was sie tun würde, wäre sie umgekehrt an Emilys Stelle gewesen. Beim Gedanken daran, dass Emilys Eltern irgendwie in Schwierigkeiten geraten könnten, musste sie lächeln. Wie denn? Ladendiebstahl in Zabar's Gourmetkaufhaus? Kauf von nicht fair gehandeltem Kaffee?

Jim Scarsford, der sie von der anderen Seite des Raums beobachtete, sah, wie ein Lächeln über ihr Gesicht huschte und ihre Züge kurz ganz weich werden ließ, ehe es auch schon wieder verschwunden war. Mallory kam zu ihm herüber und redete mit ihm.

»Wir sind hier durch. Sie können jetzt mit ihr nach downtown fahren, wenn Sie möchten. Oder Sie lassen sie noch ein bisschen zappeln. Das überlasse ich Ihnen. Manchmal regen sie sich so auf, dass sie einen Fehler machen, wissen Sie, und dann rutscht ihnen vor lauter Frust was Unüberlegtes raus.«

Stirnrunzelnd schaute Scarsford seinen Kollegen vom NYPD an. »Ich bezweifele, dass sie irgendwas weiß. Das ganze letzte Jahr war sie in Paris, und davor schien es eher, als hätte sie sich nur für Jungs und hübsche Kleidchen interessiert. Ich bezweifele sehr, dass Charlotte Williams ein kriminelles Superhirn ist.«

Mallory schien davon nicht restlos überzeugt. »Wäre sie ein ganz gewöhnliches Mädel, säße sie jetzt wegen Brandstiftung, das wissen Sie so gut wie ich. In Yale wurde alles fein säuberlich unter den Teppich gekehrt, weil Daddy dem lieben Töchterlein den Hals gerettet und einen Haufen Kohle ausgespuckt hat. Wäre sie eine achtzehnjährige Farbige aus New Haven, dann wäre sie jetzt immer noch im Knast, und irgendwie stößt einem das sauer auf, finden Sie nicht?«

Alle drei Männer beobachteten die Familie Williams bereits seit geraumer Zeit. Charlotte hätte sich sicher in Grund und Boden geschämt, wenn sie auch nur ansatzweise geahnt hätte, was die beiden Männer alles über sie wussten. Einschließlich pikanter Details ihres Liebeslebens.

Als Scarsford auf sie zukam, stand sie auf. Schade eigentlich, dass er zu den Bösen gehörte – er sah ganz schnuckelig aus.

»Können wir jetzt fahren?«

Als sie so dicht vor ihm stand, ging ihm auf, dass sie gar nicht so groß war, wie er zunächst angenommen hatte. In den vergangenen Jahren hatte er Tag für Tag Fotos von ihr gesehen, und er war darauf gefasst gewesen, einer bildschönen Frau gegenüberzustehen. Worauf er überhaupt nicht vorbereitet gewesen war, war diese geradezu atemberaubende

Mischung aus kühler Zurückhaltung und glühender Leidenschaft, die sie verströmte. Sehr beherrscht, sehr elegant, sehr stylish. Aber sie bewegte sich wie eine Raubkatze, und ihr Gesicht war unglaublich ausdrucksstark. Für einen flüchtigen Moment wünschte er, er könne sie mit nach Hause nehmen und herausfinden, was ihr ein Lächeln aufs Gesicht zauberte, wann sie genüsslich die Augen schloss, wann sie sich innerlich zusammenrollte wie ein Kätzchen. Aber das stand außer Frage, weil er ihren Vater in den Knast bringen würde, und so was kam bei Verabredungen meist nicht besonders gut an. Im Geiste lächelte er ein wenig wehmütig, blieb aber äußerlich ganz cool und nickte bloß.

Etwas, das eine teure Upper-East-Side-Erziehung einer jungen Dame angeblich mit auf den Lebensweg gab, war die Fähigkeit, jederzeit mit jedermann höflich Konversation zu machen. Wer weiß, schließlich konnte man an einem Tag einem Diplomaten begegnen und am nächsten dem König eines kleinen Reiches, und für eine wohlerzogene junge Dame war es ein Kinderspiel, bei derartigen Gelegenheiten eine ganze Palette unverfänglicher Themen zu diskutieren. Aber wie sich nun herausstellte, war die Unterhaltung während der Fahrt nach downtown im Auto mit einem Mann, der für die Verhaftung eines Elternteils verantwortlich war, eine eher schwierige Angelegenheit, in der es nicht eben leicht fiel, locker-flockigen Smalltalk zu machen.

»Musik?« Kaum hatte er das gesagt, hätte er sich selbst am liebsten vors Schienbein getreten.

Charlotte drehte sich einfach bloß zu ihm um und schaute ihn an, eine perfekt gerundete Augenbraue pikiert hochgezogen. »Was würden Sie denn empfehlen? ›Folsom Prison Blues‹? ›Jailhouse Rock‹?«

Schweigen. Als Jahrgangsbester hatte er seinen Abschluss in Jura an der Columbia gemacht, sich als Junior-Partner einer alteingesessenen Anwaltskanzlei abgerackert, das Einmaleins des Kapitalmarktrechts gelernt und war dann schließlich zum SEC gewechselt, wild entschlossen, Großunternehmen und Bonzen zur Strecke zu bringen, die die kleinen Leute um ihr mühsam erspartes Geld brachten. Aber stattdessen hatte er ein halbes Jahrzehnt damit zugebracht, tatenlos zuzusehen, wie die Reichen immer reicher wurden und bei Vergehen ungeschoren davonkamen, für die ärmere Leute umstandslos ins Kittchen gewandert wären. Eigentlich hatte er keinerlei Mitleid für Charlotte Williams und Konsorten, die gehätschelten Sprösslinge der Reichen und Schönen. Aber sie war heiß und klug und schlagfertig und schien sogar Sinn für Humor zu haben.

»Verzeihung, Sie haben recht. Das wäre wohl eher unpassend.«

Wieder Schweigen. Im Schneckentempo krochen sie die Fifth Avenue entlang. Er nahm eine Abkürzung durch den Park und reihte sich in den etwas schneller fließenden Verkehr ein. Gedankenverloren schaute sie aus dem Fenster, sah die vertrauten Gebäude vorbeigleiten, voller Menschen, die vermutlich ihre eigenen Sorgen hatten. Hier und da klebten noch hartnäckige dicke schwarze Schneeklumpen an den Häuserecken. Manchmal waren die Pfützen an den Straßenkreuzungen so tief, dass das Wasser einem in die Stiefel lief, wenn man mit Daddy in den Park ging, hüpfend und springend und quiekend, trotzdem er einem die Stiefel mit dem Bändchen oben gekauft hatte, trotzdem er einen mit seinen starken Armen hochhielt, wenn man sprang. Trotzdem.

Scarsford schaute sie an. Sie sah aus dem Fenster, das Gesicht völlig unbewegt. Er hatte schon viele Leute gesehen, die in Schwierigkeiten steckten, und mitunter waren solche Menschen die Einzigen, mit denen er redete. Für gewöhnlich waren sie sehr gesprächig, versuchten, ihn auf ihre Seite zu ziehen, versuchten, irgendwie an ihn ranzukommen, hofften, man würde über das hinwegsehen, was sie getan hatten – was immer es auch sein mochte. Aber die hier nicht, nicht dieses Mädchen. Der war er schnuppe. Vermutlich überlegte sie gerade, was sie anziehen sollte, wenn sie heute Abend zum Essen ausging.

Manchmal gingen sie auch zum Stall, um auf Charlottes Pony zu reiten, und dann ging er neben ihr her, redete über die Bäume und die Vögel, erfand Geschichten darüber, was das Pony wohl gerade dachte, wie es die ganze Woche lang immer von ihr träumte und sehnsüchtig darauf wartete, dass sie endlich kam und auf ihm ritt, und dabei war sein Kopf fast auf einer Höhe mit ihrem, weil das Pony so klein war und ihr Dad so groß, denn das war er, ihr Daddy.

Sie seufzte. Wieder guckte Scarsford sie aus den Augenwinkeln an, wobei er beinahe auf ein Taxi aufgefahren wäre. Seine unsanfte Vollbremsung ließ sie aufschrecken und riss sie aus ihren süßen Tagträumen von irgendwelchen Shopping-Orgien, denen sie sicher gerade nachhing. Doch als Charlotte sich zu ihm umdrehte, hatte sie Tränen in den Augen. Einen langen Augenblick schaute sie ihn nur an, und ihr Gesicht war das Schönste und Traurigste, was er je gesehen hatte, und dann fuhren die Autos weiter, und er hatte sie wieder an ihre Traumwelt verloren.

Und dann waren sie da.

*

Der Metalldetektor war eine interessante Sache. Scarsford ging zuerst durch, nachdem er eine Pistole aus der Jacke geholt (Charlotte hatte sich darüber gewundert, als sie das Ding so kurz und hässlich und wie ein Kinderspielzeug in der Plastikwanne daliegen sah) und nacheinander ein Portemonnaie, eine Uhr und einen Absolventenring abgelegt hatte.

Dann war sie an der Reihe. Sie zog ihre Armbanduhr aus (IWC), ein Tennisarmband (von Tiffany, ein Geschenk ihres Vaters), einen Ring (Smaragd, antik, von Alexander) und eine Anstecknadel (ebenfalls Smaragd, antik und von Alexander). Alles in allem lag da wohl weit mehr als das Jahresgehalt der Frau, die den Metalldetektor bediente, aber das war der piepegal. Sie arbeitete seit über zwanzig Jahren hier, und, Schätzchen, sie hatte Pferde kotzen sehen.

»Schuhe?« Charlotte schaute Scarsford an, doch der schüttelte nur den Kopf.

»Hier nicht.«

»Jacke?«

Diesmal nickte er. Sie streifte die Jacke ab, unter der ein schlichtes Top zum Vorschein kam, ärmellos und völlig durchsichtig, sodass die La-Perla-Unterwäsche darunter deutlich zu sehen war. Dann trat sie durch das Gestell des Metalldetektors, doch der piepste gleich los. Mit gerunzelter Stirn trat sie einen Schritt zurück und versuchte es noch einmal. Wieder piepste es.

Scarsford wartete auf der anderen Seite, während die Frau mit ihrem Handgerät auf sie zutrat, und er folgte dem Pfad des Geräts ihren schlanken Körper hinauf und hinunter. Unten nichts, oben nichts, aber dann piepste es an ihrem Kopf. Stirnrunzelnd stand sie da, etwas verlegen, weil sie den Betrieb aufhielt und sich von wildfremden Menschen anstarren lassen musste, aber dann hellte sich ihre Miene auf.

»Meine Haarspange.«

Mit einer anmutigen Handbewegung fasste sie sich an den

Nacken, wodurch der transparente Baumwollstoff sich noch enger um ihre Brüste schmiegte, und Scarsford reagierte prompt darauf und wurde steif, obwohl er sich große Mühe gab, an die Abgabenordnung zu denken. Aber im nächsten Augenblick war alles zu spät, als ihre langen Haare herabfielen, gerade bis zu ihren Brüsten, und die diamantenbesetzte Spange klappernd in eine weitere Plastikschale fiel, und dann stand sie neben ihm, es piepste nicht mehr, und nur noch der Duft ihrer Haare hing in der Luft, während sie an ihm vorbeiging, und die weich geschwungene Linie ihrer Schultern war ihm so nahe, er hätte die Hand ausstrecken und sie berühren können. Was zum Teufel war bloß in ihn gefahren?

Sie mühte sich mit ihrer Uhr ab, und er trat auf sie zu, um ihr zu helfen, mit einem sehnsuchtsvollen Verlangen, ihre zarte Haut zu berühren.

»Nein, danke. Es geht schon.«

Beim Klang ihrer kühlen Stimme kam er sich vor wie ein dummer kleiner Junge, und er machte einen Schritt nach hinten.

Sie legte die Uhr an, den Schmuck, die Haarspange. Dann wandte sie sich zu ihm hin und drehte ihre Haare zusammen; ihre langen, schmalen Finger zwirbelten es zu einem Knoten, sodass ihr zarter Nacken zu sehen war. Es klickte. Und schließlich drehte sie sich zu ihm um und war wieder vollkommen bedeckt und gefasst.

»Gehen wir?«

Scarsford nickte bloß, denn er traute seiner Stimme nicht, und ging voraus zu den Aufzügen.

Und sie atmete tief durch und folgte ihm.

Kapitel 9

Jacob schaute seine Tochter über den Tisch an. Vor ihm stand ein kalter Becher Kaffee, der einzige Gegenstand auf der abgesplitterten Resopalplatte des Tischs.

»Du siehst hinreißend aus, Charlotte.«

Das war sein erster Gedanke gewesen, als sie hereingekommen war. Sonnenlicht fiel gleißend hell durch einen tiefen Schacht und erleuchtete, was vorhin noch undurchdringliche Dunkelheit gewesen war. Alles war so schnell gegangen, dass es ihm vorkam wie ein einziges verschwommenes graues Durcheinander; wie die Männer in den schicken Anzügen ihn aus seinem Büro geholt hatten, das aschfahle Gesicht seiner Sekretärin, die Tinte an seinen Fingerkuppen. Es war wie ein einziger Alptraum, doch nun war Charlotte da, und daran konnte er sich festhalten.

»Du siehst aus wie deine Mutter.«

Sie setzte sich hin und griff nach seinen Händen, die eiskalt waren. »Hast du schon was gegessen?«

Müde schüttelte er den Kopf.

Charlotte schaute sich in dem Raum um. Ungestrichene Hohlziegelwände. Gestrichene Betonböden wie in einer alten Schule. Mysteriöse dunkle Flecken an den Wänden, die an Blut und Gewalt denken ließen. Mühsam den Drang unterdrückend, so schnell wie möglich das Weite zu suchen, stand sie auf und ging zu dem breiten Spiegel an der Wand.

Mit erhobener Stimme sprach sie ihr eigenes Spiegelbild an. »Scarsford, ich habe *Law & Order* gesehen, ich weiß, dass Sie da sind. Wenn Sie ihm nicht auf der Stelle etwas zu essen bringen, gehe ich. Er ist ein alter Mann. Er ist gesundheitlich angeschlagen. Wenn ich einen Arzt rufen muss, dann können Sie sich darauf verlassen, dass die Presse davon erfährt.«

Und damit drehte sie sich um, setzte sich wieder und lächelte ihrem Vater schmallippig zu. Es hatte sie schockiert, ihn so zu sehen, und sein gebrochener Blick hatte sie dazu gezwungen, sich zusammenzureißen und ihre eigene Angst in Schach zu halten. Wie es schien, lernte sie heute unfreiwillig so einiges über ihre innere Stärke.

»Ich bin nicht alt. Und ich bin kerngesund.« Das Zittern in seiner Stimme strafte ihn Lügen.

»Du bist nicht alt, Dad, aber ganz jung bist du auch nicht mehr, und das alles muss für dich ein schrecklicher Schock gewesen sein. Für mich war es das jedenfalls, und Greta und Davis sehen aus, als könnten sie jeden Augenblick zusammenbrechen. Und was deine angeschlagene Gesundheit angeht? Das können die nicht wissen.« *Und außerdem*, sagte sie sich, *könnte er auch jeden Moment einen Herzinfarkt bekommen, einfach nur von dem Druck, nicht vollends die Fassung zu verlieren.* Aber äußerlich war sie ganz gefasst, und von den Männern, die sie durch den Einwegspiegel beobachteten, war Scarsford der einzige, der erahnen konnte, wie sehr das Ganze sie mitnahm.

Die Tür ging auf, und herein kam ein junger Mann mit einer frischen Tasse Kaffee und ein paar Sandwiches. Wortlos stellte er alles auf den Tisch.

»Iss«, forderte Charlotte ihn auf. »Dann unterhalten wir uns.« Diskret schaute sie weg, um ihm ein bisschen Privatsphäre zu lassen. Sie las das Plakat, auf dem ihre Rechte aufgeführt waren, und zwar gleich in vier Sprachen, aber nirgendwo stand etwas von dem Recht, nach Hause zu gehen und ihren Dad mitzunehmen, obwohl das das einzige Recht war, das sie momentan ausüben wollte.

An den ersten Bissen wäre er fast erstickt, aber nach und nach ging es Jacob etwas besser, und er bekam wieder ein wenig Farbe im Gesicht. Gierig trank er den Kaffee aus und steckte den leeren Becher dann hübsch ordentlich unter den anderen, älteren.

»Worüber willst du dich denn unterhalten, Spätzchen?«

Charlotte stutzte. Ganz kurz fragte sie sich, ob er womöglich den Verstand verloren hatte. Seine Stimme klang ganz normal, aber eigentlich sollte sie das nicht. Alles, was er aufgebaut hatte, alles, wofür er gearbeitet hatte, stand auf dem Spiel. Warum schrie und tobte er nicht? Warum war er nicht wütend?

»Ich weiß nicht, Dad. Vielleicht darüber, dass du wegen Betrugs verhaftet wurdest? Hätte zumindest einen aktuellen Zeitbezug.«

Stirnrunzelnd schaute er sie an. »Du bist böse auf mich.«

»Nein, ich bin nur durcheinander. Warum glauben die, dass du das gemacht hast?«

Er zuckte die Achseln.

»Hören die uns zu? Können die verstehen, was wir sagen?«

Wieder ein Achselzucken. »Denke schon, aber eigentlich will ich auch gar nicht darüber reden. Ich würde lieber über deine Mutter reden.«

Sie stockte. »Warum?«

»Weil wir sonst nie über sie reden, ist dir das noch nicht aufgefallen?«

Na toll, dachte Charlotte. *Jahrelang schweigt er sich zu diesem Thema hartnäckig aus, und jetzt auf einmal will er darüber reden; jetzt, wo wir vor einem nicht gerade freundlich gesinnten Publikum sitzen.* Plötzlich hatte sie einen Kloß im Hals.

»Dad, meinst du nicht, wir sollten uns erst mal darauf konzentrieren, dich hier rauszuholen? Über Mom können wir auch später noch reden, zu Hause.«

»Es gibt kein ›später‹, Spätzchen. Die lassen mich nicht gehen. Ich kenne das SEC nur zu gut. Die schlagen normalerweise nicht zu, ohne handfeste Beweise zu haben, weil sie sich sonst selbst die Finger in der Schublade einklemmen, verstehst du?«

»Okay, aber die irren sich doch, oder nicht?« Irgendwo weit weg hörte sie einen Mann brüllen, dann wurde der Wutausbruch von einer zuschlagenden Tür unterbrochen. Ihr sträubten sich die Nackenhaare.

Jacob seufzte. »Wusstest du, dass deine Mutter zwei Fehlgeburten hatte, ehe wir dich bekommen haben?«

Tränen der Verzweiflung liefen Charlotte über das Gesicht. »Warum erzählst du mir das jetzt, Dad? Wir müssen dich hier rausholen. Verstehst du denn nicht, in welchen Schwierigkeiten du steckst?«

Er nickte. »Doch, das ist mir klar. Aber jetzt, wo ich hier bin, kann ich mich endlich auf das Wesentliche konzentrieren, und zwar, dir von deiner Mutter zu erzählen und davon, wie sehr sie dich geliebt hat. Wir haben lange versucht, Kinder zu bekommen, weißt du. Sie wünschte sich nichts mehr, als endlich Kinder zu haben, eine Mama zu sein. Eigentlich wollten wir einen ganzen Stall voll Kinder haben und auf einer Insel leben, weit weg von Manhattan. Du und deine Brüder und Schwestern, ihr solltet den ganzen lieben langen Tag barfuß draußen herumtollen können und im Meer schwimmen mit nichts als ein paar Blumen im Haar. So sollte es nicht enden.«

»Dad …«

»Unterbrich mich jetzt nicht, Spätzchen. Sie war gerade wieder schwanger, endlich, als der Unfall passierte. Niemand wusste es, außer mir. Eigentlich hatten wir es am darauf folgenden Wochenende allen sagen wollen, aber dazu ist es nicht mehr gekommen. Sie hat es nicht geschafft. Und das Baby war noch so klein, es hatte keine Chance. Dein Bruder oder deine Schwester.« Er seufzte. »Weg.«

Zitternd holte Charlotte Luft. Es war offensichtlich, dass sie Hilfe brauchen würde.

Jacob erzählte unbeirrt weiter. »Und dann kam Miss Millie, und sie hat sich so gut um dich gekümmert, und Greta natürlich auch, und die Arbeit kam mir plötzlich so sinnlos vor. Was sollte das alles noch, ohne sie? Ich habe angefangen, kleine Schlupflöcher auszunutzen, irgendwelche Nichtigkeiten. Es war mir alles egal, auch ob es jemand merkte. Aber es merkte niemand, also machte ich weiter. Die ganze Sache nahm ein Eigenleben an, kam ins Rollen wie ein Schneeball, aus dem eine Lawine wird, und Jahre vergingen, bis ich wieder irgendwas spürte. Und als dieser Tag kam, als mir klar wurde, dass Jackie, würde sie sehen, was aus mir geworden ist, mich hassen würde, da war es zu spät. Ich steckte bis zum Hals im Dreck.«

Entsetzt starrte Charlotte ihn an. War das ein Geständnis? »Psst, Dad, schon gut. Das ist doch jetzt egal. Lass mich erst Arthur holen, und dann unterhalten wir uns, wenn er hier ist, okay?«

Und dann ging ihr auf, wenn sie ihnen zuhörten, was zu vermuten war, ohne dass Arthur dabei war, dann konnten sie es als Beweis gegen ihren Vater verwenden. Oder nicht? Entschieden stand sie auf und hämmerte gegen den Spiegel.

»Mr. Scarsford, mein Vater möchte mit seinem Anwalt sprechen, bitte.«

Kurze Stille.

Jacob redete immer weiter, als säße sie ihm immer noch am Tisch gegenüber. »Deine Mutter wünschte sich nichts mehr als ein einfaches Leben, Charlotte. Sie wollte einfach bloß glücklich und zufrieden sein mit ihren Kindern. Sie wäre so stolz auf dich, wenn sie sehen könnte, was aus dir geworden ist.«

»Und das wäre, Dad? Ein verzogenes, arrogantes Gör?«

Er lachte.

Scarsford kam herein. »Mr. Bedford ist auf dem Weg hierher, Miss Williams. Je mehr Ihr Vater uns sagen kann, desto besser können wir ihm helfen.«

Charlotte schnaubte verächtlich. »Mr. Scarsford, ich bitte Sie.«

Jacob schaute sie an. »Du bist nicht verzogen, Charlotte. Du hast noch genug Zeit, das Leben zu führen, das du dir wünschst, das deine Mutter sich für dich gewünscht hat. Aber du solltest weggehen aus Manhattan. Hier ist es nicht leicht, ein einfaches Leben zu führen. Irgendwie läuft hier alles gerne mal aus dem Ruder.«

»Alles? Was denn zum Beispiel, Mr. Williams? Anlagefonds, zum Beispiel?« Scarsford war in den Raum gekommen.

»Antworte nicht darauf, Dad. Mr. Scarsford, bitte verlassen Sie den Raum. Ich habe nach unserem Anwalt verlangt, und dieses Gespräch ist hiermit beendet.«

»Anfangs schien es eine Kleinigkeit, Charlie. Ein kleiner Ausrutscher, der niemandem wehtut.«

Charlotte fing an zu weinen; ihr ganzer Körper bebte unkontrollierbar. Wo blieb denn bloß Arthur? »Psst, Daddy, sag jetzt nichts. Wir warten auf Arthur, okay?«

Jacob lächelte sie an, wie er sie immer anlächelte. »Spätzchen, es ist zu spät für Arthur. Es ist nicht seine Schuld.« Und damit streckte er die Hand nach ihr aus und strich ihr über die Wange. »Du siehst aus wie deine Mutter, habe ich dir das schon gesagt?«

Charlotte schluchzte. »Ja, Daddy, das hast du schon gesagt.«

Und dann schlang sie die Arme um seinen Kopf und hielt ihn fest, während er ebenfalls anfing zu schluchzen. »Es war bloß eine Kleinigkeit, Jackie, bloß eine klitzekleine Kleinigkeit. Es tut mir so leid, Jackie.«

Charlotte hielt ihn fest in den Armen und wartete auf ihren Anwalt.

Kapitel 10

Danach wurde alles noch schlimmer. Jacob weinte eine Weile, dann verstummte er plötzlich und zog sich völlig zurück. Nicht mal mit Charlotte wollte er mehr reden. Arthur hatte die Ermittlungsbeamten hinausgeschickt.

»Ich glaube, es ist eindeutig, dass dein Vater unter Schock steht, Charlotte. Ich glaube, wir sollten ihn ärztlich untersuchen lassen.«

Charlotte fühlte sich so, als bräuchte sie selbst auch einen Arzt, oder wenigstens eine Xanax oder drei, aber diesen Gedanken schob sie sofort energisch beiseite. »Können wir einen Arzt unserer Wahl verständigen oder rufen die jemanden an?«

Arthur runzelte die Stirn. »Das weiß ich nicht so genau.«

Letztendlich gestatteten es die Ermittlungsbeamten, dass Jacobs Hausarzt herkam und ihn untersuchte, und als Dr. Levinger fertig war, gestattete man ihm, Jacob zu weiteren Untersuchungen in ein Krankenhaus zu überweisen.

Mallory war sehr kurz angebunden. »Mr. Bedford, sollte Ihr Mandant versuchen, durch Vortäuschen einer Krankheit der Strafverfolgung zu entgehen, dann sollten Sie ihn davon in Kenntnis setzen, dass das nicht mal dem organisierten Verbrechen gelingt, und ihm wird es ganz sicher auch nicht gelingen.«

Jetzt, wo der erste Schreck allmählich nachließ, kehrte Arthurs Selbstbewusstsein langsam wieder zurück. Er musterte den Polizeibeamten von oben herab. »Liebe Güte, Detective,

Sie brauchen doch nicht so unhöflich zu sein. Mr. Williams hat einen schweren Schock erlitten, und sein Arzt möchte sich nur vergewissern, dass ansonsten alles in Ordnung ist. Wenn er zusammenbricht, während er hier von Ihnen festgehalten wird, sähe das nicht besonders gut für Sie aus, oder?«

Einen Augenblick lang sagte Mallory nichts, und dann erklärte er spitz: »Ich weiß ja nicht, ob Ihnen klar ist, wie wütend die Leute da draußen auf ihn sind. Wenn ich ihn ohne Polizeischutz aus dem Gebäude lasse, schafft er es womöglich nicht mal bis zur anderen Straßenseite.«

Charlotte wurde kreidebleich. »Was reden Sie denn da? Was denn für Leute?«

»Die Leute, deren Geld er gestohlen hat, Miss Williams. Dachten Sie etwa, das seien alles gesichtslose Unternehmen und Großbanken? Nein, er hat die gesamten Ersparnisse Hunderter Ehepaare eingestrichen, die sich davon zur Ruhe setzen wollten, die ihr ganzes Leben lang hart gearbeitet und sich nun darauf gefreut haben, endlich ihren wohlverdienten Ruhestand zu genießen. Er hat Familien mit Kindern den letzten Penny aus dem Sparstrumpf gezogen. Er hat sich alles unter den Nagel gerissen, was ihm gerade vor die Nase kam, Miss Williams, und für gewöhnlich goutieren die Menschen solch offensichtlich unersättliche Gier nicht.«

»Sie irren sich in ihm«, sagte Charlotte, obwohl sie sich da insgeheim nicht mehr ganz so sicher war. Neulich Abend hatte ihr Vater noch so fröhlich und normal und zuversichtlich gewirkt. Konnte es wirklich sein, dass alles, was sie bisher als selbstverständlich angesehen hatte, in Wahrheit eine einzige große Lüge war? Hätte sie noch ein paar Tränen übrig gehabt, sie wäre weinend zusammengebrochen.

*

Als sie das Gebäude verließen, mit ihrem Vater im Rollstuhl und dem Arzt an seiner Seite, musste sie zu ihrem Leidwesen hautnah miterleben, was Mallory eben gemeint hatte.

»Da ist er, da ist Williams!« Eine kleine Menschenmenge stürzte mit wutverzerrten Gesichtern drängelnd und schubsend auf sie zu. »Du Dieb!«

Charlotte sah einer Frau direkt in die Augen, einer vollkommen gewöhnlich wirkenden Mittvierzigerin.

»Du Schlampe!«, kreischte die Frau. »Dein Vater hat mir alles genommen, wofür ich mein ganzes Leben lang hart gearbeitet habe. Er ist ein Scheißdieb, und ich hoffe, er verreckt im Knast, und du auch, du Nutte!«

Entsetzt wich Charlotte vor ihr zurück. Es kam ihr fast vor wie ein tätlicher Angriff. Während sie noch stockte und schon verängstigt stehen bleiben wollte, spürte sie eine Hand an ihrem Ellbogen, die sie energisch führte, und nur so schaffte sie es, weiterzugehen. Als sie an der Frau vorbeiging, spürte sie plötzlich etwas Nasses im Gesicht – die Frau hatte sie angespuckt. Charlotte stolperte, aber die Hand an ihrem Ellbogen war stark und hielt sie fest und dirigierte sie entschlossen an der Menge vorbei.

»Nicht stehen bleiben, Charlotte. Ich halte Sie.« Die Stimme drang kaum hörbar an ihr Ohr, und sie ging gehorsam weiter.

Jemand warf etwas nach ihrem Vater, der sich aber duckte und den Kopf einzog. Das Ding schlug hinter ihm auf – es war eine Flasche.

Blitzschnell bildete die Polizei eine Barriere zwischen dem kleinen Grüppchen und der größeren Menschenansammlung, und sie konnten endlich in den wartenden Krankenwagen einsteigen. Als die Türen zuschlugen und das Auto anfuhr, wurde Charlotte im Laufschritt zu einem weiteren wartenden Wagen geführt, und da erst drehte sie sich um, um zu sehen, wer ihr die ganze Zeit geholfen hatte.

Scarsford. Er hielt sie fest, bis sie im Auto saß, und als er sie schließlich losließ, kam ihr Arm ihr seltsam kalt und nackt vor.

Gesichter pressten sich gegen die Scheiben, es gab ein Gerangel mit den Polizisten, man zeigte mit Fingern auf sie. So viel Wut, Zorn und ... Verunsicherung. Sie konnte die Traurigkeit sehen und die Panik in den Gesichtern, und auf einmal ging ihr auf, was ihr Vater da angeblich angerichtet haben sollte. Und im selben Augenblick wurde ihr klar, dass all die Vorwürfe wahr waren und dass ihr Leben nie wieder so sein würde wie zuvor.

*

Vor ihrem Haus spielten sich ganz ähnliche Szenen ab, obwohl hier weniger Polizisten zu ihrem Schutz abgestellt waren. Scarsford hatte ihr den Arm um die Schultern gelegt, und sie zog den Kopf ein, aber die wüsten Beschimpfungen und die Drohungen, die die Leute ihr entgegenschleuderten, hörte sie trotzdem.

Von den Fotografen ganz zu schweigen.

»Komm schon, Schätzchen, im Knast werden die auf dich abfahren. Ein kleines Lächeln, na mach schon.«

»Hier drüben, Miststück, hier.«

»Kopf hoch, Charlotte. Wir wollen dein hübsches Gesicht sehen.«

Sie wollten etwas, das man im Fernsehen zeigen konnte, genau wie Emily gesagt hatte, und sie würde einen Teufel tun und ihnen geben, was sie haben wollten.

Und dann brüllte einer: »Ich hab gehört, du fickst deinen Vater gegen Geld, Charlie.«

Außer sich vor Wut und Entsetzen schoss ihr Kopf hoch,

und eine Million Blitzlichter gingen gleichzeitig los. Und genau dieser Schnappschuss erschien später in allen Klatschmagazinen. Sie sah schrecklich aus: aufgebracht, verängstigt, aber immer noch verdammt scharf. Redakteure im ganzen Land stürzten sich gierig darauf. Es war ein Foto, das sie für den Rest ihres Lebens verfolgen sollte.

Scarsford schrie die Fotografen an, Platz zu machen, und schließlich waren sie nahe genug am Haus, dass die Portiers ihr zu Hilfe kommen und einschreiten konnten. Und dann plötzlich stand sie im Foyer, endlich in Sicherheit.

Scarsford nahm ein Taschentuch heraus und wischte ihr über das Gesicht. Es wurde rot.

»Ist das Blut?«, fragte Charlotte perplex.

Ein kurzes Lächeln huschte über sein Gesicht. »Nein, es ist ein bisschen traditioneller. Tomate. Jemand hat damit geworfen, und ich nehme an, Sie haben ein paar Spritzer abbekommen.«

Verdutzt schaute sie an sich herunter. O ja. Der rote Saft war überall. »Wie gut, dass ich Dunkelblau trage.«

Scarsfords Handy klingelte, und er trat einen Schritt beiseite und ging ran. Als er einen Augenblick später wieder aufschaute, war sie fort, und der leise Gong des Aufzugs, der wie ein fernes Echo zu ihm herüberwehte, war das Einzige, was noch an sie erinnerte. Der Portier im Foyer beobachtete ihn mit ausdruckslosem Gesicht, und weil ihm kein plausibler Grund einfiel, hinter ihr herzugehen, drehte Scarsford sich um und ging.

*

Der Anrufbeantworter war voll, aber die Wohnung vollkommen leer.

Greta und Davis waren weg, vermutlich nach Hause gegangen, aber Greta hatte ihr genug zu essen dagelassen für mindestens drei warme Mahlzeiten, und Davis hatte ihr einen großen Zettel auf dem Bett liegen lassen mit seiner Handynummer und der strikten Ermahnung, nirgendwohin zu gehen, ohne ihm vorher Bescheid zu sagen.

Charlotte war heilfroh, zu Hause zu sein. Sie musste in Ruhe nachdenken.

Langsam wanderte sie nach oben und duschte ausgiebig, versuchte sich zu entspannen und den Gestank der Vernehmungszelle abzuwaschen. Beinahe schlafwandlerisch massierte sie sich eine Ölpackung in die Haare und wickelte diese dann in ein angewärmtes Handtuch. Anschließend cremte sie sich von Kopf bis Fuß mit reiner Sheabutter ein, die sie in den Handflächen anwärmte. Der bodenlange türkische Frotteebademantel mit den passenden Pantoffeln war kuschelig und so gemütlich, dass sie sich fast wohlfühlte, und dann igelte sie sich im Sessel ihres Vaters im Wohnzimmer ein, knipste den Plasmabildschirm an und legte die Hände um eine schöne Tasse heißer Schokolade.

Ziellos zappte sie eine Weile von einem Sender zum nächsten, aber irgendwann konnte sie nicht mehr anders; sie schaltete CNN ein. Und verschüttete prompt ihren Kakao.

Emily war zu sehen, wie sie allem Anschein nach vor ihrem Haus stand. Die Bildunterschrift lautete: »Freundin der Familie«, aber Emily klang ganz und gar nicht freundlich.

»Ja, Mr. Williams hat immer gearbeitet. Wir bekamen ihn kaum zu Gesicht. Charlotte wurde praktisch von den Dienstboten großgezogen.«

Dienstboten? Das würden Davis und Greta aber gar nicht gerne hören.

»Eigentlich ist es kein Wunder, dass Charlotte so abgedreht ist.«

Charlotte klappte die Kinnlade herunter. Dann verschwand Emily von der Bildfläche, und stattdessen erschien das schreckliche Paparazzi-Foto von vorhin. Na toll. Sie sah aus wie die Gestalt auf dem Gemälde von Munch. Und der Nachrichtensprecher redete über sie.

»Jacob Williams hat, wie Sie sicher wissen, eine Tochter, das Society-Girl Charlotte Williams, die vor einem Jahr in Yale der Uni verwiesen wurde, und zwar, weil sie angeblich nach einem Streit mit ihrem Liebhaber ein Gebäude angezündet haben soll.« Dann waren verschiedene Fotos von ihr zu sehen, einige davon reichlich gewagt. Wo kamen die denn bitte her? Emily hatte doch wohl nicht –

»Miss Williams wird zwar nicht konkret des Betrugs verdächtigt, aber die Behörden könnten durchaus noch ein paar Fragen an sie haben.«

Charlotte schaltete den Fernseher ab. Irgendwo in der Wohnung klingelte ihr Handy. Und dann läutete auch noch das Festnetztelefon. Ihr Handy verstummte und fing gleich wieder an zu klingeln. Aber es gab niemanden auf der ganzen Welt, mit dem Charlotte jetzt reden wollte. Niemanden außer ihrem Dad, und der konnte jetzt unmöglich anrufen. Obwohl, was, wenn er das war? Schnell sprang sie auf, schaffte es aber nicht mehr rechtzeitig. Sie stand vor dem Anrufbeantworter und drückte die Abspieltaste.

Viele der Nachrichten hatten schreiende Leute hinterlassen, was sie zu der Frage veranlasste, wo all diese Menschen ihre Nummer herhatten, aber dann ging ihr auf, dass es Anleger ihres Vaters sein mussten, denen er die Nummer vermutlich selbst gegeben hatte. *Merken: Andere Nummer geben lassen.*

Unerwartet ertönte eine freundliche Stimme auf dem Anrufbeantworter, bei der sie verdattert nach Luft schnappte.

»Charlotte, hier spricht Miss Millie. Ich habe die Nachrichten über deinen Daddy gesehen, und ich wollte dir nur noch mal sagen, dass der liebe Gott dich lieb hat, und ich auch, und dass du ein ganz besonderer, guter Mensch bist, und ganz gleich, was auch passiert, das darfst du nie vergessen, hast du gehört? Ich denke immer an dich und bete jeden Abend für dich. Liebe Grüße an Miss Greta und Davis, und natürlich an dich liebes Wesen. Komm nach New Orleans, wenn dir danach ist. Du bist hier jederzeit herzlich willkommen! Wiedersehen.«

Andere Nachrichten waren weniger nett.

»Charlotte, Michael Marshall hier.« Der Geschäftspartner ihres Vaters war also doch noch aufgetaucht. Charlotte wollte schon den Hörer abheben, als ihr wieder einfiel, dass es ja nur eine aufgezeichnete Nachricht war. Marshall hatte kurz geschwiegen, redete aber dann weiter. »Ich ... ähm ... ich versuche es später noch mal.« *Klick*.

Sie rief ihn an.

»Michael, hier ist Charlotte. Ist alles in Ordnung?«

Er seufzte.

Es war komisch. Als Michael Marshall in die Firma ihres Vaters eingestiegen war, hatte zunächst alles danach ausgesehen, als würden seine Tochter Becky und sie Freundinnen werden. Sie waren gleich alt, besuchten ähnliche Schulen, hatten ähnliche Hobbys und Interessen. Während der ersten Monate hatten die beiden Familien viel miteinander unternommen: Abendessen hier und dort, ein Ausflug an den Strand. Und dann, genauso plötzlich, wie es angefangen hatte, war es wieder vorbei gewesen. Becky ging nicht mehr ans Telefon, wenn sie anrief, ignorierte ihre SMS, löschte sie online aus ihren Freundeslisten. Damals hatte sie das sehr gekränkt, und eine ganze Weile hatte sie versucht, dahinterzukommen, was passiert war. Aber irgendwann hatte sie schließlich aufgegeben. Jetzt hatte sie plötzlich das ungute Gefühl, den Grund zu kennen. Womöglich.

»Mir geht es gut, Charlotte. Wie geht es dir? Durftest du deinen Dad sehen?«

»Ja. Ich glaube, er ist ziemlich durcheinander. Haben die Sie auch befragt?«

Eine lange Pause entstand. »Charlotte, ich muss dir etwas sagen.« Er klang plötzlich sehr alt und den Tränen nahe. »Dein Vater war sehr anständig zu mir, und in vieler Hinsicht ist er einer der ehrlichsten Menschen, die ich kenne. Aber er hat gegen Gesetze verstoßen, Charlotte, und ich habe es gewusst. Eine Weile habe ich nichts dazu gesagt und einfach nur gehofft, es würde aufhören oder auffliegen oder irgendwas würde passieren, und ich könnte mich guten Gewissens umdrehen und gehen. Aber so ist es nicht gekommen. Und ich konnte meinen eigenen Kindern nicht mehr in die Augen schauen, weil ich daran beteiligt war.«

Charlotte gefror das Blut in den Adern. »Sie haben ihn also ans Messer geliefert, um sich selbst zu schützen?«

»Sie hätten uns sowieso gekriegt, Charlotte, es war nur noch eine Frage der Zeit.«

»Also haben Sie ihn den Wölfen zum Fraß vorgeworfen und vermutlich irgendeinen Deal für sich rausgehandelt. Sehr schön, Michael. Sehr loyal. Mein Vater wäre beeindruckt.«

»Dein Vater ist ein Krimineller.«

»Sie müssen es ja wissen.«

»Ja, ich weiß es. Ich war dabei, und ich hätte gleich von Anfang an etwas dagegen tun sollen, damit es aufhört. Damit muss ich jetzt leben.«

»Na, das ist ja mal ein Trost. Wenigstens können Sie damit irgendwo leben, wo es schön warm und sonnig ist und man nicht damit rechnen muss, unter der Dusche vergewaltigt zu werden.«

Michaels Stimme brach. »Es tut mir leid, Charlotte. Ich hatte keine andere Wahl. Er hat die Existenz von Hunderten, wenn nicht gar Tausenden von Menschen zerstört.«

»Und Sie nur eine einzige. Ja, verstehe, das ist natürlich wesentlich besser.«

Brüsk legte Charlotte auf und sank langsam auf die Treppe. Es war wirklich alles andere als der beste Tag ihres Lebens. Wieder klingelte das Telefon.

»Ja, Michael? War noch was?«

»Wer ist Michael?«

Das war nicht Michael. Das war eine andere Stimme, eine unbekannte.

»Wer ist da?«

»Hier, Charlotte Williams, ist der Mann, der dich umbringen wird.«

»Wie bitte?« Sie schaute nach der Nummer des Anrufers. Unterdrückt.

»Ich bringe dich um, Charlotte Williams, um deinem Dad zu zeigen, wie einfach man etwas Wertvolles verlieren kann. Er hat mir alles genommen, was ich hatte, und ich zahle es ihm genauso heim. An Geld wird ihm kaum was liegen, dafür hat er viel zu viel.« Der Mann lachte. »Aber von dir hat er nur eine, hübsches Mädchen, was irgendwie ironisch ist, denn ihm dich wegzunehmen ist ein Kinderspiel.«

Charlotte war erschrocken. Seine Stimme klang beinahe freundlich, er redete in einem beiläufigen Plauderton, aber dann begann er, ihr in allen grässlichen, anschaulichen Einzelheiten zu erzählen, wie er sie umbringen wollte. Eines stand jedenfalls fest: Schnell würde es nicht gehen.

*

Scarsford war nicht als Erster da, aber fast. Sie war geistesgegenwärtig genug gewesen, die Polizei vom Festnetztelefon zu rufen, in der Hoffnung, die Polizisten könnten den Anruf auf ihr Handy zurückverfolgen, und irgendwie hatte er von der Sache Wind bekommen. Womöglich hatten sie ihre Leitung angezapft.

»Verfolgen Sie mich etwa, Mr. Scarsford?«

Sie sah viel jünger aus, wie sie so im Bademantel vor ihm stand. Sie hatte sich das Öl aus den Haaren gewaschen, sobald sie nicht mehr allein im Haus war, und es war noch nass und dunkel vor Feuchtigkeit. Die Techniker hatten ihr Telefon mitgenommen, und eine freundliche Polizistin hatte ihre Aussage aufgenommen. Damit hatte sie gar nicht gerechnet – Mitgefühl. Es war beinahe schwerer zu ertragen als die kühle sachliche Effizienz der anderen Polizeibeamten.

»Nein. Ich habe nur ein Auge auf meine Fälle.«

»Und dazu gehöre ich auch.«

Er nickte. »Kam Ihnen irgendwas an der Stimme bekannt vor? Haben Sie die schon mal irgendwo gehört?«

Er setzte sich ihr gegenüber; er sah müde aus. Noch nie hatte sie einen Mann wie ihn kennengelernt – so ganz anders als die Jungs, mit denen sie aufgewachsen war. Er war jung, sicher nicht viel älter als dreißig, aber er hatte so ein fähiges, bestimmtes Auftreten, durch das er sehr attraktiv und männlich wirkte. Hätte er seine Fähigkeiten nicht gegen sie verwendet, um sie zu vernichten, hätte sie sich vermutlich für sein Privatleben interessiert. Aber nun musste sie ihm wohl oder übel vertrauen.

Entschieden schüttelte sie den Kopf. »Nein. Zuerst dachte ich, es ist Michael, weil wir kurz vorher telefoniert hatten. Aber der Mann hatte eine viel tiefere Stimme.«

»Michael Marshall?«

»Den kennen Sie wohl schon.«

»Er hat uns sehr geholfen, ja.«

»Erstaunlich, was ein in die Enge getriebenes Tier nicht alles tut, um sich selbst zu schützen.«

Scarsford sagte nichts. Charlottes lautstarke Empörung verebbte so schnell wieder, wie sie aufgeflackert war.

»Meinen Sie, der Mann will mich wirklich umbringen?«

Eine einzelne Träne kullerte über ihre Wange, und er musste sich zwingen, nicht auf sie zuzustürzen und sie fortzuwischen.

»Nein, das werden wir nicht zulassen.«

»Was kümmert Sie das überhaupt? Ich bin das Kind eines Kriminellen – all die Leute da draußen, die mich hassen wie die Pest; dabei kennen die mich überhaupt nicht.« Sie lachte plötzlich laut auf, fast ein wenig hysterisch. »Wobei es das vermutlich auch nicht besser machen würde, wenn sie mich kennen würden.«

»Ich glaube schon.« Verärgert biss er sich auf die Lippen. Aber sie hatte die Krallen eingezogen.

»Danke.« Kurz schloss sie die Augen. »Wissen Sie, der Tag fing eigentlich ganz gut an, aber seit dem Frühstück geht es rapide bergab.«

Er lächelte sie an, ein aufrichtiges Lächeln, und für einen kurzen Moment schien alles nur noch halb so schlimm. »Vielleicht wird es ja morgen wieder besser.«

Wurde es aber nicht. Genau genommen wurde es sogar noch viel, viel schlimmer.

Kapitel 11

Emily hatte doch tatsächlich den Nerv, am nächsten Morgen anzurufen. Eins musste man ihr lassen, sie kannte keine Angst.

»Hey, Charlotte, hast du mich im Fernsehen gesehen? Wusstest du, dass gleich die Mailbox drangeht, wenn man dich auf dem Handy anruft? Musst du heute ins Gefängnis, deinen Daddy besuchen, oder wollen wir zusammen brunchen?«

Als Charlotte am Morgen wach geworden war, hatte sie sich schon viel besser gefühlt und beschlossen, die Dinge anzupacken, die es zu tun gab. Folglich hatte sie sich besonders sorgfältig zurechtgemacht und war gerade dabei gewesen, ihre Haare hochzustecken, als das Telefon klingelte. Nachdem sie die Haarnadel auf die Ablage im Badezimmer gespuckt hatte, redete sie mit strenger Stimme über die Lautsprechanlage mit ihrer Freundin.

»Emily, du hast vielleicht Nerven, mich anzurufen, als wäre es nicht ziemlich, ach, ich weiß nicht, uncool und ätzend, bei CNN aufzutreten und mich in anderen Worten als verwöhntes, arrogantes kleines Miststück zu bezeichnen.«

Emily klang schockiert. »Charlotte! Ich habe dich nie als Miststück bezeichnet.«

»Du hast gesagt, ich sei von Dienstboten großgezogen worden.«

»Das stimmt ja auch. Ich doch auch. Und alle anderen, die wir kennen, auch.«

»Und du hast gesagt, ich sei abgedreht.«

»Was genauso stimmt. Bin ich doch auch. Und alle anderen, die wir kennen, auch. Komm schon, Charlotte. Ich war rübergekommen, um dich ein bisschen moralisch zu unterstützen, und du warst nicht da. Der Typ von CNN war ein echtes Sahneschnittchen, und er meinte, ich wäre total fotogen, und da habe ich mir gedacht, warum eigentlich nicht.« Sie seufzte. »Meine Eltern fanden es auch nicht besonders prickelnd. Vielleicht tröstet dich das ein bisschen.«

»Nein, tut es nicht.«

»Ich mach's auch nie wieder. Versprochen.«

»Hast du denen all diese Fotos gegeben?«

»Könnte sein. Sieh's doch mal so: Stell dir bloß mal vor, was für Fotos ich denen noch hätte geben können.«

Charlotte schaute sich an. Heute hatte sie sich für Ralph Lauren entschieden. Weite, lässige Hose, figurbetontes Herrenhemd, Blazer. Dezentes Make-up, aufwendige Frisur, kein Schmuck. Ein netter Gegensatz zu den Fotos der halb nackten und volltrunkenen Schlampe, die Emily der Presse zuspielen könnte, wenn sie wollte. Na ja, wer das Schwert erhebt, wird durch das Schwert umkommen.

»Emily, ich rufe dich nachher zurück, wenn ich weiß, was heute alles ansteht, okay? Zuerst muss ich Dads Anwalt anrufen.«

»Okay, Babe, ruf mich an.«

Emily legte auf, und Charlotte drückte auf die Taste, um die Leitung zu unterbrechen. Dann drückte sie gleich noch mal und wählte Bedfords Nummer, griff nach dem tragbaren Telefon und ging damit nach unten. Lange genug im Badezimmer versteckt. Zeit, sich der Welt da draußen zu stellen.

*

Greta schaute aus, als habe sie geweint, und Davis sah auch nicht viel besser aus. Beide vermieden es, ihr in die Augen zu sehen, als sie hereinkam, und als sie das Gespräch mit Bedford beendet hatte, sprach sie die beiden darauf an.

»Hey, ihr beiden, was ist denn los? Sie sehen beide wütend aus. Ich verstehe ja, dass es eine schreckliche Situation ist, aber das stehen wir gemeinsam durch, okay?«

Davis schaute Greta an, die beinahe unmerklich den Kopf schüttelte.

Er verzog das Gesicht, dann machte er den Mund auf. »Miss Charlotte, Greta meint, ich soll Sie das nicht fragen, aber ich muss.«

»Tun Sie's nicht.«

Charlotte hob die Hand. »Es ist schon in Ordnung, Greta. Wir dürfen keine Geheimnisse voreinander haben. Bitte, nur raus damit. Was haben Sie auf dem Herzen?«

Charlotte setzte sich an den Frühstückstisch, und ihre beiden Angestellten setzten sich zu ihr. Es ging ihr ganz unvermittelt auf, dass die beiden ja ihre Angestellten waren; jetzt, wo ihr Vater nicht da war, trug sie allein die Verantwortung für alles. Sie wusste nicht mal, wo das Scheckheft ihres Vaters war. Oder ob er überhaupt eins hatte.

Davis räusperte sich. »Miss Charlotte, sowohl Greta als auch ich haben bei Ihrem Vater Geld angelegt, und das ist nun allem Anschein nach ebenfalls dahin. Unsere Konten sind gesperrt, und als wir im Büro angerufen haben, sagte man uns, der Fonds werde derzeit geprüft.«

Charlotte drehte sich der Magen um. Wie konnte ihr Vater den beiden nur so etwas angetan haben? »War es denn viel Geld?«

Greta ließ den Kopf hängen. Eine Träne lief ihr über die Nase und tropfte von der Spitze. Davis nickte.

Entschlossen sprang Charlotte auf. »Ich stelle Ihnen sofort einen Scheck aus.« Und damit ging sie zum Arbeitszimmer ihres Vaters, nur um dann einsehen zu müssen, dass sie nichts ausrichten konnte. Es war ja nichts da. Sie wusste nicht einmal, ob überhaupt noch Geld auf dem Konto war. Ganz kurz stieg Panik in ihr auf, und sie musste sich am Türrahmen festhalten. Dann aber riss sie sich zusammen.

»Davis.« Wesentlich würdevoller, als ihr zumute war, ging sie in die Küche. »Ich muss versuchen, genau herauszufinden, wie es um unsere finanzielle Situation bestellt ist. Haben Sie vielleicht die Nummer von Dads Bankberater?«

Er nickte, und als er hinausging, um die Nummer zu holen, nahm Charlotte Greta kurz in den Arm.

»Keine Sorge. Ich kümmere mich darum, ja? Dad wollte bestimmt niemandem wehtun.«

Greta sah so alt und niedergeschlagen aus. »Meinst du wirklich, Charlotte? Ich wollte mein Geld gar nicht bei ihm anlegen, aber er hat mich davon überzeugt, dass es besser wäre. Wenn er das Geld nicht absichtlich genommen hat, warum wollte er mich dann unbedingt dazu überreden?«

Charlotte hätte am liebsten losgeheult, doch stattdessen biss sie sich auf die Unterlippe, bis sie blutete. »Das weiß ich nicht, Greta, aber wir stehen das durch, ja?«

Davis kam mit der Nummer in der Hand zurück.

Charlotte stand auf. »Wenn ich es mir recht überlege, Davis, dann fahren Sie mich doch am besten gleich in die Stadt. Ich rufe von unterwegs an.«

⋆

Als sie das Marmorfoyer betrat, erinnerte Charlotte sich daran, schon mal hier gewesen zu sein, aber das musste Jahre her sein. Das Gebäude war von Reed und Stern entworfen worden, jenen Architekten, die auch die Grand Central Station geplant hatten, und an die erinnerte die Bank auch mit ihrem an eine Kathedrale gemahnenden Interieur. Sehr Ehrfurcht gebietend. Mit achtzehn hatte sie einiges an Geld geerbt, das ihre Mutter ihr hinterlassen hatte, und damals hatte sie herkommen und ein Konto einrichten oder Papiere unterschreiben müssen oder was auch immer man da machte. Nun hätte sie sich in den Hintern treten können, dass sie nicht besser aufgepasst hatte. Was um alles auf der Welt hatte sie in den vergangenen Jahren bloß gemacht? Es kam ihr fast vor, als sei alles, was sie bisher gelernt hatte, in dieser Situation vollkommen unnütz. Langsam kam sie sich genauso betrogen vor wie alle anderen, obwohl sie wusste, dass ihr Vater sie liebte.

Kaum hatte sie einen Fuß nach drinnen gesetzt, kam der persönliche Bankberater ihres Vaters auch schon auf sie zu. Mr. Edelstein war älter als Methusalem und musste wohl mal mit einem Rockefeller *Hoppe, hoppe, Reiter* gespielt haben, denn er kannte sämtliche betuchten Manhattaner und wusste einfach alles über sie.

Er begrüßte sie herzlich und führte sie dann in einen separaten Raum. Davis zögerte beim Hineingehen und entschied sich, doch lieber draußen zu warten. Eigentlich hatte sie gehofft, er würde mit hineingehen, ihr am besten die Hand halten, weil sie völlig versteinert war vor Angst, aber sie schaffte es, das zu überspielen, setzte sich einfach brav hin und wartete darauf, dass Mr. Edelstein das Wort ergriff.

Er seufzte schwer. »Eine traurige Geschichte, Miss Williams. Ich kann Ihnen gar nicht sagen, wie mich das schockiert.«

»Das geht uns allen so, Mr. Edelstein. Aber in der Zeit bis zur Gerichtsverhandlung geht das Leben weiter, und heute Morgen musste ich mir schweren Herzens eingestehen, dass ich keine Ahnung habe, wie es um unsere Finanzen steht und was die laufenden Ermittlungen konkret für uns bedeuten. Können Sie mir da weiterhelfen?«

Er schaute sie an, und Mitgefühl stieg in ihm auf, welches er aber nicht zeigen durfte. Sonst saßen meist betrogene Ehefrauen vor ihm, die sich unversehens in einer ähnlich prekären Lage wiederfanden. Von ihren Ehemännern verlassen mussten sie einsehen, dass sie keine Ahnung von ihrer monetären Situation hatten, und kamen dann zu ihm, um sich zu erkundigen, ob sie nach Antibes fliegen konnten, während die Scheidung eingeleitet wurde, oder ob sie sich lieber einen Job bei Starbucks suchen sollten. Allzu oft traf leider Letzteres zu.

»Nun ja, Miss Williams, das ist ein bisschen kompliziert.«

Sie seufzte. »Das habe ich mir schon gedacht. Vieles erweist sich als schwieriger denn erwartet.«

Er warf ihr ein flüchtiges Lächeln zu. »Aber es gibt auch gute Nachrichten. Sie haben Ihr eigenes Geld, das vollkommen getrennt und unabhängig von den Konten Ihres Vaters verwaltet wird. Im Grunde genommen hat Ihre Mutter Ihnen ihr gesamtes Vermögen vermacht und das Geld, das sie zu Lebzeiten verdient hat, in einem Treuhandfonds angelegt. Seit Ihrem achtzehnten Geburtstag gehört das Geld ganz offiziell Ihnen – vielleicht erinnern Sie sich, dass Sie einige Unterlagen unterzeichnet haben?«

Sie nickte.

»Nun, dieses Geld ist im Grund genommen noch überhaupt nicht angetastet worden und hat sich im Laufe der Jahre dank des Wunders der Zinseszinsen vermehrt und beläuft sich nun auf etwas mehr als zehn Millionen Dollar.«

Charlotte fiel ein Stein vom Herzen. Zumindest konnte sie Greta und Davis auszahlen.

»Allerdings haben die Ermittler sämtliche Konten sperren

lassen, auf die Ihr Vater Zugriff hatte. Ich wollte sie heute anrufen und sie offiziell daran erinnern, dass Ihr Konto davon nicht betroffen sein sollte, da Ihr Vater darauf keinerlei Zugriff hat, aber sie zeigen sich derzeit vollkommen kompromisslos und unkooperativ.« Wieder seufzte er. »Sowohl FBI als auch SEC können sich bisweilen ziemlich querstellen, wenn ihnen gerade danach ist.«

Charlotte musste schlucken. »Also habe ich überhaupt kein Geld?«

»Sie haben Geld. Sie können nur nicht darüber verfügen.«

»Und wie lange wird das so bleiben?«

Mitfühlend zuckte er die Achseln. »Ich kümmere mich bereits darum.«

Hilflos legte Charlotte die Hände auf den Tisch. »Könnten Sie mir denn einen Kredit geben? Ich brauche Geld zum Leben. Das können die Ihnen doch wohl nicht verbieten, oder?«

Zum ersten Mal im Lauf ihres Gesprächs wirkte Edelstein peinlich berührt. »Ich könnte mit meinen Kollegen sprechen.«

Worauf Charlotte irritiert die Stirn runzelte. »Wenn das alles erst mal vorbei ist, werden Ihre Kollegen doch sicher nur zu gerne auch weiterhin unser Geld verwalten, oder etwa nicht? Wenn einer weiß, dass ich solvent bin, dann doch wohl Sie.«

Er schaffte es nicht, ihr in die Augen zu sehen. »Ja, Miss Williams. Aber viele unserer Kunden haben Geld bei Ihrem Vater angelegt, und derzeit ist noch nicht abzusehen, was diese unerfreuliche Situation die Bank kosten wird. Es wäre nicht gerade angebracht, Ihnen … ähm …«

»Mir zu helfen, während Ihre anderen Kunden so aufgebracht sind.« Sie verstand. »Würden Sie bitte weiterhin FBI und SEC zu Leibe rücken. Ich rufe Sie dann heute Abend kurz vor Geschäftsschluss an und erkundige mich, ob Sie irgendwas erreicht haben.« Enttäuscht setzte sie ihre Maske wieder auf. Nie wieder würde sie sich ihm gegenüber so verwundbar zeigen. Sie stand auf. »Soweit ich weiß, liegt noch einiges an Schmuck in unserem Schließfach, nicht wahr? Dürfte ich den mitnehmen?«

Hüstelnd erhob er sich. »Ja, Miss Williams. Die Ermittler haben den übersehen, oder vielmehr, sie haben sich nicht dafür interessiert. Der Diamantschmuck Ihrer Mutter liegt in der Schatulle, und eine ziemlich wertvolle Perlenkette.«

Als sie ihm in den Tresorraum folgte, merkte Charlotte, wie sie sich innerlich in ihren Schutzpanzer verkroch. Sie würde aus dieser Situation rauskommen, sie würde es ganz alleine schaffen. Schließlich war sie nicht auf den Kopf gefallen. Sie war einfallsreich. Erfinderisch. Mutig.

Aber zuallererst? Shoppen.

⋆

Obwohl, zählt es eigentlich als Shopping, wenn man Sachen verkauft?, fragte Charlotte sich. Vermutlich nicht, aber das war Haarspalterei. Entschieden hatte sie das Entsetzen heruntergeschluckt, das in ihr aufgekommen war, als sie den Schmuck ihrer Mutter an sich genommen hatte, sowie einige weitere Stücke aus ihrem chinesischen Lackkästchen, und war damit zu Mr. Geller gegangen.

Mr. Gellers Name war unter den Reichen und Schönen in und um New York zu einem Synonym für Schwierigkeiten ganz besonderer Art geworden. »Sie ist zu Geller gegangen«, mehr brauchte man nicht zu sagen, um anzudeuten, dass Herr oder Frau Soundso gerade in einem kleinen finanziellen Engpass steckte. Charlotte war bereits einmal zuvor bei Geller gewesen, mit achtzehn, um den Einsatz einer Wette mit einer Freundin bezahlen zu können; eine Wette, die so dumm gewesen war, dass sie es nicht gewagt hatte, ihren Vater um Hilfe zu bitten.

Mr. Geller war ein Experte, was Schmuck und Diskretion anging, beides gleich wichtige Fachgebiete für jemanden in seiner Position. Seinen Firmensitz hatte er im Flatiron Building, und vor seinem Büro hing einfach bloß ein Schild mit seinem Namen an der Tür, und nie traf man dort einen anderen Kunden an. Irgendwie vermittelte er einem stets das Gefühl, er sitze den ganzen Tag da und warte nur darauf, dass man auf einen kleinen Plausch hereinspaziert kommt; als erwarte er nur diesen einen Kunden und niemand anderen, und wenn man dann ging, schlief er wieder ein und erwachte erst, wenn man zurückkam, um seine Wertsachen auszulösen.

Charlotte hatte ihn gleich nach dem Verlassen der Bank angerufen, und es war, als hätte er nur auf ihren Anruf gewartet. Und vielleicht hatte er das ja tatsächlich, wenn er wie alle anderen die Nachrichten verfolgt hatte.

Davis verkniff sich jeglichen Kommentar, als sie ihm die Adresse nannte, obwohl er wissen musste, was das bedeutete. Geller war freundlich und zuvorkommend wie immer und servierte ihr eine Tasse ausgezeichneten Kaffees, während sie in seinem Büro saßen.

»Wie ich mich freue, Sie zu sehen, Miss Williams. Es ist eine ganze Weile her, seit ich das letzte Mal das Vergnügen hatte.«

Und dabei lächelte er sie, wie es schien, mit ehrlicher Herzlichkeit an. Er war ein eleganter Herr unbestimmten Alters. Vielleicht um die vierzig. Vielleicht auch um die sechzig. Wenn man dem Klatsch Glauben schenken wollte, beherrschte er etliche Sprachen und reiste ständig um die ganze Welt, um den Wohlhabenden dabei zu helfen, ihr Vermögen zu Geld zu machen. Angeblich war er noch nie beraubt worden, was Anlass zu der Spekulation gab, dass er gelegentlich auch Vertretern des organisierten Verbrechens unter die Arme griff, die nur ungern Großmutters Smaragdschmucks verlustig gehen würden, während der sich in seiner Obhut befand. Sein Büro war mit einem üppigen Teppich ausgelegt und verströmte eine gemütliche Behaglichkeit, zu der eine in einer Ecke langsam vor sich hin tickende Standuhr nicht unerheblich beitrug. Es sah ein bisschen aus wie in Freuds Behandlungszimmer im Wien der Jahrhundertwende.

Charlotte räusperte sich. »Ich befinde mich in einer eher ungewöhnlichen Situation.«

Ganz langsam legte Geller den Kopf schief. »Daran ist ganz und gar nichts Ungewöhnliches, Miss Williams. In letzter Zeit haben mich viele alte Freunde aufgesucht, jetzt, wo die wirtschaftliche Lage so schwierig geworden ist. Ich helfe, so gut ich kann.«

Charlotte lächelte ihn an. Geller hatte die seltene Begabung, dem Geschäft des Pfandleihens alle Peinlichkeit zu nehmen. Man wusste ganz genau, dass er die Pfänder aufbewahren würde, bis man irgendwann in der Lage war, sie auszulösen oder man ihm sagte, man habe keine Verwendung mehr für die Sachen, worauf er sie diskret zu Geld machen würde, und zwar so, dass man seinen Schmuck nicht zwei Wochen später am Hals einer Freundin wiedersah. Irgendwie gab er einem immer das Gefühl, das einzig Richtige zu tun.

Ohne Umschweife kam Charlotte zur Sache. »Ich wollte Ihnen einige Stücke meiner Mutter zeigen.«

Wie immer zog Geller entzückt die Augenbrauen hoch. »Tatsächlich? Wie schön. Darf ich sie mit in meine Werkstatt nehmen?«

Worauf Charlotte ihm das schwarze Samtkästchen gab und ihren Kaffee trank, während er nach nebenan verschwand. Einige Minuten später war er wieder da.

»Miss Williams, ich fühle mich geehrt, mir den Diamantschmuck Ihrer Mutter ansehen zu dürfen. Wie Sie sicher wissen, ist er von erlesener Qualität, aber ich habe ihn noch nie mit eigenen Augen gesehen. Die Perlen sind unvergleichlich, und die Jade ist ein echtes Sammlerstück. Ihr Vater hatte immer schon einen vorzüglichen Geschmack, was antiken Schmuck angeht.«

»Freut mich, dass Sie das so sehen. Haben Sie womöglich eine Vorstellung, was man bei einer Auktion eventuell dafür bekommen könnte?«

»Ich denke, eine vorsichtige Schätzung läge bei etwa hundertfünfzigtausend für die Diamanten und vielleicht sechzig- bis siebzigtausend für die anderen Stücke. Sie haben eine gute Wahl getroffen, Miss Williams.«

»Bitte, nennen Sie mich doch Charlotte.«

»Danke. Sehr gerne.« Es entstand eine kleine, delikate Pause. »Wissen Sie, mit dem größten Vergnügen würde ich diese Stücke für Sie aufbewahren – in Kommission nehmen, sozusagen.«

Charlotte fragte sich, wie viele Menschen wohl schon diese elegante und ausgeklügelte Scharade bei Geller mitgespielt hatten. Nie gab es irgendwelche Diskussionen um »Verpfändung«, nie bekam man einen Abholzettel oder eine Quittung. Nein, ein hilfreicher Geist nahm einige Dinge in Verwahrung und bereitete sie für »eine Auktion« vor.

»Das wäre äußerst zuvorkommend von Ihnen, Mr. Geller, und ich wäre Ihnen sehr verbunden. Dürfte ich die Sachen gleich hierlassen?«

Sie hatte Gerüchte gehört, er habe eine Million Dollar in harter, kalter Währung in seiner Werkstatt, aber es war geboten, ihm höflicherweise ein bisschen Zeit zu lassen, das nötige Geld zu beschaffen. Aber sie hatte Glück.

»Es würde mich freuen. Natürlich werde ich die Stücke reinigen, und wenn Sie wiederkommen, dann finden Sie alles genauso vor, wie Sie es dagelassen haben.«

»Natürlich.«

Zehn Minuten später stieg sie mit zweihunderttausend Dollar in der Tasche wieder in den Wagen.

»Fahren wir nach Hause, Davis. Wir haben einiges zu erledigen.«

»Sehr wohl, Miss.«

Geller, der ihr vom Fenster aus nachschaute, sah die lange Limousine elegant vom Bordstein wegfahren und fragte sich, wie lange es wohl dauern würde, bis er auch den Rest ihrer Sammlung zu sehen bekommen würde. Und er musste auch daran denken, dass etliche von Jacob Williams' früheren Kunden ihn an diesem Tag bereits besucht hatten, und seufzte. Es gab immer Leute, für die schlechte Zeiten gute Zeiten waren, und heute war ein guter Tag für Geller.

Kapitel 12

Charlotte schaffte es nicht bis nach Hause. Gerade, als sie auf Höhe des Parks waren, klingelte ihr Handy.

»Mr. Bedford, guten Morgen. Wie geht es meinem Vater heute?« Davis' und ihr Blick trafen sich im Rückspiegel, aber er schaute rasch weg.

Eine Minute später legte sie wieder auf. »Davis, wir müssen in die Stadt. Canter Street. Daddy wird um elf zur Anklage vernommen.«

»War das nicht schon gestern?«

Charlotte fing an zu schwitzen und wünschte sich, sie hätte etwas Dunkleres angezogen. »Ja, aber anscheinend will er seine Verteidigungsstrategie ändern.« Diesmal wandte er den Blick im Rückspiegel nicht ab, und sie zuckte die Achseln.

★

Auf den Stufen des Strafgerichtsgebäudes wimmelte es nur so von Reportern und Kameraleuten, die alle darauf warteten, dass etwas Aufregendes passierte.

Und wie sich schnell herausstellte, war *sie* die aufregende Attraktion des Tages, denn ihr Vater war bereits vor ihr angekommen und hineingegangen und von ihnen in die Mangel genommen worden.

»Charlotte, Charlotte, haben Sie irgendwas zu sagen?«

»Will er sich schuldig bekennen?«

»Will er auf Unzurechnungsfähigkeit plädieren?«

»Wo ist das Geld, Charlotte?«

Aber Charlotte zog bloß den Kopf ein und schob sich durch die Menge und war froh, dass sie das ganze Geld im Handschuhfach der Limousine eingeschlossen hatte. Unvermittelt drängelte sich eine Frau durch das Gewimmel der Fotografen und boxte ihr gegen die Schulter, so fest, dass sie herumgerissen wurde.

»Hey, du Miststück«, zischte die Frau und spie ihr die Worte vor Wut geradezu entgegen. »Wenn ich erst mal mit dir fertig bin, siehst du nicht mehr so hübsch aus.« Und damit holte sie aus und schlug ihr mit voller Wucht die Faust ins Gesicht. Charlotte wich aus, und der Schlag traf sie an der Wange und warf sie zu Boden. Sofort stürzte die Frau sich auf sie und schaffte es, ihr ein paar schallende Ohrfeigen zu verpassen, obwohl Charlotte versuchte, ihr Gesicht mit den Armen zu schützen. Es schien eine Ewigkeit zu dauern, bis die Polizisten die Frau, immer noch obszöne Beschimpfungen schreiend, endlich von ihr fortzogen. Durch die Tränen, die ihr in Strömen über das Gesicht liefen, konnte Charlotte die Fernsehkameras sehen, die auf sie gerichtet waren und deren rote Lichter aussahen wie hungrige, starrende Augen. Kein Wunder, dass keiner der Journalisten ihr geholfen hatte. Die mussten an ihre Aufnahmen denken, an ihre Jobs.

Einer der kameralosen Reporter half ihr auf die Beine, und als sie sich bei ihm bedanken wollte, erkannte sie, dass es der Mann aus dem Park war. Es schien ihr Tage her, dabei war es gerade erst gestern gewesen.

»Miss Williams.« Er lächelte sie freundlich an. »Alles in Ordnung?«

»Mr. Robinson.« Erstaunlicherweise erinnerte sie sich noch an seinen Namen. »Ja, vielen Dank.« Sie schaute auf ihre Hände, die zitterten. Ihr Gesicht war wie taub. »Sieht es sehr schlimm aus?«

Robinson war blass, aber seine Augen leuchteten. »Ähm …«

»Es tut weh«, murmelte sie, und dann wurde ihr schwarz vor Augen, und sie fiel wieder hin. Als die Fotografen merkten, dass sie ohnmächtig geworden war, stürzten sie auf sie zu, um möglichst nahe heranzukommen, und umkreisten sie wie die Aasgeier, denen sie so ähnlich waren. Der Einzige, der nicht nur dastand und sie anstarrte, war Scarsford, der die breiten Stufen zum Eingang des Gerichtsgebäudes herunterrannte.

Und die Frau, die sie attackiert hatte und die nun heftig schluchzend mit einer Handschelle an einen Polizeibeamten gefesselt am Rand stand.

*

»Es ist halb so schlimm, ehrlich. Ich muss zurück zur Center Street.«

Charlotte saß auf der Kante einer fahrbaren Krankenliege, in einem grauen Krankenhausnachthemd mit Beth-Israel-Allover-Logodruck, verschwollenem Gesicht und noch immer leicht blutiger Nase.

Der Arzt schaute sie über ihre Krankenakte an.

»Sie können gehen, wohin Sie wollen, wenn ich mit Ihnen fertig bin, aber wenn Sie noch mal umkippen, gehen Sie bitte zu einer anderen Notaufnahme, ja? Die kürzen jedes Mal mein Gehalt, wenn ich jemanden entlasse, der dann innerhalb der nächsten Stunde wieder eingeliefert wird.«

Sie warf einen Blick auf sein Namensschild. »Dr. Waxman, Sie sagten doch selbst, dass nichts gebrochen ist.«

Er überhörte ihren Einwurf und beendete seine Arbeit, ehe er antwortete. Scarsford stand neben ihm, außerdem eine Polizeibeamtin und ein sehr blasser Davis.

Schließlich schaute er auf. »Okay, hören Sie, ich sage Ihnen was. Nein, es ist nichts gebrochen, aber sie hat Sie ordentlich verhauen. Ein Glück, dass sie Ihnen nicht die Nase zertrümmert hat. Keine Nasen-OP der Welt könnte so einem Schlag standhalten.«

Mit zusammengekniffenen Augen stierte sie ihn an. »Ja, ein Glück. Und es ist übrigens meine eigene Nase.«

Er zuckte die Achseln. »Wie Sie meinen. Es liegt an Ihnen, Miss Williams. Womöglich erleiden Sie einen verzögerten Schock, ganz bestimmt bekommen Sie ein paar blaue Flecke, aber ja, Sie können jetzt gehen.« Womit er Davis anschaute. »Sie sollte lieber ruhen, aber mir drängt sich der Eindruck auf, sie tut ohnehin, was sie für richtig hält.«

Davis nickte. Er sah aus, als müsste er selbst eingeliefert werden, und der Doktor stockte.

»Geht es Ihnen gut?«

Davis nickte.

Waxman schaute ihn noch einen Augenblick durchdringend an, kam aber dann wohl zu dem Schluss, dass er nicht akut in Lebensgefahr schwebte. Worauf er sich umdrehte und eine Schwester anblaffte, sie sollte die Entlassungsunterlagen fertig machen, und dann endlich konnten sie gehen.

*

Im Auto auf dem Weg zurück zur Center Street brachte Scarsford sie auf den neuesten Stand.

»Ihr Vater hat sich schuldig bekannt und im Grunde genommen seither kein Wort mehr gesagt.«

Verwirrt runzelte sie die Stirn. »Aber warum sollte er das tun?«

»Wenn er nicht schuldig ist?«

»Nein, warum nicht mehr reden?«

Scarsford schaute aus dem Fenster, um ihrem Blick auszuweichen. »Vielleicht will er jemanden schützen. Jetzt, wo wir wissen, worauf er plädiert, geht es eigentlich nur noch um das Strafmaß. Weitere Ermittlungen sind nicht nötig, und er braucht nichts mehr zu sagen, wenn er nicht will.« Er drehte sich zu ihr um. »Ich meine, er kann uns bei unseren Ermittlungen unterstützen, wenn er möchte, und Gott weiß, dass wir das wollen, aber das Gesetz kann ihn nicht dazu zwingen.«

»Wen sollte er denn schützen? Marshall hat doch schon mit Ihnen zusammengearbeitet. Sheila?« Das war die Sekretärin ihres Vaters.

Ein kurzes Kopfschütteln. »Nein, Sheila macht eigentlich nur den Bürokram. Sie ist aus dem Schneider.«

Sie schwieg einen Augenblick. Dann verstand sie, worauf er hinauswollte. »Sie meinen mich, nicht wahr? Sie glauben, er will mich schützen?«

»Sie sind alles, was er noch hat.«

»Weiß er, dass ich zusammengeschlagen wurde?«

Diese Frage beantwortete Davis. »Auf dem Weg ins Krankenhaus habe ich mit Mr. Bedford gesprochen und ihm versichert, dass es Ihnen gut geht. Ich wollte nicht, dass Ihr Vater hört, dass Sie angegriffen wurden, und nicht weiß, wie es Ihnen geht.«

»Ich weiß nichts über seine Geschäfte.« Sie schaute Scarsford sehr bestimmt an. »Ich hatte von alledem keine Ahnung, und ich bin noch immer nicht vollends davon überzeugt, dass mein Vater etwas Falsches getan hat.«

»Dann glauben Sie seinem eigenen Wort nicht? Wie denn das, vertrauen Sie ihm nicht?«

Pikiert schürzte sie die Lippen und wandte sich ab.

*

»Ich habe es getan, Charlotte. Es tut mir leid, aber es ist so.« Jacob sah sehr viel besser aus als noch am Tag zuvor. Ruhiger. Gesünder. Er trug einen orangefarbenen Overall. Er schaute sich in dem Besuchsraum um, der alt und grau war, aber erstaunlich schöne, hohe, schlanke Fenster hatte, die aussahen wie in die dicken Wände hineingeschnitten. Ein Widerspruch in sich, wo doch niemand drinnen daran erinnert werden wollte, wie schön es draußen war. »Ich kann zwar nicht behaupten, dass mir die Kleiderordnung zusagt, aber daran lässt sich wohl leider nichts ändern.«

Charlotte war wie vor den Kopf gestoßen. Bisher hatte sie ihr Veilchen und die lädierte Nase noch nicht angesprochen, aber sie hatte eigentlich erwartet, ihr Vater wäre außer sich, wenn er sie so sähe. Aber nein, stattdessen verlor er kein Wort darüber. Er wirkte beinahe entspannt, wie er sich so mit den Ellbogen auf den roten Resopaltisch lehnte.

»Weißt du was?« Er beugte sich nach vorne. »Es ist seltsam, aber ehrlich gesagt bin ich richtig erleichtert, dass es endlich aufgeflogen ist. Es war nicht leicht, die Fassade aufrechtzuerhalten und alles zu vertuschen, weißt du.«

Ungläubig runzelte Charlotte die Stirn. »Was du nicht sagst. Es wird die Leute sicher freuen, das zu hören. Die Leute, deren Geld du gestohlen hast.«

Das Lachen verschwand aus Jacobs Gesicht. »Ja, das ist der weniger schöne Teil, nicht?«

»Was ist mit Greta und Davis? Denen hast du auch Geld gestohlen.«

Betreten betrachtete er seine Hände. »Ja. Das war ein Fehler. Ich wollte sie immer auszahlen, aber ich bin einfach nicht dazu gekommen.«

Charlotte musterte ihn durchdringend. Ihr tat das Gesicht weh, die Wirkung des Schmerzmittels ließ nach, und langsam, aber sicher ging ihr das alles über die Hutschnur. Warum war ihr nicht schon viel früher aufgefallen, wie egoistisch ihr Vater war? Vielleicht, weil sie selbst zu egoistisch gewesen war, um es zu merken. Ein ziemlich ernüchternder Gedanke.

»Was ich gestern gesagt habe, das habe ich nicht so gemeint. Ich hätte nie damit gerechnet, dass es solche Ausmaße annimmt. Ich habe ein Schlupfloch gefunden, und es war mehr ein Spiel als ein durchdachter Plan.«

Das konnte sie verstehen. Oft hatte sie irgendwas bloß aus Spaß angefangen, und am Ende hatte sie mit Menschen unter einer Decke gesteckt, mit denen sie eigentlich gar nichts zu tun haben wollte, oder hatte etwas Kränkendes oder Verletzendes zu anderen Mädchen gesagt oder ohne es zu wollen irgendwas ganz schrecklich vermasselt. Wobei das ganz entschieden etwas anderes war, als Milliarden von Dollar zu unterschlagen, aber im Grunde genommen, überlegte sie, waren die Übergänge da wohl fließend.

»Mr. Bedford meinte, vermutlich würden sie in den nächsten Tagen die Wohnung beschlagnahmen. Unsere Bankkonten haben sie jetzt schon sperren lassen.«

Besorgt runzelte ihr Vater die Stirn. »Hast du denn überhaupt noch Geld?«

»Ich habe was von meinem Schmuck versetzt.«

Für einen Moment schwieg er. »Tja, das ist ein bisschen peinlich. Wobei Geller sicher sehr höflich und zuvorkommend war, nehme ich an?«

Sie nickte. »Er ist ein ehrlicher Mensch.« Sie hoffte, die Bemerkung würde ihm einen Stich versetzen, aber sollte sie ihn getroffen haben, so ließ ihr Vater es sich nicht anmerken.

»Dann hast du also genug Geld?«

Sie zuckte die Achseln. »Ich habe ein bisschen Geld. Und ich kann mir ja einen Job suchen.«

Er nickte. »Ja, sicher. Du bist eine fähige junge Frau.«

Das wunderte sie. »Bin ich das? Ich weiß nicht, ob ich mir so fähig vorkomme, aber danke für dein Vertrauen.«

Aber er war schon längst wieder bei seinem Lieblingsthema. »Also, Bedford hat mir gesagt, dass sie mich vermutlich in ein Staatsgefängnis verlegen werden mit einigen sehr beängstigenden Mithäftlingen. Er will versuchen, mich im offenen Vollzug unterbringen zu lassen. Wer weiß, vielleicht komme ich ja dann endlich mal zum Lesen.«

»So kann man das natürlich auch sehen.« Es war nicht zu übersehen, dass sie wütend auf ihn war, und endlich merkte er es auch.

»Du bist sauer. Ist es wegen der Wohnung? Dem Schmuck?«

»Dad, du hast Millionen von Dollar gestohlen. Du hast unser Leben ruiniert. Ich weiß nicht, wo ich wohnen soll. Eine Frau, die ich noch nie gesehen habe, war so wütend auf mich, dass sie versucht hat, mir die Nase zu brechen.«

Jetzt endlich zeigte er so etwas wie Erstaunen. »Das war aber nicht gerade nett, was?«

»Sie hat es allerdings nicht geschafft.«

»Na, da bin ich aber froh. Ist sie verhaftet worden?«

Sie schüttelte den Kopf. »Ja, aber ich will sie nicht anzeigen. Ich habe mir gedacht, wir haben ihr schon mehr als genug angetan.«

»Wie lieb von dir.« Er überlegte kurz. »Vielleicht solltest du ein bisschen Urlaub machen.«

»Auf unserer Yacht?«

Ein flüchtiges Lächeln. »Nein, ich vermute, die hat das FBI sich unter den Nagel gerissen. Aber vielleicht solltest du einfach wegfahren.« Plötzlich schien ihm etwas einzufallen. »Sagtest du nicht, sie lassen dich womöglich nicht mehr in die Wohnung?« Sie nickte. »Hör zu, das ist jetzt sehr wichtig.

In der Frisierkommode deiner Mutter ist ein Schlüssel. Und dieser Schlüssel gehört zu einem Kästchen im grünen Gästezimmer. Kannst du mir folgen?«

»Ja, natürlich. Wovon um alles auf der Welt redest du da?«

»Hör mir zu. Hol das Kästchen und nimm die rote Schachtel raus. Eigentlich wollte ich dir die an deinem Hochzeitstag geben, aber ich möchte, dass du sie auf der Stelle holst und an dich nimmst. Es ist sehr wichtig, wirklich sehr wichtig, dass du alles aus dieser Schachtel mitnimmst. Verstanden?« Für einen Augenblick sah er aus wie ihr alter Dad, seine Augen strahlten Klugheit und Stärke aus, Konzentration und Leidenschaft. Kein Wunder, dass die Leute ihm blind vertraut hatten.

Das hatte sie ja auch.

Behutsam beugte sie sich vor und nahm seine Hände.

»Nicht anfassen«, kläffte der Wachmann.

»Daddy, warum hast du das getan? Wir hatten doch mehr Geld als genug. Wir hatten einander. Wir hätten aus New York weggehen und das machen können, was du und Mom euch immer gewünscht habt, und uns auf eine einsame Insel absetzen.«

»Tatsächlich?« Sein Gesicht war wieder vollkommen leer. »Und was ist mit deinen Freunden? Der Schule? Der Uni? Den Kleidern und Spielsachen und Ponys und Autos? Das schien dir immer sehr wichtig zu sein.«

Ungeweinte Tränen brannten ihr in den Augen. »Verglichen mit dir? Verglichen damit, zusehen zu müssen, wie du nun ins Gefängnis wanderst? Das ist nicht fair, Dad. Wenn du kurz nach Moms Tod damit angefangen hast, dann war ich noch ein kleines Kind. Damals kannte ich den Unterschied zwischen arm und reich noch nicht. Wir hätten weggehen und einfach nur zusammen sein können. Es wäre der Himmel auf

Erden gewesen.« Nun versuchte sie gar nicht mehr, die Tränen zurückzuhalten, und ließ ihnen einfach freien Lauf. »Als ich klein war, hast du immer nur gearbeitet, und jetzt, wo ich erwachsen bin und das richtige Leben anfängt, gehst du ins Gefängnis. Warum hast du das gemacht?«

Ihr brach es schier das Herz, doch ihr Vater schien seltsam ungerührt. Stumm schaute er sie bloß an, als sie den Kopf auf den Tisch legte und schluchzte. Dann streckte er langsam die Hand nach ihr aus und strich ihr sachte über den bebenden Kopf.

»Nicht anfassen«, raunzte der Wachmann.

Kapitel 13

Es waren Fremde in der Wohnung. Die Sachen etikettierten. Dinge mitnahmen.

Sie rief Greta und Davis in ihr Zimmer und schloss die Tür hinter den beiden. Nachdem sie vor ihrem Vater zusammengebrochen war, war sie zu dem Schluss gekommen, dass das Leben nun mal kein Ponyhof und erst recht kein Wunschkonzert war und sie sich dringend zusammenreißen und etwas unternehmen musste. Also hatte sie die Zähne zusammengebissen, und als das Taxi am Grand Central vorbei Richtung uptown gefahren war, hatten schließlich auch ihre Hände aufgehört zu zittern.

»Okay, also, die Wohnung wird beschlagnahmt. Daran können wir nichts ändern. Dad hat uns alle in die Scheiße geritten, verzeihen Sie meine Ausdrucksweise, aber als Allererstes gebe ich Ihnen beiden das Geld zurück, das Sie verloren haben. Ich werde mich nicht für ihn entschuldigen, denn ich hoffe inständig, dass er das selbst tun wird, aber ich bin sicher, Sie wissen, wie mir dabei zumute ist.«

Keiner von den beiden sagte etwas, aber Greta nahm ihre Hand und drückte sie fest.

»Also, von wie viel reden wir, Davis? Runden Sie den Betrag gerne auf.«

»Fünfundsiebzigtausend.«

Sie zuckte mit keiner Wimper. Ruhig blätterte sie die Scheine auf einen Stapel, schob sie zusammen und reichte sie ihm. »Davis, solange ich zurückdenken kann, waren Sie für mich immer ein Fels in der Brandung. Ich kann Ihnen gar nicht sagen, wie sehr ich Sie schätze und Ihre Loyalität und Unterstützung zu würdigen weiß.«

Er warf einen Blick auf das Geld und wollte es ihr wieder zurückgeben. »Das kann ich nicht annehmen, Charlotte. Wovon wollen Sie denn jetzt leben?«

Sie zuckte die Achseln. »Ach, Geld habe ich noch genug, machen Sie sich da mal keine Sorgen. Und außerdem habe ich Freunde, die mir unter die Arme greifen können. Greta? Wie viel hat dieser Scheißkerl Ihnen abgeluchst?«

»Hundert.«

»Tausend, nehme ich an?« Sie zählte das Geld auf den Tisch. Wer hätte gedacht, dass Greta hunderttausend Dollar zu verzocken hatte?

Es war ein gutes Gefühl, den beiden ihr Geld zurückzugeben, und es machte ihr den nächsten Schritt ein kleines bisschen leichter.

»Ihnen ist vermutlich klar, dass es Ihre Arbeitsplätze in diesem Haus in Zukunft nicht mehr geben wird.«

Beide nickten. Dann ergriff Davis das Wort. »Aber ich kann gerne bleiben. Sie können doch hier nicht allein wohnen.«

Lächelnd stand Charlotte auf. Sie ging zu ihrem Schrank und zog einen hübschen Lederkoffer heraus. »Ich bleibe nicht hier, Davis.«

Beide wirkten besorgt. »Wo wollen Sie denn hin?«

»Dahin, wo ich den Leuten vertrauen kann.« Und dann schaute sie Greta an, die sie ganz gewiss verstehen würde. »Ich fahre nach New Orleans zu Miss Millie.«

*

Es gefiel ihr nicht, wie ein Dieb durch ihre eigene Wohnung zu schleichen, aber sie wollte auf keinen Fall die Aufmerksamkeit der Ermittler auf sich ziehen. Also schlüpfte sie aus den Schuhen und tappte den Flur im oberen Stock entlang zum Schlafzimmer ihrer Eltern.

Die Frisierkommode ihrer Mutter sah noch genauso aus wie damals. Als Charlotte die Schublade aufmachte, wehte ihr ein leichter Parfumhauch entgegen, zart, nach Gurke und Zitrone duftend, natürlich und honigsüß. Sie fragte sich, ob dieser Duft wirklich da war oder ob sie sich das alles bloß einbildete. Und allmählich gelangte sie auch zu der Erkenntnis, dass ihre Mutter nicht ganz dem Bild entsprach, das die Öffentlichkeit von ihr hatte. Chanel No. 5 war zum Ausgehen, Zitrone für zu Hause. Huldvolle Königin auf dem Laufsteg, privat eine süße junge Frau. Aber womöglich hatte ja jeder mindestens zwei Gesichter. Sie selbst ganz bestimmt. Charlotte kramte in der Unterwäscheschublade herum und fand gleich den kühlen, harten Schlüssel inmitten der seidigen Wäschestücke.

Das Gästezimmer wurde kaum genutzt, aber dank Greta war es makellos sauber und aufgeräumt. Auf den ersten Blick konnte Charlotte kein Kästchen entdecken, und sie runzelte skeptisch die Stirn. Erst nach einigem Suchen entdeckte sie es unter dem Bett. Sie stockte kurz, als sie Stimmen auf dem Flur draußen hörte. Aber die gingen vorbei. Erleichtert atmete sie auf und öffnete dann das Kästchen. Darin lagen drei Dinge: eine flache Schmuckschatulle, eine Ringschachtel und ein USB-Stick an einer Silberkette.

In ihrem eigenen Zimmer öffnete sie dann die Schachteln. In der Schmuckschatulle lag ein atemberaubend schönes Collier aus Achat und Diamanten mit passenden Ohrringen. Es verschlug ihr fast den Atem. Das weltberühmte *Vogue*-Cover, auf dem Jackie dieses Collier trug, hing über dem Kamin im

Arbeitszimmer ihres Vaters; darauf hatte sie die Arme vor der nackten Brust verschränkt, die Augen geschlossen und die Haare aus der Stirn gekämmt. Damals konnte sie kaum älter gewesen sein als Charlotte jetzt. In der Ringschatulle war ein schlichter Goldreif, Jackies Ehering. Charlotte drehte ihn in den Fingern. Die Inschrift lautete schlicht »J&J&J&J …« rings um den ganzen Ring herum. Hübsch. Wäre es bloß immer so einfach.

Der winzige USB-Stick lag schwer in ihrer Hand. Wollte er, dass sie den vor den Ermittlern versteckte? Sie beschloss, später darüber nachzudenken, und hängte sich den Stick um den Hals. Die Kette war so lang, dass ihr der Stick fast bis zum Bauchnabel hinunterbaumelte. *Hmm.* Vielleicht hatte ihr Vater die getragen. Beinahe hätte sie das Ding gleich wieder ausgezogen und den Behören übergeben, aber dann überlegte sie es sich noch mal anders. Was machte das schon für einen Unterschied? Er hatte ja bereits gestanden; die brauchten keine weiteren Beweise. Und er hatte gesagt, die Sachen seien für sie bestimmt, für ihren Hochzeitstag, und warum sollte er ihr wohl für einen Betrugsprozess relevantes Beweismaterial zur Hochzeit schenken?

⋆

Greta kramte in ihrem Portemonnaie herum. »Ich habe sie irgendwo. Moment.« Schließlich zog sie ein abgegriffenes rotes Notizbuch heraus.

»Greta, habe ich Ihnen nicht ein iPhone zu Weihnachten geschenkt? Sie sollten nicht all Ihre Kontaktdaten in diesem zerfledderten ollen Ding aufbewahren.«

Greta zuckte die Achseln. »Ich habe gerade erst herausgefunden, wie ich das Telefon dazu bringe, Musik abzuspielen. Alles andere ist mir zu hoch. Dieses kleine rote Büchlein ist genau das Richtige für mich, Charlotte.« Sie blätterte darin herum. »Hier ist sie. Hast du einen Stift?«

Charlotte hatte ihr Handy in der Hand und zog nur die Augenbrauen hoch zum Zeichen, dass sie wartete.

»Okay. Millie Pearl, 1778 Robideaux Avenue, New Orleans.« Verdutzt runzelte sie die Stirn. »Tut mir leid, eine Telefonnummer habe ich nicht.«

Entschlossen klappte Charlotte ihr Handy zu. »Schon okay. Die hat sie mir gegeben, als sie mich neulich angerufen hat. Und außerdem wollte ich sowieso einfach hinfahren und sie überraschen.«

Greta drehte sich um und machte sich wieder daran, die Küchenschubladen durchzugehen. Charlotte hatte ihr angeboten, mitzunehmen, was immer sie brauchen konnte, und nun suchte sie ihre Lieblingsutensilien zusammen. Für Charlotte sah es zwar bloß aus wie ein Haufen Holzlöffel, aber sie wusste, dass man Gretas Entscheidungen lieber nicht infrage stellen sollte.

»Sei vorsichtig, Charlotte.« Unvermittelt drehte Greta sich zu ihr um und zeigte mit einem Pfannenwender auf Charlotte. »Nicht alle kennen dich so gut wie sie und ich, und viele Leute werden eine schlechte Meinung von dir haben wegen dem, was dein Vater getan hat.«

»Mir ist es egal, was die Leute denken.«

»Ich weiß, dass du so denkst, Charlotte. Aber es tut trotzdem weh. Gestern hat dich jemand verprügeln wollen, und du tust, als sei alles in bester Ordnung, aber das ist es nicht.« Ihr versagte fast die Stimme. »Es ist überhaupt nichts in Ordnung.«

*

Das Telefon klingelte. Es war ein Anruf von der Rezeption. »Clara Ackerman ist hier und möchte zu Ihnen, Miss Williams. Soll ich sie nach oben schicken?«

Charlotte runzelte die Stirn. Clara war wirklich die Letzte, die sie jetzt erwartet hätte. »Natürlich, vielen Dank.«

Charlotte holte Clara am Aufzug ab. Als die Türen aufgingen, sah Charlotte, dass Clara ein sehr besorgtes Gesicht machte, aber ihre Miene hellte sich schlagartig auf, als sie Charlotte erblickte.

»Mensch, bin ich froh, dich zu sehen! Als wir in den Nachrichten gehört haben, dass jemand auf dich losgegangen ist, haben wir uns alle schreckliche Sorgen gemacht.« Sie nahm Charlotte fest in die Arme. Wie immer war sie sehr elegant. Heute trug sie einen weißen Kaschmirwintermantel mit einem Besatz aus rotem Kunstfuchspelz und sah damit umwerfend schick und souverän aus.

»Wir?« Unvermittelt hatte Charlotte das Bild vor Augen, wie ihre alten Schulfreunde sich in einer Bar zusammenrotteten, um ihren Untergang hautnah mitzuerleben und genüsslich zu zelebrieren. *Einen Schnaps, immer wenn jemand Charlotte ein Partygirl nennt.*

»Meine Familie und ich.« Clara schaute sich um. »Was machen denn die ganzen Leute hier? Und was machen die mit euren Sachen?«

Gequält verzog Charlotte das Gesicht. »Sie nehmen sie mit. Aus mir nicht ganz nachvollziehbaren Gründen haben die Ermittlungsbehörden unsere Wohnung beschlagnahmt.«

»Das ist ein Witz.«

»Leider nein.«

»Na, dann kommst du eben mit und ziehst bei uns ein. Du kannst bleiben, solange du willst.« Womit sie ihre Lederhandschuhe abstreifte, den Kaschmir-Topfhut absetzte und alles zusammen in die Tasche stopfte.

Charlotte war reichlich verdattert. Sie und Clara waren zwar zusammen zur Schule gegangen und gehörten mehr oder weniger zum selben Freundeskreis, aber besonders eng befreundet waren sie eigentlich nicht. Wobei ihre besten Freunde sich entweder gar nicht bei ihr gemeldet hatten oder im Fernsehen aufgetreten waren, so wie Emily.

»Ähm … das ist wirklich sehr nett von dir, Clara, aber ich bezweifele, dass deine Eltern die Tochter eines dringend tatverdächtigen Kriminellen in ihrem Gästezimmer einquartieren möchten. Und die dazugehörige Paparazzi-Meute, die sie dann vor eurem Haus erwartet.« Selbst hier oben konnte man das Heulen der Meute noch hören.

Clara lächelte. »Meine Mutter hat gesagt, ich soll dir ausrichten, du sollst dich von den Drecksäcken nicht kleinkriegen lassen.« Sie musste kichern. »Ich glaube, sie war selbst ganz erschrocken über ihre Wortwahl, aber ehrlich gesagt, sie hat ihre verbale Entgleisung mit Fassung getragen. Meine Familie hat es nicht so mit der Boulevardpresse.«

Charlotte schüttelte den Kopf. »Wieso das denn nicht? Deine Eltern sind doch ständig auf den Gesellschaftsseiten.«

Clara zuckte abschätzig die Schultern. »Die Geschichte ist älter als wir beide. Vermutlich liegt es an den Bordsteinschwalben.«

Ein kurzes Schweigen entstand.

»Was denn für Schwalben?«

»Keine Schwalben. Bordsteinschwalben. Prostituierte. Du weißt schon, leichte Mädchen.«

Charlotte lachte. »Ich weiß, was eine Bordsteinschwalbe ist, Clara, ich dachte bloß, ich hätte gerade den Faden verloren.«

Einer der Ermittlungsbeamten zog etliche Bücher aus den Regalen und blätterte darin herum, offenbar auf der Suche nach hauchdünnen Goldbarren.

Mit einem Blick zu Charlotte meinte Clara mit gesenkter Stimme: »Dein Geld liegt doch schon seit geraumer Zeit auf der Bank, oder?« Und dann fügte sie mit erhobenen Händen grinsend hinzu: »Die Ackermans haben eine Schiffsladung Frauen aus Holland hierher gebracht und im Hafen von New York ein schwimmendes Bordell errichtet. Und das lief hervorragend. Also hat meine Familie genau dasselbe auch in sämtlichen anderen großen Häfen entlang der Ostküste gemacht. Es war das erste belegte Beispiel eines florierenden Offshore-Unternehmens.« Sie lachte. »Wir entstammen einer uralten Dynastie von Steuerhinterziehern.«

Charlotte war richtiggehend schockiert. »Und wie kann es sein, dass niemand das weiß?«

»Viele Leute wissen es, also gehe ich immer davon aus, dass alle Bescheid wissen. Angeblich wollte mein Ururgroßvater seinerzeit für ein Amt kandidieren, und damals haben die Zeitungen einen Riesenwirbel um die Prostituierten gemacht, weshalb er letztendlich seine Kandidatur zurückziehen musste. Das haben wir der Presse nie verziehen, weshalb wir nun voll auf deiner Seite stehen.«

Charlotte war richtig gerührt. »Selbst wenn mein Dad es getan hat?«

Clara nickte. »Ja, warum denn nicht? Du hast doch nichts getan. Und jeder macht mal Fehler.« Sie grinste. »Außerdem, hast du in letzter Zeit mal in einen Spiegel geschaut? Du siehst grauenhaft aus. Kein Wunder, dass niemand dich irgendwohin einlädt.«

Trotz ihrer Verzweiflung musste Charlotte lachen. Gerührt ging sie zu Clara, setzte sich neben sie und nahm sie in den Arm. »Du bist die Einzige, die mich bis jetzt besucht hat, weißt du das?« Worauf Clara nur den Kopf schüttelte. »Ich kann dir gar nicht sagen, was mir das bedeutet. Langsam kam ich mir wirklich ganz schön einsam vor.«

Mitfühlend drückte Clara ihre Hand. »Tja, bist du aber

nicht. Du bist herzlich willkommen, dich bei uns einzuquartieren, wann immer und solange du möchtest. Wir haben eine entzückende Gästesuite, und wir würden uns gut um dich kümmern.«

»Ich weiß. Aber ich habe beschlossen, eine Weile wegzugehen.«

Und dann weihte Charlotte Clara in ihren Plan ein, nach New Orleans zu fahren. Clara erinnerte sich natürlich noch an Miss Millie und konnte ihre Entscheidung gut nachvollziehen.

»Aber warum ausgerechnet jetzt? Meinst du wirklich, da unten bist du sicherer? Ich meine, in New Orleans kennt dich doch keiner.«

»Genau darum«, meinte Charlotte lächelnd, »will ich ja dahin.«

*

Scarsford hielt mit seiner Meinung nicht hinter dem Berg. »Sie sind verrückt.«

Charlotte hatte gerade ins Taxi zum Flughafen steigen wollen, als Scarsford vor dem Haus angehalten hatte.

Sie drehte sich um und schaute aus dem Fenster. Er hatte angeboten, sie hinzufahren, vermutlich, um ihr den Plan auszureden, die Stadt zu verlassen.

»Hier können wir Sie schützen. Jemand hat Sie k.o. geschlagen, schon vergessen?«

»Natürlich habe ich das nicht vergessen. Wie könnte ich denn, ich habe doch eine dicke, geschwollene Nase, oder?«

»New Orleans ist ein heißes Pflaster. Ich war selbst schon mal da.«

»Ja, vermutlich zu Mardi Gras. Haben Sie auch allen Ihre Nippel gezeigt?«

Er schnitt eine Grimasse. »Ehrlich, Sie können nicht einfach abhauen. Sie sind Gegenstand laufender Ermittlungen.«

»Oh, ich kann sehr wohl einfach abhauen, und ich bin keineswegs Gegenstand laufender Ermittlungen.«

In diesem Punkt war sie sich vollkommen sicher, denn sie hatte gerade eine Stunde lang mit Arthur Bedford telefoniert. Er hatte ebenfalls versucht, ihr diese Idee auszureden, aber auch von ihm hatte sie sich nicht beirren lassen. Und er hatte ihr quasi das letzte Geld aus der Tasche gezogen, als Honorar für den Rechtsbeistand für ihren Vater. Dessen ungeachtet schuldete sie ihm immer noch das Bruttoinlandsprodukt eines kleinen Staates, aber sie war sich sicher, er würde es schaffen, wenigstens sein eigenes Honorar vor den raffgierigen Klauen des Staates zu retten. Anwälte und Buchhalter schafften es immer irgendwie, an ihr Geld zu kommen, selbst wenn alle anderen in die Röhre guckten. Und jetzt hatte sie nicht mal mehr fünftausend Dollar in der Tasche, und umsonst würden die sie sicher auch nicht mitfliegen lassen.

Wobei das eigenartigerweise irgendwie auch ganz schön aufregend war. Aber nun verdarb Scarsford ihr die Laune.

Er schnaubte frustriert. »Ihnen könnte da was zustoßen.«

»Ich habe einen harten rechten Haken abbekommen. Ich kann mich doch nicht vor Angst verstecken, Mr. Scarsford. Mein Dad wird noch eine ganze Weile in Untersuchungshaft sitzen und auf seinen Prozess warten, und jedes Mal, wenn ich ihn sehe, rege ich mich nur noch mehr auf. Ich brauche ein bisschen Zeit, um in Ruhe über alles nachzudenken.«

»Und wo wollen Sie wohnen?«

»Bei Freunden.«

»Sie haben also Freunde da?«

Sie seufzte. »Hören Sie, Mr. Scarsford, ich fahre nach New Orleans. Und da will ich zur Ruhe kommen und mich neu orientieren und mir überlegen, was ich mit dem Rest meines Lebens anfangen möchte.«

Vor dem Terminal angekommen hielten sie an und stiegen aus, und Scarsford zeigte dem Polizisten am Bordstein seine Dienstmarke. Er bot Charlotte an, ihre Reisetasche zu tragen, aber sie schüttelte nur den Kopf. Es wurde Zeit, dass sie ihr Leben selbst in die Hand nahm.

Bis zur Sicherheitskontrolle wich er nicht von ihrer Seite.

»Charlotte …« Sie drehte sich um und lächelte ihn an. »Bitte seien Sie vorsichtig.«

»Ganz bestimmt, Mr. Scarsford.«

»Bitte nennen Sie mich Jim.«

»Okay, Jim.«

Womit sie sich auf die Zehenspitzen stellte, sich streckte und ihm einen Kuss auf die Wange gab. Er konnte einen Hauch ihres zarten Parfums erahnen, nach Gurke und Zitrone duftend, und ganz kurz streifte sie ihn. Stumm sah er zu, wie sie ihren Koffer auf das Laufband stellte, aus den Schuhen schlüpfte, die Uhr auszog und den Schmuck ablegte. Während die erste graue Plastikschale schon durch das Röntgengerät ratterte, fiel ihr plötzlich noch etwas ein, und sie griff nach einer weiteren Schale. Dann nahm sie die Kette ab, die sie um den Hals trug, und ließ sie in die Schale fallen. Stirnrunzelnd beobachtete er das Ganze.

»Auf Wiedersehen, Jim. Machen Sie es gut. Zum Prozess bin ich wieder da, und meine Mobilnummer haben Sie ja.« Und dann bedachte sie ihn mit einem strahlenden Lächeln, drehte sich um und marschierte durch den Metalldetektor.

Und er stand reglos da und sah zu, wie sie ihre Siebensachen wieder einsammelte. Sie drehte sich nicht mehr um; sie hatte ihn schon vergessen. Was stimmte da bloß nicht? Warum war er nur so wütend?

Und dann ging ihm schlagartig auf, was sie da in die Plastikschale gelegt hatte. Einen USB-Stick. Genau wie der, den sie in Jacobs Büro gefunden hatten. Kein Wunder, dass sie so blendender Laune gewesen war! Sie machte sich gerade mit Beweismitteln aus dem Staub.

Ohne nachzudenken wollte er hinter ihr herstürzen, aber der Sicherheitsbeamte hob die Hand. Scarsford wollte schon seine Dienstmarke hervorholen, ließ es aber dann sein.

Sie hatte ihn übers Ohr gehauen, genau wie ihr Dad seine Klienten übers Ohr gehauen hatte. So hübsch, so charmant, so verletzlich. Und offensichtlich so kaltblütig, dass sie einfach wertvolles Beweismaterial unterschlug und damit türmte. Und dann hatte sie auch noch den Nerv, ihm einen Kuss zu geben.

Du Idiot, Jim. Du verdammter vertrottelter Vollidiot. Aufgebracht drehte er sich auf dem Absatz um, und die weißglühende Wut in seinem Kopf ließ ihn gleich viel klarer denken. *So schnell gebe ich nicht auf, Charlotte. Wir sehen uns wieder, früher, als dir lieb ist.*

Kapitel 14

Wie sich herausstellte, machte Fliegen in der Touristenklasse keinen Spaß. Keine heißen Handtücher. Keine Freigetränke. Keine gut aussehenden Filmstars auf dem Sitz nebenan. Kein prickelndes Mile-High-Club-Erlebnis. Still in sich hineingrinsend schaute Charlotte aus dem Fenster. Der Fairness halber musste man dazusagen, dass es auch bloß ein einziges Mal passiert war. Man konnte schließlich nicht erwarten, dass eine Airline immer nur Trümpfe ausspielen konnte. Die kleine alte Dame neben ihr fuhr unbeirrt fort, den Inhalt ihrer voluminösen Handtasche in die Sitztasche vor ihr auszuleeren. Zeitschriften, da. Pfefferminzdrops, da. Kreuzworträtselbuch, da.

Die alte Dame drehte sich zu ihr um. »Junge Dame, dürfte ich vielleicht Ihre Tasche mitbenutzen? Meine ist voll, und ich weiß nicht, wohin mit meiner Wasserflasche.«

Lächelnd nickte Charlotte ihr zu. Was die alte Dame allerdings leider als Aufforderung betrachtete, in Charlotte ihre neue beste Freundin zu sehen, und als das Flugzeug schließlich den Louis Armstrong Airport in New Orleans ansteuerte, wusste Charlotte genauestens Bescheid über Maudes drei Töchter, ihre Hühneraugen, ihre Blähungen und, man höre und staune, ihre geheime Leidenschaft für die Oper. Maude hatte es nichts ausgemacht, in voller Lautstärke und Ausführlichkeit über ihre Blähungen zu schwadronieren, aber bei Wagner hatte sie verschämt die Stimme gesenkt.

Charlotte war schon einmal in New Orleans gewesen, zu Mardi Gras, aber damals war sie mit einer Clique von Freunden da gewesen und hatte eigentlich kaum ein Auge für die Stadt gehabt. Nun erst fiel ihr auf, dass aus den Lautsprechern am Flughafen Jazz dudelte, und auf dem Weg nach draußen blieb sie kurz stehen, um ein gewaltiges Wandgemälde zu bewundern, das eine Jazzband zeigte. Eigentlich fand sie Jazz ja gar nicht so schlecht, aber irgendwie war das doch mehr Alte-Leute-Musik aus längst vergangenen Zeiten.

Draußen wartete sie dann in der Schlange auf ein Taxi. Auch eine ganz neue Erfahrung. Was machten die Leute bloß, wenn es regnete? Das Wetter war mild, wärmer als in New York. Sie legte ihren dicken Mantel über den Arm und wünschte, sie könnte ihn an jemanden weiterreichen, der ihn für sie trug.

Wie in den meisten anderen Städten, die sie kannte, hatte man auch in New Orleans den Flughafen dorthin gebaut, wo Platz war – mitten in der Pampa. Um in die Innenstadt zu kommen, musste man durch einige ziemlich heruntergekommene Stadtteile fahren, und die Auswirkungen von Hurrikan Katrina waren überall noch deutlich zu erkennen. Verwirrt runzelte sie die Stirn. Das war doch inzwischen Jahre her. Warum hatte denn niemand dieses Chaos beseitigt?

Miss Millies Haus sah allerdings aus wie aus dem Bilderbuch. Die älteren, höher gelegenen Stadtteile hatten Katrina mehr oder minder unbeschadet überstanden, aber Millies Haus war wirklich außergewöhnlich adrett. Sie erinnerte sich noch daran, wie Millie ihr davon erzählt hatte.

»Meine Omi hat unser Haus um die Jahrhundertwende für zwanzig Dollar gekauft. Damals war das eine Menge Geld. Sie und mein Großvater haben es auf Vordermann gebracht und in jeder freien Minute daran herumgewerkelt. Es ist ein

Shotgun House. Weißt du, was das ist, ein ›Schrotflintenhaus‹?«

Charlotte hatte den Kopf geschüttelt, und Millie hatte gelacht.

»Was lernt ihr Kinder eigentlich in eurer vornehmen Schule? Ein Shotgun House ist ein Haus, in dem es keinen Flur gibt und alle Zimmer miteinander verbunden sind. Es sind alles Durchgangszimmer, eins hinter dem anderen. Es heißt so, weil man an der Haustür eine Schrotflinte abfeuern und jemanden im Garten hinter dem Haus treffen konnte.«

Jetzt, wo sie vor dem wunderschönen Häuschen stand, mit den zartgelb gestrichenen viktorianischen Lebkuchenhausverzierungen und den blassblauen Holzläden, stockte Charlotte. Machte sie vielleicht gerade einen gewaltigen Fehler? Seufzend straffte sie die Schultern, nahm all ihren Mut zusammen und klopfte.

Nichts. Alles still.

Das Taxi war schon wieder weggefahren, und die warme Abendluft war schwül, aber die Straße völlig menschenleer. Von irgendwo weit her hörte man Musik, ein paar Schritte, und dann ließ sie ein plötzliches lautes Lachen irgendwo in der Nähe aufschrecken. Aber aus dem Haus vor ihr drang kein Laut.

»Suchst du jemanden, Schätzchen?«

Sie wirbelte auf dem Absatz herum, und für einen Moment war es, als würde die Zeit stillstehen, als sie die Frau anschaute, die für sie die einzige Mutter war, die sie je gekannt hatte. Sie hatte ihr Fahrradfahren beigebracht. Sie ermuntert, Gesangsunterricht zu nehmen. Sie aufgeklärt, als sie ihre erste Periode bekommen hatte. Ihre Hand gehalten, während sie an der Ampel warteten. All diese Bilder und Gefühle stürzten auf sie ein wie eine riesige Welle von Kindheitserinnerungen. Es war schrecklich gewesen, ihre Mom zu verlieren, und Millie war der Felsen gewesen, an den sie sich geklammert hatte, während um sie herum das Unwetter toste. Und da stand sie nun, abermals in den Sturm hinausgestoßen.

»Miss Millie!«

»Charlotte!« Miss Millie fing an zu strahlen, und Charlotte war so erleichtert, dass jemand sich ausnahmsweise einmal freute, sie zu sehen, dass sie einen Kloß im Hals spürte. Beide hatten Tränen in den Augen, als sie sich in die Arme fielen; bei Miss Millie wohl gleichermaßen vor Rührung und Erstaunen.

Millie schloss sie fest in die Arme. »Ich hatte so sehr gehofft, dass du herkommst, meine Kleine. Und ich bin so froh, dass du nun da bist.«

Als Charlotte schließlich einen Schritt zurücktrat und ihre Freundin anlächelte, da erst bemerkte sie den großen, gut aussehenden jungen Mann, der ein Stückchen von ihnen entfernt stand und stumm abwartete. Miss Millie folgte ihrem Blick.

»Hat es dir die Sprache verschlagen, Jackson? Das hier ist Miss Charlotte Williams.«

»Hatte ich mir schon fast gedacht.« Ohne eine Miene zu verziehen, neigte er statt eines Grußes den Kopf vielleicht einen Zentimeter nach vorne.

Eine kleine Pause entstand, und dann lachte Millie. »Beachte ihn gar nicht, Schätzchen. Er hat bloß schlechte Laune.« Und dann kramte sie in ihrer Handtasche nach dem Hausschlüssel und schloss die Tür auf. »Bin ich froh, dass wir nach Hause gekommen sind, ehe du unverrichteter Dinge wieder gegangen bist.« Sie warf einen Blick über die Schulter nach hinten. »Ich hatte gehofft und gebetet, du würdest kommen, aber ich wollte dich nicht bedrängen. Ich weiß ja, wie eigenständig du bist.«

Charlotte folgte ihr nach drinnen und merkte jetzt erst, wie müde sie war, wie sehr sie sich die ganze Zeit zusammenreißen musste. War *eigenständig* bloß ein anderes Wort für *allein*? Ihr schwirrte der Kopf von den Turbulenzen der vergangenen Tage, und ein ersticktes Schluchzen entwischte ihr.

Just in dem Augenblick, als Charlotte weiß wurde wie die Wand, drehte Miss Millie sich zu ihm um und sagte vollkommen ruhig: »Fang sie auf, Jackson«, worauf die junge Frau umkippte und zusammensackte.

*

Wie er so auf Charlotte runterschaute, die auf der abgewetzten alten Couch im Wohnzimmer lag, musste Jackson Pearl sich wundern. Sie sah aus wie ein ganz gewöhnliches Mädchen. Ein hübsches Mädchen, zugegeben, aber in New Orleans gab es davon mehr als genug. Und gut angezogen auch. Aber trotzdem, bloß ein Mädchen.

Jahrelang hatte Jackson Charlotte Williams abgrundtief gehasst. Seine Mom war weggegangen, um sich um sie zu kümmern, und hatte ihn in der liebevollen Obhut seiner Großmutter zurückgelassen, die ihn zugegebenermaßen vergöttert und ihn und seine Schwester nach Strich und Faden verwöhnt hatte. Aber trotzdem hatte er Charlotte nicht ausstehen können, und auch als seine Mutter wieder nach Hause gekommen war – und er sie für ihre Abwesenheit hatte büßen lassen, indem er ihr ein paar Monate lang die kalte Schulter gezeigt hatte –, hatte er nicht aufgehört, sie zu hassen. Jetzt, als er sie da so liegen sah, blass und in seinen Augen viel zu dünn, ging ihm erst auf, wie dumm das gewesen war.

Dann spürte er den Blick seiner Mutter, die ihn beobachtete, und drehte sich zu ihr um. »Essen diese Leute eigentlich gar nichts?«

Statt einer Antwort schaute sie ihn nur an und zog eine ihrer anmutig gewölbten Augenbrauen hoch. Als junges Mädchen war Millie Pearl eine echte Schönheit gewesen, und auch mit Mitte fünfzig war sie noch eine attraktive, elegante Frau. Sie hatte einen Teint wie Milchkaffee, und ihre Augen waren beinahe schwarz. Ihr Sohn war dunkler als sie, und seine Augen leuchteten kupferfarben, durchdringend und hell wie polierte Pennys. Die Ähnlichkeit zwischen ihnen – und ihre Verbundenheit – war stark.

Die Haustür ging auf, und herein kam eine seiner Schwestern. Camille war ein Jahr älter als Jackson, und sie trug ein schlafendes Kleinkind auf dem Arm.

»Momma, kann ich Charles irgendwohin legen? Er ist beim Essen eingeschlafen, und jetzt muss ich warten, dass Jimmy mit dem Auto kommt und uns abholt.« Sie hatte ohnehin schon geflüstert, aber als sie ins Wohnzimmer kam und das offensichtlich schlafende Mädchen auf der Couch sah, redete sie noch leiser. »Kennen wir dieses hübsche Kind, oder ist das ein Fan von Jackson, der angesichts seiner überwältigenden Gegenwart in Ohnmacht gefallen ist?«

Ihre Mutter grinste. »Du kannst Charles auf mein Bett legen, Liebes.«

»Das ist Charlotte Williams.« Jackson versuchte, ganz beiläufig zu klingen, aber seine Schwester guckte ihn mit zusammengekniffenen Augen an. Sie wusste, was er von der Familie Williams hielt, und in den vergangenen Tagen hatten die Nachrichten über Jacob Williams alte Wunden wieder aufgerissen.

Charlotte rührte sich ein wenig, und Camille ging nach draußen, um ihren schlafenden Sohn hinzulegen. Jackson drehte sich auf dem Absatz um und verschwand in der Küche, um Millie und Charlotte nicht zu stören.

Charlotte riss die Augen auf und schaute sich verwirrt um.

»Alles in Ordnung, Mäuschen? Ist dir irgendwie schlecht?«

Mühsam richtete Charlotte sich auf und stützte sich auf die Ellbogen. Der Raum verschwamm vor ihren Augen. »Miss Millie?«, flüsterte sie.

Die Angesprochene kniete sich schnell und leichtfüßig neben sie auf den Boden und strich dem Mädchen mit der Hand die Haare aus der Stirn. Es rührte Millie auf ganz eigenartige Weise, Charlotte zu sehen; ein Ziehen in der Brust erinnerte sie an das Band, das sie einst verbunden hatte. Wenn man sich um ein Kind kümmerte, hatte man immer eine besondere Beziehung zu ihm, und Millie hatte Charlotte über fünf Jahre lang betreut. Als sie Charlotte zum ersten Mal gesehen hatte, da hatte das Mädchen ganz schrecklich um seine Mutter getrauert, und es hatte Wochen gedauert, bis es Millie auch nur angeschaut hatte. Aber als sie ihr schließlich vertraute, wurden die beiden bald unzertrennlich. Millie musste sich wieder fragen, welche Wunden ihr Fortgehen bei Charlotte wohl gerissen hatte. Aber damals hatte sie keine andere Wahl gehabt. Jackson hatte in der Schule immer öfter über die Stränge geschlagen, und sie hatte sich für ihr eigenes Kind entschieden und gegen das Kind, das sich zwar anfühlte wie ihr eigenes, es aber nicht war. Und nun schaute sie Charlotte in die Augen, und es war, als wäre sie nie fort gewesen.

Nun füllten sich diese Augen mit Tränen, als Charlotte sah, wie liebevoll Millie sie anschaute. »Du hast mir so gefehlt«, flüsterte sie, und dann brachen alle Dämme. Millie setzte sich auf das Sofa und schloss Charlotte in die Arme, redete beruhigend auf sie ein und strich ihr die Haare aus dem Gesicht und hinter die Ohren.

Aus der Küche sah Jackson den beiden Frauen zu, und die Tasse Tee in seiner Hand wurde langsam kalt. Er wusste nicht so recht, was er eigentlich empfand außer Mitleid.

Camille trat leise hinter ihn. »Hast du mir einen Tee gekocht? Jackson, du bist ein Engel.« Und damit nahm sie die Tasse mit zum Küchentisch und setzte sich. Worauf auch er dazukam.

»Du weißt, was das heißt, oder?« Mit einem Nicken wies sie zur Wohnzimmertür. Ahnungslos schüttelte er den Kopf.

»Ärger.«

Stirnrunzelnd schaute er sie an. »Warum? Mom kann selbst auf sich aufpassen.«

Camille lachte. »Nicht für Mom. Mom ist zäh wie Leder. Nein, Herzchen, für dich.«

Und damit hob sie die Tasse, prostete ihm zu und trank den Tee in einem Zug aus.

Kapitel 15

Als Charlotte aufwachte, merkte sie schnell, dass sie nicht allein war. Ein roter Kater stand gleich neben dem Bett und betrachtete sie mit nachdenklichem Blick aus tiefgründigen Augen. Die beiden blinzelten sich kurz an, dann drehte der Kater sich um und stakste davon. Allem Anschein nach hatte er seine Neugier gestillt.

»Scheint, als wurdest du geprüft und für gut befunden.«

Charlotte setzte sich auf und zog zugleich die Decke hoch. Jackson saß in einem Lehnstuhl am anderen Ende des Zimmers, trank eine Tasse Kaffee und las die *New York Times*.

»Und woher hätte ich gewusst, wenn er mich nicht für gut befunden hätte?«

Ein Lächeln huschte über Jacksons Gesicht. »Du hättest es nie erfahren. Du wärst bloß nicht mehr aufgewacht.«

Charlotte zog eine Augenbraue hoch. »Ehrlich? So gefährlich sah er gar nicht aus.«

Jackson blätterte die Zeitung um. »Der Schein kann manchmal trügen.«

Geschäftig kam Millie hereingewuselt. »Wie hast du geschlafen, meine Süße? Es ist leider keine Park-Avenue-Wohnung, und mehr als das Sofa kann ich dir nicht anbieten.«

Glücklich und zufrieden streckte Charlotte sich auf der Couch aus. Jackson hatte aufgeschaut, als seine Mutter hereingekommen war, und nun guckte er zu der jungen Frau rüber, während ihr die Decke herunterrutschte und das seidige Top enthüllte und die langen, geschmeidigen Arme; alles ganz entzückend trotz des von blauen Flecken verunzierten Gesichts. Stirnrunzelnd verschwand er wieder hinter der Zeitung.

»Es war wunderbar bequem, und ich habe geschlafen wie ein Stein. Vielen Dank, dass ihr mich so lieb aufgenommen habt, obwohl ich einfach unangemeldet reingeschneit bin.« Sie wurde rot. »Und dann auch noch so aus dem Rahmen gefallen bin.«

Millie nahm sie fest in den Arm. »Kätzchen, wer würde nicht aus dem Rahmen fallen nach allem, was du durchgemacht hast. Ich war einfach heilfroh, dich gesund und in einem Stück vor mir zu sehen. Ich habe in den Nachrichten gesehen, wie diese Verrückte auf dich losgegangen ist.«

Charlotte zuckte bloß die Achseln. »Wie du siehst, ich bin ein bisschen lädiert, aber im Großen und Ganzen heil.«

»Du hast großes Glück gehabt.«

»Und alle anderen, die dabei waren, auch«, sagte Jackson, der sich hinter seiner Zeitung verschanzt hatte. »Sie hätte auch genauso gut eine Schusswaffe ziehen können. Sie hätte einen vollkommen unschuldigen Menschen umbringen können.«

Tiefes Schweigen machte sich breit. Es war glasklar, was er damit andeuten wollte, und plötzlich fühlte Charlotte sich sehr unwohl in ihrer Haut.

Millies Mundwinkel zuckten. »Du musst meinem Sohn das nachsehen, Charlotte. Ich habe einen stolzen jungen schwarzen Mann großgezogen, der sein Erbe kennt, seine Geschichte, den Dank, zu dem er denen verpflichtet ist, die vor uns kamen, und die Verantwortung für die, die nach uns kommen. Der aber hin und wieder leider seine gute Kinderstube und seine Manieren völlig vergisst.« Und damit knüllte sie ein

Stück Küchenkrepp zusammen und warf es auf seine Zeitung. Und sie zielte gut.

»Ich habe doch nichts Unhöfliches gesagt«, protestierte er, faltete die Zeitung zusammen und stand auf. Er war größer, als Charlotte ihn vom Vorabend in Erinnerung hatte, und breitschultriger. Schnell schaute sie weg. »Ich habe bloß die Wahrheit gesagt.« Und schon war er aus dem Zimmer verschwunden, und die Stimmung war plötzlich merklich gedrückt.

Millie klopfte Charlotte tröstend auf die Schulter. »Ignoriere ihn einfach. Er war immer schon frech und vorlaut. Sicher möchtest du gerne duschen und dich anziehen? Was hast du denn jetzt vor?«

Charlotte zog ein paar Anziehsachen aus ihrer Tasche. »Ich dachte, ich suche mir einen Job.« Vor Staunen schossen Millies Augenbrauen nach oben, aber sie lächelte dabei. »Also gut. Das Bad ist gleich da hinten, Mäuschen. Wir sehen uns dann, wenn du fertig bist.«

Charlotte lächelte, aber dann sah sie Jackson, der gerade seine Jacke anzog, um dann das Haus zu verlassen. Sie fragte sich, was er wohl beruflich machte und was in der schweren Tasche war, die neben der Tür stand und die er nun mitnahm. Er verabschiedete sich nicht, und als sie sich wieder zu Millie umdrehte, schaute die sie mit einem merkwürdigen Gesichtsausdruck an. Doch dann lächelte sie und wies den Flur entlang zur Badezimmertür.

*

Charlotte zog sich behutsam an und war froh, dass die Schwellung in ihrem Gesicht langsam zurückging, obwohl die Prellungen immer noch ein interessantes Farbenspiel boten. Ein schlichtes leichtes Etuikleid von Armani, ein lose zusammengeknotetes Kaschmirjäckchen von TSE, Ballerinas und einkarätige Solitärsteine für Hals und Ohren. Zufrieden lächelnd betrachtete sie sich im Spiegel und dachte, wie schön es doch war, zur Abwechslung mal ganz schlicht und unaufgetakelt rumzulaufen.

Zum French Quarter war es nicht weit; der einzige Stadtteil von New Orleans, den sie überhaupt ein wenig kannte. Als sie das letzte Mal da gewesen war, mitten in der Nacht, an Mardi Gras, da hatte es auf den Straßen nur so gewimmelt von Menschen, und wie sich nun herausstellte, war das Viertel im weichen Morgenlicht elegant und wunderschön. Mit einem Wasserschlauch wurden gerade die letzten Überreste der Partys der vergangenen Nacht weggespritzt, die noch in der Luft hingen, und allmählich verbreitete sich der köstliche Geruch von gerösteten Pecannüssen, braunem Zucker und Zichorienkaffee. Ein paar junge Männer hockten immer noch auf den abgeschlagenen, kaputten Bordsteinen und sahen aus, als wüssten sie nicht so recht, wo oben und unten war, aber die Einheimischen liefen unbeirrt um sie herum, ohne sie eines Blickes zu würdigen.

Nachdem Charlotte in einem der zahlreichen Straßencafés Platz genommen hatte, bestellte sie Kaffee und Beignets, weil das hier offensichtlich Tradition hatte. Aufmerksam schaute sie sich um und versuchte, sich zu orientieren. Die Straßen waren schmal, und darüber ragten die Balkone der Häuser mit ihren grazilen, verschlungenen schmiedeeisernen Geländern. Man sah nicht viele Autos oder andere Fahrzeuge, aber die Leute fegten auf Fahrrädern vorbei und manövrierten dabei in halsbrecherischem Tempo um die schlimmsten Schlaglöcher herum, die in ihren Ausmaßen einer Stadt wie New York alle Ehre gemacht hätten. Es war erst kurz nach neun, aber es wurde schon warm, sodass Charlotte den Gürtel ihrer Strickjacke ein wenig lockerte.

Der Kellner war noch sehr jung, und Charlotte schaute ihm zu, wie er seine Arbeit machte. Wobei sie überlegte, dass sie sich als Kellnerin sicher auch ganz gut machen würde; allzu schwer sah das jedenfalls nicht aus. Lächeln, Sachen aufschreiben, Sachen herumtragen; gebongt. Sie überlegte, welche anderen arbeitenden Menschen sie kannte. Zimmermädchen schien ein ziemlich harter Beruf zu sein, weshalb das schon mal ausschied. Als Chauffeur musste man sich in der Stadt auskennen, also war das ein Ding der Unmöglichkeit. In einem guten Restaurant als Empfangsdame zu arbeiten wäre vermutlich erträglich; die schienen ausschließlich nach ihrem hübschen Äußeren ausgesucht zu werden. Könnte also einen Versuch wert sein. Wenn sie so überlegte, hatte sie eigentlich nicht viele vermarktbare Fähigkeiten. Französisch zu sprechen war hier sicher von Vorteil; überall hörte sie Französisch. Französisch mit starkem Akzent, aber trotzdem Französisch. Wie gut, dass sie dieses blöde Haus abgefackelt hatte. Siehste! Ihr Dad hatte doch recht; alles Schlechte hatte auch eine gute Seite. Sie fragte sich, wie lange er wohl brauchen würde, um seinem Gefängnisaufenthalt etwas Positives abzugewinnen. Eigentlich hatte sie seinen Optimismus, der allem noch etwas Gutes abgewinnen konnte, immer als eine Stärke betrachtet, aber nun fragte sie sich, ob er sich womöglich etwas vormachte. Was für ihn eine »Kleinigkeit« war, hatte das Leben Hunderter Menschen zerstört. Sie war sich nicht sicher, ob ihm das Ausmaß dessen bewusst war, was er angerichtet hatte; womöglich verstand er es noch immer nicht.

Niedergeschlagen bezahlte sie ihr Frühstück und machte sich auf die Suche nach einem Stadtführer.

*

Wie sich herausstellte, gab es allein im French Quarter Dutzende Restaurants mit drei oder mehr Sternen. Siebenundzwanzig davon hatte Charlotte schon vor dem Mittagessen abgeklappert, aber keins davon wollte eine Empfangsdame ohne jegliche Berufserfahrung anheuern. Bei den meisten wurde sie einfach abgewimmelt, aber einmal nahm die diensttuende Empfangsdame sich die Zeit, ein paar Minuten mit ihr zu reden.

»Hör zu, Süße. Der Job als Empfangsdame ist schwerer, als es aussieht. Man ist für die Reservierungen zuständig, was einfach oder wirklich schwer sein kann, je nach Abend und Gästen, was beides nicht in deiner Macht steht. Die meisten Empfangsdamen sind gelernte Restaurantfachkräfte oder haben einen entsprechenden Abschluss einer Hotelfachschule oder Ähnliches.« Mitleidig schaute die junge Frau Charlotte an. »Wahrscheinlich dachten Sie, wir werden nur nach unserem Aussehen ausgesucht, stimmt's?« Sie selbst war groß und umwerfend hübsch und trug die langen, dunkelroten Haare zu einem dicken Zopf geflochten, der ihr bis auf den Rücken herabfiel. »Na ja, gutes Aussehen ist ein Pluspunkt, aber das allein reicht noch nicht. Suchen Sie sich lieber einen Job als Kellnerin. Das ist auch nicht ohne, aber das schaffen Sie schon.« Sie grinste Charlotte an. »Schließlich haben wir alle ja mal klein angefangen, stimmt's?«

Charlotte rang sich ein Lächeln ab, aber ihr taten die Füße weh.

Beim Mittagessen war sie bedrückt. Aber das leckere Essen hob ihre Laune ein wenig. Sie hatte Gumbo bestellt, einen Eintopf mit Meeresfrüchten, weil sie etwas für New Orleans Typisches essen wollte, und es war köstlich. Warm und kräftig gewürzt, mit Wurststücken und perfekt gegartem Gemüse. Neugierig schaute sie sich um und beobachtete die vorbeigehenden Menschen. So viele verschiedene Hautfarben, so viele verschiedene Moderichtungen, aber alle wirkten irgendwie entspannt und fröhlich. Konnte es sein, dass es in New Orleans keine schlecht gelaunten Menschen gab? Wo waren die missmutigen schwarz gekleideten Teenager? Drückten sich sicher in irgendwelchen dunklen Ecken herum.

Entschlossen wischte sie sich die Krümel vom Kleid und stürzte sich erneut in die Schlacht, setzte ein offenes Lächeln auf und versuchte, den Mut nicht sinken zu lassen.

*

Millie Pearl hörte die Haustür aufgehen und lehnte sich von der Arbeitsplatte in der Küche zurück, an der sie gerade einen Kürbis aufschnitt.

»Bist du's, Camille?«

Sie hörte, wie eine Tasche auf den Boden plumpste. »Nein, Millie, ich bin's bloß, Charlotte.«

Millie wischte sich die Hände an einem Geschirrtuch ab. »Na, dann komm rein und erzähl mir, wie dir unsere wunderschöne Stadt gefällt! Ich will alles ganz genau wissen.«

Müde schlich Charlotte in die Küche und sah aus, als hätte man ihr einen toten Fisch um die Ohren gehauen. Millie musste laut lachen. »Lieber Gott, Kind, du guckst ja aus der Wäsche, als hätte jemand deinen Hund überfahren. Was ist denn passiert?«

Charlotte ließ sich auf einen Stuhl fallen. »Nichts, das ist ja das Problem. Komisch, aber keiner wollte eine junge Frau ohne jegliche Berufserfahrung, aber mit grotesk geschwollener Nase einstellen.«

Verwundert runzelte Millie die Stirn. »Niemand?«

Charlotte lachte bitter auf. »Na ja, zumindest nicht als Kellnerin. Ich habe zwei Angebote bekommen, als Stripperin zu arbeiten, und ein unmoralisches Angebot noch eindeutigerer Natur, aber da habe ich dankend abgelehnt.«

»Aber das war alles im Quarter, nicht?« Millie schürzte die Lippen. »Vielleicht hast du in einem der anderen Viertel bessere Chancen; vielleicht sogar im Garden District. Ich höre mich mal um und schaue, was ich für dich tun kann.«

Entmutigt legte Charlotte den Kopf auf die glatte, polierte Holzplatte des Küchentischs. »Ich weiß auch nicht, wieso ich dachte, das wäre ein Kinderspiel. Bis vor ein paar Tagen war das ganze Leben noch ein Kinderspiel.«

Glucksend setzte Millie sich zu ihr. »Da irrst du dich aber gewaltig. Ich war schließlich dabei, schon vergessen? Du hattest es ganz schön schwer, als deine Mom gestorben ist; das war kein Kinderspiel. Und es hat Wochen gedauert, bis du Radfahren konntest. So lange, dass ich irgendwann schon anfing, mir Sorgen zu machen, weil ich dachte, du wärst ein bisschen zurückgeblieben.«

Charlotte musste lachen, und Millie stimmte mit ein. Es war schön, wieder bei ihr zu sein. Bei jemandem, der sie schon vor den unschönen Berichten in den Abendnachrichten gekannt hatte.

»Bitte, bei manchen dauert es eben ein bisschen länger, bis sie diese ganze Fahrradgeschichte draufhaben, okay? Dafür konnte ich immer schon gut singen.«

Millie seufzte. »Das stimmt. Ich weiß noch, wie ich dich das erste Mal singen gehört habe. Ich bin schnurstracks ins Arbeitszimmer deines Vaters marschiert und habe ultimativ verlangt, dass du auf der Stelle Gesangsunterricht bekommst.«

»Und er hat bestimmt gleich ja gesagt.«

»Natürlich. Er hatte Angst vor mir, glaube ich.« Millies Miene verfinsterte sich kaum merklich. »Um ehrlich zu sein, ich denke, er stand noch etwas neben sich, weil er den Verlust deiner Mutter noch längst nicht verwunden hatte. Das hat ihn innerlich zerrissen, glaube ich. Wobei ich ihn natürlich erst nachher kennengelernt habe.« Sie stand auf und machte sich wieder an die Vorbereitung des Abendessens. »Willst du dich vor dem Essen ein bisschen ausruhen?«

Doch Charlotte schüttelte nur den Kopf. »Gibt es vielleicht irgendwo einen Internetanschluss, wo ich meinen Laptop einstöpseln könnte? Ich würde gerne meine E-Mails abrufen und so.«

Millie zeigte ihr den Anschluss, loggte sie ein und ließ sie dann in Ruhe. Doch die Ruhe sollte nicht lange währen.

Eigentlich hatte sie bloß ihre Mails lesen wollen, aber dann konnte sie der Versuchung nicht widerstehen, schnell einen Blick auf die neuesten Nachrichten zu werfen. Ihr Dad war mal wieder in den Schlagzeilen; diesmal, weil er in ein anderes Gefängnis verlegt worden war. Auch sie wurde erwähnt: Laut einiger »Quellen« habe sie die Stadt fluchtartig Hals über Kopf verlassen. Empört runzelte sie die Stirn. Hals über Kopf konnte man das eigentlich nicht nennen, eher … Okay, also gut, dann eben Hals über Kopf. Und dann hatte sie den großen Fehler gemacht und nach unten gescrollt und in die Kommentare unter dem Artikel geklickt. Die waren alles andere als nett.

»Dieses Gesocks gehört auf den elektrischen Stuhl. Jetzt werden wieder unsere Steuergelder dafür verschwendet, diesen Abschaum am Leben, gesund und munter zu erhalten, und die, die er angeschmiert hat, bleiben auf dem Schaden sitzen. Kein Wunder, dass seine Schlampenbrut abgehauen ist, bestimmt hatte sie Angst um ihr Leben. UND ZU RECHT.«

Charlotte musste schlucken.

»Jacob Williams ist ein Parasit, und seine hässliche kleine Society-Nutte von einer Tochter ist auch nicht besser. Falsche Titten, falscher Arsch, falsches Lächeln und kein Hirn. Und noch weniger Reue und Gewissen, sonst wäre sie nicht einfach in eine andere Stadt abgezwitschert, um sich neue Partyfreunde zum Rumhuren zu suchen. Solche Leute kotzen mich an. Mein Beileid gilt den Leuten, die alles verloren haben.«

Und ihr Lieblingskommentar.

»Ich kenne Charlotte Williams noch aus der Highschool, und sie hatte damals schon weder Gewissen noch Moral oder Anstand. Sie war ein echtes Miststück und hat sich immer über andere lustig gemacht, die nicht die richtigen Klamotten und die richtigen Schuhe anhatten. Ich habe sie damals schon gehasst, und ES FREUT MICH SEHR, dass ihr Leben in Trümmern liegt. Bestimmt geht es ihr immer noch um Klassen besser als den Leuten, die ihr Vater über den Tisch gezogen hat. Sie soll in der Hölle schmoren.«

Das Traurigste an der ganzen Sache, musste sie sich widerstrebend eingestehen, war die Tatsache, dass so viel Wahres darin steckte. Auf der Highschool war sie wirklich ein Miststück gewesen. Sie hatte sich über andere, weniger gut betuchte Kinder, die die falschen Klamotten trugen, lustig gemacht. Das war damals ihr Lieblingshobby gewesen. So ungern sie es auch zugab, irgendwie war es nur recht und billig, dass andere Leute sich nun an ihrem Absturz weideten. Auch wenn es schrecklich wehtat zuzusehen, wie man öffentlich zerfleischt wurde.

Jackson kam ins Haus spaziert, ließ seine schwere Tasche fallen und rief nach seiner Mutter.

Die kam ihm aus der Küche entgegen und drückte ihn fest an sich. »Wie war's auf der Arbeit?«

Worauf er nur die Achseln zuckte. »Wie immer. Bei den meisten Häusern da unten ist nichts mehr zu machen. Wir tun, was wir können, aber viel ist das nicht.« Dann sah er Charlotte am Computer sitzen. »Na, shoppst du bei Amazon?«

Mit zusammengekniffenen Augen guckte sie ihn an, aber seine Mutter stupste ihn herzhaft in die Rippen. »Hörst du endlich auf, sie zu piesacken?« Und dann zu Charlotte: »Jackson arbeitet im Moment im Lower Ninth Ward und hilft beim Wiederaufbau der zerstörten Häuser – die, bei denen überhaupt noch was zu retten ist.«

»Sehr nobel von dir.« Charlotte konnte es nicht ausstehen, dass er sich über sie lustig machte.

Mit hochgezogenen Augenbrauen schaute er sie an. »Man nennt das soziale Verantwortung. Solltest du mal googeln.«

»Habe ich schon. Gleich nachdem ich ›Überlegenheitskomplex‹ gegoogelt habe.«

Millie lachte. »Ihr beide führt euch auf wie zwei Sandkastenkinder. Weißt du, Jackson hat eine Band, Charlotte. Ihr beide teilt die Liebe zur Musik. Und ich habe ihm natürlich schon oft von deiner wunderschönen Stimme erzählt.«

»Ungefähr eine Million Mal.«

»Ehrlich?« Charlotte war immer noch ein wenig auf Krawall gebürstet. »Von deiner Band habe ich noch gar nichts gehört.«

»Wundert mich nicht. Du kommst nicht oft raus aus der Upper East Side, was?«

In gespielter Verzweiflung schlug Millie die Hände über dem Kopf zusammen. »Ich lasse euch Kinder allein weiterspielen. In einer halben Stunde gibt es Abendessen.«

Als sie weg war, starrten die beiden sich noch einen Moment lang an, und dann stieß Jackson ein schnaubendes Lachen aus und verschwand nach draußen, um sich umzuziehen.

*

Als Charlotte am nächsten Morgen aufwachte, war sie voller Tatendrang. Sie brauchte was zum Anziehen, und es sah ganz und gar nicht danach aus, als würde sie so schnell einen Job finden, wie sie gehofft hatte. Also musste sie ab jetzt jeden Penny zweimal umdrehen. Sie blätterte ihren Stadtführer nach dem Serviceteil Einkaufen durch und fand schnell, wonach sie suchte. Frohgemut packte sie ganz sorgfältig eins ihrer Leinen-Etuikleider ein, und dazu ein Chanel-Kostüm, für das es bereits zu warm war, und verließ das Haus.

Magazine Street war nicht ganz so bekannt wie der Rodeo Drive oder die Fifth Avenue, aber es gab dort beinahe genauso viele Couture-Läden und Designerboutiquen wie in den beiden weltberühmten Einkaufsstraßen. Wobei Charlotte sämtliche Geschäfte links liegen ließ und zielstrebig auf das andere Ende der Straße zusteuerte.

Noblesse N'oubliez nannte sich der Vintage-Couture-Laden, und kaum hatte Charlotte einen Fuß über die Schwelle gesetzt, wusste sie schon, dass sie hier genau an der richtigen Adresse war. Die Wände waren pfauenblau gestrichen, und mit quietschrosa Kunstpelz bezogene Louis-quatorze-Stühle standen um einen Eames-Tisch gruppiert. Die Kleider waren nach Farben sortiert und nach Kleidungsstücken unterteilt. Alles erinnerte Charlotte an ihren begehbaren Kleiderschrank zu Hause, und begeistert wandte sie sich schließlich an das Mädchen hinter der Theke.

»Warum denn nach Farben?«

Vollkommen unbeeindruckt von dieser unerwarteten Frage schaute die junge Frau von ihrer Zeitschrift auf. »Weil heute Dienstag ist. Und weil Januar ist. Weil mir gerade danach war. Manchmal sortiere ich nach Kleidungsstücken, alle Röcke zusammen, manchmal nach Designern, alle Lagerfelds auf einer Stange.«

»Aber chronologisch, oder?«

Das Mädchen schien empört. »Selbstverständlich. Wie sollte man denn sonst noch irgendwas finden?« Sie legte das Köpfchen schief. »Suchst du was Bestimmtes?«

Charlotte schämte sich ein klein wenig. »Ich wollte mal nachfragen, ob ihr auch Sachen ankauft.«

Das Mädchen schien interessiert. »Klar. Aber natürlich nur Couture. Was hast du denn Schönes dabei?«

»Armani und Chanel. Ein Etuikleid und ein Kostüm.« Womit sie den Kleidersack öffnete und die beiden Teile herausnahm. Mit Kennerblick begutachtete das Mädchen die beiden Kleidungsstücke, fuhr mit der Hand darüber, tastete die Säume ab und nahm sie ganz genau unter die Lupe.

»Das Armani ist von 2008, stimmt's?«

»Ja.«

»Ich habe gehört, in der Kollektion gab es Probleme mit den Knöpfen.«

»Ist mir nicht aufgefallen.«

»Ich gebe dir fünfhundert dafür.«

»Das hat mich zwölfhundert gekostet.«

»Gut zu wissen.«

Charlotte musste lachen, und es kam ihr vor wie das erste Mal seit Ewigkeiten. »Und das Chanel?«

Das Mädchen lächelte sie an. »Ist entzückend. Hast du es oft getragen?«

Die letzte Gelegenheit schob Charlotte lieber schnell beiseite. »Nicht besonders oft. Ist ein bisschen zu schick für hier.«

»Das Ding wird weggehen wie warme Semmeln, darum bekommst du von mir achthundert dafür.« Charlotte klappte den Mund auf, um zu protestieren, dass es viermal so viel gekostet hatte, aber das Mädchen hob abwehrend die Hand. »Ich habe schon drei von der Sorte, mehr ist nicht drin.«

»Tausend.«

»Neunhundert.«

»Abgemacht.«

»Darf ich mir dafür Klamotten aussuchen? Vorausgesetzt, ich finde was, das mir gefällt?«

Jetzt war es an dem Mädchen zu lachen. »Das kannst du getrost mir überlassen. Ich weiß besser, was dir gefällt als du selbst. Ist schließlich mein Job.« Sie reichte ihr die Hand. »Kat Karraby.«

»Charlotte Williams.«

»Nett dich kennenzulernen, Charlotte.«

Kat trug einen eleganten Mary-Quant-Bob, dessen Spitzen sich unter dem Kinn beinahe trafen, und knallrot gefärbte Haare passend zum Lippenstift. Sie hatte große blaue Augen und ein spitzbübisches Gesicht. Dazu war sie von Kopf bis Fuß in Sechzigerjahre-Couture gekleidet, vermutlich passend zur Frisur ausgewählt, und nur für die Stiefel hätte Charlotte ihr Auto eingetauscht. In deren Absatz schwammen Plastikgoldfische.

Kat marschierte zu den Kleiderstangen und blieb einen Moment grübelnd davor stehen. »Willst du bei den großen Designern bleiben, oder darf ich ein bisschen experimentieren?«

Charlotte zuckte die Achseln. »Ich suche gerade einen Job. Es sollte also lieber nicht zu ausgefallen sein.«

»Okay.« Kat beugte sich nach vorne und zog einen cremefarbenen Hosenanzug heraus. Sogar am Kleiderbügel hängend sah er zum Anbeißen süß aus.

»Wieder ein Armani? Zu schick und knittert zu leicht.«

Kat lachte. »Du hast recht. Wie wäre es hiermit?«

»Früher Gaultier? Zu Achtzigerjahre.«

»Das?«

»Katherine Hamnet. Mitte der Achtziger, trotzdem. Wobei, vor den Riesen-T-Shirts hat sie ein paar nette Sachen gemacht.«

Kat schaute sie von der Seite an und griff dann nach einem weiteren Teil. Charlotte grinste.

»Ah, ein Calvin Klein aus den frühen Neunzigern. Schlicht, aber womöglich etwas zu kastig für mich. Dafür habe ich nicht genug Oberweite. Wie wäre es mit …«

Aber Kat kam ihr zuvor. »Donna Karan. Warum bin ich nicht gleich darauf gekommen?« Und damit hielt sie ein trügerisch schlichtes grünes Jerseykleid hoch, und ihre Augen funkelten aufgeregt. »Das wird an dir umwerfend aussehen, und es kostet bloß zweihundert Dollar.«

Charlotte stürzte sich förmlich auf das Kleid. Seidenjersey. Gefüttert. Wunderschön. Vielseitig tragbar, elegant oder lässig. Lächelnd ging sie an Kat vorbei. »Du kennst dich wirklich aus. Deine Chefin muss dich lieben.«

»Tut sie auch.« Kat lachte. »Das bin ich nämlich höchstselbst.«

Kapitel 16

Kats Leben hätte beinahe einer Seifenoper Konkurrenz machen können.

Ihre Familie war alteingesessener New Orleanser Adel. Ihre Mutter war Komus Queen gewesen, was Charlotte nichts sagte, aber offensichtlich die wortwörtliche Krönung war für junge New Orleanser Damen der besseren Gesellschaft. Ihrem Vater gehörte eins der ältesten Restaurants der Stadt, und Kat war ebenso verhätschelt und verwöhnt aufgewachsen wie Charlotte selbst. Und sie waren ungefähr gleich alt, sodass Charlotte sich unweigerlich fragte, ob sie in New York wohl miteinander befreundet gewesen wären. Kats ältere Schwester war in die Fußstapfen ihrer Mutter getreten und hatte brav das komplette Debütantinnenprogramm abgespult, wie Kat unter heftigem Augenverdrehen erzählte, aber Kat war immer schon sehr eigen gewesen. Mit gerade mal achtzehn Jahren hatte sie ihren eigenen Laden eröffnet, mithilfe eines Kredits von Daddy, den sie allerdings längst zurückgezahlt hatte.

Charlotte hatte ihr von der Couture-Sammlung ihrer Mutter erzählt, und Kat hätte sich fast an ihrem Kaffee verschluckt.

»Zandra Rhodes, im Ernst? Ozzie Clark? Das Zeug war ja damals schon Vintage.«

Es war immer ein bisschen komisch für Charlotte, wenn wildfremde Menschen gleich wussten, wer ihre Mutter war, aber diesmal freute sie sich ausnahmsweise darüber. Sie mochte diese junge Frau, und sie wollte von ihr gemocht werden. Dass ihr die Meinung eines anderen Menschen wichtig war, war eine ganz neue Erfahrung für sie.

»Ich glaube, sie war wie wir beide. Sie hat mit dem Modeln angefangen, weil sie sich für Mode interessiert hat, als Stylistin.«

Kat seufzte. »Das ist mein Traumjob. Hin und wieder bekomme ich die Gelegenheit dazu, aber in New Orleans gibt es nicht viele Jobs für Nicht-mitten-im-Mainstream-schwimmende-Stylistinnen. Die Reichen sind ziemlich spießig und konservativ, und die hippen Leute stehen nicht so auf Couture.« Dann fiel ihr etwas ein. »Wobei ich einmal in der *Vogue* erwähnt wurde.« Und damit verschwand sie hinter der Theke und kramte eine ziemlich eselsohrige Ausgabe der Zeitschrift hervor. »Nach Katrina sind sie in Massen nach New Orleans geströmt, und ich habe einen kleinen Artikel mit Bild bekommen!« Sie blätterte in der Zeitschrift und reichte sie schließlich Charlotte.

Auf der Aufnahme war Kat selbst zu sehen, doch Charlotte erkannte sie zunächst kaum. Auf dem Foto trug Kat einen von Jean Seberg inspirierten knabenhaften Kurzhaarschnitt in blond, dazu ein Fünfzigerjahre-Strandkleidchen mit passender Strohtasche, auf der ein Eselchen mit Sombrero aufgestickt war. In der dazugehörigen Bildunterschrift wurde der Name ihres Ladens erwähnt, der als Mekka für Vintage-Couture bezeichnet wurde.

»Das Kleid ist von Hartnell, oder? Die Tasche ist der Knaller. Von wem ist die?«

Kat lachte. »Target.« Sie sprach es mit einem französischen Akzent aus.

»Kenne ich nicht.«

Was Kat für einen Witz hielt, worauf sie röhrte vor Lachen. Und als Charlotte sie bloß verdattert anschaute, musste sie noch mehr lachen. »Du hast noch viel zu lernen, Charlotte. Dein Glück, dass ich jede Menge Zeit habe.« Und damit sprang sie auf. »Also gut, besorgen wir dir einen Job. Aber erst muss ich mich umziehen.«

»Wieso das denn? Du siehst umwerfend aus.«

Kat grinste. »Na, danke, Schatz. Aber wir gehen zu meinem Daddy, und der mag mich lieber etwas damenhafter.«

⋆

Als Charlotte und Kat etwa eine Stunde später das Restaurant betraten, schaute ein großer Mann durch die Küchentür zu ihnen nach draußen und brüllte:

»Katherine Karraby, Herzchen, du siehst zum Anbeißen aus!«

»Hey, Daddy. Wie geht's euch allen?«

Kat trug ein original Siebzigerjahre-Sommerkleid von Laura Ashley, das gerade lang genug war, um die Dr. Martens zu verstecken, die sie darunter anhatte. Charlotte hatte breit gegrinst, als sie die Stiefel gesehen hatte, aber Kat hatte ihr erklärt, man könne sich immer nur bis zu einem gewissen Punkt verbiegen.

»Daddy sieht es gern, wenn ich Kleider trage, aber meine Schuhe hat er noch nie im Leben auch nur eines Blickes gewürdigt.«

Ihr Vater, David Karraby III, war genauso groß wie Charlottes Vater, aber in jeder anderen Hinsicht wesentlich voluminöser. Und er war genauso charismatisch, und Charlotte fühlte sich gleich wohl und willkommen.

»Charlotte, sagtest du? Von den Charlottes aus North Carolina?« Dann brüllte er vor Lachen und nahm sie herzlich in den Arm. Hinter seinem Rücken verdrehte Kat entschuldigend die Augen. »Na, an dir ist ja überhaupt nichts dran, Mädchen, nichts als das Gerüst, mit dem du geliefert wurdest.« Zur Küche gewandt rief er: »Louis, wir brauchen hier draußen Beignets, aber dalli, und nicht mit dem Zucker geizen, Mann.« Dann rückte er den beiden Mädchen ihre Stühle zurecht, und alle setzten sich zusammen an den Tisch, als seien sie alte Freunde.

Irgendwie schaffte David Karraby es, Charlotte das Gefühl zu vermitteln, sie sei das Zentrum seines Universums, während er gleichzeitig jeden seiner Gäste, die hereinkamen, einzeln begrüßte, manche davon sogar mit Namen. Irgendwann stand er auf, um eine Gesellschaft von sicher zwanzig Leuten mit herzlichen Umarmungen willkommen zu heißen, und Kat beugte sich zu ihr rüber und erklärte ein bisschen.

»Die Karrabys waren schon in New Orleans, bevor es Amerika überhaupt gab. Wir sind Kreolen, verstehst du? Was meine Familie angeht, ist das *vieux carré* das einzige *carré*, Baby, obwohl selbst wir weggezogen sind, als die Touris hinzogen.«

Charlotte lachte, obwohl sie nicht ganz verstand, was Kat damit meinte. Wie die meisten New Yorker interessierte sie sich herzlich wenig für die Geschichte anderer Städte. Sie wusste bloß, dass sie sich in New Orleans, aus welchen Gründen auch immer, sehr wohlfühlte, und dass es sie an Paris erinnerte, und diese freundlichen Karrabys gehörten einfach dazu.

»Viele unserer Gäste sind zwar Touristen, aber die meisten anderen sind Stammgäste, und mein Vater brüstet sich gerne damit, nie ein Gesicht oder einen Namen zu vergessen.« Liebevoll schaute sie zu, wie ihr Vater mit seinen Gästen plauderte. »Er liebt seine Arbeit, wirklich, es gibt nichts, was er lieber täte. Nach Katrina waren wir einer der ersten Läden, die wiedereröffnet haben.«

David Karraby kam zurück und setzte sich zu ihnen. Auf dem Weg hatte er von irgendwoher noch mehr Essen mitgebracht, das er ihr nun freundlich, aber bestimmt aufdrängte. »Iss, Charlotte, iss. Du brauchst was auf den Rippen, wenn du den schwülen, heißen Sommer hier überstehen willst.« Dann lehnte er sich zurück und schaute sie nachdenklich an. »Weißt du, als du reingekommen bist, dachte ich schon, du kommst mir bekannt vor, aber ich habe angenommen, das käme daher, dass du eine Freundin von Kat bist. Aber jetzt gerade ist mir ein Licht aufgegangen – du bist die Tochter von Jacob Williams, stimmt's?«

Ein tiefes Schweigen machte sich breit. Sehr behutsam legte Charlotte ihr Beignet auf den Teller und wischte sich den Zucker von den Fingern. Dann sah sie Kat an, die sie anlächelte.

»Daddy, du wirst langsam alt und schwer von Begriff. Ich habe sie gleich erkannt, als sie in meinen Laden gekommen ist, aber offensichtlich wurde ich besser erzogen als du.«

Charlotte stand auf. »Ich gehe sofort. Es tut mir leid.«

Kat und David waren entsetzt. »O nein, setz dich wieder hin, Schätzchen!«, sagte er. »Was in New York passiert, interessiert uns hier unten einen feuchten Kehricht, das zum einen, und zweitens, würde man uns alle für die Sünden und Vergehen unserer Väter und Vorväter verantwortlich machen, wären die Gefängnisse von Louisiana noch voller, als sie es ohnehin schon sind.« Es schien Karraby aufrichtig leidzutun, ihr zu nahe getreten zu sein, aber seine Augen funkelten genauso fröhlich wie die seiner Tochter. »New Orleans ist für viele ein Zufluchtsort in Zeiten der Not, und du bist in unserer schönen Stadt herzlich willkommen, Charlotte.«

Kat beugte sich nach vorne. »Sie braucht einen Job, Daddy.«

Er lächelte. »Kannst du kellnern, Liebes?«

Charlotte gab sich Mühe, möglichst selbstbewusst zu wirken. »Ich kann's zumindest versuchen.«

Worauf er lachen musste. »Na ja, wenn das nicht klappt, kannst du immer noch als Spülhilfe in der Küche aushelfen. Wäre bestimmt was ganz Neues für dich. Morgen Abend kannst du anfangen.«

Wieder kam eine ganze Gesellschaft herein, und er sprang sofort auf.

»Herr Bürgermeister! *Bonjour!*« Und dann plauderte er ganz charmant und herzlich und mit vielen Lachern durchsetzt in einer herrlichen Mischung aus Englisch und Französisch mit seinen Gästen, schüttelte jedem die Hand und begrüßte alle, als hätten sie zehn Jahre lang auf einer einsamen Insel festgesessen und seien gerade erst zurückgekehrt.

Kat schaute ihrem Daddy bei der Arbeit zu und grinste. »Man würde nie auf die Idee kommen, dass der Bürgermeister gerade erst letztes Wochenende bei uns zu Hause zum Essen war, oder?«

Charlottes Neugier war geweckt. »Du wohnst noch zu Hause?«

Kat schüttelte den Kopf. »Ich habe eine eigene Wohnung in Marigny, aber meine Mutter würde ins Wasser gehen, wenn sie mich nicht jedes Wochenende zu sehen bekäme. Sie befürchtet wohl, ich könnte völlig ausflippen, wenn ich nicht hin und wieder im Garden District auf den Boden der bürgerlichen Tatsachen zurückgeholt werde.« Womit sie zu ihrem Daddy rüberschaute, der immer noch voll und ganz mit seinen Gästen beschäftigt war. »Am besten gehen wir zurück zum Laden. Hast du einfache Klamotten und bequeme Schuhe für die Arbeit?«

Betreten schüttelte Charlotte den Kopf. »Weiß nicht so recht.«

»Tja, Schätzchen, dann bekommst du jetzt richtig Spaß mit mir. Wir nehmen einfach ein-, zweihundert Dollar von dem Geld, das du bei mir für deine Sachen bekommst, und besorgen dir eine ordentliche Arbeitsgarderobe.«

»Wo? Im Himmel?«

Kat musste lachen. »Noch besser. Bei Target.«

Kapitel 17

Drei Stunden später stürzten sie durch die Tür von Kats Klamottenladen und ließen ihre Einkaufstüten mit großer Geste auf den Boden fallen.

»Also, so viel Spaß hatte ich seit hundert Jahren nicht mehr – zumindest nicht allein«, meinte Charlotte lachend.

Kat zog eine Schnute. »Hey, ich war schließlich auch dabei.«

Worauf Charlotte ihre neue Freundin neckisch anschaute und grinste. »Stimmt, und ohne dich wäre das alles nie passiert. Hast du Hunger?«

»Klar. Komm, wir machen uns hübsch und gehen was essen.«

Charlotte runzelte die Stirn. »Ich will mein neues Kleid nicht gleich einsauen. In der Hinsicht ist heute wirklich nicht mein Tag.«

Kat breitete die Arme aus und drehte sich langsam im Kreis. »Stell dir einfach vor, das hier ist der größte Kostümfundus aller Zeiten. Das meiste davon passt dir sicher. Sieh es einfach als kostenlose Reklame für mein Geschäft. Wir gehen was essen und anschließend tanzen, und wenn dich dann jemand fragt, wo du diese fabulösen Klamotten herhast, nennst du ihnen einfach den Namen meines Ladens. Das nennt man Werbung, Baby!«

Nach langen Diskussionen einigten sie sich schließlich

auf einen schicken Vierzigerjahre-Jazzclub-Stil. Kat suchte Kleider mit klassischer New-Look-Silhouette heraus – breite Schultern, enge Taille, mittlere Wadenlänge. Und Charlotte machte ihnen beiden eine Frisur mit tief angesetztem, eingedrehtem Knoten. Dazu knallroter Lippenstift, Flüssigeyeliner, Gesichtspuder – als sie fertig waren, sahen die beiden aus wie die moderne Version von Lena Horne oder Lauren Bacall, viel Kurven und Keckheit und noch mehr Stil.

Kat amüsierte sich köstlich. »Ich hatte noch nie einen Flügelmann«, krähte sie vergnügt. »Meine Schwester ist zu etepetete, um Klamotten zu tragen, die vor ihr schon jemand anders gehört haben. Sie kapiert es einfach nicht.«

Behutsam strich Charlotte mit den Fingerspitzen über die rosa Seide ihres Kleides. Zu seiner Zeit war es Haute Couture gewesen, und jeder Knopf, jede Naht und jede Falte waren von höchster handwerklicher Qualität. »Die Frau, die dieses Kleid damals gekauft hat, wusste, dass sie eine Investition fürs Leben macht, und recht hatte sie. Es ist heute noch genauso göttlich wie damals.«

»Und du, meine Liebe, siehst darin zum Niederknien aus.« Kat neigte den Kopf ein wenig. »Du singst nicht zufällig?«

Charlotte war überrascht, nickte aber. »Ich wollte immer Sängerin werden, hauptberuflich, aber alle haben mich dazu überredet, stattdessen nach Yale zu gehen.«

»Und in Yale macht keiner Musik?«, fragte Kat sarkastisch.

Worauf Charlotte errötete. »Doch, klar wird da Musik gemacht, aber ich habe wohl nicht die richtige Stimme oder so. Ich war bei einigen Rockbands zum Vorsingen, und die haben zwar mit großen Augen geguckt, aber dann dankend abgelehnt. Irgendwann hat mir dann einer der Musiker gesagt, ich klänge wie Norah Jones, und das bedeutet wohl offensichtlich nichts Gutes.«

»Aber die ist doch sehr erfolgreich.«

»Klar, aber sie ist eben keine Rocksängerin.« Charlotte zuckte die Achseln. »Ich habe ja versucht, anders zu singen, doch es geht einfach nicht. Es ist komisch, aber wenn ich singe, habe ich das Gefühl, ich bin wirklich ich. Weißt du, was ich meine? Also habe ich beschlossen, nicht mehr zu versuchen, mich zu verstellen. Das habe ich lange genug getan, und diese Zeiten sind endgültig vorbei.«

Kat lachte. »Juchu! *Vive la révolution!* Wie dem auch sei, ich kenne den perfekten Laden für uns; da würden sie total auf Norah Jones stehen. Vergiss nicht, dass der Jazz hier in New Orleans geboren wurde.«

»Ich sehe mich eigentlich nicht als Jazzsängerin. Ich habe wohl bloß so eine bluesige Stimme.«

Mit gerunzelter Stirn schaute Kat sie an. »Kind, wir sind hier im Big Easy. Hier gibt es keine Schubladen, okay? Für uns ist das alles einfach nur Musik.«

»Tja, du hast leicht reden. Du hattest den Mumm, mit gerade mal achtzehn deinen Traum zu verwirklichen. Ich habe immer bloß gemacht, was man mir gesagt hat.«

Mitfühlend drückte Kat ihr die Hand. »Pass auf, wenn ich das kann, dann kannst du das schon lange. Und seien wir mal ehrlich, wenn ich eins liebe, dann eine ordentliche Runderneuerung.« Sie schaute an den Vintage-Kleidern herunter, die sie beide anhatten. »Oder in diesem Fall, Rundveralterung.«

Und damit schnappte sie sich zwei Abendtäschchen aus der gigantischen Sammlung an der Wand ihres Ladens, und die beiden Mädchen traten nach draußen in die duftende laue Abendluft.

*

Der Club war mitten im Herzen des French Quarters, und zuerst kam es Charlotte beinahe vor wie eine Zeitreise. Big-Band-Klänge wehten zu ihnen herüber, und die Menschen, die über die Straßen schlenderten, waren angezogen wie sie, wobei manche einen kleinen Sprung vorwärts in die Fünfzigerjahre gemacht hatten. Sie bahnten sich einen Weg durch die Menschenmenge, bis der Türsteher sie sah, und kaum hatte er Kat entdeckt, waren sie auch schon im Club. Drinnen wurden sie von einer Bedienung in Netzstrumpfhose und einem Bauchladen voller Zigarren um den Hals an einen Tisch geführt. Alles war Art déco – Sitzbänke mit Perlmutt und rotem Leder, funkelnde Lichter auf der Tanzfläche, elegante Cocktails in passenden Gläsern aus der entsprechenden Zeit. Es war wie im Märchenland.

Kat beugte sich nach vorne und brüllte gegen die Musik an. »Der Club gehört einem Freund von mir. Ist noch ziemlich neu. Vorher hat er so ein Siebzigerjahre-Disco-Ding gemacht, drüben in einer anderen Location. Er steht auf diesen ganzen Epochenkram, und wir machen alle gerne mit. Macht Spaß!«

Charlotte grinste. »So einen Freund habe ich auch. Du musst irgendwann mit mir nach New York kommen und ihn kennenlernen.«

»Bestimmt komme ich mal mit, wenn du erst die Nase voll hast vom Big Easy.«

Die Band stimmte einen Song an, und tanzwillige Paare zog es aufs Parkett, allesamt versierte Swingtänzer. Ein fantastischer Anblick, und nach einigen Cocktails wippten sogar Charlottes Zehen im Takt mit. Die Band hatte einen tollen Sound und swingte mächtig, wie die Ray Charles Band oder sogar das Quincey Jones Orchestra – höchst synkopische Rhythmen, herausragende Orchestrierung, brillante Arrangements. Janet hatte ihr beigebracht, wie man Musik richtig hörte, weshalb sie die Qualitäten und Fähigkeiten dieser Band wirklich zu schätzen wusste.

»Ich gehe ein bisschen tanzen, okay?« Kat stand auf und ging zu einem der Nachbartische, zog einen gut aussehenden Kerl auf die Füße und umarmte ihn. Kat kannte allem Anschein nach eine Menge Leute, und in vieler Hinsicht erinnerte sie Charlotte an sich selbst. Nur in netter.

Kat und der Kerl legten eine heiße Sohle aufs Parkett, und Charlotte schaute glücklich und zufrieden zu und fühlte sich zum ersten Mal seit Langem sicher und entspannt. In einer neuen Stadt zu sein war anstrengend, aber Nachtclubs waren vertrautes Terrain. Und Musik natürlich auch. Sie ertappte sich dabei, wie sie leise mitsang. Sie konnte einfach nicht anders.

Der Song war zu Ende, und der Bandleader wurde in weißes Scheinwerferlicht getaucht. Charlotte schaute gerade irgendwo anders hin, aber als er das Wort ergriff, drehte sie sich verdutzt um, weil ihr die Stimme so bekannt vorkam.

Es war Jackson.

Sie beäugte die Band etwas genauer. »Jackie Pearl and the Pearly Kings« war auf ihren Notenständern zu lesen. *Hm.* Millie hatte ja gesagt, dass er eine Band hatte. Charlotte war bloß nicht klar gewesen, dass sie damit ein Orchester meinte.

»Ladies and Gentlemen, meine liebe Freundin Kat Karraby hat mir soeben verraten, dass wir heute Abend eine talentierte Sängerin unter uns haben, die gerade zu Besuch in der Stadt ist.«

Charlotte rutschte das Herz in die Hose. *O nein, hatte sie nicht.* Hatte sie aber. Gab es hier irgendwen, den Kat nicht kannte?

»Würde Kats geheimnisvolle Freundin bitte zu uns auf die Bühne kommen? Im Club du Quarante gibt es die schöne

Tradition der Gastsänger, also können wir ja wohl auch die Amerikaner einladen, mitzumachen, oder?« Das Publikum lachte.

Mit funkelnden Augen tauchte Kat an ihrem Tisch auf. »Komm schon, Charlotte, lass die Leute nicht warten.«

»Du machst Witze. Ich kann doch nicht da hochgehen und singen.«

Worauf Kat irritiert die Stirn runzelte. »Wieso denn nicht? Du hast doch gesagt, du kannst singen, oder nicht?«

»Ja, natürlich. Aber das heißt doch nicht, dass ich mir einfach spontan einen Song aus dem Ärmel schütteln kann, einfach so, von jetzt auf gleich.«

»Ach, bitte, wir sind in New Orleans. Die normalen Regeln der Zeit gelten hier nicht.«

Von seinem Podium herunter sprach Jackson ins Publikum. Die Scheinwerfer blendeten ihn. »Könnte es sein, dass eine Karraby ihre Überredungskünste eingebüßt hat, von denen wir immer glaubten, sie hätten dafür ihre Seele verkauft?« Weiteres Gelächter.

Mit gesenkter Stimme redete Kat auf sie ein. »Charlotte, ich habe einen Ruf zu verlieren in dieser Stadt. Wenn du wüsstest, mit wem du es zu tun hast, würdest du dir ins Höschen machen vor Angst.« Sie grinste übers ganze Gesicht. »Und außerdem habe ich was gut bei dir, schließlich habe ich dir einen Job besorgt.«

Urplötzlich musste Charlotte auch grinsen und spülte den Rest ihres Cocktails herunter. Sie sprang auf und zupfte sich das Kleid zurecht, bis es perfekt saß.

»Ich habe den dumpfen Verdacht, du bist eine unaufhaltsame Naturgewalt, Kat Karraby.«

»Hurrikan Kat, das bin ich.«

Charlotte ließ sich vom warmen Applaus einhüllen, während sie die Tanzfläche überquerte, und das gleißend helle Scheinwerferlicht machte es unmöglich, irgendwen zu erkennen. Jackson bückte sich, um ihr auf die Bühne zu helfen, und als sie ins Rampenlicht trat, stutzte er, allerdings nur kurz.

»Na, hallo noch mal«, sagte er leise. »Da müssen wir beide jetzt wohl oder übel gemeinsam improvisieren.«

Charlotte spürte die wohlige Wärme des Cocktails im Magen und lächelte ihn strahlend an, sodass er fragend die Augenbrauen hochzog.

»Jackson, begraben wir das Kriegsbeil nur für diesen einen Song, okay? Deine Band ist der Hammer, und ich verspreche dir, ich werde dich nicht blamieren.«

Worauf er unerwartet ihr Grinsen erwiderte. »Also gut. Wonach ist dir denn? Wir müssen was nehmen, das hier reinpasst, also such dir was aus, das du kennst.«

»Wie wäre es mit ›I've Got News for You‹?«

»Ray Charles?«

Sie nickte. Es war ein klassischer Bluessong, und der Text schien ihr für diesen Abend besonders passend. Jackson zuckte die Achseln und drehte sich mit erhobenem Taktstock zu seiner Band um.

Improvisierte Akkorde, dann führte ein Saxofon den Song ein.

»You said before we met«, säuselte Charlotte in das Vintage-Radiomikrofon und fing ziemlich tief an, mit einer Stimme wie Samt, »that your life was awful tame. Well, I took you to a nightclub and the whole band knew yor name.« – »Als wir uns kennenlernten, hast du gesagt, dein Leben ist ziemlich lahm. Und dann gingst du mit mir in einen Nachtclub, und die ganze Band kannte dich beim Namen.« – Das Publikum lachte laut auf, und Jackson schien Gefallen an der Sache zu finden. Langsam drehte er sich zu ihr um und schaute sie durchdringend an. Vor dem Mikrofon swingend sang sie ihn an. »Well, baby, baby, baby, I've got news for you, somehow your story don't ring true. Well, I've got news for you.« – »Tja, Schätzchen, ich hab Neuigkeiten für dich, irgendwie klingt deine Geschichte ziemlich haarsträubend für mich. Tja, ich hab Neuigkeiten für dich.«

Mit jeder Strophe sang sie ein wenig lauter, und ihre Stimme klang noch ein bisschen sehnsüchtiger, und bald ließen ihre Leidenschaft und die Liebe zur Musik niemanden im Club mehr unberührt. Es war ein beeindruckender Moment, als Hunderte von Menschen hingerissen lauschten, lächelten, mitswingten und diesem zierlichen kleinen weißen Mädel zuschauten, wie es einen Song auf die Bühne brachte, als sei es nur dafür geboren worden. Und auch die Band ließ diese mitreißende Stimmung nicht kalt. Die Soli waren leidenschaftlich, und vor allem der Saxofonist legte sich mächtig ins Zeug. Während die Musiker spielten, tanzte sie lasziv mit geschlossenen Augen mit dem Mikrofonständer. Ihr bildhübsches Gesicht wirkte ganz entspannt, und hin und wieder sang sie ein paar Harmonien dazu.

Jackson war Feuer und Flamme angesichts ihrer Bühnenpräsenz, auch wenn seinem Gesicht keine Regung anzusehen war. Eine Big Band wie seine funktionierte am besten mit einer markanten Sängerin im Vordergrund, und er war schon länger auf der Suche nach der perfekten Stimme. Schon seltsam, dass die ausgerechnet jemandem gehörte, den er nicht besonders schätzte, und dann auch noch einer aus dem Norden.

Als der Song zu Ende war, explodierte der Saal förmlich. Pfiffe, Johlen, Stampfen und Geschrei erfüllten die Luft, und Charlotte strahlte übers ganze Gesicht. Jackson gab ihr ruhig die Hand. Charlotte lehnte sich nach vorne zum Mikrofon.

»Danke, dass ich für euch singen durfte, und wenn ihr das perfekte Kleid für einen großen Auftritt sucht, findet ihr bei Noblesse N'oubliez genau das Richtige.«

Kat lachte immer noch, als Charlotte an ihren Tisch zurückkam. »Okay, jetzt sind wir quitt. Das war der Hammer! Das war unglaublich!«

Worauf Charlotte bloß die Achseln zuckte. »Ich singe für mein Leben gern, wirklich. Ich wünschte, ich könnte damit meine Brötchen verdienen, aber es gibt einfach nicht genug Jobs da draußen, weißt du.«

Kat zeigte mit dem Finger auf sie. »Hey, ich will hier eine positive Einstellung sehen, okay? Wenn es eine Stadt gibt, in der Musik genauso lebenswichtig und allgegenwärtig ist wie Wasser, dann ist es New Orleans. Also, wir betrinken uns jetzt erst mal zu Ende, und dann hecken wir einen Plan aus, wie wir die Weltherrschaft übernehmen.«

Nickend stimmte Charlotte zu und winkte der Kellnerin, ihnen noch zwei Manhattan zu bringen.

Kapitel 18

Als Charlotte spätnachts zu Miss Millie nach Hause kam, entdeckte sie einen an den Küchentisch geklebten Zettel.

»Hoffe, du hast dich amüsiert und bist dabei, dir die Stadt zu erobern«, stand darauf. »Ich fahre für ein paar Tage zu meiner Schwester nach Texas, bin aber am Sonntag wieder da. Solltest du irgendwas brauchen, wende dich vertrauensvoll an Jackson.«

Während sie noch dastand und den Zettel las, kam Jackson in die Küche und schaute sie an, mit ihrem hinreißenden Kleid und den vielen Einkaufstüten in der Hand. Offensichtlich war er auch gerade erst nach Hause gekommen.

»Na, das nenne ich mal einen interessanten Abend. Kanntest du Kat Karraby schon, ehe du hergekommen bist?«

»Nein, wir haben uns heute erst kennengelernt.«

Mit hochgezogenen Augenbrauen schaute er sie an. »Tja, du Glückskind. Kat und ihre Familie kennen alles und jeden in dieser Stadt.« Er unterbrach sich kurz. »Eigentlich ist sie echt toll, ich mag sie sehr. Wir sind zusammen zur Schule gegangen, und eine Weile war sie bei meiner Mutter im Geschichtskurs.«

Die Musik hatte er noch immer mit keiner Silbe erwähnt.

»Ähm … deine Band ist wirklich spitze.« Charlotte wünschte sich sehnlichst, von ihm gemocht zu werden, und außerdem stimmte es.

Schweigen.

»Danke, dass ich mitspielen durfte.«

Er zuckte die Achseln. »Du singst ganz gut.«

Weiteres Schweigen.

»Okay, also, dann gehe ich jetzt mal ins Bett. Morgen fange ich an zu arbeiten.«

»Du hast schon einen Job gefunden?«

Sie nickte. »Ich kellnere im Restaurant von Kats Dad.«

Seine Mundwinkel zuckten ein wenig. »Was mal wieder beweist, dass Kontakte alles sind im Leben, stimmt's? Tja, schön für dich.« Seine Stimme klang etwas säuerlich. »Ich haue mich auch hin.« An der Tür blieb er stehen und drehte sich widerstrebend noch mal um. »Wenn wir uns morgen sehen, könnten wir ja mal überlegen, ob wir vielleicht irgendwann zusammen ein paar Gigs machen.«

Verwundert runzelte sie die Stirn. »Gigs?«

»Tja, na ja, die Band fand dich ganz gut, und in den Clubs stehen sie auf Sängerinnen, und, na ja …« Er brach ab.

»Fragst du mich gerade, ob ich mit euch zusammen auftreten will?« Ihre Stimme klang völlig unbeteiligt. Sie wollte ihn nicht ärgern, und um ehrlich zu sein, war sie hin und weg vor Aufregung bei dem Gedanken, wieder auf der Bühne zu stehen.

Er nickte.

»Hey, klar, das wäre toll. Wir unterhalten uns morgen, okay?«

Er nickte wieder und tappte zur Tür hinaus. Einen Moment lang blieb sie reglos stehen, bis sie hörte, wie er die Tür zu seinem Zimmer schloss, und dann stieß sie einen stummen Jubelschrei aus. Zwei Tage war sie in New Orleans, und schon hatte sie eine Freundin gefunden, einen Job, und jetzt bekam sie auch noch die Chance, mit einer phänomenalen Band zu singen. Schnell stieg sie aus den Kleidern und schlüpfte unter die Decke auf dem Sofa, schlang die Arme um ihre Schultern und schlief mit einem Lächeln auf den Lippen ein.

Vielleicht wendete sich ja doch noch alles zum Guten.

Oder auch nicht.

*

Nach einer unruhigen Nacht und einem leicht verkaterten Tag, den sie mit einem Stadtbummel verbrachte, machte Charlotte sich für die Spätnachmittags- und Abendschicht im Restaurant zurecht. Schlichte schwarze Hose, weiße Bluse und die hässlichsten, aber bequemsten Schuhe, die sie je ihr Eigen genannt hatte. Die Haare flocht sie zu einem langen Zopf zusammen, und das einzige Zugeständnis an ihren persönlichen Stil waren die altmodischen Haarspangen mit Schmetterlingen aus schwarzen Perlen. Schlichtes Make-up und transparenter Nagellack, und sie sah aus wie jedes normale Mädchen auf dem Weg zu seinem Kellnerjob im Quarter. Untendrunter trug sie beinahe tausend Dollar teure französische Seidenunterwäsche, aber das musste ja niemand wissen. Trotz ihrer Nervosität musste sie lächeln. Es war aufregend, einen Job zu haben.

Jackson war in der Küche und sah müde aus. »Hallo, du«, meinte er leise. »Auf dem Weg zur Arbeit?«

Sie nickte. »Ich bin nervös.«

»Das erste Mal für dich?«

»Ja. Dumm, was?«

Er zuckte die Achseln, schob seinen Stuhl nach hinten und machte sich eine Tasse Kaffee. »Bei meinem ersten Job war ich auch nervös. Das geht wahrscheinlich jedem so. Wäre doch auch ziemlich komisch, wenn es anders wäre.«

»Was war denn dein erster Job?«

Lächelnd löffelte er Zucker in seine Tasse. »Ersatz-Hornist im Quincy Jones Orchestra.«

»Heiliger Strohsack.«

»Das kannst du laut sagen. Ich glaube, an dem Abend habe ich allein durchs Schwitzen drei Pfund abgenommen. Aber es ist gut gegangen.«

»Hat er dir angeboten, in der Band zu bleiben?«

Jackson schnaubte abfällig. »Soll das ein Witz sein? Er hat mich keines einzigen Wortes gewürdigt. Einer aus dem Orchester, der erste Saxofonist, hat mich für den Abend engagiert, mir anschließend die Gage in die Hand gedrückt und konnte sich nicht mal mehr an meinen Namen erinnern. Aber Quincy Jones ist trotzdem ein Gott. Es war eine unglaubliche Ehre, unter seiner Leitung spielen zu dürfen.« Er schaute sie über den Rand seiner Kaffeetasse an. »Du bist wirklich eine gute Sängerin.«

Sie lächelte. »Danke. Du bist wirklich ein fantastischer Bandleader.«

»Aber du musst dich ein bisschen locker machen.«

Kurzes Schweigen.

»Wie meinst du das?« Betont nonchalant lehnte sie sich gegen den Türrahmen, aber das Herz schlug ihr bis zum Hals.

»Na ja, du hast eine echt bluesige Stimme, vor allem für ein weißes Mädel aus dem Norden mit einer klassischen Gesangsausbildung, aber du musst dich ein bisschen entspannen, stilistisch gesehen.«

»Ich habe einen Blues gesungen und den Saal zum Kochen gebracht, dachte ich.«

Er zuckte bloß die Achseln. »Hör zu, flipp jetzt nicht aus. Ich sage bloß, du bist eine gute Sängerin, aber du könntest echt ganz groß sein. Blues zu singen und überzeugend rüberzubringen ist verdammt schwer, wenn das Schlimmste, was einem je passiert ist, war, bei Barneys das hübsche Kleidchen nicht mehr in Größe 34 zu bekommen.«

Empört kniff sie die Augen zusammen. »Ich bin 32.«

»Nie im Leben.«

»Ich trage Kleidergröße 32, du Idiot.«

»Wie kann man denn Kleidergröße 32 tragen? Ist das nicht eine Kindergröße?«

»Wir waren bei der Musik, schon vergessen?«

Er stand auf. »Hör zu, du verrücktes Huhn, ich muss mich fertig machen für die Arbeit, und du kommst zu spät zu deiner ersten Schicht.«

Entsetzt schaute sie auf die Uhr und fluchte und griff dann hektisch nach ihrer Tasche, die prompt umkippte und ihren gesamten Inhalt auf den Boden entleerte. Jackson bückte sich, um ihr zu helfen, und einen Moment lang waren sie sich sehr nahe. Er legte die Hand auf ihre Hand.

»Hör zu, Charlotte, du bist wirklich eine großartige Sängerin, und du wirst fantastisch. Ich helfe dir dabei, okay?«

Stirnrunzelnd schaute sie ihn an. »Ich bin kein Sozialfall, besten Dank.«

Worauf er sie breit angrinste. »Okay, Prinzessin, mach dir nicht ins Hemd. Viel Spaß bei der Arbeit, ja?«

Sie schnaubte bloß und ging.

Wie er so dastand und nachdachte, hörte Jackson irgendwo in der Nähe seiner Füße ein Telefon klingeln. Suchend schaute er sich um und entdeckte schließlich die Ursache des Läutens. Charlottes Handy, unter dem Stuhl. Es musste wohl aus ihrer Handtasche gefallen sein.

»Hallo?«

»Hallo selbst, du Nutte.«

»Entschuldigung, was haben Sie gesagt?«

Die Stimme am anderen Ende der Leitung lachte auf. »Tut

mir leid, Arschloch, ich wollte eigentlich mit deiner Freundin reden. Fick sie, solange du noch kannst, Alter, denn ich werde ihr das Herz rausschneiden und zugucken, wie sie langsam ausblutet.«

Angewidert ließ Jackson das Telefon zuklappen, wobei er den Typen immer noch lachen hörte, dann schnappte er sich seine Jacke und rannte zur Tür hinaus, heilfroh, dass sie ihm gesagt hatte, wo sie arbeitete.

⋆

Zufälligerweise war Agent Scarsford just an diesem Morgen in New Orleans angekommen und saß gerade in einem Café gegenüber vom Captain's House, wo er auf Charlotte wartete. Währenddessen blätterte er in den FBI-Berichten über Kat Karraby und die Familie Pearl. Die Pearls hatten eine lupenreine Weste, aber die Akte über Kat Karraby war etwas umfangreicher. Wie wahrscheinlich war es, dass ausgerechnet diese beiden sich hier über den Weg liefen? Konnte das wirklich reiner Zufall sein, oder kannten sie sich womöglich von früher? Kats Großvater hatte ... Moment, da drüben war Charlotte. Scarsford zog den Schirm seiner Baseballkappe herunter, um nicht gesehen zu werden. Es hatte ihn überrascht, dass sie sich einen Job gesucht hatte. Denn er hatte den dringenden Verdacht, dass sie Zugang zu dem Geld haben musste, das ihr Vater unterschlagen hatte, aber vielleicht war das alles Teil ihrer Tarnung. Ihr musste klar sein, dass sie beschattet wurde; da konnte sie sich kaum einen Maserati kaufen. Immer vorausgesetzt, sie hatte überhaupt einen Führerschein, was er stark bezweifelte, denn den hatte sie nie gebraucht.

Scarsford war immer noch ein bisschen wütend, auf sich selbst und auf sie. Aber als er ihr so zusah, wie sie einer der anderen Kellnerinnen auf Schritt und Tritt folgte, um alles von der Pieke auf zu lernen, lächelte und sich allergrößte Mühe gab, war er doch ein wenig gerührt. Vielleicht hatte sie ja wirklich nichts damit zu tun. Vielleicht war sie unschuldig. Sie sah so jung und frisch aus in der schlichten weißen Bluse, und dass er nichts mehr wollte, als ihr die auszuziehen, war ganz allein sein Problem.

Charlotte gab derweil im Restaurant ihr Bestes. Man hatte sie herzlich aufgenommen, und Kats Dad hatte dafür gesorgt, jedem Bescheid zu geben, damit sie alle Hilfe bekam, die sie brauchte, um schnell Fuß zu fassen. Einerseits war das toll, denn sie konnte die Hilfe weiß Gott gut gebrauchen. Andererseits fürchtete sie, deshalb nicht wie ein ganz normaler Mensch behandelt zu werden. Aber vielleicht war sie das ja einfach nicht.

Sam King hatte sie unter ihre Fittiche genommen, eine Kellnerin mit welligen dunklen Haaren und klugen Augen, die sie einarbeiten sollte. Gebürtig aus Nordkalifornien stammend steckte Sam voller Erkenntnisse und humorvoller Einsichten über die New Orleanser Lebensart und wusste aus dem Effeff, wie man Gästen das Gefühl vermittelte, gerade ein authentisches Stück Stadtkultur zu erleben.

»Ein ordentlicher Prozentsatz unserer Gäste kommt von außerhalb, weil das Restaurant bekannt ist für seine kreolische Küche. Und gleichzeitig ist der Laden auch bei den Einheimischen sehr beliebt und bei Leuten, die regelmäßig in der Stadt sind. Unsere Aufgabe besteht darin, allen einen zünftigen herzlichen Südstaatenempfang zu bereiten, damit sie sich rundum wohlfühlen, ein bisschen zu flirten, den Getränkenachschub nicht abreißen zu lassen, viel zu lächeln und dafür zu sorgen, dass sie uns glücklich und rundum zufrieden wieder verlassen.« Beide schauten zu, wie ein älterer

Herr seine leicht beschwipste Ehegattin beim Verlassen des Restaurants stützte und dabei versehentlich die Empfangsdame anrempelte. »Die ist vielleicht eine Spur zu glücklich, aber immerhin steht sie aufrecht und kann noch selbst gehen.« Sam senkte die Stimme. »Wenn du das Gefühl hast, einer der Gäste hat ein bisschen zu tief ins Glas geschaut, dann musst du unbedingt dem Barkeeper Bescheid geben, damit er die Cocktails nicht ganz so stark mixt. Schließlich wollen wir ja, dass sie möglichst weit vom Restaurant alles wieder von sich geben.«

Charlotte musste lachen, aber Sam meinte es ganz ernst.

»Alkohol ist aus New Orleans nicht wegzudenken, das war immer schon so. Man kann mit einem Drink in der Hand draußen herumlaufen, ja, man kann sogar mit einem Drink in der Hand herumfahren, zumindest, wenn das Ding gefroren ist.«

»Das Auto?«, fragte Charlotte grinsend.

»Der Drink, du Dummchen. Hast du die Drive-Thru- Daiquiri-Buden noch nicht gesehen? Kommt schon noch.«

Amüsiert schüttelte Charlotte den Kopf. »Ich bin kein großer Trinker, offen gestanden.«

Sam schaute sie anerkennend an. »Kluges Kind. Das bringt dich hier bloß in Schwierigkeiten, glaub mir. Die Gäste wollen einem ständig Drinks ausgeben. Sag einfach, dass du das nett gemeinte Angebot nicht annehmen darfst, weil du sonst Ärger mit dem Chef bekommst. Dann haben die meisten Mitleid und geben dir ein dickeres Trinkgeld.« Sie runzelte die Stirn. »Hey … das ist doch Jackson Pearl. Was macht der denn hier?«

Charlotte wirbelte auf dem Absatz herum. Jackson stand an der Tür und unterhielt sich mit dem Oberkellner. »Du kennst ihn?«

Sam nickte. »Klar, den kennt hier jeder. Seine Band ist derzeit so ziemlich die angesagteste der ganzen Stadt, und wenn sie spielen, kriegt man meistens nur noch Stehplätze. Und außerdem ist er verdammt heiß.«

Der Oberkellner drehte sich suchend um, dann blieb sein Blick an Charlotte hängen, und er winkte sie zu sich.

Sam zog die Augenbrauen hoch. »Du kennst ihn auch?«

»Könnte man so sagen. Bin gleich wieder da.« Charlotte straffte die Schultern und ging rüber, wobei sie versuchte, gleichzeitig Jackson mit einem strafenden Blick zu bedenken und den Oberkellner freundlich anzulächeln.

Mit gesenkter Stimme meinte Jackson zu ihr: »Charlotte, irgend so ein durchgeknallter Kerl hat dich auf dem Handy angerufen. Du musst es in der Küche verloren haben als … du noch zu Hause warst …« Jackson wirkte leicht verlegen, aber aufrichtig um sie besorgt.

»Was hat er denn gesagt?«

»Das möchte ich lieber nicht wiederholen. Aber ich glaube, wir sollten die Polizei rufen.«

Charlotte schüttelte den Kopf. »Das mache ich, sobald ich hier fertig bin, okay? Er ist in New York. Die Polizei weiß schon Bescheid.«

David Karraby trat zu den beiden. »Alles in Ordnung, Charlotte?« Jackson nickte er kurz zu. »Guten Abend, junger Mann. Bitte bestell deiner Mutter herzliche Grüße von mir.«

Jackson nickte und lächelte schief.

»Ja, Mr. Karraby, es ist alles in Ordnung.« Stirnrunzelnd schaute sie Jackson an. »Lass uns nachher darüber reden.« Sie hatte Angst, ihren Job nach nicht mal einer Stunde schon wieder zu verlieren.

Jackson wandte sich an David Karraby. »Charlotte hat eine telefonische Drohung erhalten, und in New York ist sie bereits auf offener Straße attackiert worden, sollten Sie wissen. Ich finde, sie sollte die Polizei anrufen.«

Charlotte war außer sich vor Wut. »Diese Entscheidung kann ich sehr gut alleine treffen, vielen Dank.«

Ohne mit der Wimper zu zucken, erklärte Karraby: »Charlotte, meine Liebe, ich fühle mich für die Sicherheit meiner Gäste und meines Personals verantwortlich. Das wirst du sicher verstehen. Ich rufe jetzt die Polizei an, und wenn sich die Lage wieder beruhigt hat, bist du herzlich willkommen, zu uns zurückzukommen, okay?« Und damit griff er zum Telefon.

Charlotte nickte, während ihr Tränen der Frustration in die Augen stiegen. Keine Minute später hielt ein Streifenwagen vor der Tür, und im Handumdrehen hatte sich eine Menschentraube gebildet. Im French Quarter war eine gute Show nie weit, und heute war sie wohl der unfreiwillige Star des Abends. Charlotte hörte, wie Leute ihren Namen murmelten, der dann blitzschnell durch die Menschenmenge wanderte wie ein Zettelchen in einer Schulklasse. Na toll, die Leute hatten sie also erkannt. So viel zu ihrem Neustart. Dabei wollte sie doch bloß ihre Ruhe haben. Vor einer Woche war sie noch in Paris gewesen, hatte fröhlich und nichtsahnend Croissants gefuttert und den Jungs hinterhergeschaut, und nun war sie in einer fremden Stadt, versuchte einen Job zu machen, von dem sie nie im Leben geglaubt hätte, so etwas mal tun zu müssen, und irgend so ein durchgeknallter Psychopath versaute ihr den ersten Arbeitstag. Es war alles großer Mist, und allmählich wurde ihr das Ganze mehr als nur ein bisschen zu viel. Was würde sie geben für ein einziges freundliches Gesicht.

»Charlotte.«

Sie schaute auf und sah Scarsford über die Straße zu ihr herüberkommen. Bis die Polizei vorgefahren war, hatte er sich dezent im Hintergrund gehalten, doch dann war er ohne nachzudenken sofort zu ihr geeilt. Als er sich jetzt einen Weg durch die Menschenmenge zu ihr bahnte, drehte sie sich um und rannte auf ihn zu, und dann warf sie sich ihm in die Arme.

Kapitel 19

Scarsford hatte es geschafft, einen ruhigen Raum auf der Polizeiwache zu finden, weit weg von dem Gebrüll der Betrunkenen und dem schrillen Gekreische der Huren, die es sich allem Anschein nach auf dem Revier gemütlich gemacht hatten.

»Wir sind nicht mehr in Kansas, oder?«, fragte er mit einem schmallippigen Lächeln an Charlotte gewandt. Es hatte ihn so unvorbereitet getroffen wie ein Schlag in die Magengrube, als sie auf ihn zugerannt war, und sein Drang, sie zu beschützen, sie mitzunehmen und in Sicherheit zu bringen, war so überwältigend gewesen, dass er seinen Argwohn für einen Augenblick ganz vergessen hatte. Nun aber hatte er sich wieder im Griff, sagte er sich streng. Er war im Dienst und machte seinen Job.

Charlotte jedenfalls war heilfroh gewesen, ihn zu sehen. Warum, wusste sie selbst nicht so genau – er war ja nicht mal auf ihrer Seite, wenn man so wollte –, aber sie vertraute ihm.

Die Polizisten hatten sie in einen Streifenwagen verfrachten wollen, aber Scarsford hatte ihnen seine Dienstmarke unter die Nase gehalten und Charlotte stattdessen höchstpersönlich aufs Revier gebracht. Jackson war ebenfalls auf die Wache gebracht worden, und sie hatten ihr Handy eingezogen – sie überlegte ernsthaft, ein für alle Male auf Mobiltelefone zu verzichten –, und nun saß der Ärmste immer noch auf der Wache und wurde zu dem Anruf befragt. Es hatte sie schockiert zu hören, was der Anrufer gesagt hatte, und sie fühlte sich sehr verletzlich, obwohl er vermutlich weit weg in New York war. Die New Orleanser Polizisten hatten keine Miene verzogen und schienen vollkommen ungerührt. Die Verbrechensrate in New Orleans war erschreckend hoch, und diese Jungs hatten schon so ziemlich alles gesehen. Wobei sie natürlich potenziellen Ärger zehn Kilometer gegen den Wind riechen konnten, und das Letzte, was sie wollten, war, dass die Tochter eines landesweit bekannten Kriminellen in ihrer Stadt ermordet wurde. Die Touristen kehrten nach Katrina gerade erst in die Stadt zurück. Weshalb sie Charlotte nur zu gern dem SEC-Beamten überlassen hatten, und sehr bald sollte auch der zuständige FBI-Beamte dazukommen, und dann konnten sie auch Jackson auf elegante Art und Weise loswerden.

Scarsford telefonierte, und Charlotte schaute ihm dabei zu. Bei näherem Hinsehen war er wesentlich attraktiver, als sie zunächst gedacht hatte, und irgendwie wirkte er in lässiger Jeans mit T-Shirt heißer als im Anzug. Er war muskulöser als erwartet, und seine Arme waren kräftig und braungebrannt, und auf einmal zog sich ihr Unterleib so heftig zusammen, dass es sie selbst überraschte. Er ging zu dem kleinen Fenster und ließ den Blick über die Stadt schweifen, womit sich ihr unbeabsichtigt die Gelegenheit bot, seine breiten Schultern zu bewundern, die eine Ahnung von zum Sprung bereiter, geballter Kraft und Beherrschung vermittelten, die ihr so fremd waren. Unvermittelt drehte er sich um, und sie konnte sehen, dass er wütend war, vermutlich auf denjenigen, mit dem er gerade redete.

»Nein, ich glaube nicht, dass das gehen wird. Sie muss in Gewahrsam bleiben.« Er verstummte und schaute sie an, ohne sie zu sehen. Er hatte die Lippen zusammengepresst, seine Augen waren nur noch schmale Schlitze, und sie erschauerte. Sie hoffte, dass er nie so wütend auf sie sein würde. Und in dem Moment wünschte sie sich nichts sehnlicher, als sich in seinen Armen zusammenzurollen und einfach dort zu bleiben, bis alles vorbei war.

»Dreck, verdammter.« Wutentbrannt ließ er das Handy zuschnappen und stierte sie an. Sie schaute ihn an wie ein kleiner hilfloser Welpe, große Augen in einem bildhübschen Gesicht, und sah in diesem fremden, unwirtlichen Raum kleiner und zerbrechlicher aus denn je. *Zum Teufel mit ihr.*

»Was ist denn los?« Sogar ihre Stimme war zart und weich.

»Sie sind los. Ich will verhindern, dass Sie abgemurkst werden, aber da momentan niemand so recht für Sie zuständig ist, erweist es sich gerade als schwieriger denn erwartet, Sie offiziell unter Polizeischutz stellen zu lassen. Sie sind keine Zeugin, weil Ihr Vater bereits gestanden hat, und ohnehin glaubt kaum jemand, dass Sie an der Sache beteiligt waren; bis der Kerl seine Drohungen also wahr macht, hängen wir ziemlich in der Luft.«

Es wurde kurz still, während sie darüber nachdachte, was er gesagt hatte. »Kaum jemand? Sie sagten, kaum jemand – heißt das, irgendwer glaubt, ich hätte doch etwas damit zu tun? Womit eigentlich zu tun, mit der Sache mit meinem Vater?«

Er nickte. »Es besteht weiterhin die Möglichkeit, dass Sie über Informationen verfügen, die uns nützen könnten.«

»Glauben Sie das auch?«

Er schwieg einen Moment und schaute betreten zu Boden. Dann sah er auf und blickte ihr direkt in die Augen. »Was war auf dem USB-Stick, Charlotte?«

Womit sie anscheinend überhaupt nicht gerechnet hatte. »Was?«

Er war müde und rieb sich mit der flachen Hand über die eine Seite seines Gesichts. »Der USB-Stick. Ich habe gesehen, wie Sie ihn am Flughafen in die Plastikschale gelegt haben. Er war nicht bei den anderen Computersachen, die Sie uns übergeben haben, wo er eigentlich hätte sein müssen.«

»Sind Sie deshalb hier?« Urplötzlich war alle Anziehung verflogen, und übrig blieb nur selbstgerechter Zorn. »Sie sind hier, weil Sie mich verdächtigen, und nicht, um mich zu beschützen.«

»Ich will bloß wissen, was da drauf ist, Charlotte. Wenn es vollkommen unwichtig ist, dann dürfte es Ihnen doch wohl nichts ausmachen, es mir zu zeigen.«

Ihr Zorn schwoll zu einer gewaltigen Woge. »Ich habe keine Ahnung, was da drauf ist, Sie Arschgeige. Mein Vater hat ihn mir gegeben, zusammen mit einigen anderen persönlichen Gegenständen, und ich habe ihn mir bis heute nicht mal angeschaut.«

Vor Ärger war sie hochrot geworden, und doch fand er sie begehrenswerter denn je. Seinen ganzen Körper zog es mit aller Macht zu ihr hin, aber sein Verstand behielt die Oberhand.

»Dann schauen wir uns doch zusammen an, was da drauf ist.«

»Also gut. Tun wir das.« Sie verschränkte die Arme auf dem Tisch und funkelte ihn böse an.

»Wo ist er?«

»In meinem Koffer zu Hause bei Miss Millie.« Sie seufzte. »Hören Sie, Scarsford, ich habe es Ihnen schon einmal gesagt, und ich sage es Ihnen noch mal: Ich weiß nichts über den Mist, den mein Vater da verbockt hat, und ich habe keine Ahnung, was auf diesem Stick ist. Was weiß ich, vielleicht ist bloß Musik drauf. Oder die Daten seines Schweizer Bankkontos und seiner Offshore-Unternehmen; in diesem Fall dürfen Sie ihn liebend gerne haben. Die Musik dürfen Sie auch haben, wenn Sie sie wollen. Nehmen Sie, was immer Sie wollen; tun ja sonst auch alle.«

»Jetzt sagen Sie mir bloß nicht, dass Sie sich leidtun.«

»Sie können mich mal.«

Ohne diesen Ausbruch einer Antwort zu würdigen, ging Scarsford aus dem Raum und blieb etliche Minuten verschwunden. Charlotte schaute sich um und wunderte sich im Stillen darüber, dass es solch hässliche Räume gab. Beige Wände, dunkelgrüne Teppichfliesen, Möbel wie in einer heruntergekommenen öffentlichen Schule – und doch hatten sich vor diesem trostlosen Hintergrund sicher schon unzählige menschliche Dramen abgespielt. Morde waren gestanden worden, Opfer hatten geweint, Mütter sich gegen ihre Söhne gewendet und Söhne für ihre Mütter gelogen. Wie viele verschwitzte Hände wohl schon auf dieser Tischplatte gelegen hatten? Wie viele andere einsame Menschen schon zugesehen hatten, wie der große Zeiger sich über das Ziffernblatt bewegte?

»Kommen Sie, los geht's.« Scarsfords Stimme ließ sie aufschrecken.

Als sie mit ihm durch die Polizeiwache ging, sah sie Jackson, der immer noch völlig erschöpft Fragen beantwortete.

»Warum ist er noch hier?«, fragte sie und zupfte Scarsford am Ärmel. »Er hat mir geholfen. Warum wird er hier festgehalten?«

Scarsford schaute sich nicht mal um. »Wer weiß? Wen interessiert's?«

Charlotte blieb wie angewurzelt stehen. »Mich interessiert's.«

»Warum?« Scarsford seufzte zwar, ging dann aber rüber und redete mit dem Polizisten, der Jackson befragte. Schnell war er wieder da, ging an ihr vorbei und bedeutete ihr, ihm zu folgen. »Das passt schon. Er muss nur noch seine Aussagen unterschreiben, und dann kann er gehen. Sie können ja morgen mit ihm reden.«

»Wieso denn nicht heute Abend?« Charlotte hatte lange Beine und ging immer sehr schnell, aber selbst sie musste sich anstrengen, um mit Scarsford Schritt zu halten, der es allem Anschein nach sehr eilig hatte.

»Weil Sie heute Abend bei mir bleiben.«

Sie wurde ein wenig langsamer, aber er marschierte unbeirrt weiter.

Kapitel 20

Scarsfords Hotelzimmer war genauso nichtssagend wie der Vernehmungsraum auf dem Polizeirevier, auch wenn der Teppich in einem etwas anderen Grünton gehalten war. Zwei große Betten standen dem nicht wegzudenkenden Plasmabildschirm gegenüber, auf dem Schreibtisch stapelte sich neben zwei Laptops der Papierkram. Scarsford räumte die Unterlagen beiseite und war gerade dabei, einen der Laptops anzuschließen, als ein Polizist an die Tür klopfte und Charlottes Gepäck brachte.

»Möchten Sie vielleicht?« Scarsford hatte den Koffer aufs Bett gelegt und wollte eben den Deckel zurückklappen, als er sich offensichtlich seiner Manieren besann und ihr den Vortritt ließ.

Charlotte zuckte bloß die Achseln. »Müssten Sie nicht eigentlich einen Durchsuchungsbefehl haben oder so was in der Art?«

»Brauche ich denn einen? Ich dachte, Sie wollten mir freiwillig alles zeigen.«

»Ich will Ihnen gar nichts zeigen. Aber mir bleibt wohl keine andere Wahl.«

»Aber ja doch. Sie brauchen mir nichts zu geben, das Sie mir nicht geben wollen, Charlotte.«

Sie schaute ihn einen Augenblick zu lange an. Was sie ihm in diesem Augenblick liebend gerne gegeben hätte, war ein kurzer, aber schmerzhafter Tritt in die Eier, aber das wäre vermutlich nicht besonders ratsam gewesen. Sie hatte geglaubt, er mochte sie. Hatte geglaubt, er vertraute ihr. Angesäuert ließ sie die Schlösser aufschnappen und klappte den Deckel nach hinten.

Als sie den USB-Stick anschloss, passierte erst mal gar nichts. Dann klickte sie auf den Menüpunkt namens »Index«, und sie und Scarsford hielten die Luft an. Sie waren sich nicht sicher, was sie zu sehen gehofft hatten, aber was dann kam, hatte sicher keiner von beiden erwartet.

»Wer ist das denn?«, fragte Scarsford nach kurzem Schweigen.

Charlotte war ganz still. Sie schluckte schwer, als Musik die Luft erfüllte. »Das ist meine Mutter. Mit mir.«

Auf dem USB-Stick waren selbstgedrehte Videos. Dem Index nach zu urteilen mussten es viele, viele Stunden sein. Jackie schwanger und lachend im Central Park. Jackie mit einem Baby im Arm, wie sie schläfrig im Bett lag, nur von einem kleinen Nachttischlämpchen angestrahlt, so wunderschön, wie eine Frau nur sein konnte.

Und dann die Tonspur.

Zuerst die Stimme ihres Vaters. »Wen haben wir denn hier, Jack?«

Ihre Mutter lachte. »Das ist Charlotte Louis Williams, drei Tage alt.« Verzückt schaute sie das Baby an, das sie angluckste. »Die Nase hat sie von dir, Liebling.«

Ein Lachen aus dem Off. »Dagegen können wir später was tun. Solange sie dein liebenswertes Naturell geerbt hat, kann gar nichts schiefgehen.«

»Ich glaube, sie ist ein echter Sonnenschein, obwohl ich natürlich keinen Vergleich habe. Noch nicht.«

»Wird sie schon müde?«

Jackie schaute nach unten, und ihre Mundwinkel kräuselten sich zu einem Lächeln. »Ja, wird sie, der kleine Strudel.«

»Sing ihr was vor, Schatz.«

Jackie schaute Charlottes Dad an, der unsichtbar hinter der Kamera stand, und fing an, ein Schlaflied zu singen. Es war ebenso an ihn gerichtet wie an das kleine Kind in ihrem Arm, und die Melodie und der Text waren sehr intim und vertraut.

»My love, my sweet, my dove …« Charlotte schnappte nach Luft. Ihre Mutter hatte eine wunderschöne Stimme. Tief, warm, kräftig, genau wie ihre eigene. »You fly in my heart, a bird from above …«

Und urplötzlich erinnerte Charlotte sich wieder an das Lied, Text und Melodie flogen ihr blitzartig zu. »Wing in wing, hand in hand … Sleep as you fly, surrounded by love …«

Lächelnd schaute Jackie Baby Charlotte an und summte die kleine Weise, während die erwachsene Charlotte schluchzte und die unerwartete Erinnerung an ihre Mutter kaum ertragen konnte. Wie hatte ihr Vater ihr bloß all die Zeit verschweigen können, von wem sie ihre Stimme hatte? Warum hatte er ihr diesen Film nicht schon viel früher gezeigt? Doch noch während sie zusah und ihr die Tränen über das Gesicht liefen, verstand sie, warum. An das erinnert zu werden, was man verloren hatte, tat weh. Und das wusste sie, weil es ihr in diesem Moment auch wehtat.

An Scarsford gewendet versuchte sie, trotz ihrer Tränen ein paar Worte rauszubringen. »Zufrieden? Keine Geheimcodes, bloß alte Videos.«

Und dann drehte sie sich wieder zum Bildschirm um und schaute zu, wie ihre Mutter mit ihr als Kleinkind an der Hand über eine große Rasenfläche im Central Park lief. Er legte ihr die Hand auf die Schulter, um sie zu trösten, und unvermittelt drehte sie sich zu ihm um, sprang von ihrem Stuhl auf und wäre beinahe gestolpert, weil sie dringend jemanden brauchte, der sie einfach in die Arme nahm.

Eine ganze Weile standen sie bloß da und hielten einander fest, während Charlottes Schluchzen langsam verebbte. Dann zog er sie noch näher heran, und als sie zu ihm aufschaute, beugte er sich zu ihr herunter und küsste sie behutsam.

»Es tut mir leid …«, wollte er gerade sagen, doch sie zog seinen Kopf herunter, und nun küsste sie ihn, nicht ganz so behutsam. Ihre Zunge schlängelte sich in seinen Mund und strich über seine Unterlippe, und er trat einen Schritt zurück, setzte sich auf das Bett und zog sie auf seinen Schoß. Einen Augenblick lang küssten sie sich leidenschaftlich, doch dann machte er sich los und hob sie herunter und stellte sie mühelos wieder auf die Füße.

»Charlotte, ich glaube, du weißt, dass du umwerfend attraktiv bist. Das habe ich jedenfalls gleich beim ersten Mal gemerkt, als wir uns gesehen haben. Aber das hier geht nicht.«

Mit gerunzelter Stirn trat sie auf ihn zu und wollte sich wieder rittlings auf seinen Schoß setzen. Sie wollte die Situation beherrschen, wollte nur für einen Augenblick die Zügel in der Hand haben. Lasziv griff sie nach ihrer Haarspange und öffnete sie, und der lange Zopf löste sich und die Haare fielen ihr auf die Schultern. Der Duft ihrer Haare erfüllte den ganzen Raum, und wie aus dem Nichts überfiel ihn die Erinnerung an das Gerichtsgebäude in New York. Sie konnte deutlich sehen, wie sie auf ihn wirkte, wie sehr ihr Anblick und ihr Geruch ihn anmachten. Und doch stand er auf und ging zum Fenster.

»Es gibt viele Gründe, warum es eine ganz schlechte Idee wäre, miteinander ins Bett zu gehen. Wie beispielsweise die Tatsache, dass ich eine Straftat untersuche, die dein Vater begangen hat. Ich könnte meinen Job verlieren oder meine Objektivität.« Und damit drehte er sich um und schaute sie an, wie sie dastand mit den zerstrubbelten Haaren und den hochroten Wangen. Er konnte es selbst kaum fassen, dass er es schaffte, ihr zu widerstehen.

Charlotte war wütend und frustriert. »Willst du damit etwa andeuten, ich wollte mit dir schlafen, weil ich dich von den Ermittlungen ablenken will? Könnte es nicht sein, dass ich dich einfach *will*?« Langsam knöpfte sie ihre Bluse auf und ließ sie auf den Boden fallen, und ihre zarten Kurven schimmerten im Licht des Computerbildschirms in dem verhüllenden und zugleich enthüllenden Dessous. »Sieh mich an, Jim. Willst du mich nicht? Warum können wir das nicht diese eine Nacht lang alles vergessen?«

Scarsford war auch nur ein Mensch. Mit zwei Schritten war er bei ihr, und dann zog er sie in seine Arme und beugte sie in der schmalen Taille nach hinten, während er sie tief und innig küsste. Seine Hände umschrieben ihre Rundungen, ganz leicht und flüchtig, und dann trat er wieder von ihr fort.

»Charlotte, glaub mir, du bist göttlich, und ich würde nichts lieber tun, als mit dir zu schlafen. Aber so nicht.«

Tränen der Einsamkeit traten ihr in die Augen. »Weißt du was?«

Sanft fasste er ihr Kinn und hob ihren Kopf zu sich. »Was, Charlotte?«

»Du kannst mich mal.«

Und damit marschierte sie ins Badezimmer und knallte die Tür hinter sich zu.

Kapitel 21

Ein Sonntagmorgen in New Orleans, vor allem in den älteren Stadtteilen, hatte einen seltsamen, ganz eigenen Zauber. Zum einen waren da die verkaterten Studentenverbindungsjungs, die zusammengesackt an Kaffeehaustischen saßen, immer noch leicht betrunken und reichlich hinüber, und zum anderen waren da die Frischverliebten, die sich gerade erst in der Nacht zuvor kennengelernt hatten und nun zum allerersten Mal gemeinsam frühstückten. *Magst du Toast? Ich mag Toast!* An Tisch eins zwei Saufbrüder, die Baseballkappen richtig herum auf dem Kopf, um die schmerzenden Augen gegen die grelle Morgensonne abzuschirmen, die in sich gekehrt darüber nachsannen, ob sie nicht lieber tot wären. An Tisch zwei dagegen leicht von Bartstoppeln zerkratzte Gesichter und leuchtende Augen, das lange Schweigen und die verschlungenen Finger und der unvermittelte Ruf nach der Rechnung, die die Frischverliebten verraten.

Charlotte beobachtete die Szene über den Rand ihres Café au Lait und versuchte zu ignorieren, dass Scarsford sich neben ihr gerade über einen frittierten French Toast hermachte. Irgendwann konnte sie es einfach nicht mehr mit ansehen.

»Das Zeug wird dich irgendwann umbringen, weißt du das?«

Verdutzt schaute er auf. »French Toast? Ich glaube kaum. Ich werde vielleicht fett davon, aber umbringen wird es mich bestimmt nicht.«

»Zucker tötet leise.«

»Ehrlich?« Worauf er ein paar Mjamm-mjamm-Geräusche machte und zufrieden schmatzte. »Das ist aber nicht gerade leise, oder? Für mich klingt es ganz köstlich.« Eigentlich war er hundemüde, nachdem er die ganze Nacht in der Hotellobby verbracht und in einem ungemütlichen Sessel gedöst, aber nicht geschlafen hatte, während er die Tür im Auge behalten und Charlotte allein oben in seinem Zimmer geschlafen hatte. Als sie aus dem Badezimmer gekommen war, war er weg gewesen. Nun brauchte er ein bisschen Zucker und Koffein, um in die Gänge zu kommen.

Er winkte der Kellnerin, ihm noch einen Kaffee zu bringen, und als sie seine Tasse nahm, schaute sie Charlotte an und zwinkerte ihr zu, als wolle sie sagen: »Schnuckeliges Kerlchen, gut gemacht.« Charlotte musste innerlich seufzen.

»Und wie soll es jetzt weitergehen?«, fragte sie Scarsford, der sich gerade den Mund abwischte und dann zufrieden zurücklehnte. Er sah schon wesentlich besser aus als vorhin.

»Woher soll ich das denn wissen?«, fragte er achselzuckend. »Ich kann dich nicht in Schutzhaft nehmen, bloß weil der Kerl dich ein paar Mal angerufen hat, und außerdem hast du doch einen Job, den du nicht einfach sausen lassen kannst, schon vergessen?«

»Wenn die mich überhaupt noch wollen.« Charlotte befürchtete, David Karraby würde sich sicher lieber nicht mit Kellnerinnen herumschlagen, die von irren Stalkern verfolgt wurden, und wer könnte ihm das verübeln? »Ich sollte wohl mal nach Jackson schauen und mich erkundigen, wie es ihm geht. Ich habe ein ganz schlechtes Gewissen, weil er meinetwegen so lange auf dem Polizeirevier festgesessen hat.«

Scarsford bezahlte und stand dann auf. »Ich gehe jetzt duschen und versuche, richtig wach zu werden, okay? Wie wäre es, wenn du in der Zwischenzeit mit Jackson redest und wir uns dann nachher treffen?«

»Warum?«

Eine kurze Pause entstand.

»Ähm, zum Reden. Ich will dir ein bisschen was über Stalker beibringen, über Selbstverteidigung und darüber, wie man verdächtige Personen erkennt. Der Kerl wird aller Wahrscheinlichkeit nach nie im Leben etwas anderes machen als zum Telefonhörer zu greifen, aber man weiß ja nie.« Lächelnd schaute er sie an. »Es wäre doch zu schade, wenn du gleich wieder ein Veilchen oder eine dicke Nase hättest, jetzt wo dein Näschen gerade wieder Normalgröße hat.«

*

Es war ganz still im Haus, als sie hereinkam, aber sie wusste gleich, dass Jackson zu Hause war. Sie ging schnurstracks in die Küche und setzte einen Kaffee auf, wobei sie versuchte, möglichst leise zu sein und keinen Krach zu machen. Vielleicht lag es daran, dass sie so vorsichtig war, dass sie ihn gar nicht aufstehen hörte, aber als sie sich umdrehte und ihn im Türrahmen stehen sah, hätte sie vor Schreck beinahe laut aufgekreischt. Auf jeden Fall zuckte sie merklich zusammen. Worauf er ganz unerwartet lachen musste, und nach kurzem Zögern stimmte sie ein.

Er trug nur eine Jeans, die ziemlich tief auf der Hüfte saß und die Vermutung nahelegte, dass es das Einzige war, was er anhatte. Er war groß, aber nicht dünn, nur schlank und muskulös. Und er war ganz anders als die Jungs bei ihr zu Hause – seine Muskeln sahen erarbeitet aus, nicht antrainiert, und seine glatte braune Haut glänzte vor Gesundheit und nicht von irgendwelchen Pflegemittelchen. Sie fand ihn zum Anbeißen, und als er schließlich aufhörte zu lachen, hatte sie sich schon nach dem Kaffee umgedreht, damit er nicht sah, dass sie rot geworden war.

»Mannomann, Charlotte Williams, du liebst aber auch den großen Auftritt, was?«

Stirnrunzelnd reichte sie ihm seinen Kaffee. »Wie meinst du das?«

»Ich meine, da bist du kaum drei Tage in der Stadt, und schon hast du einen Job, eine neue Freundin und die Nacht auf einer Polizeiwache verbracht.« Grinsend rührte er Milch und Zucker in seinen Kaffee und leckte den Löffel ab. »Die meisten Besucher brauchen für so ein strammes Programm mindestens vier Tage.«

»Das mit der Polizei tut mir wirklich leid. Ich hätte nicht gedacht, dass du so lange dableiben musst.«

Worauf er nur die Achseln zuckte. »Die meisten Jungs da unten sind ohnehin Freunde von mir, also war das halb so schlimm. Ich war ja kein Tatverdächtiger oder so.« Mit hochgezogenen Augenbrauen schaute er sie an. »Obwohl dein kleiner Freund mich ziemlich misstrauisch beäugt hat.«

»Scarsford?«

»Ich weiß nicht, wie er heißt, Mäuschen, aber ich weiß, dass er nicht gerade freundlich war.«

Verlegen schaute sie auf ihre Hände. »Er ist ein SEC-Beamter, der den Fall um meinen Dad untersucht. Ich glaube, er glaubt, dass ich was mit der Sache zu tun habe.«

Nachdenklich nippte Jackson an seinem Kaffee. »Und, hast du?«

Unverblümt schaute sie ihm in die Augen. »Überhaupt nichts. Leider habe ich vollkommen ahnungslos vor mich hin gelebt.«

»Wieso leider?«

»Weil es mir, je weiter ich davon weg bin, umso oberflächlicher und sinnloser erscheint. Mein Dad ist jeden Tag zur Arbeit gegangen. Und es hat mich nie so recht interessiert, was er eigentlich macht. Ich habe mich nur für mein Kundenkonto bei Barneys interessiert, meine Partys, meine Klamotten, all so was …« Sie schüttelte sich. »Egozentrisch. Ichbezogen. Peinlich.«

Jackson wusste nicht so recht, was er darauf sagen sollte. »Aber du bist doch hergekommen, stimmt's? Du hattest den Mumm, einfach wegzugehen, in eine fremde Stadt.«

»Ist das Mumm? Ist das nicht eher feiges Weglaufen?«

Er zuckte die Achseln. »Kommt wohl drauf an, was du vorhast, jetzt, wo du hier bist.«

»Ich hatte vor, mir eine Arbeit zu suchen und ganz von vorne anzufangen. Obwohl … ich glaube, ich bin auch weggelaufen. Ich war, und ehrlich gesagt bin ich es immer noch, so schrecklich wütend auf meinen Dad, und vollkommen durcheinander. Ich dachte, er liebt mich.«

»Und wie kommst du darauf, dass das nicht der Fall ist?«

Mit hochgezogenen Augenbrauen schaute sie ihn an. »Würde er mich lieben, hätte er dann nicht alles getan, um nicht ins Gefängnis zu gehen?«

Jackson lachte ihr ins Gesicht. »Genau das hat er doch getan, Charlotte. Den Berichten zufolge hat er es über zehn Jahre lang geschafft, nicht ins Gefängnis zu wandern. Würdest du logisch denken, müsstest du eigentlich auf FBI und SEC wütend sein, nicht auf deinen Dad.«

»Auf die bin ich ja auch wütend. Aber was er gemacht hat, war falsch, und die machen doch bloß ihre Arbeit.«

»Inklusive mit dir zu schlafen? Gehört das auch zu ihrem Job?« Er verzog keine Miene. »Netter Job, wie kriegt man den?«

»Ich habe nicht mit ihm geschlafen.« Auch wenn ich es gerne gewollt hätte, dachte sie, schob den Gedanken aber ganz schnell beiseite. Jackson stand bloß auf, holte sich noch einen Kaffee und bot ihr ebenfalls eine Tasse an. Sie schüttelte den Kopf. Offensichtlich glaubte er ihr kein Wort. Aber kam es darauf überhaupt an?

»Wann kommt deine Mom zurück?«

»Heute Abend. Warum?«

»Weil ich ein Video von meiner Mom mit mir als Baby gefunden habe, und ich dachte, vielleicht möchte sie es gerne sehen. Ich würde es ihr gerne zeigen.«

Das schien sein Interesse zu wecken. »Gefunden?«

»Na ja, mein Dad hat es mir gegeben, sozusagen. Ich glaube, er wollte es für eine besondere Gelegenheit aufheben, obwohl ich nicht so genau weiß, warum. Aber wie dem auch sei, er hat mir gesagt, wo es ist, und gestern Abend habe ich es mir angeguckt. Ich glaube, es würde ihr gefallen, weil meine Mom darauf singt … sie klingt genau wie ich. Oder vielmehr, ich klinge genau wie sie. Weißt du, deine Mom hat mich überhaupt erst ermutigt, Gesangsunterricht zu nehmen. Sie hat gehört, wie ich meinen Puppen vorgesungen habe oder so was, und hat mir gesagt, ich sei gut, und die Leute würden mir bestimmt gerne zuhören.« Ihre Augen fingen an zu glänzen. »Ich weiß, du magst mich nicht, Jackson, aber egal, was du von mir denkst, ich finde, deine Mutter ist ein wunderbarer Mensch. Ich würde ihr nie wehtun wollen, und es tut mir leid, dass ich mich in der Vergangenheit nicht öfter bei ihr gemeldet habe.«

Es war erstaunlich, ging Jackson da auf, wie schnell alte Ressentiments sich in Wohlgefallen auflösen konnten. Wenn er die junge Frau so anschaute, die ihm da gegenübersaß, konnte er nicht umhin zu sehen, wie sehr sie sich bemühte, das Richtige zu tun. Charlotte redete unterdessen weiter über ihre Mutter.

»Weißt du, sie und Greta waren meine Mütter, und die beiden haben mir alles beigebracht, was ich wissen muss. Ehrlich zu sein. Hart zu arbeiten. Aufzustehen und weiterzumachen, wenn man mal auf die Nase fällt.« Charlottes Stimme klang sehr ernst. »Als sie gegangen ist, habe ich das ein bisschen vergessen. Mein Dad mag mich sehr lieb haben, vielleicht hast du da recht, aber er hat mir nichts von den wirklich wichtigen Dingen beigebracht. Er hat nicht mal mit mir über meine Mom geredet, sie nie erwähnt, bis vor ein paar Tagen.« Sie seufzte und war plötzlich ganz erschöpft. »Ich schulde deiner Mutter eine ganze Menge.« Scheu schaute sie ihn an. »Und dir. Du musstest ohne sie auskommen, stimmt's? Darum hasst du mich so.«

Er nickte. »Stimmt. Aber ich hasse dich nicht. Nicht mehr. Früher habe ich dich gehasst, weil ich nicht verstehen konnte, warum sie nicht da war, als ich sie brauchte.«

»Warum ist sie zum Arbeiten nach New York gekommen?«

Er musste lachen. »Was glaubst du denn? Weil sie Geld brauchte. Sie hatte drei Kinder und keinen Mann. Wir haben bei meiner Oma gewohnt. Sie hatte einen Abschluss in Pädagogik und hätte ihren Master gemacht, hätte sie es sich leisten können. Dein Vater hat ihr zweimal so viel bezahlt, wie sie als Lehrerin in Louisiana verdient hätte.«

»Wie ist er denn auf sie gekommen?«

Er zuckte die Achseln. »Greta hat sie aufgestöbert, sagt sie. Da musst du sie schon selber fragen.«

»Wie alt warst du, als sie weggegangen ist?«

»Sechs. Genauso alt wie du, stimmt's?«

Sie nickte.

»In gewisser Weise haben wir also beide zur gleichen Zeit unsere Mütter verloren.«

Worauf sie bitter lächelte. »Ja, aber du hast deine zurückbekommen.«

»Als du sie nicht mehr brauchtest.«

Es wurde still.

»Du hast mich immer noch gehasst, als ich hergekommen bin. Was hat sich denn seitdem geändert?«

»Ich habe dich kennengelernt. Es ist nicht leicht, jemanden zu hassen, den man persönlich kennt, oder?« *Vor allem, wenn dieser Jemand aussieht wie du,* dachte er bei sich, *und bis zum Hals in Schwierigkeiten steckt.*

Sie musste an die Frau vor dem Gerichtsgebäude denken, und an den Mann am Telefon. »Anscheinend nicht. Momentan hassen mich eine Menge Leute.«

»Aber die kennen dich ja auch nicht.« Er stand auf und streckte sich. »Ich ziehe mir schnell ein Hemd an, und dann machen wir ein bisschen Musik. In zwei Tagen haben wir einen Gig, und ich fände es schön, wenn du dabei wärst, natürlich nur, wenn du nicht gerade arbeiten musst.«

Sie nickte. »Ich glaube, die haben mich ohnehin schon gefeuert, aber ich weiß es nicht so genau.« Aber er schien ihr gar nicht zuzuhören.

Wortlos ging er hinaus, und womöglich konnte er ihren Blick spüren, der ihm folgte. Vielleicht auch nicht. Aber es dauerte nicht lange, bis er wieder da war, in einem alten Crescent-City-Brewery-T-Shirt.

»Hübsches T-Shirt.«

»Eine ortsansässige Brauerei. Man muss doch regionale Talente fördern, stimmt's?«

Und dann setzte er sich an das alte Klavier und spielte ein paar Akkorde. Sie schaute auf seine starken Hände, und ein Schauer lief ihr über den Rücken. Auf schöne Hände war sie immer schon abgefahren. Er improvisierte ein bisschen und drehte sich dann zu ihr um.

»Okay, Charlie, wonach ist dir? Ein paar Standards?«

Sie nickte. »Deine Mom hat mir immer alte Jazz-Scheiben

vorgespielt. Nina Simone. Dinah Washington. Julie London. Aber auch neuere Sachen. Diana Krall, so was in der Art.«

»Also, meine Mom ist eindeutig eine Traditionalistin, so viel steht fest.« Er spielte die ersten Akkorde von »Girl Talk«, einem bluesigen Standard, der für die berühmte Julie London geschrieben worden war. »Lass hören, Baby.«

Urplötzlich hatte Charlotte eine unbändige Lust zu singen. Sie dachte an ihre Mom, die sie so zärtlich im Arm gehalten hatte, und ihre Stimme, in der so viel Liebe mitschwang. Sie fing an zu singen. Es war eine heitere Melodie, und im Text ging es um den alltäglichen, belanglosen Klatsch und Tratsch, und jetzt, wo die Leute sich das Maul über sie zerrissen, bekam er plötzlich eine ganz neue Bedeutung. Sie gab dem Ganzen einen leicht sarkastischen Dreh, zog die einzelnen Worte in die Länge, variierte da und dort die Noten, und Jackson folgte ihrer Interpretation vollkommen mühelos.

Er wunderte sich. Im Club hatte sie den Blues sehr schön interpretiert, aber auch diesen beschwingten Song meisterte sie mit links. Diese kleine klapperdürre Bohnenstange aus Manhattan brachte einen derart runden, vollen Klang heraus, dass sie der lebende Beweis dafür war, dass der liebe Gott Musik liebte und das Talent zum Singen ohne Ansehen der Person verteilte.

»Okay, dann wollen wir mal schauen, was sie dir beigebracht hat.«

Er spielte einen anderen Song an, und sie wechselte ohne Schwierigkeiten Tempo und Melodie. Er spielte etliche Jazz-Standards durch: »Love for Sale«, »Summertime«, »How High the Moon«, und sie machte sich jedes der Lieder zu eigen, zeigte die ganze Palette ihres Könnens und schwelgte in der vollen Bandbreite ihrer Stimme. Er warf ihr einen Seitenblick zu, wie sie sich neben ihm sachte wiegte, mit geschlossenen

Augen und dem Ausdruck echter Glückseligkeit im Gesicht. Er musste lächeln, als er sie so sah, und sang die Harmonien mit. Dann spielte er einige neuere Songs an, Norah Jones, sogar etwas von Fiona Apple. Sie kannte sie alle und sang sie mal mit mehr, mal mit weniger Verve in der Stimme.

Beinahe eine Stunde später hörte Jackson plötzlich abrupt auf zu spielen und sprang auf. »Hey, willst du vielleicht mal was Neues ausprobieren? Ich habe da was, das ich selbst geschrieben habe und das wir gelegentlich spielen, aber ich würde es gerne von dir hören.«

Er rannte beinahe nach draußen, und sie lehnte sich grinsend gegen das Klavier. Es war wunderbar zu singen, wunderbar, mit einem anderen Musiker zusammenzuarbeiten, und obwohl sie noch ein bisschen nervös war in Jacksons Gegenwart, musste sie doch anerkennen, was für ein toller Pianist er war. In vieler Hinsicht war es wie beim Sex; man lernte sich kennen, fand heraus, was ging und was nicht, versuchte zu erahnen, was dem anderen ein Lächeln entlocken könnte. Und dann war er wieder da, und sie verscheuchte diese unartigen Gedanken schnell wieder aus ihrem Kopf und konzentrierte sich ganz auf die Musik.

⋆

Ein paar Stunden später war Charlotte auf dem Weg zu Scarsford ins Hotel. Als sie ihn erspähte, sah er aus, als wollte er am liebsten jemanden ermorden. Er packte sie am Arm, als sie in die Lobby kam, beugte sich zu ihr hinunter und flüsterte ihr ins Ohr.

»Sag jetzt nichts, komm einfach mit zum Aufzug, okay?«

Sie nickte und wartete dann, bis sich die Türen hinter ihnen geschlossen hatten. Dann machte sie sich von ihm los und schaute ihn stirnrunzelnd an. Seine Finger hatten rote

Abdrücke auf ihrer zarten Haut hinterlassen, und sie rieb ärgerlich darüber.

»Was zum Teufel soll das, Tarzan?«

Scarsford schaute zu, wie die Zahlen auf der Anzeige wechselten. »Wir werden beobachtet. Oder vielmehr, du wirst beobachtet, und ich gleich mit.«

»Du redest Bockmist. Natürlich werde ich beobachtet – von dir.«

Ungeduldig schüttelte er den Kopf, hetzte aus dem Aufzug und marschierte mit großen Schritten zu seinem Zimmer. Sie musste sich beeilen, um mit ihm Schritt zu halten, und blieb mit den Absätzen am Teppichboden hängen. Blöde Louboutins.

»Das ganze Web ist voll von dir. Irgendwer verfolgt dich, und wenn es nicht unser Telefonstalker ist, dann kann es nicht lange dauern, bis er herausgefunden hat, wo du bist, und dir hierher folgt.«

Charlotte ließ ihre Handtasche auf das Bett fallen und stellte sich neben Scarsford, der auf die Computertastatur einhackte. Er richtete sich auf und trat beiseite.

»Siehst du?«

Worauf sie sich nach vorne beugte und entgeistert nach Luft schnappte. *Verdammter Mist.*

Auf www.charlottewilliamsistabschaum.com waren Fotos von ihr zu sehen, die gestern gemacht worden waren. Unter der Schlagzeile »Charlotte Williams: In New Orleans auf dem Strich« war ein Foto von ihr mit Scarsford zu sehen, wie sie gerade das Hotel betraten, und der Artikel darunter war genauso wenig schmeichelhaft wie die Überschrift.

»Da Charlotte Williams ohne Daddys Millionen auskommen muss – die ohnehin nicht ihm gehören –, tut sie, was man von einer Nutte wie ihr erwarten würde, und verkauft das Einzige, was wirklich ihr gehört – ihren eigenen Arsch. In New York gab es wohl niemanden mehr, mit dem sie es noch nicht getrieben hat, also hat sie sich nach New Orleans abgesetzt, um ungestört ihrem Gewerbe nachzugehen. Wenn man erst mal von Katrina gefickt wurde, lässt man sich wohl auch von Charlotte einen blasen!«

Darunter ein weiterer Schnappschuss von ihr, auf dem sie mit Jackson im Restaurant zu sehen war. Der Untertitel dazu war für sie beide ein Schlag ins Gesicht.

»Gut zu wissen, dass Charlotte als Nutte für die Gleichberechtigung eintritt – sie nimmt Geld von jedem, egal ob schwarz oder weiß.«

Und schließlich ein Foto von ihr und Kat auf dem Weg in den Club zwei Abende zuvor, beide schick zurechtgemacht. Eigentlich war es ein großartiges, schmeichelhaftes Foto von ihnen; sie und Kat sahen hinreißend aus und lachten und schienen fröhlich und unbeschwert. Der Untertitel allerdings war alles andere als schmeichelhaft.

»Wie es aussieht, hat Charlotte eine neue kleine Freundin zum Ausnehmen und Fertigmachen gefunden. Das stadtbekannte verwöhnte reiche Gör Kat Karraby hat sich für einen Abend auf der Straße in Schlampengarnitur geworfen. Pass auf, Kat, du gibst dich mit den falschen Leuten ab.«

Charlotte brannten Tränen in den Augen. »Das ist so ungerecht. Wer macht denn so was? Dürfen die einfach solche Behauptungen in die Welt setzen?«

Scarsford guckte grimmig aus der Wäsche. »Er nennt sich selbst ›Die Schlampenwacht‹, und die Seite ist anonym über einen der großen URL-Provider angemeldet.« Er zuckte die Achseln. »Schwer, da einen Durchsuchungsbefehl zu bekommen, um den registrierten Nutzer herauszufinden – er oder sie hat schließlich nichts Illegales getan.«

Charlotte sank auf den Stuhl. »Aber ist das nicht Rufmord oder Verleumdung oder so was?«

»Nein. Das ist freie Meinungsäußerung. Die Online-Welt ist momentan so vogelfrei wie der Wilde Westen, und jeder gute Anwalt würde argumentieren, dass diese Person bloß ihre subjektive Meinung kundtut. Außerdem würde es Monate dauern, bis man eine Verfügung durchgebracht hätte, und so lange kann derjenige unbehelligt weitermachen.«

Gedankenverloren schaute er auf die Straße hinunter, auf der sich Touristen mit Kameras, Handys und winzigen Videokameras drängten. Tausend neugierige Augen pro Häuserblock.

»Leider haben wir noch ein weiteres Problem. Ich zumindest. Wenn mein Vorgesetzter das Foto von uns beiden zu sehen bekommt, entzieht er mir vermutlich den Fall.«

Charlotte wurde flau. »Warum? Könnte doch sein, dass du mich einfach nur befragt hast.«

Noch immer drehte er sich nicht zu ihr um. »Allein? Spätabends? In meinem Hotel? Das wäre zumindest ziemlich schlechter Stil, und im schlimmsten Fall geheime Absprache mit einer Tatverdächtigen.«

»Und was sollten wir beide geheim absprechen?«

»Wo das Geld ist, zum Beispiel. Was, wenn du doch weißt, wo er die Millionen hingeschafft hat, und wir was miteinander haben und uns das Geld teilen wollen?« Nun drehte er sich um, und sein Gesicht war so hart und kalt, wie sie es noch nie gesehen hatte. »Ich könnte meinen Job verlieren, und selbst wenn nicht, dann habe ich die laufenden Ermittlungen gefährdet und dem Anwalt deines Vaters Munition geliefert, die er vor Gericht vorbringen könnte, um die Geschworenen zu irritieren.«

»Tja, wenn es dich tröstet, ich habe keine Ahnung, wo das

Geld ist. Ich weiß ja nicht mal, ob es überhaupt noch was zu holen gibt. Wer weiß, vielleicht hat er längst alles verschenkt.«

Scarsford lachte bitter auf. »Du bist unglaublich, weißt du das? Du lebst in einer rosaroten Wattewölkchen-Traumwelt. Was glaubst du denn? Dass er damit Witwen und Waisen unterstützt?«

Sie schüttelte den Kopf. Langsam wurde sie wütend. »Nein, sicher nicht. Aber die Wohnung und alles andere hätte er auch spielend nur mit seinem Gehalt bezahlen können. Er hat Millionen verdient jedes Jahr.«

Worauf Scarsford nur abfällig schnaubte und Charlotte es schließlich gut sein ließ und einfach ging.

Kapitel 22

Aus dem Sonntagmorgen war unversehens Nachmittag geworden, aber die Atmosphäre im Restaurant der Karrabys war zeitlos. Schon beim Eintreten ging es Charlotte gleich viel besser, und als sie Kat mit ihrem Vater zusammensitzen sah, breitete sich ein strahlendes Lächeln auf ihrem Gesicht aus. *Zum Teufel mit der ganzen Welt. Sollen die doch sagen, was sie wollen.*

Kat und ihr Dad schienen sich zu freuen, sie zu sehen, und als sie sich setzte, wurde schnell klar, dass sie gerade über Charlotte geredet hatten.

David Karraby lehnte sich zurück und zeigte mit dem Finger auf sie. »Weißt du was, Charlotte Williams? Du steckst bis zum Hals in Schwierigkeiten, und anscheinend liegt es bei den Karrabys in der Familie, dass sie Ärger anziehen wie reifes Obst die Wespen.«

»Es tut mir leid, Mr. Karraby. Ich dachte, das hätte ich alles in New York zurückgelassen, aber die Welt ist wohl kleiner, als ich dachte.«

Kat lachte. »Wir sind hier nicht in der Pampa, weißt du. Wir haben sogar schon mal was vom Internet gehört.«

Charlotte wurde hochrot. »Es tut mir leid, so habe ich das nicht gemeint. Wo wir gerade bei Internet sind, ihr habt nicht zufällig den ganzen Schund online gesehen? Das tut mir wirklich sehr leid, Kat.«

Beide runzelten die Stirn, und Charlotte biss sich auf die Lippe. Kat holte ihren Laptop heraus, und Charlotte dirigierte sie wortlos zu der beleidigenden Webseite. Kat wurde kreidebleich und schob ihrem Dad den Laptop zu.

Es war totenstill, während David Karraby die Seite las. Dann schaute er seine Tochter an.

»Tja, Schätzchen, es liegt an dir. Ich kann sie rausschmeißen, und damit ist die Sache für dich erledigt, wenn du willst.«

Kat war entrüstet. »Daddy! Wie kannst du so was auch nur denken?«

Charlotte drehte sich der Magen um, und sie hatte Tränen in den Augen.

Zu ihrer Verblüffung lachte David Karraby auf. Laut. »Das sollte ein Witz sein, Schätzchen. Die Karrabys sind doch keine Feiglinge. Es ist online, jeder kann es sehen, und inzwischen haben es sicher viele schon gesehen. Na und? Ein bisschen Klatsch und Tratsch hat noch niemandem geschadet, vor allem nicht in New Orleans.« Dann redete er etwas leiser weiter. »Das müsstest du doch wissen, mein Herz.« Er wandte sich an Charlotte. »Hör zu, junge Dame. Ich will nicht, dass meine Gäste von Fotografen oder ähnlichem Gesocks belästigt werden. Wenn du also hier arbeiten willst, dann kannst du eine Weile in der Küche bleiben, okay? Gleiche Bezahlung, gleiche Arbeitszeiten, mehr Privatsphäre.«

Charlotte war unglaublich erleichtert. »Das wäre wunderbar, Mr. Karraby. Vielen, vielen Dank.«

»Du sprichst nicht zufällig ein bisschen Französisch?«

Sie nickte. »Doch, tue ich.«

Erstaunt hielt er die Luft an. »Dann solltest du dir lieber Ohropax mitbringen; sonst fallen dir womöglich die Ohren ab.«

*

Nachdem David Karraby die beiden allein gelassen hatte, wollte Charlotte von Kat wissen, was ihr Vater eben andeuten wollte. »Er hat gesagt, mit Skandalen kennst du dich aus – was hat er denn damit gemeint?«

Kat seufzte und winkte der Kellnerin, ihr noch einen Kaffee zu bringen.

»Na ja, wie dir inzwischen aufgefallen sein dürfte, habe ich einen ziemlich speziellen Modegeschmack.«

Lächelnd schaute Charlotte sie an. Kat trug heute ein Siebzigerjahre-Outfit – einen cremefarbenen Hosenanzug mit dunkelbraunem geripptem Herrenunterhemd darunter, und dazu einen schmalen orangefarbenen Schlips um den Hals. Wie Ali McGraw mit roten Haaren.

»Tja, New Orleans ist zwar bekannt für heiße Musik und heiße Frauen und all das ganze Zeugs, aber Highschool bleibt nun mal Highschool, richtig? Die Mädels tragen die richtigen Schuhe, die richtigen Hosen, die richtigen Alles. Mir war es schnuppe, was gerade angesagt war. Ich habe das angezogen, was mir gefallen hat, und das hat denen nicht gefallen.« Sie rührte ihren Kaffee um. »Ganz allein war ich nicht, es gab immer andere Verrückte, mit denen ich abgehangen habe, aber weißt du, die Highschool kann die Hölle sein.« Sie schaute auf. »Stimmt's?«

Charlotte nickte betreten, aber sie kannte die Wahrheit. Sie war eins dieser Mädels gewesen. Sie hatte die Meute angeführt. Von ihrem hohen Ross auf die Mädchen herabgeschaut, die nicht das richtige Handy hatten, das richtige Auto, die richtigen Klamotten. Aber sie schämte sich zu sehr, um Kat das zu gestehen.

»Natürlich konnten sie mir nichts tun, schließlich kennt mein Dad alles und jeden in dieser Stadt, und die Karrabys sind mächtige Leute. Aber sie konnten mich ignorieren und sich heimlich das Maul über mich zerreißen und hinter meinem Rücken flüstern, und das haben sie zur Genüge getan. Es gab Wochen, da habe ich in der Schule kein einziges freundliches Wort zu hören bekommen, überhaupt kein Wort, von niemandem. Es war, als sei ich vollkommen unsichtbar. Na ja, nicht mal das, denn die anderen sind mir aus dem Weg gegangen, wenn ich den Gang entlangkam, aber niemand hat mir zugelächelt oder gewinkt oder mich auch nur angeguckt. Es war schrecklich. Aber egal, der Abend der Abschlussfeier war die sprichwörtliche Krönung, fast wie in einem schlechten Teenie-Film. Ich bin allein hingegangen, weil niemand den Mumm hatte, sich mit mir zu verabreden.« Sie schaute Charlotte mit hochgezogenen Augenbrauen an. »Wie dem auch sei, da stehen also alle in ihren aufgerüschten, spitzenbesetzten Barbiekleidchen, und ich nicht, und ich habe mich hundeelend gefühlt.«

»Was hattest du denn an?«

»Ein bodenlanges 1973er-Halston. Griechisch inspiriert. Feuerrot.«

»Nicht schlecht.«

»Fand ich auch. Trotzdem, alle haben mich geschnitten, und ich bin nach Hause gekommen und habe eine ganze Packung Schlaftabletten von meiner Mutter geschluckt.«

Die Geräusche des Cafés traten in den Hintergrund. Entsetzt starrte Charlotte ihre neue Freundin an. »Ach du lieber Himmel, und dann?«

Kat zuckte bloß die Achseln. »Und dann passierte etwas ganz Unerwartetes. Meine Schwester Jane kam zu mir ins Zimmer. Du weißt schon, ich habe sie schon mal erwähnt, sie war die Mardi-Gras-Queen, bla, bla, bla. Sie war immer mittendrin, angepasst, hatte jede Menge Freunde, das volle Streber-Cheerleader-Liebe-Mädchen-Programm. Sie und ich standen uns nie besonders nahe, aber weißt du, wir waren vier Jahre auseinander, und als Teenager sind das Welten, nicht? Damals war sie gerade aufs College gewechselt, nachdem sie die Highschool lebend überstanden hatte.«

Kat kramte in ihrer Tasche herum und zog ein Portemonnaie mit einigen Fotos heraus. »Das ist Janey.« Auf dem Bild war eine klassische Südstaatenschönheit zu sehen, die ganz entzückend in die Kamera lächelte. Sie sah durch und durch aus wie eine Abschlussballkönigin.

»Wie dem auch sei, sie ist reingekommen und hat sich im Dunkeln zu mir aufs Bett gesetzt und mich nach der Abschlussfeier gefragt. Sie hatte mich gesehen, als ich losgegangen bin; sie wusste, dass ich unbedingt als ich selbst hingehen wollte, wenn du mir folgen kannst. Ich habe ihr alles erzählt. Dass den ganzen Abend niemand mit mir geredet hat, wie ich die ganze Zeit allein dagesessen habe.« Kats Gesicht nahm einen verträumten Ausdruck an, als sie daran dachte. »Eine ganze Weile sagte sie keinen Ton, dann hat sie bloß tief geseufzt und sich runtergebeugt und mich in den Arm genommen. Und dann meinte sie: ›Kitty Kat, scheiß auf die. In zehn Jahren sind die alle fett und trutschig, sehen alle gleich aus und weinen nachts über ihre Cellulitis und ihre Ehemänner, die sie mit anderen Frauen betrügen, und ihre verzogenen kleinen Gören. Und du bist dann immer noch elegant und wunderschön und besonders, wie du es immer schon warst, und dann werden sie dich anschauen und erkennen, dass sie einen seltenen Vogel in einen Käfig gesperrt haben, statt selbst fliegen zu lernen. Pech für sie, meine Zuckerschnecke, und dein Glück.‹«

Kat standen die Tränen in den Augen, und Charlotte war tief gerührt. Selbst nach etlichen Jahren konnte Kat sich offensichtlich noch allzu gut an die Szene erinnern.

»Und dann habe ich ihr gesagt, was ich angestellt hatte, und sie hat mich als Volltrottel beschimpft und es meinem Dad gesagt, und dann sind wir ins Krankenhaus gefahren, und sie haben mir den Magen ausgepumpt.« Kat riss die Augen weit auf und schaute Charlotte unverblümt an. »Hör zu, Mädel. Du darfst nicht zulassen, dass das, was andere Leute über dich sagen, sich in dein Hirn frisst, als sei es die Wahrheit. Ist es nämlich nicht. Das ist bloß unwichtiges Geschwätz und sinnloses Gelaber, und wenn du das vergisst, dann haben sie gewonnen.« Mit der Hand wedelte sie vor dem Laptop herum. »Irgendwer macht sich die Mühe, dich auf Schritt und Tritt zu verfolgen, dich zu fotografieren und dann schnell nach Hause zu rennen und die Bilder hochzuladen? Was für ein Leben muss so ein Mensch führen?« Entschlossen sprang sie auf. »Komm, ich bring dich in die Küche und stelle dich den Jungs da hinten vor. Glaub mir, denen ist es piepegal, wer du bist. Die interessiert nur, ob du einen süßen Arsch hast und wie schnell du einen Topf spülen kannst. Über den Kerl mit der Kamera reden wir nachher.«

Charlotte folgte ihr nach hinten ins Restaurant und musste darüber nachdenken, was sie da gerade alles gehört hatte. Kat war der Hammer, und Charlotte war überglücklich, dass sie sich kennengelernt hatten. Aber sie war sich nicht sicher, ob sie so stark war wie dieses Mädel aus dem Süden. Sie fühlte sich schrecklich einsam und wusste nicht so recht, wer sie eigentlich war. Früher war sie eine dieser Highschool-Hexen gewesen, und ihr war nicht klar, wer sie war, wenn sie sich nicht zu ihrem eigenen Vorteil mit Schwächeren verglich. Was, wenn sie nicht genug Rückgrat hatte, um allein und aufrecht zu stehen? Wenn sie nicht mehr das reiche Gör mit der Böse-Mädchen-Attitüde war, was blieb dann noch übrig?

Und dann trat sie ein in den dampfenden Malstrom der Restaurantküche und sollte es bald herausfinden.

Kapitel 23

Der Erste, der sie bemerkte, war ein kleiner Mann, der gerade Wasser aus einer über Kopf angebrachten Brause in eine Pfanne laufen ließ, die groß genug war, dass er darin hätte baden können.

»Yo, Kat hat eine Freundin mitgebracht – *une amie … jouer …*«

Kat lachte. »Nicht zum Spielen, Ronnie, zum Arbeiten. Das ist Charlotte. Und sie zeigt euch Jungs jetzt mal, wo der Topflappen hängt.«

Ein hübscher farbiger Kerl vor dem Grill lehnte sich zurück und musterte Charlotte von Kopf bis Fuß. »Das würde ich gerne mal sehen. Na komm, Baby, zeig's uns.«

Charlotte lächelte bloß und sagte gar nichts.

Der Mann schaute sich in der Küche um. »*Elle est toute petite, elle sera inutile.*« Er sprach Kreolisch mit starkem Akzent, aber Charlotte verstand trotzdem, was er sagte: »Die ist ja klitzeklein, die ist sicher zu nichts zu gebrauchen.« Aber sie ließ sich nichts anmerken und lächelte unverdrossen weiter.

Dann meldete sich ein anderer zu Wort: »*Ouais, mais des petites mains ferraient paraître ta bite plus grosse.*« Gut, das war schon leichter. »Ja, aber bei ihren winzigen Fingerchen sieht dein Schwanz gleich viel größer aus.«

Und dann meinte ein dritter: »*Je lui donnerais bien un truc à sucer.*« Offensichtlich wollte er ihr was zum Lutschen anbieten.

Okay, das reichte. Charlotte räusperte sich vernehmlich. »*Je doute que tu me proposes quoi que ce soit d'appétissant, mon chéri, mais tu peux peut-être travailler de nouvelles recettes,* eh?« Grob übersetzt hatte sie geantwortet, sie bezweifelte, ob sie ihr irgendwas anbieten könnten, das ihren Geschmack träfe, aber vielleicht könne sie ihnen ein paar neue Rezepte beibringen.

Darauf folgte zunächst schockiertes Schweigen und dann grölendes Gelächter. Ein gut aussehendes Mädel, das versautes Französisch sprach? Damit konnte man punkten.

»Bravo, Kleine.« Ronnie wischte sich die Hände ab. »So, nachdem wir das sexistische Geschwätz hinter uns gebracht haben, können wir uns ja jetzt an die Arbeit machen.«

⋆

Es war faszinierend zuzusehen, wie lang manikürte Fingernägel den extremen Belastungen einer Restaurantküche standhielten. Ihre waren sofort hinüber, weil Ronnie sie zwang, sich die Fingernägel abzuschneiden, lange Gummihandschuhe anzuziehen und die Haare unter einem Haarnetz zu verstecken. Letzteres reichte er ihr und schickte sie damit auf die Toilette. Mit Kats Hilfe machte sie sich eine schnörkellose Hochsteckfrisur à la arbeitende Frau der Vierzigerjahre. Aber als sie wieder rauskam, lachte er bloß trocken auf und zog ihr das Haarnetz bis in die Stirn.

»Der Sinn der Sache, *chérie*, ist, dass alle Haare darunter verschwinden, damit sie nicht ins Essen fallen, kapiert? Wir sind hier in einer Küche, nicht bei einer Modenschau.« Dann drehte er sich zu Kat um. »Wieso stellst du deine hübsche Freundin nicht selbst ein und gibst ihr einen Job in deinem Laden?«

Worauf Kat achselzuckend erwiderte: »Weil ich im Laden keine Hilfe brauche und kein Geld habe, sie zu bezahlen. Davon abgesehen ist das allerdings eine tolle Idee.« Unschwer zu erkennen, dass sie und Ronnie sich schon ewig kannten.

»Und warum ist sie nicht vorne und bedient? Zu ungeschickt zum Kellnern?« Offensichtlich war er neugierig und nicht auf den Kopf gefallen, und nach einem kurzen Nicken von Charlotte klärte Kat ihn auf.

Er seufzte. »Tja, *cocotte*, hier hinten bist du aus der Schusslinie und wirst dir dein Geld im Schweiße deines Angesichts verdienen.« Mit einem Blick auf die anderen Jungs, die sie lauernd anschauten und provokativ mit Messern spielten, meinte er: »Wenn dir jemand dumm kommt, dann sagst du einfach, du hast einen sehr eifersüchtigen Freund und willst nicht, dass jemand zu Schaden kommt. Das dürfte die Jungs auf Abstand halten.« Dann musterte er sie noch mal gründlich von Kopf bis Fuß. »Ich meinerseits bin immun gegen deine Reize, weil mein Herz Kat gehört.«

Worauf die ihn mit einer roten Paprika bewarf.

Als Ronnie sie mit den Freuden der Geschirrspülmaschine vertraut gemacht hatte – kochend heißes Wasser! Industrieseife! –, schaute Kat ihr gegen die Wand gelehnt zu, wie sie den ersten Stapel Bratpfannen in Angriff nahm.

»Charlotte, hast du Lust, eine Weile bei mir einzuziehen? Bis du angekommen bist und dir was Eigenes gesucht hast?«

Charlotte war völlig baff. Eigentlich war sie davon ausgegangen, sie würde noch eine Weile bei Millie bleiben, vor allem, da sie und Jackson ja nun einen Friedensvertrag geschlossen hatten, aber das hieß noch lange nicht, dass sie sich bei dem Gedanken besonders wohlfühlte. Er war umwerfend attraktiv … und das Sofa nicht gerade bequem.

Weshalb sie Kat freudig überrascht anstrahlte. »Warum bist du eigentlich so unglaublich nett zu mir? Wir haben uns gerade erst kennengelernt, und schon hast du mir einen Job besorgt, bist online in den Dreck gezogen worden und, das Allerwichtigste, hast dich als echte Freundin erwiesen. Bin ich so ein bemitleidenswerter Sozialfall?«

»Ja«, erklärte Kat ganz ernst. »Ein echter Sozialfall.« Sie schwieg eine Sekunde, und dann kicherte sie. »Nein, du bist kein Sozialfall, aber ich wohne allein, ich habe ein Gästezimmer, und es wäre bestimmt lustig. Keine Sorge, ich werde dir Miete abknöpfen, sobald du deinen ersten Lohn bekommen hast. Ich bin kein Wohlfahrtsverein, ich bin Geschäftsfrau.«

Charlotte war entzückt. »Liebend gerne würde ich bei dir einziehen. Das wäre wirklich großartig.« Doch dann fiel ihr siedend heiß etwas ein. »Damit könntest du dir aber jede Menge Ärger einhandeln, schließlich werde ich von einem durchgeknallten Spinner verfolgt. Und es könnte noch schlimmer werden, wer weiß.«

Kat lachte. »Na ja, probieren wir es doch einfach mal aus und schauen, was passiert, okay? Sollte ich irgendwann morgens aufwachen und einen Pferdekopf neben mir im Bett finden, kann ich es mir ja noch mal überlegen.«

Verständnislos runzelte Charlotte die Stirn.

»Du hast doch bestimmt *Der Pate* gesehen, oder?«, fragte Kat entgeistert. Stumm schüttelte Charlotte den Kopf. »Okay, dann weiß ich schon, was wir heute Abend machen, wenn deine Schicht zu Ende ist. Hier.« Sie kritzelte etwas auf einen Zettel. »Das ist meine Adresse, es ist nicht weit. Ruf mich an, sobald du fertig bist, dann komme ich dir entgegen, wenn du hier losgehst. Und wir treffen uns in der Mitte.«

»Ich hab meine Sachen nicht dabei. Die sind im Excelsior Hotel.«

»Ach, stimmt ja, da bist du ja deinem horizontalen Gewerbe nachgegangen«, meinte Kat grinsend. »Die können wir nachher auf dem Weg abholen.«

Charlotte war sprachlos vor Dankbarkeit. »Du bist wirklich großartig, Kat. Ich kann dir gar nicht genug danken.«

»Ach, ich denke, mir fällt schon noch was ein, wie du dich revanchieren kannst«, entgegnete ihre Freundin leichthin. »Und außerdem habe ich vor, deine Tasche nach hübschen Klamotten zu durchwühlen, die ich mir dann klammheimlich unter den Nagel reißen kann.«

Charlotte lachte. »Ich habe eine Pucci-Clutch von 1972, die du gerne haben kannst, wenn du willst.«

»Also gut, ich muss los.« Kat tat, als würde sie sich überstürzt aus dem Staub machen, und drückte Charlotte kurz an sich. »Viel Spaß mit den Jungs. Eigentlich sind sie ganz harmlos.«

»Na hoffentlich«, meinte Charlotte. »Im Notfall puste ich sie mit meinem Wasserwerfer um.« Worauf sie lachend mit dem Brausekopf auf Kat zielte.

*

Als Kat aus dem Restaurant kam, schoss der Mann ein paar Fotos und setzte dann die Abdeckung auf das Objektiv seiner Kamera. Sie war zwar nicht sein Hauptziel, aber ein netter kleiner Farbtupfer. Dann schloss er die Kamera an seinen Laptop an, lud die Schnappschüsse hoch und veröffentlichte sie auf seiner Seite, während er genüsslich seinen Latte schlürfte. Das Internet war wirklich eine großartige Erfindung. Gemütlich lehnte er sich zurück und bestellte ein Muffuletta mit dreierlei Aufschnitt. Machte ganz schön hungrig, jemandem das Leben zur Hölle zu machen.

*

Charlottes Schicht ging beinahe bis Mitternacht, und als Ronnie schließlich verkündete, sie könnte nach Hause gehen, hätte sie im Stehen einschlafen können. Aber sie war stolz auf sich. Sie hatte kein einziges Mal gejammert oder sich beklagt, und sie hatte auch keine Pausen gemacht oder mal einen Gang zurückgeschaltet.

»Weißt du, *nana*, du siehst aus, als sei das Schwerste, was du je in deinem Leben gehoben hast, eine Kreditkarte, aber du bist ein starkes Mädchen, Süße. Du hast geackert wie ein Kerl.« Worauf Ronnie ihr einen anerkennenden Klaps auf die Schulter gab. Einen festen. »Wir sehen uns morgen, okay?«

Sie nickte und lächelte müde. »Danke, Ronnie.«

Dann rief sie Kat an, während sie auf der Toilette ihr Haarnetz vom Kopf nahm. »Ach du lieber Himmel.«

»Was ist los?« Kat war gerade noch rechtzeitig rangegangen, um Charlottes entsetzten Aufschrei zu hören.

»Meine Haare. Die kleben an meinem Kopf. Bis auf ein Büschel am Hinterkopf, das steht weg wie ein aufgeplatzter Strohballen. Ich weiß nicht, ob ich jemals in meinem Leben so entsetzlich ausgesehen habe.«

Kat lachte sie bloß aus. »Da tun sich ja Abgründe wohlverborgener Eitelkeiten auf, Charlotte. Hast du noch nie in deinem Leben so schwer gearbeitet? Noch nie richtig geschwitzt?«

»Doch, klar. Aber normalerweise bei etwas angenehmeren Tätigkeiten als beim Tellerwaschen.«

Ihre Freundin schnaubte bloß. »Hör auf, in den Spiegel zu gucken, Prinzessin, mach dich auf die Socken und lauf einfach Richtung Main Street. Ich komme dir dann entgegen, okay?«

»Bist du sicher, dass da nichts passiert? Ist schließlich schon nach zwölf. Was, wenn niemand mehr unterwegs ist um diese Zeit?«

Auch darauf erntete sie nur spöttisches Gelächter, und

dann legte Kat kurzerhand auf. Irritiert runzelte Charlotte die Stirn, schlüpfte in ihre Jacke und ging zur Küchentür hinaus und eine schmale Gasse hinunter, die am Restaurant entlangführte. Kaum hatte sie zwei Schritte auf die Straße davor gemacht, wurde ihr schlagartig klar, warum Kat sie ausgelacht hatte.

Im French Quarter waren um Viertel nach zwölf nachts mehr Leute auf den Straßen unterwegs als tagsüber. Es wimmelte nur so von Menschen, und Musik aller Art konkurrierte um den Luftraum. Junge Frauen, die entweder Nutten waren oder einen entsetzlich billigen Klamottengeschmack hatten, johlten und pfiffen hinter den Grüppchen junger Männer her, die ziellos über die Straßen schlenderten, und überall hing der Geruch nach Bier und Haschisch in der Luft. Alle schienen bester Laune zu sein und sich köstlich zu amüsieren, und als Charlotte den ersten Schock verdaut hatte, ertappte sie sich dabei, wie sich auch auf ihrem Gesicht ein Lächeln ausbreitete. Es kam ihr vor wie das weltgrößte Straßenfest, und als Charlotte durch die Straßen spazierte, reichte ihr plötzlich jemand ein Martiniglas zum Mitnehmen. Na ja, warum auch nicht?

Ein paar Minuten später traf sie Kat, und die beiden flanierten fröhlich zusammen weiter.

»Gewöhnt man sich irgendwann daran, wenn man hier wohnt?«

»Woran?«

»Die Dauerparty.«

Kat lachte. »Du kommst doch aus Manhattan, oder? Ist in Manhattan denn nicht mindestens genauso viel los wie im French Quarter?«

Charlotte schaute sie zweifelnd an. »Na ja, manchmal vielleicht, aber nicht ständig. Es ist ein ganz gewöhnlicher Sonntagabend, und es kommt einem vor, als wäre man mitten in einem Karnevalsumzug gelandet.«

»New Orleans ist ein einziger Karnevalsumzug, aber ja, ich nehme an, es ist ein bisschen ungewöhnlich. Das French Quarter ist einfach ein sehr spezielles Pflaster. Aber New Orleans ist mehr als nur dieses Viertel. Wirst schon sehen. Und ja, man gewöhnt sich tatsächlich daran, vor allem, wenn die Familie, so wie meine, ein Restaurant im Quarter betreibt. Ich rechne einfach ein, dass es eine Weile dauert, um von einem Ende zum anderen zu kommen, vor allem nach zehn Uhr abends oder am Wochenende oder, Gott bewahre, an Mardi Gras.«

Dann verließen sie das French Quarter und kamen in einen Stadtteil, den Charlotte als den Garden District erkannte. Schmiedeeiserne Gartenzäune konnten das üppige Grün der großzügigen Gärten kaum im Zaum halten, und dazwischen waren große elegante Häuser zu sehen, die etwas von der Straße zurückgesetzt standen. Manche waren angestrahlt, in anderen brannten noch die Lichter, manche lagen auch vollkommen still und dunkel da.

»Da wären wir.« Kat bog in einen der größeren Gärten ein.

»Wie bitte? Das ist deine ›kleine Bude‹?«

Kat kicherte »Nein, Dummerchen, ich wohne im Hinterhaus.« Und damit führte sie Charlotte durch den Garten und auf einen Ziegelsteinweg, der um das Haus herum führte. Dahinter versteckt lag ein kleineres, einstöckiges Häuschen. Die Front war mit Glyzinien berankt, und die rote Backsteinfassade wurde von kleinen weißen Fenstern unterbrochen.

Verzückt schnappte Charlotte nach Luft. »Ach du lieber Himmel, ich glaube, ich kriege einen Zuckerschock. Mir wird schwarz vor Augen.«

Kat musste lachen. »Ich weiß, es ist schrecklich süß, nicht?

Als mein Dad erzählte, ein Freund von ihm habe eine kleine Wohnung für mich, habe ich mir eine feuchte Souterrainbude vorgestellt.« Achselzuckend angelte sie in ihrer Handtasche nach dem Schlüssel. »Was soll ich sagen? Ich bin das verhätschelte Lieblingskind eines reichen Südstaaten-Gentlemans. Ich kann nicht aus meiner Haut.«

Und damit machte sie die Tür auf, und Charlotte trat ein und verliebte sich auf der Stelle.

*

Das Hinterhaus war ursprünglich für die Dienstboten gebaut worden, aber ihre Herrschaft musste sie sehr geschätzt haben, denn der Hauptraum maß mindestens zehn Meter in der Breite. Eine Seite wurde von einem gewaltigen offenen Kamin eingenommen, während die Wände rechts und links davon mit bodentiefen Fenstern aufwarteten.

»Im Sommer muss man alle Luken aufreißen können, weil es hier drin sonst unerträglich heiß und stickig wird. Diese Durchlüftungsmöglichkeit war die einzige Klimaanlage, die es damals gab.« Dann erklärte Kat auch die weiteren Besonderheiten ihres offensichtlich heiß geliebten Zuhauses. »Den Kamin brauchte man, um Wasser zu kochen, und zum Heizen, sollte es nachts mal etwas kühler werden.«

Staunend schaute Charlotte sich um. »Gibt es nur ein Zimmer? Wo soll ich denn schlafen?«

Statt einer Antwort ging Kat vor und führte sie um eine Ecke. Versteckt lag dort eine kleine Küche mit einem entzückenden Oberlicht, und ein kurzer Flur führte zu zwei kuscheligen Schlafzimmern. Die mit breiten Holzdielen ausgelegten Böden und die tief eingesetzten Fenster verrieten, wie alt das Häuschen war, und die schlichte Möblierung passte perfekt zum Stil des Gebäudes.

»Wow, du solltest Innenarchitektin werden, Mädel. Die Bude ist ja der Hammer.«

Kat grinste. »Danke. Ich habe einfach den unwiderstehlichen Drang, alles zu stylen. Ich liebe dieses Haus. Ich könnte mir gar nichts Schöneres vorstellen. Freut mich, dass es dir auch gefällt.« Dann seufzte sie. »Okay, und jetzt trinken wir erst mal was. Gestatte mir, dass ich dich mit dem Sazerac bekannt mache, einer regionalen Spezialität.«

Als Charlotte schließlich irgendwann todmüde ins Bett fiel und sich in ihrem Kopf alles drehte, da merkte sie erst, dass sie den ganzen Tag kein einziges Mal an ihren Vater gedacht hatte. Und sie fragte sich, ob er wohl an sie dachte.

Kapitel 24

Da Charlotte erst am späten Vormittag im Restaurant zu sein brauchte, begleitete sie Kat am nächsten Morgen zu ihrem Laden. Sie teilten sich einen Hefezopf mit Zimt und klappten dann Kats Laptop auf, um einen Blick auf die Horror-Webseite zu werfen.

Charlotte schüttelte sich. »Okay, das ist echt gruselig. Und ein bisschen peinlich.«

Auf der ersten Seite war ein Foto von ihr, wie sie gerade aus der Gasse hinter dem Restaurant trat. Offensichtlich hatte der Fotograf ein Hochleistungsobjektiv benutzt, denn ihre fettigen Haare waren in sämtlichen unappetitlichen Einzelheiten zu erkennen, und nur falls irgendjemand es übersehen haben sollte, gab es einen ätzenden Kommentar dazu.

»Hochmut kommt vor dem Fall! Ex-Society-Schickse Charlotte Williams ist inzwischen gezwungen, in einer Restaurantküche als Spülhilfe zu arbeiten, um über die Runden zu kommen (wollte wohl niemand mehr dafür bezahlen, sie zu ficken), und das ist nicht gerade der beste Look, den wir je an ihr gesehen haben. Tolle Frisur, Charlotte! Muss ein ziemlicher Schock sein für die Ärmste, meine Damen und Herren, zur Abwechselung mal im Schweiße ihres Angesichts arbeiten zu müssen, statt sich mit gestohlenem Geld auf die faule Haut zu legen. Die Schlampenwacht hat derweil erfahren, dass Jacob Williams gestern im Gefängnis ordentlich in die Mangel genommen wurde und ins Krankenhaus gebracht werden musste. Wie schön, dass zwei dicke Bonzen endlich bekommen, was sie verdienen!«

Charlotte wählte bereits die Nummer des Anwalts ihres Vaters.

»Ja, es stimmt, leider.« Bedford schien etwas distanziert am Telefon, aber vielleicht bildete sie sich das auch bloß ein. »Jemand hat ihn beim Schlangestehen geschubst und ihn mit einem Faltmesser attackiert oder Klappmesser oder wie die Dinger heißen. Jedenfalls mit einer scharfen Waffe.« Charlottes aufgeregte Fragen wiegelte er ab. »Es geht ihm gut, Charlotte, und im Krankenhaus ist er vermutlich sicherer als auf freiem Fuß.«

Charlotte holte tief Luft. »Ich dachte, Sie wollten versuchen, ihn in den offenen Vollzug verlegen zu lassen, Arthur.«

»Er *ist* im offenen Vollzug, Charlotte. Aber das ist immer noch ein Knast. Ich kann schließlich nicht verlangen, dass er seine Zeit auf Turks & Caicos absitzen kann, oder?«

*

Es dauerte eine Weile, bis Charlotte sich wieder beruhigt hatte, aber irgendwann riss sie sich schließlich zusammen.

»Am liebsten würde ich schnellstmöglich nach New York zurückfliegen, um in seiner Nähe zu sein.«

»Na ja, sofern du nicht vorhast, dich als Kerl auszugeben, dich wegen irgendwas verhaften zu lassen und dich auch noch im selben Knast einsperren zu lassen, kannst du ihm da auch nicht helfen«, wendete Kat ein. »Versteh mich nicht falsch, ich will das nicht herunterspielen, aber ich sag's dir ganz offen: Er hat gegen bestehende Gesetze verstoßen, richtig?«

Charlotte nickte geknickt.

»Na ja, wie meine Lehrerin gesagt hätte, und vermutlich auch gesagt hat: Wer austeilt, muss auch einstecken können.«

»Das hat meine Lehrerin auch immer gesagt.«

»Tja, da hast du es. Wenn du willst, kann ich dir helfen, dich als Kerl zu verkleiden, und dann fahre ich das Fluchtauto so langsam, dass sie uns garantiert erwischen.«

Als Charlotte sich die Szene vorstellte, musste sie laut lachen. »Was für ein Glück, dass ich dich kennengelernt habe. Es gibt nicht viele Leute, die sich schon nach ein paar Tagen Bekanntschaft als unbrauchbare Komplizen für einen vermasselten Coup anbieten würden.«

Worauf Kat lächelnd erwiderte: »Na ja, vielleicht fehlt denen einfach die Fantasie. Ich habe schon eine komplette *Bonnie and Clyde*-Garderobe für uns zwei vor Augen. Dieses cremefarbene Béret, das sie getragen hat, wäre es allein schon fast wert, in den Knast zu wandern.«

Charlotte streunte ein wenig durch den Laden und schaute sich die Kleider an. »Deine bedingungslose Hingabe zur Mode ist wirklich beeindruckend.«

»Oh, vielen Dank.«

Schnell wechselte Charlotte das Thema, weil sie nicht mehr über ihren Vater reden wollte. »Was macht deine Schwester eigentlich inzwischen? Geht sie noch aufs College?«

Kat schüttelte den Kopf. »Nein, sie studiert jetzt Medizin. Sie ist eine Überfliegerin, unsere Janey. Die hat schon ihr ganzes Leben haarklein geplant: Mit dreißig ihren Doktor machen, mit dreiunddreißig heiraten, mit sechsunddreißig und achtunddreißig ein Kind, dann eine eigene Praxis eröffnen … Wie's dann weitergeht, weiß ich nicht mehr so genau. Wirklich gruselig. Ich hab ja schon Schwierigkeiten bei der Planung meines Mittagessens.«

Charlotte war fasziniert. »Ich wünschte, ich hätte auch eine Schwester. Und wenn sie noch so zwanghaft und pedantisch wäre.«

Kat machte sich daran, Vintage-T-Shirts zu falten, und Charlotte trat dazu und half ihr. »Na ja, wie gesagt, da sie mir sozusagen das Leben gerettet hat, kann ich mich nicht beklagen, aber ich wünschte wirklich, sie käme mal ein bisschen runter.« Sie seufzte tief. »Und noch mehr wünschte ich, sie käme öfter zu Besuch.«

»Und was ist mit deiner Mom? Die hast du bisher kaum erwähnt.«

Einen Augenblick war Kat ganz still. »Meine Mom ist … anstrengend. Du wirst schon sehen. Ich nehme an, sie wird in naher Zukunft ultimativ verlangen, dass ich dich zu einer Audienz bei ihr schleppe, und da weder ich noch mein Dad ihr irgendwas entgegenzusetzen haben, wirst du wohl oder übel mitkommen und dich inspizieren lassen müssen.«

»Himmel, das klingt ja wie eine Vorladung zum Verhör.«

»Keine Sorge. Dich hat doch schon das FBI in die Mangel genommen. Das war bestimmt eine gute Vorbereitung. Haben die dich eigentlich gefoltert?«

»Nur ein ganz kleines bisschen.«

»Na ja, dann dürfte das kein Problem sein.«

Als Charlotte eine Weile später den Laden verließ, staunte sie nicht schlecht, als sie ganz unerwartet ein bekanntes Gesicht sah.

»Mr. … ähm … Robinson, nicht wahr?«

Der Reporter aus New York lächelte. »Erstaunlich, was für ein gutes Gedächtnis Sie haben, Ms. Williams.«

»Was machen Sie denn hier?« Er nickte. »Nun, ich habe online von Ihren neuesten Abenteuern erfahren, und mein Chefredakteur hat mich hergeschickt, um Sie zu fragen, ob Sie uns vielleicht ein Interview geben möchten. Ich habe im Restaurant nachgefragt, und eine der Kellnerinnen sagte mir, ich könne Sie womöglich hier finden.«

Ohne ein weiteres Wort drehte Charlotte sich um und machte sich auf den Weg zum French Quarter.

»Ich möchte eigentlich lieber kein Interview geben, tut mir leid. Zum einen habe ich gar nichts Druckreifes zu sagen. Mein Vater sitzt im Gefängnis, und ich versuche gerade, mir ein neues Leben aufzubauen.«

»Na ja, aber genau das interessiert doch unsere Leser. Wie fängt so eine reiche junge Frau ein neues Leben an? Arbeiten Sie wirklich in einer Restaurantküche?«

Sie nickte kurz, marschierte aber stramm weiter. Er mochte zwar höflich und nett sein, aber er war immer noch der Feind, oder nicht?

»Und wie fühlt man sich bei so einer degradierenden Arbeit? Wie sind die Männer in der Küche zu Ihnen?«

Entschlossen blieb sie stehen und schaute ihn an. »Mr. Robinson, meine Kollegen sind keine wilden Tiere. Sie sind mir gegenüber sehr nett und respektvoll, weil wir alle in einem Boot sitzen und unsere Brötchen verdienen müssen. Anders als die Menschen, unter denen ich aufgewachsen bin, beurteilen sie mich nach meiner Arbeit und nicht nach meinem Geldbeutel. Reich zu sein und umfangreiche Shopping-Kenntnisse zu besitzen sind leider keine allzu nützlichen Qualifikationen auf dem Arbeitsmarkt. Weshalb ich froh und dankbar bin für diese Chance, ein bisschen Geld zu verdienen. Und jetzt muss ich leider zur Arbeit. Sonst habe ich eigentlich nichts zu sagen. Es tut mir leid, dass Sie den ganzen Weg umsonst gekommen sind.«

Und damit drehte sie sich auf dem Absatz um, ging schnellen Schrittes davon und ließ den Reporter einfach stehen, der ihr mit nachdenklichem Gesicht hinterherschaute. Dann grinste er.

*

Im Restaurant erwartete sie noch ein freundliches Gesicht: Millie Pearl.

Charlotte rannte auf sie zu und fiel ihr um den Hals, und Millie strahlte übers ganze Gesicht.

»Du siehst schon viel besser aus, Mäuschen. Da sieht man mal wieder, was der Zauber dieser Stadt alles bewirkt.«

»Wie war's bei deiner Schwester? Hattest du eine schöne Reise?«

»Hatte ich.« Millie setzte sich, und nachdem Charlotte sich bei David Karraby vergewissert hatte, dass er nichts dagegen hatte, setzte sie sich dazu.

»Lange kann ich nicht hierbleiben, ich muss gleich in die Küche, arbeiten.«

Millie musste laut lachen. »Ich weiß noch, wie Greta dich zu Hause dazu verdonnert hat, den Abwasch zu machen. Erinnerst du dich?«

Charlotte lachte ebenfalls. »Bis eben nicht mehr, aber jetzt, wo du es sagst, fällt es mir auch wieder ein. Ihr habt beide großen Wert darauf gelegt, dass ich meine Sachen selbst saubermache und wegräume. Und ich habe deswegen ewig herumgejammert, das weiß ich noch zu gut.«

»Ja, das hast du. Du warst ganz schön verwöhnt, als ich zu euch kam, und kaum weniger, als ich wieder ging. Dein Dad konnte dir einfach nichts abschlagen.« Trotzdem lächelte Millie nachsichtig. »Er hat es nur gut gemeint.«

Fragend schaute Charlotte sie an. »Meinst du, er ist ein schlechter Mensch? Bist du deswegen gegangen? Wegen dem, was er getan hat?«

Millie wirkte schockiert. »Glaubst du allen Ernstes, wenn ich von seinen Machenschaften gewusst hätte, hätte ich ihn nicht bei der Polizei angezeigt? Lieber Gott, Kind, er hat Millionen von Dollar unterschlagen!« Sie seufzte schwer. »Dennoch würde ich nicht behaupten wollen, dass er ein schlechter Mensch ist. Ich glaube, er hat etwas sehr Schlimmes getan, aber ich glaube nicht, dass er irgendjemandem wehtun wollte. Ich glaube, er hat es nur gemacht, weil er es konnte. Aber das kann ich natürlich nicht mit Sicherheit sagen; keiner kann das wohl. Das Einzige, was ich ganz sicher weiß, ist, dass deine Mama ihm schrecklich gefehlt hat und dass er dich sehr lieb hat. Vielleicht hat das beides zusammen ihn in dem Glauben gewiegt, es sei verzeihlich, andere zu bestehlen. Wer weiß?« Sie schaute Charlotte an. »Jackson meinte, du hast einen Film von deiner Mutter gefunden? Ist das wahr?«

Charlotte lächelte. »Ja. Mein Dad wollte ihn für einen besonderen Anlass aufheben, nehme ich an. Millie, sie hat dieselbe Stimme wie ich! Da habe ich sie her!«

Millie winkte nach der Rechnung. »Also, deine Stimme hat Gott dir geschenkt, Charlotte, aber wenn deine Mama dieselbe wunderbare Stimme hatte, dann müsst ihr beide seine besonderen Lieblinge sein. Möchtest du nach der Arbeit zum Essen vorbeikommen? Dann kannst du mir den Film zeigen, und ich zeige dir, was echte kreolische Hausmannskost ist, nicht so eine Haute Cuisine wie in diesem feinen Laden.«

»Liebend gerne. Darf ich meine Freundin Kat mitbringen?«

»Kat Karraby? Aber sicher. Sie hatte im siebten Schuljahr bei mir Geschichte. Die kannst du gerne mitbringen.«

»Dann hast du also als Lehrerin gearbeitet, als du nach Hause gegangen bist?«

Millie nickte. »Ich musste ein Auge auf Jackson und seine Schwestern halten, und wie hätte ich das besser gekonnt denn als Lehrerin an ihrer Highschool? Dank deinem Dad hatte ich genug Geld, gleichzeitig meinen Master zu machen.« Dann stand sie auf und schlang sich eine große und offensichtlich schwere Handtasche über die Schulter. »Und jetzt, wo meine

Kinder mit der Schule fertig sind, unterrichte ich angehende Lehrer an der Uni.«

»Das ist so cool.« Charlotte warf einen Blick auf ihre Armbanduhr und sprang entsetzt auf. »Mist, ich muss los.«

Schnell drückte Millie sie noch mal an sich. »Ja, ab mit dir, arbeite brav, und heute Abend kommst du mit Kat zum Essen, ja? So zwischen acht und neun, okay?«

Nickend verschwand Charlotte in Richtung Küche und winkte ihr noch mal über die Schulter zu.

*

Scarsford war weg. Während ihrer Schicht hatte das Handy mehrmals gepiepst, aber sie hatte nicht rangehen können, weil sie bis zu den Ellbogen im heißen, fettigen Wasser stand. Jetzt, wo sie mit Kat auf dem Weg zu Millie nach Hause war, las sie ihre Nachrichten.

»Zurück nach NY. Melde mich.« Gesprächig wie eh und je.

Sie wusste nicht so recht, was sie davon halten sollte. Einerseits war ihr ein bisschen mulmig, dass er weg war, denn solange er da war, hatte jemand ein Auge auf sie gehabt. Andererseits war sie erleichtert, denn seine Anwesenheit erinnerte sie immer an ihren Dad – wobei sie den natürlich nicht vergessen wollte –, und sie hatte sich ihm gegenüber unmöglich aufgeführt. Alles in allem war sie im Nachhinein ziemlich froh, dass sie nicht mit ihm geschlafen hatte. Sie hätte es sicher bereut.

Und es gab schon weiß Gott genug zu bereuen.

Kapitel 25

Es war erst kurz nach neun, als sie an die Haustür klopften, aber es klang, als sei die Party schon in vollem Gang.

Jackson machte die Tür auf und grinste über das ganze Gesicht. »Kat Karraby!«

Ach so, dann lächelte er also nicht wegen ihr, dachte Charlotte. Wobei ihr das natürlich vollkommen schnurz war.

»Jackson! Hey!« Die beiden umarmten sich herzlich, und dann ging Kat einfach an ihm vorbei ins Haus und plapperte dabei unentwegt munter auf ihn ein.

Jackson warf einen Blick über die Schulter zu Charlotte. »Wir hatten zusammen Biologie!«

»Prima.«

Sie war nicht eifersüchtig. Das wäre ja lächerlich. Und es freute sie, dass Kat an diesem Abend besonders entzückend aussah, in ihrer durchsichtigen Hemdbluse aus den Vierzigern zu der weiten Marlenehose à la Katherine Hepburn. Was machte es schon, dass ihre eigenen Haare ihr am Kopf klebten wie eine Badekappe, dass sie einen blassen Streifen auf der Stirn hatte von dem blöden Haarnetz oder dass auf ihrem unscheinbaren weißen T-Shirt ein Tomatensoßenfleck in Form von Rhode Island prangte? Es machte gar nichts, weil niemand sie eines Blickes würdigte.

Die Küche schien so brechend voll, sie hätte eigentlich wegen Überfüllung geschlossen sein müssen. Millie stand vor einem riesengroßen Topf, in dem sie immer ihren Gumbo machte, wie Charlotte bereits wusste, und um sie herum drängten sich ihre Kinder. Jackson und Kat holten sich gerade ein Bier, Lilianne und Camille schauten lachend irgendwelche Fotos auf einer Kamera an, und durch die Tür sah man Camilles kleinen Sohn schlafend auf der Couch liegen. Sie fand es beeindruckend, wie er bei dem ganzen Lärm schlafen konnte, aber vermutlich waren Kinder in New Orleans Jubel, Trubel, Heiterkeit von klein auf gewöhnt.

Erstaunlicherweise dröhnte Bob Marley durchs ganze Haus, kein Jazz, wie sie es eigentlich bei Miss Millie erwartet hätte.

Jackson brachte ihr ein Bier. »Harter Tag?«

Zuerst dachte sie, er wolle sich über sie lustig machen, aber als sie ihn anschaute, sah sie, dass er einfach bloß freundlich nachfragte. Weshalb sie über ihren Schatten sprang und nickte.

»Ja, ich weiß, es klingt wie Weichei-Gejammer, aber mir tut der Rücken schrecklich weh. Die Töpfe sind so schwer, und der Wasseranschluss ist über Kopfhöhe.« Sie lächelte schief. »Anscheinend ist dreimal in der Woche ins Fitnessstudio zu gehen keine gute Vorbereitung für irgendwas anderes, als in der Sonne zu liegen und sich zu bräunen.«

Er lachte. »Daran gewöhnst du dich schnell. Ich weiß noch, als ich angefangen habe, auf dem Bau zu arbeiten, da war ich tagelang steif wie ein Brett. Heute macht mir das gar nichts mehr aus.«

»Das machst du also, wenn du nicht gerade Musik machst?«

Wieder lachte er. »Nein, Musik mache ich, wenn ich nicht gerade auf dem Bau arbeite. Ich wünschte, ich könnte die ganze Zeit Musik machen, aber davon kann man nicht leben, weißt du? Und da ich körperliche Arbeit mag, habe ich nach

Katrina angefangen, mich beim Wiederaufbau der zerstörten Häuser zu engagieren. Im Laufe der Zeit habe ich so ziemlich alle Gewerke auf dem Bau kennengelernt, also bin ich inzwischen vielseitig einsetzbar.« Darauf schien er stolz zu sein. »Es ist verrückt, aber ich finde es toll, aus einem völlig zerstörten, schlammverkrusteten Trümmerhaufen wieder ein bewohnbares Zuhause zu machen. Die Leute haben alles verloren, und wir geben ihnen ein bisschen was zurück.«

Charlotte konnte sich noch gut an die Bilder der Katastrophe erinnern. Die Leichen auf den Straßen. Die tiefer liegenden Stadtgebiete, die vollständig überflutet waren. Wie lange es gedauert hatte, bis endlich Hilfe gekommen war. Sie hatte Geld gespendet. Wie alle anderen auch. Und dann hatte sie es wieder vergessen. Mehr oder weniger. Aber die Folgen waren noch da, auch Jahre später, und es gab immer noch viel zu tun.

Jackson erzählte weiter. »Es gibt ganze Viertel, in die niemand mehr zurückgekehrt ist. Was ziemlich traurig ist, weil früher so viele Menschen dort lebten, ganze Generationen von Familien, alle nur ein paar Straßen voneinander entfernt. Aber vermutlich haben die irgendwo anders neu angefangen.«

»Genau wie ich.«

»Ja, genau wie du. Die haben alles verloren; du hast alles verloren.«

»Nicht alles. Ich habe immer noch ein bisschen Geld. Ich habe immer noch ein paar Freunde.«

Unvermittelt nahm er ihre Hand und drückte sie. »Und du hast immer noch dein Talent.«

Stirnrunzelnd schaute sie ihn an, weil sie nicht verstand, was er damit meinte. »Meine Stimme?«

Mit hochgezogenen Augenbrauen erwiderte er: »Du tust, als wäre das nichts. Deine Stimme ist unglaublich. Wäre ich auch nur halb so begabt, ich würde alles daransetzen, rauszugehen und berühmt zu werden.«

Kat gesellte sich zu ihnen. »Berühmt werden? Ist sie denn noch nicht berühmt genug?«

Charlotte musste lachen. »Ich weiß nicht, ob berühmt und berüchtigt dasselbe sind.«

Und dann erzählte sie der ganzen Gesellschaft von der Charlotte-Williams-ist-Abschaum-Webseite, worauf natürlich alle sie sehen wollten.

»Ach du Schande. Da ist ja Mom.«

Millie wirbelte auf dem Absatz herum, als sie ihre Kinder alle dichtgedrängt um den Küchentisch stehen sah, auf dem aufgeklappt Jacksons Laptop stand. Eine lange Sekunde schaute sie einfach nur hin und las den bösartigen Bilduntertitel, auf dem sie als »Ex-Dienstmädchen« bezeichnet wurde. Dann grinste sie breit.

»Ich sehe ja richtig schlank aus! Ich sollte sofort losdüsen und mir noch so eine Hose kaufen. Wer hätte gedacht, dass die mir so gut steht?« Dann wandte sie sich wieder ihrem Gumbo zu und sang leise zu Bobs Songs mit.

All ihre Kinder lachten, aber Charlotte war ehrlich beeindruckt. Womöglich sollte sie versuchen, auch so cool damit umzugehen. Ihr fiel das sehr schwer.

Kat riss sie aus ihren trüben Gedanken. »Was wolltest du gerade über Charlottes Stimme sagen, Jackson? Neulich Abend im Club war sie nämlich einfach der Hammer.«

»Ich weiß. Wir haben gestern an ein paar meiner Songs gearbeitet, und ich glaube, sie hat Ja gesagt, als ich gefragt habe, ob sie in meiner Band singen möchte.«

»Habe ich«, murmelte Charlotte und errötete zart. »Aber ich muss erst Mr. Karraby fragen.«

»Pass bloß auf, Charlotte.« Camille, Jacksons Schwester,

schaute ihn streng an. »Am Anfang ist alles nur Spaß, aber ehe du dich's versiehst, tourst du durch die schlimmsten Absteigen von Louisiana, spielst für einen Apfel und ein Ei und schuftest wie ein Tier.«

Was Jackson mit einem Schnauben quittierte. »Dass ausgerechnet du das sagst.« Und dann erklärte er Charlotte: »Camille ist Dokumentarfilmerin.«

Worauf seine Schwester ihn gleich unterbrach. »Ich arbeite für einen lokalen Fernsehsender. Er übertreibt mal wieder.«

»Sie ist ein Genie. Sie ist bloß zu bescheiden, aber als wir noch klein waren, musste ich mich immer verkleiden, und dann hat sie mich gefilmt. Sie war die kleinste Diktatorin der Welt.«

Camille warf ein Stück Brot nach ihm.

»Was machst du eigentlich, Lilianne?«, fragte Charlotte die jüngere von Jacksons beiden älteren Schwestern.

»Ich bin Assistenzärztin am TMC.« Man muss Charlotte wohl die Verwirrung angesehen haben, denn sie erklärte gleich: »Das Tulane Medical Center. Das ist ein großes Krankenhaus hier in der Stadt. Eins der größten.«

Millie holte Suppenschüsseln aus dem Küchenschrank und fing an, große dampfende Schalen mit Gumbo aufzutragen, zusammen mit langen knusprigen Baguettes.

»Kaum zu glauben, dass ihr drei nicht von der Schule geflogen seid, wo ihr doch dauernd irgendwelchen Blödsinn angestellt habt, aber siehe da, ihr habt alle euren Abschluss gemacht und seid verantwortungsbewusste, anständige junge Menschen geworden.« Sie grinste. »Na ja, mehr oder weniger anständig.«

Camille holte einen grünen Salat aus dem Kühlschrank, und einen Moment lang war es ganz still und man hörte nur das Klappern der Löffel.

Dann legte Charlotte ihr Besteck beiseite und schaute Jackson an. »Dir ist schon klar, dass ich immer noch von einem irren Stalker verfolgt werde, oder?«

Er nickte.

»Und dass mein Dad wegen Betrugs im Gefängnis sitzt.«

Ein weiteres Nicken.

»Und sollte ich tatsächlich in deiner Band singen, dass sich dann alle das Maul darüber zerreißen werden, was für ein Miststück ich doch bin, und dass du dich bloß an mich ranhängst, weil du durch mich in die Schlagzeilen kommen willst, und dass meine Singerei ja wohl der Gipfel der Oberflächlichkeit und Geschmacklosigkeit ist.«

Ein Nicken und ein Schulterzucken. »Hör zu, sollen die doch denken, was sie wollen. Wenn sie dich singen hören, dann ist es nicht mehr wichtig, wer du bist und wo du herkommst. Dann ist es nur noch wichtig, dass du Talent hast und etwas ganz Besonderes bist. Und« – er tat, als begutachtete er seine Fingernägel und pustete kurz darauf – »du wirst wirklich geniale Arrangements singen.«

»Und« – mischte Kat sich ein – »du wirst umwerfend aussehen, weil ich nämlich deine Stylistin werde. Das wird der Hammer. Wann ist euer erster Auftritt?«

»Am Mittwoch. Zeit genug, um mit der ganzen Band zu proben und alles vorzubereiten.« Sämtliche Anwesenden schauten Charlotte an. »Was meinst du, Charlie? Bist du dabei?«

Etwas überrumpelt musste sie erst mal darüber nachdenken. Eigentlich hatte sie doch möglichst nicht auffallen und ganz neu anfangen wollen. Und dieser Kerl, der sie verfolgte, jagte ihr wirklich eine Heidenangst ein, auch wenn alle anderen das so einfach abtaten. Und dann musste sie an ihre Mutter denken, wie sie ihr vorgesungen hatte, und wie nett all diese Menschen zu ihr gewesen waren. Sie war es ihnen schuldig. Und sie war es sich selbst schuldig.

»Klar, warum nicht, Mann? Schließlich singe ich für mein Leben gern, und die Leute hier wissen ja gar nicht, wer ich eigentlich bin. Jedenfalls die meisten.«

Zumindest hoffte sie das.

*

Jackson stand zu seinem Wort. Noch ehe das Abendessen beendet war, hatte er schon mit seiner Band telefoniert und einen Probentermin für den kommenden Tag ausgemacht.

Wofür er von Millie einen Rüffel erhielt. »Das Mädchen hat eine Menge durchgemacht, Jackson. Schalte mal einen Gang runter, ja?«

Aber er schüttelte bloß den Kopf und schaute Charlotte an. »Nein. Sie ist viel zäher, als wir alle denken. Nur weil sie bisher so ein behütetes Prinzesschen war, heißt das noch lange nicht, dass sie nicht auf ihren eigenen Beinen stehen und einem wenn nötig auch ordentlich in den Hintern treten kann.«

Kat musste lachen. »Na ja, sie muss ja schon auf ihren eigenen Beinen stehen, wie wollte sie sonst jemand anderem in den Hintern treten? Da würde sie höchstens selbst auf den Hintern plumpsen.«

»Mal wieder«, fügte Charlotte hinzu und fragte sich, wann sie das letzte Mal über sich selbst gelacht hatte.

Anfangs hatte der Gedanke, mit Jackson auf der Bühne zu stehen, sie nervös gemacht, aber nun ging ihr auf, dass sie sich eigentlich schrecklich darauf freute und schon ganz aufgeregt war. Schließlich wusste sie, dass sie eine gute Stimme hatte, und die Stücke, die er ihr vorgespielt hatte, fand sie großartig, warum es also nicht einfach versuchen? Außerdem machte das Vertrauen, das Jackson in sie setzte, ihr Mut. Er hatte recht – sie war zäher, als alle dachten.

Kapitel 26

Mit Jackson zu arbeiten erwies sich tatsächlich als genauso anstrengend, wie seine Schwester es vorausgesagt hatte. Der entspannte, umgängliche Kerl vom Abendessen verwandelte sich unversehens in einen hochkonzentrierten Banddiktator, sobald er vor seinem Orchester stand.

Die Probe fand in einem alten Theater im Quarter statt, das nun als Übungsraum genutzt wurde. Der Vorhang war staubig, und die Stühle sahen aus, als hätte seit Jahrzehnten niemand mehr dringesessen, aber irgendwie hatte dieser Ort etwas Magisches. Der Bereich hinter der Bühne war mit alten Plakaten gepflastert: King Oliver, Cab Calloway, Fats Domino. Charlotte fragte sich, wie viele großartige Sänger hier wohl schon von der Bühne in den Zuschauerraum geschaut hatten, genauso wie sie jetzt. Von Jacksons barscher Stimme, die ihren Namen kläffte, jäh aus ihren Tagträumen gerissen, versuchte sie sich zu konzentrieren.

Es war harte Arbeit, zwei Dutzend Musiker dazu zu bringen, dass jeder das tat, was von ihm verlangt wurde, vor allem, wenn man dann auch noch versuchte, eine neue Sängerin einzuführen. Die meisten Bandmitglieder waren junge New Orleanser wie Jackson, und dazwischen gab es auch den einen oder anderen Veteranen. Der Leadsaxofonist war eigens aus dem Ruhestand zurückgekehrt, wie er selbst sagte, um in Jacksons Band mitzuspielen, und Charlotte unterhielt sich gerade angeregt mit ihm, als Jackson schließlich der Kragen platzte.

»Charlotte, hörst du mir eigentlich zu? Ich rede nämlich mit dir.«

Entsetzt wirbelte sie herum und schaute ihn an. »Entschuldige bitte, Jackson, ich habe mich gerade mit Chick unterhalten.« Sie warf dem alten Herrn über die Schulter ein strahlendes Lächeln zu. »Er ist wirklich sehr charmant.«

Aber Jackson kannte kein Erbarmen. »Von mir aus kann er der nächste Casanova sein, pass jetzt gefälligst auf, sonst kennst du die Arrangements nicht und dann stehst du morgen Abend ganz schön blöd da, wenn du mit uns auftrittst.«

Beschämt ließ Charlotte den Kopf sinken. »Entschuldige, Jackson.«

»Schon gut.«

Und damit griff er wieder zu seinem Taktstock und wies die Band an, noch mal ganz von vorne anzufangen. Charlotte konzentrierte sich, und als ihr Einsatz kam, schmetterte sie die ersten Zeilen von »Summertime« nur so heraus. Es klang toll, und hinter ihr rief Chick begeistert: »Sing es, Baby.« Es war ein tolles Gefühl, vor so einer Wand aus Musik zu stehen, während der Bass im wahrsten Sinne des Wortes die Wände wackeln ließ, und zu wissen, dass man seine Sache gut machte.

Ein paar Stunden später war Jackson schließlich mit dem Ergebnis der Probe zufrieden, und dann nahm er Charlottes Hand und schüttelte sie. »Hast du toll gemacht. Tut mir leid, dass ich dich angebrüllt habe. Aber die Musik ist mir wirklich wichtig, die Band ist mir wirklich wichtig, und in meiner Heimatstadt Erfolg zu haben ist mir auch wirklich wichtig. Ich finde dich fantastisch, ehrlich.«

Die anderen Musiker gingen im Gänsemarsch nach draußen, da kam Jackson noch ein Gedanke.

»Hey, möchtest du vielleicht noch ein paar andere Songs einstudieren? Ich dachte, vielleicht könnten wir beide es ja auch mal als Duett versuchen. Nicht jeder Laden kann sich gleich ein ganzes Orchester leisten, also wäre es womöglich gar nicht so schlecht, etwas flexibler zu sein, weißt du?«

Charlotte nickte. »Deine eigenen Songs oder Standards, so wie neulich?«

»Meine eigenen Songs, wenn das für dich okay ist. Ich habe noch nie gehört, wie jemand anderer die singt, und das hilft immer, wenn man einen Song noch etwas ausfeilen will.« Und damit holte er einen Stapel Blätter aus seiner Tasche.

»Klar.«

Gemeinsam gingen sie zu Millie nach Hause, und während der Straßenbahnfahrt dorthin staunte Charlotte nicht schlecht, wie schön die Stadt im strahlend hellen Frühlingssonnenschein aussah. Touristen mischten sich ganz selbstverständlich unter die Einheimischen; Alt und Jung, Schwarz und Weiß, niemand schien irgendwelche Berührungsängste zu kennen. Es war einzigartig.

In Millies Wohnzimmer angekommen setzte Jackson sich ans Klavier, und nach kurzem Zögern nahm Charlotte neben ihm Platz. Um die Blätter lesen zu können, die er auf das Klavier gestellt hatte, musste sie noch ein wenig näher heranrücken, sodass sie seine warme Haut dort spüren konnte, wo sein Oberschenkel ihren berührte. Wider Willen merkte Charlotte, wie sie auf die Berührung reagierte. Er spielte den ersten Song einmal durch, ein traumschön moduliertes Mid-tempo-Liebeslied. »On the outside you're ice and fire, a live wire that flicks a switch and turns me on, a beautiful fall of gold and green, I've seen you in my dreams forever.« – »Außen bist du Eis und Feuer, ein heißer Draht, der einen Schalter umlegt und mich elektrisiert; ein Bilderbuchherbst in Gold und Grün, seit Ewigkeiten sehe ich dich in meinen Träumen.«

Beim zweiten Mal hatte sie die Melodie schon im Ohr, stimmte bei den Harmonien mit ein und verlieh so seiner Stimme, die warm und sexy war, noch mehr Tiefe. Es war ein toller Song, und während sie auf die Melodie lauschte, schloss sie die Augen und wiegte sich auf der Klavierbank sachte gegen ihn. Ohne innezuhalten, drehte Jackson den Kopf zu ihr hin und küsste sie, kurz, als sei gar nichts dabei. Aber ihr war, als bräche gerade die Sonne durch die Wolken, und sie drehte sich zu ihm um und erwiderte seinen Kuss, tief und hungrig. Er nahm die Hände von den Tasten und legte sie um ihre Taille. Dann hob er sie auf seinen Schoß, fuhr mit den Händen über ihre schlanken Oberschenkel und zog sie an sich. Die Tasten bohrten sich in ihren Rücken, es tat weh, aber das war ihr egal. Er hatte sich morgens nicht rasiert, und die rauen Stoppeln rieben warm über ihren Hals, als er sie küsste und sanft biss, dass ihr der Atem stockte.

Er stand auf – sie hatte die Beine um seine Hüften geschlungen – und ging langsam durch das Wohnzimmer zu seinem Schlafzimmer, in dem das Bett noch ungemacht war von der letzten Nacht. Sanft legte er sie darauf, und dann zog er rasch sein T-Shirt aus und beugte sich zu ihr herunter, um ihr mit ihrem zu helfen. Ihre Schultern schimmerten blass gegen seine glatten braunen Hände, als er sie streichelte, und er spürte, wie sie in der kühlen Luft des Zimmers erschauerte. Mit einer Hand griff er in ihre Haare und zog sie nach vorne, sodass sie sich um ihre Brüste schlängelten. Sie war wunderschön, so zart und schlank und stark, und über ihren Augen lag der Schleier jener Begierde, die auch er spürte. Sie kniete sich hin und reichte doch gerade bis zu seinen breiten Schultern, dann beugte sie den Kopf, um seine Brust zu küssen.

»Willst du …« Seine Stimme klang heiser, und er unterbrach sich und musste schlucken. Zum ersten Mal seit Jahren war er nervös, mit einer Frau zusammen zu sein.

Sie nickte, wollte nichts sagen, weil sie fürchtete, in Tränen auszubrechen. Sie fühlte sich so verletzlich, obwohl sie ihm vertraute. Es war fast, als wäre es bisher, wenn sie mit einem Mann geschlafen hatte, gar nicht sie gewesen, sondern jemand anders. Das hier war sie, Charlotte, schlicht und ergreifend, und er wollte sie, sie als Mensch, nicht ihr Geld. Ein bisschen hatte sie auch Angst, sie allein könne vielleicht nicht genug sein, ohne das Geld und den Glamour, aber dann sah sie ihm in die Augen und sah, wie sehr er sie begehrte, wie einfach es war. Und sie entspannte sich und ließ sich von ihm in die Arme nehmen, schloss die Augen und gab sich ganz hin.

Irgendwann später wachte sie auf und sah zu, wie er schlafend dalag, die Lippen zu einem leichten Lächeln verzogen. *Das Lächeln habe ich dahin gezaubert*, dachte sie und streckte die Hand aus, um mit den Fingerspitzen die Konturen seiner Lippen nachzuzeichnen. Sein Mund zuckte, er schlug die Augen auf, und ihre Blicke trafen sich.

»Na, hallo.« Er zog sie zu sich heran, schlang seine starken Arme um sie und drückte ihren schlanken Körper gegen seinen.

»Hallo.« Sie war ein bisschen verlegen, trotz der Leidenschaft, die sie ihm eben noch gezeigt hatte.

»Du bist ein hübsches Mädchen, weißt du das? Sicher weißt du das. Das bekommst du bestimmt ständig zu hören.« Er lachte sie an, meinte es aber ganz ernst.

»Hat man mir schon gesagt. Habe ich schon gehört. Aber in letzter Zeit immer seltener. Du kannst es also gerne noch mal wiederholen.«

Er grinste und unterstrich seine Worte mit Küssen. »Du. Bist. Umwerfend. Sexy. Stark. Sexy.«

»Sexy sagtest du schon.«

»Na ja, das ist ja auch sehr wichtig, und ich muss schon sagen, gerade im Moment fällt es mir ganz besonders auf.«

»Merke ich.«

Wieder fing er an sie zu küssen. »Wo war ich gerade? Ach ja, sexy. Lustig. Klug. Talentiert.«

Sie musste kichern, aber nicht wegen dem, was er sagte, sondern wegen dem, was seine Hände unter der Bettdecke machten. »Hör nicht auf damit, du machst das sehr gut.«

»Nicht aufhören mit Reden oder nicht aufhören hiermit?«

Sie schnappte nach Luft und wurde plötzlich rot. »Hör … einfach … nicht … auf, okay?«

Und das tat er dann auch nicht.

Kapitel 27

Als sie gemeinsam in Kats Laden spazierten, schaute die sie mit hochgezogenen Augenbrauen an.

»Na, hallo, ihr Turteltäubchen.« Kat trug ein Fünfzigerjahre-Sommerkleid mit langem Rockteil und dazu Espadrilles mit Keilabsatz. Sie sah aus, als wäre sie *Ein Herz und eine Krone* entstiegen. Geduldig hörte sie zu, während Charlotte von der Probe erzählte, und beschloss noch ein Weilchen abzuwarten, bis sie nach sämtlichen Details dessen verlangte, was danach passiert war.

»Ich brauche ein Abendkleid für den Auftritt morgen Abend. Es muss wirklich sehr sexy sein.«

Jackson grinste. »Nicht so sexy, dass keiner mehr auf die anderen Musiker achtet, aber etwas, das zu einer Leadsängerin passt. Elegant. Stell dir das Konzert als ihr Debüt in der New Orleanser Gesellschaft vor.«

»Aber auf skandalöse, nachtclubbige Jazzbandart«, kicherte Charlotte. Beide waren noch ganz aufgedreht.

Nachdenklich legte Kat den Kopf schief. »Also, sexy, aber nicht zu sexy, elegant, gesellschaftsfähig, aber ein bisschen skandalös und jazzig. Da habe ich genau das Richtige.«

Und das hatte sie auch.

Als Charlotte aus der Umkleidekabine trat, mussten Kat und Jackson beide nach Luft schnappen, wenn auch nicht ganz aus denselben Gründen.

Das Kleid war ganz schlicht geschnitten, hatte zarte Träger und fiel locker bis zum Boden. Es war über und über mit Perlen bestickt und ringsum in Falten gelegt, sodass es aussah wie ein goldenes Blatt, und aufgrund seines nicht unerheblichen Eigengewichts schmiegte es sich wie angegossen an Charlottes Kurven. Der metallische Schimmer ließ ihre Haut erstrahlen und hob die goldenen Strähnen in ihren Haaren hervor. Als sie sich umdrehte, konnte man sehen, dass das Kleid beinahe komplett rückenfrei war und der Ausschnitt fast bis zum Poansatz ging.

Charlotte war völlig aus dem Häuschen. »Das ist der Hammer. Ich habe mich noch nie in meinem ganzen Leben so glamourös und unwiderstehlich gefühlt.«

Kat grinste wie eine Katze, die gerade einen Kanarienvogel verspeist hatte. »Vintage-Couture von Worth, Fünfzigerjahre. Das habe ich aufgehoben. Wie es scheint, nur für dich. Es sieht nämlich aus wie für dich gemacht.« Zu Jackson sagte sie: »Was meinen Sie, Herr Kapellmeister? Gut genug für Jazz?«

Er nickte bloß mit glänzenden Augen. Das sollte ein denkwürdiger Auftritt werden.

*

Nachdem sie das Kleid wieder ausgezogen und Kat es sorgfältig eingepackt hatte, warf Charlotte einen Blick auf ihre Armbanduhr.

»Ach herrje, ich komme zu spät zur Arbeit.« Schnell umarmte sie Kat. »Du bist unglaublich.«

»Ich weiß«, entgegnete Kat leichthin. »Ich bring dich sogar zum Restaurant. Ich wollte sowieso noch bei meinem Dad vorbeischauen.«

Sie kamen gerade einen halben Häuserblock weit, als Charlotte hörte, wie jemand ihren Namen rief.

»Ms. Williams?« Eine gut aussehende junge Frau kam mit einem Mikrofon in der Hand auf sie zu. Stirnrunzelnd wich Charlotte einen Schritt zurück, und die Frau hob beschwichtigend die Hand. »Keine Sorge, das Mikro ist nicht an.« Misstrauisch blieben die drei Freunde stehen. »Ich bin Selena Messier von Channel Nine …« Es klang wie eine Frage, und sie wartete kurz, ehe sie fortfuhr. »Es gibt bei uns eine Sendung namens *Crescent City Connection*. Vielleicht sagt Ihnen das was?«

Charlotte tat die Frau leid. »Ich bin noch nicht lange hier, Miss Messier, wie Sie sicher wissen, und ich hatte noch nicht viel Zeit, mir die Lokalsender anzuschauen. Aber ich möchte keine Interviews geben, und ich habe auch nichts zu sagen.«

»Ich habe nur ein paar Fragen. Dauert bloß einen kleinen Moment.«

Seufzend fragte Charlotte: »Und was für Fragen?«

Selena lächelte. »Nun ja, eher allgemeine Fragen, wie es Ihnen hier in New Orleans gefällt, ob Sie sich wohlfühlen, ob Ihnen Ihr neuer Job gefällt, all solche Sachen.«

»Woher wissen Sie denn von meinem Job?«

Sie zögerte kurz, ehe sie antwortete. »Habe ich im Netz gelesen.«

»Auf der Charlotte-Williams-ist-Abschaum-Seite? Das ist nämlich die einzige Seite, die ich kenne, auf der das erwähnt wird.«

Selenas Lächeln saß wie betoniert. »Ich bin Reporterin. Ihr Vater mag in den Untiefen des Justizapparats verschwunden sein, aber das ist immer noch eine große Story, und nun sind Sie in meine Stadt gezogen. Natürlich interessiert es mich da, was Sie so machen. Wundert mich eigentlich, dass ich die Einzige bin.«

»Sind Sie nicht. Dan Robinson vom *New York Sentinel* ist auch hier.«

Als sie das hörte, verrutschte das Lächeln dann doch ein wenig. »Ach, echt? Haben Sie ihm ein Interview gegeben?«

Charlotte schüttelte nur stumm den Kopf.

»Na ja, vielleicht überlegen Sie es sich ja noch mal?«, meinte sie und reichte Charlotte eine Visitenkarte. »Rufen Sie mich jederzeit an, ja?«

Charlotte nickte. »Ich überlege es mir. Die Presse ist in letzter Zeit nicht gerade mein bester Freund gewesen.«

Worauf Selenas Lächeln noch mal ein paar hundert Watt zulegte. Urplötzlich musste Charlotte an einen Baby-Alligator denken.

»Na, vielleicht können wir das ja ändern.«

Und damit lächelten alle höflich, und dann gingen Charlotte und ihre Freunde ins Restaurant.

*

David Karraby strotzte mal wieder nur so vor guter Laune.

»Kat Karraby, Mode-Ikone, was führt Sie denn in den alten Familienbetrieb?«

Sie umarmte ihn. »Ich wollte dich gerne besuchen, Daddy. Wie geht's?«

Worauf er sie umstandslos hochhob, sehr zu Charlottes und Jacksons Vergnügen.

»Es geht alles bestens, Schätzchen, aber deine Mama kriegt die Motten, wenn sie dich nicht bald zu sehen bekommt.« Er schaute Charlotte an. »Sie möchte deine neue Freundin kennenlernen, Kleines.«

»Na ja, vielleicht am Wochenende.«

David Karraby schaute über ihre Schulter. »Also gut, Süße. Ich muss meine Gäste begrüßen. Wir sehen uns dann später, ja?«

Kat lachte, als er sich geschäftig an ihr vorbeischob. »Gut, dann bis später.« An Charlotte gewandt meinte sie: »Bringen wir dich schnell zur Arbeit. Und heute schön brav früh ins Bettchen gehen – das Kleid ist schwer; du brauchst deinen Schönheitsschlaf, damit du bei Kräften bleibst.«

*

Mitten in der Nacht, lange, nachdem Charlotte todmüde ins Bett gefallen und eingeschlafen war, fing ihr Telefon an zu klingeln. Das Restaurant war das reinste Irrenhaus gewesen, und sie hatte nicht mal Zeit gehabt, zwischendurch einen Schluck Wasser zu trinken. Als sie nicht dranging, hörte es auf, und dann kamen die SMS. Pieps um Pieps um Pieps, bis in die tiefe Nacht.

Miststück
Miststück
Miststück
Miststück
Miststück
Heute
Stirbst
Du.

Mr. Karraby hatte sie am nächsten Tag für die Frühschicht eingeteilt, damit sie abends frei hatte für das Konzert, und sie hatte keine Zeit, ihre SMS zu lesen, bis sie sich für den Auftritt zurechtmachte.

Ihr Telefon piepste; eine kleine Erinnerungsmail von Jackson mit der Adresse des Clubs, und da erst sah sie die ellenlange Liste mit Nachrichten von einer unbekannten Nummer.

»Willst du den ganzen Abend dein Handy anstarren oder können wir jetzt mit deinem Make-up weitermachen?« Kat stand da, einen blutroten Lippenstift in der einen Hand und einen in Orchideenrosa in der anderen. »Weißt du, ich kann mich einfach nicht entscheiden, ob Orchidee besser passt oder ob wir die Farbe deines Stirnbands aufgreifen sollen.«

»Orchidee«, meinte Charlotte geistesabwesend. »Aber Moment, ich muss erst die Polizei anrufen.« Wie in Trance zeigte sie Kat die Nachrichten.

Ihre Freundin runzelte die Stirn. »Das ist aber ein bisschen übertrieben, oder? Wie kommt der denn an deine Nummer?«

Charlotte zuckte die Achseln, bemüht, nicht die Nerven zu verlieren. Sie wusste nicht so recht, wen sie anrufen sollte, also rief sie Scarsford an.

Es tat gut, seine Stimme zu hören, auch wenn die Stimmung zwischen ihnen ein wenig unbehaglich war. Scarsford hörte zu, als sie die Nachrichten vorlas, und seufzte.

»Ich rufe die Polizei in New Orleans an. Wo ist dieser Club noch mal?« Sie nannte ihm den Namen. »Okay, ich sorge dafür, dass die jemanden hinschicken, der ein bisschen aufpasst. Halt die Ohren steif, Charlotte.«

Am liebsten hätte sie ihn gebeten, er solle wieder nach New Orleans kommen, aber da hatte er schon aufgelegt.

Kapitel 28

Der Club war kleiner und dunkler als der, in dem sie mit Kat gewesen war, aber auch hier kam man sich vor wie in einer anderen Zeit. Pärchen saßen in Samtsitznischen um die Tanzfläche gruppiert, nippten an Cocktails und unterhielten sich gedämpft. Überall brannten Kerzen, und ein riesengroßer Kristalllüster hing über der auf Hochglanz polierten Tanzfläche. Die Band saß auf einem erhöhten Podest genau in der Mitte des Saals, mit Jackson am Dirigentenpult davor. Alles sehr elegant und mondän, und als Charlotte ihren Platz neben dem Piano einnahm, merkte sie plötzlich, dass der Boden sich unter ihren Füßen bewegte.

Die ganze Bühne drehte sich langsam um die eigene Achse, damit jeder alles sehen konnte.

Unsicher schaute sie Dave, den Pianisten, an, der fröhlich zurückgrinste. »Hoffentlich wirst du nicht seekrank«, witzelte er. »Man gewöhnt sich daran, aber einmal, als wir hier gespielt haben, musste ein Trompeter mittendrin etwas überstürzt die Bühne verlassen.« Er zuckte die Achseln. »Typisch Bläser. Starke Lunge, schwacher Magen.«

Charlotte lächelte nervös. Die SMS hatten ihr mehr Angst eingejagt, als sie sich eingestehen wollte, weshalb sie den Raum beklommen nach freundlichen Polizisten- oder unfreundlichen Stalkergesichtern absuchte. Ihr Handy hatte sie in dem Abendtäschchen versteckt, das sie von Kat bekommen hatte, und nun legte sie es oben auf das Piano, damit sie es gleich sehen konnte, sollten irgendwelche neuen Nachrichten eingehen. Jackson hatte missbilligend die Stirn gerunzelt, als er das gesehen hatte, ließ sie aber gewähren, nachdem sie ihm erklärt hatte, was es damit auf sich hatte.

»Während der Show wird bestimmt keiner versuchen, dir was anzutun«, meinte er. »Du stehst auf einer sich langsam drehenden Bühne, umringt von starken Männern, mitten in einem Nachtclub. Konzentrier dich einfach auf die Musik und vergiss diesen ganzen Mist.« Sanft drückte er ihre Hand. »Du bist ein wunderbarer Mensch, und du bist da, wo du hingehörst, verstanden?«

Sie nickte dankbar und dachte noch, wie gut er in seinem Abendanzug aussah. Sämtliche Bandmitglieder trugen Smoking und weißes Hemd, und das Orchester sah wirklich sehr schick und mondän aus.

Die erste SMS kam nach der ersten Hälfte des ersten Sets.

Charlotte hatte das Handy natürlich auf stumm geschaltet, aber sie sah, wie es sich leicht vibrierend bewegte. Sie sang gerade »Heart and Soul«; als sie fertig war, wartete sie, bis der Applaus den Saal erfüllte, ehe sie sich nach vorne beugte und die Nachricht las.

Hübsches Kleid, Charlotte. Gold steht dir gut. Ist genau die richtige Farbe für dich, du diebische Elster.

Blitzschnell schaute sie sich im Saal um. Er war hier, im selben Raum.

Noch eine Nachricht.

Kat wird sicher sauer sein, wenn ich es kaputt mache, um dir das Herz rauszuschneiden, Miststück.

Ihr wurde schwindelig, und als sie aufschaute, sah sie, dass Jackson sie ansah. Er hatte die Augenbrauen fragend hochgezogen, und mit einem Mal fühlte sie sich gleich viel sicherer. Der Kerl war bloß ein kleiner Wichser, der ihr Angst machen wollte.

Dein Dad hat mir alles genommen. Jetzt zahle ich es ihm heim.

Sie konnte ja schlecht eine Antwort tippen, also sang sie einfach weiter, las zwischendurch die abscheulichen SMS und versuchte, sich trotzdem zu konzentrieren.

Mitten in »Satin Doll« fiel ihr ein, dass das die letzte Nummer vor der Pause war. Jetzt konnte sie einen der anwesenden Polizisten ausfindig machen und ihm sagen, was Sache war. Jackson würde sicher mitkommen. Bei ihm war sie sicher wie in Abrahams Schoß.

Als der Song zu Ende war, hörten die Paare auf zu tanzen und klatschten laut. Charlotte hatte Angst, war aber gleichzeitig stinksauer. Der Stalker verdarb ihr den ganzen Abend, und es machte sie traurig, dass sie zu abgelenkt war, um richtig mitzubekommen, wie wunderbar alles lief. Sie schaute sich um, sah die vielen strahlenden Gesichter, die applaudierenden Menschen, und dann sah sie ihn. Einen Mann, der ganz allein am anderen Ende der Tanzfläche stand und sie unablässig anstarrte.

Ohne zu lächeln.

Ohne zu klatschen.

Sie einfach nur anstarrte.

Und als sie ihn sah und gleich wusste, dass er es war, da spitzte der Mann, der ihr so wehtun wollte, die Lippen zur abscheulichen Parodie eines Kusses und verschwand in der Dunkelheit.

»Jackson!« Charlotte bahnte sich den Weg durch die Band zu ihm und musste aufpassen, nicht zu stolpern und hinzufallen. »Er ist hier, der Mann, der mich bedroht. Ich habe ihn gesehen.«

Jackson runzelte die Stirn. »Ist die Polizei da?«

»Keine Ahnung. Scarsford meinte, er ruft an und sagt Bescheid, aber ich habe noch niemanden in Uniform gesehen.«

Jackson trat von der Bühne, streckte die Hand nach ihr aus und half ihr herunter. »Dann sollten wir zusehen, dass wir einen von denen finden.«

Aber als sie sich dann durch die Menge schoben, stand der Mann plötzlich vor ihr, keine Armlänge entfernt. Er war schnell und schlängelte sich durch die Menge, geschmeidig wie ein Hai im Wasser. Nicht besonders groß, aber kräftig und zu allem entschlossen. Und außer sich vor Wut.

Charlotte stöhnte auf vor Angst und zerrte an Jacksons Hand. Doch der verstand nicht und zog sie weiter hinter sich her. Ihre Hand rutschte ab, und im Bruchteil einer Sekunde wurde sie mitgerissen, von der Menschenmenge weggespült. Die Leute wollten mit ihr reden, sie zu ihrem Auftritt beglückwünschen, aber sie drehte sich panisch um und versuchte, sich den Weg zum Ausgang zu bahnen. Außer sich vor Angst konnte sie nichts anderes mehr denken als *Nur weg*. Von allen Seiten drängten sich lachende Gesichter heran, aber sie hörte den schweren Atem ihres Verfolgers, und einmal spürte sie sogar seine Hand an ihrer Schulter, die nach ihr griff.

Starr vor Schreck schaute sie sich um, und da war er direkt hinter ihr, höhnisch grinsend, und es war ihm offensichtlich vollkommen egal, dass jeder ihn sehen konnte.

Die Menge lichtete sich, und sie riss sich los und fiel in ihrer Hast fast hin. Das schwere Kleid wickelte sich um ihre Beine, und sie schluchzte auf vor Verzweifelung und Angst. Der Stalker zischte ihren Namen, und dann war er über ihr, stieß sie mit einem Hechtsprung zu Boden, und ein stechender Schmerz in der Seite ließ sie aufschreien.

Der Aufprall verschlug ihr den Atem, und für einen Augenblick spürte sie nichts als nackte Panik, blinde, geradezu animalische Angst. Hastig versuchte sie, wieder auf die Füße zu kommen, aber ihr Angreifer nagelte sie mit seinem ganzen Gewicht am Boden fest. Der Club bestand nur noch aus zuckenden, wirbelnden Lichtern, schreienden Gesichtern und dem alles übertönenden irren Gebrabbel des Mannes, der versuchte, sie umzubringen.

»Miststück, Miststück, Miststück …«

Und dann wurde er weggezerrt, und mit tränenverschleiertem Blick sah Charlotte Jacksons Gesicht, wutverzerrt, und er riss den Arm des Mannes nach hinten und drosch wie ein Wahnsinniger auf sein Gesicht ein, bis der Angreifer zusammenbrach. Hinter Jackson standen zwei Polizisten, und als sie sich aufrappelte und schließlich auf die Knie kam, sah sie, wie die Türen des Clubs aufflogen und weitere Beamte hereingelaufen kamen.

Und dahinter natürlich die unvermeidlichen Kameras.

*

Man hätte angenommen, die Polizei würde den Club räumen, den Laden dichtmachen, überall Absperrband spannen und eine gründliche Untersuchung anleiern, aber das hier war New Orleans. Hier wurden Menschen tagtäglich Opfer schwerer Gewaltverbrechen, und so wurde der Kerl bloß festgenommen und aufs Polizeirevier gebracht, während Charlotte wieder auf die Bühne stieg und unter allgemeinem Beifall das Set beendete. Kameras surrten, und der Clubbesitzer kam wohl zu dem Schluss, dass die Werbewirkung für seinen Laden die Kosten für den Glasbruch bei Weitem wieder wettmachte.

Der stechende Schmerz in ihrer Seite rührte vom Versuch ihres Angreifers her, ihr ein kurzes Jagdmesser zwischen die Rippen zu rammen, aber der Teufel steckte auch hier wie immer im Detail, und so hatte die Perlenstickerei des Kleides die Klinge abgleiten lassen.

»Ich sage dir, Couture kann Leben retten.« Kat war kreidebleich und ganz aufgekratzt. »Was, wenn du nicht so ein unglaubliches Kleid getragen hättest? Du könntest tot sein!«

Trotz allem musste Charlotte lachen. Sie würde einen riesengroßen blauen Fleck auf den Rippen bekommen, und das Kleid hatte einige seiner Perlen eingebüßt, aber sie waren beide wesentlich glimpflicher davongekommen, als man eigentlich hätte zu hoffen wagen dürfen.

Charlotte schaute sich den Mann an, der da gerade abgeführt wurde, schreiend und tobend, ihr Vater habe sein Leben ruiniert und ihm alles Geld gestohlen. Sie hatte ihn noch nie gesehen, noch nie getroffen, und doch hatte er sie umbringen wollen, hatte sie anscheinend den ganzen Weg von New York bis hierher verfolgt. Es war einfach unbeschreiblich traurig.

Die Polizei bat sie, nach Ende des Konzerts zum Revier zu kommen, um ihre Aussage zu machen, und nun war sie auf dem Weg dorthin und saß zusammen mit Kat, die immer noch plapperte wie ein Wasserfall, auf dem Rücksitz eines Taxis. Wenn auch ziemlich erschüttert und waidwund, war sie doch schrecklich erleichtert, dass nun alles vorbei war. Vielleicht würde ja jetzt endlich so etwas wie Alltag einkehren.

In ihrer Tasche, die neben ihr auf dem Sitz lag, vibrierte unbemerkt ihr Handy.

Das war knapp, Miststück.

Fast wäre mir einer zuvorgekommen.

Aber am Ende werde ich es sein, der dich erledigt.

Ein Alltag, wie sie ihn sich wünschte, war noch längst nicht in Sicht.

*

Wer auch immer hinter der Charlotte-Williams-ist-Abschaum-Seite im Netz steckte, für den Kerl war der Vorfall ein gefundenes Fressen. Am nächsten Tag hatte er Fotos von ihrem Angreifer online gestellt, Fotos von Charlotte, wie sie die Polizeiwache betrat, Fotos von ihr, wie sie wieder herauskam, Fotos vom Club – das ganze Programm.

»Charlotte Williams entgeht knapp der gerechten Strafe!«

»Beinahe hätte unsere liebe Charlotte gestern Abend in einem Nachtclub in New Orleans ihre gerechte Strafe bekommen. Die Polizei vor Ort hat den Mann, der versucht hat, Charlotte abzustechen, als Gavin Albert Paddoray identifiziert, und wir von der Schlampenwacht wünschen ihm alles Gute für weitere eventuelle Versuche, falls sich mal wieder die Gelegenheit ergibt. Charlotte scheint ein weiteres Mal auf die Füße gefallen zu sein und singt nun bei einer bekannten New Orleanser Band; wohl ein erneuter Versuch zu verschleiern, dass sie die Brut eines diebischen Parasiten und eine fiese, widerliche Hure von einer Schlampe ist.«

Die neuen SMS ihres alten Stalkers hatte Charlotte gesehen, als sie noch bei der Polizei war, und der zuständige Beamte hatte pflichtbewusst alles notiert.

»Die könnte Paddoray Ihnen auch geschrieben haben. Sie wissen doch, wie oft SMS mit erheblicher Verspätung ankommen. Nur keine Panik, Sie sollten jetzt nicht gleich annehmen, dass da draußen noch jemand herumläuft, der Ihnen ans Leder will, okay? Meistens wollen diese Irren ihrem Opfer ohnehin bloß Angst machen.«

»Er aber nicht.« Wobei sie mit dem Kinn in Richtung Paddoray wies, der inzwischen wirres Zeug brabbelte, er sei der Engel des Todes – oder wahlweise auch Marlene Dietrich, er nuschelte und war nur schwer zu verstehen. »Und diese Nachrichten beziehen sich doch eindeutig auf ihn, also wird er sie wohl kaum selbst geschrieben haben.« Es erschütterte sie bis ins Mark, dass offensichtlich nicht nur einer, sondern gleich zwei Menschen in dem Club ihr den Tod gewünscht hatten.

Der Polizist zuckte bloß die Achseln. Allein im vergangenen Jahr hatte es in New Orleans über einhundertfünfzig Morde gegeben, die Hälfte davon am helllichten Tag. Der Beamte hatte Dinge gesehen, die er nie für möglich gehalten hätte. Die Stadt war reich an Kultur, Geschichte und menschlichen Absonderlichkeiten. Er träumte davon, in eine ruhigere Gegend versetzt zu werden, Bagdad beispielsweise.

Kapitel 29

Ein paar Tage später saß Charlotte an einem Mahagonitisch, so groß wie ein ganzer Zwergstaat, und kam allmählich zu dem Schluss, dass die Begegnung mit einem messerbewehrten Irren womöglich angenehmer sein konnte als die mit Mrs. Karraby.

Kat hatte recht gehabt. Nachdem ihre Mutter von ihrem Mann und ihrer Tochter, ganz zu schweigen von den Medien, alles über Charlotte erfahren hatte, was es zu wissen gab, hatte sie ultimativ nach einer Audienz verlangt. Aber statt sie einfach zum Kaffeetrinken einzuladen, veranstaltete Leila Karraby gleich eine kleine Dinnerparty. Und unter klein verstand sie, wie sich schnell herausstellte, eine Gesellschaft von zwanzig Gästen, aber Charlotte war von Kat vorgewarnt worden und hatte sich entsprechend in Schale geworfen. Um genau zu sein, hatte sie sogar sämtliche Register gezogen, und an Jacksons (den sie als ihren Begleiter mitgebracht hatte) entzücktem Gesichtsausdruck konnte sie unschwer erkennen, dass sich die Mühe gelohnt hatte.

Sie trug ein blassgrünes Abendkleid von Armani, das ihr bis zur Mitte der Waden ging, aus sehr feinem, anschmiegsamem Seidenjersey. Dazu passende schlichte Schuhe, die Haare zu einem tief angesetzten, glatten Knoten hochgesteckt. Ihr Make-up war dagegen etwas gewagter. Schillernder Lidschatten in Grün und Blau, der wie Pfauenfedern schimmerte, brachte das dunkle Grün ihrer Augen zur Geltung, und ein winziger Hauch Glimmer funkelte auf ihren Wimpern. Der Lippenstift war zart, aber perfekt aufgetragen, und ließ ihre Augen noch größer erscheinen. Von hinten sah sie aus wie ein eleganter Schwan, aber wenn sie sich umdrehte und man ihren Blick sah, glaubte man, ein wesentlich exotischeres Geschöpf vor sich zu haben.

Mrs. Karraby bewunderte die Wirkung aus der Ferne und schaute zu, wie die neue Freundin ihrer Tochter anmutig mit den anderen Gästen plauderte. Für die meisten Menschen war Leila Karraby ein Rätsel. Bildschön, unnahbar und elegant, kultivierte sie eine distanzierte Art, mit der sie die meisten Leute abschreckte und auf Abstand hielt. Es war ihr so sehr zur zweiten Natur geworden, dass sie damit bisweilen sogar ihren Liebsten eine Heidenangst einjagte. Aber gleichzeitig war sie auch für ihre kompromisslose Hilfsbereitschaft ihren ärmeren Nachbarn gegenüber bekannt, und dafür, dass sie ihre wohlhabenden Freunde gelegentlich rüffelte, wenn die in ihren Augen nicht genug für das Allgemeinwohl taten. In den ersten, schrecklichen Nächten, als die Dämme gebrochen waren, hatte Leila Karraby Boote organisiert, um die Menschen von den Hausdächern zu holen, und hatte in ihrem eigenen Haus zehn obdachlos gewordene Familien untergebracht. In den darauffolgenden Tagen war sie unter den Ersten gewesen, die sich in den noch immer überschwemmten Ninth Ward gewagt hatten, um zu retten, wer und was noch zu retten war, lange bevor die offiziellen Hilfskräfte eintrafen – zu wenige, zu spät – und sie daran hinderten, weiterzumachen. Sie hatte von der Sonne aufgedunsene Leichen abgedeckt, jede mit Datum und Zeit versehen und vorher in ihre Gesichter geschaut in der Hoffnung, so vielleicht später einer trauernden Familie Gewissheit über das Schicksal eines Angehörigen verschaffen zu können. Und sie hatte unermüdlich herumtelefoniert und jeden, den sie entlang der Golfküste kannte, so lange bearbeitet, bis sie in die Puschen kamen und mit anpackten. Sie selbst sprach nicht darüber, nur sehr selten, aber in vielen Vierteln von New Orleans, in die sich wohlhabende Einwohner nur selten verirrten, redete man mit liebevollem Respekt über sie.

Jackson wusste das alles nur zu gut und hatte sie beim Hereinkommen zur Begrüßung herzlich umarmt. Leila trug ein tiefrotes Samtkleid, und die dunklen Haare fielen ihr locker bis auf die Schultern, und zum sicher hundertsten Mal fiel Jackson auf, wie ähnlich sie und Kat sich sahen. Eine ganze Weile unterhielten sie sich über die Wiederaufbauarbeiten und was er seit der Highschool gemacht hatte, und dann senkte Leila die Stimme und fragte ihn nach Charlotte.

»Katherine hat mir erzählt, ihr beide seid bereits miteinander verbandelt.«

Worauf Jackson etwas errötete. Er kannte Mrs. Karraby seit der Grundschule, und für ihn war sie immer noch die Mutter einer Klassenkameradin. »Na ja, ja. Sie ist ganz anders, als man denkt.«

»Und was denkt man?«, fragte Leila spitz.

»Dass sie ein verwöhnter Fratz ist. Verzogen. Oberflächlich.« Er schaute zu, wie Charlotte sich am anderen Ende des Raums mit Kat unterhielt. »Ihr ganzes Leben ist aus den Fugen geraten, und ich finde, sie hält sich wirklich sehr tapfer.« Mit funkelnden Augen schaute er Mrs. Karraby an. »Manchmal werden wir durch schlimme Erlebnisse bessere Menschen. Das würden Sie doch sicher unterschreiben.«

Sie bedachte ihn mit einem flüchtigen Lächeln. »Wenn jemand Rückgrat hat, dann zeigt sich das oft erst in schweren Zeiten. Wenn nicht, zeigt sich das meist sehr viel schneller.«

Liebevoll beobachtete sie ihre Tochter. »Ich habe Angst um Kat. Natürlich wünsche ich mir, dass sie neue Freunde findet, aber ich will nicht, dass ihr jemand wehtut.«

Jackson nickte zustimmend. »Ich glaube, Kat ist stärker, als Sie glauben.«

Worauf Leila anmutig mit den Schultern zuckte. »Möglich. Aber ich bin ihre Mutter, also will ich sie immer beglucken, ob es nun nötig ist oder nicht.«

Beim Essen saß sie Charlotte am Tisch gegenüber und eröffnete ohne große Umschweife das Kreuzverhör.

»Also, Charlotte, wie ich hörte, haben Sie in Yale studiert? Warum haben Sie Ihr Studium hingeworfen?«

Charlotte holte tief Luft und nippte an ihrem Wein. Selbstredend waren sämtliche Gespräche in ihrer Nähe schlagartig verstummt, und so beantwortete sie die Frage nicht nur für Leila Karraby, sondern für sämtliche anwesenden Dinnergäste. Na ja, sie konnte schließlich nicht behaupten, sie sei nicht gewarnt gewesen.

»Ich habe mich beurlauben lassen. Der Dekan hat mir großzügigerweise gestattet, mir wegen des meinen Vater betreffenden Rechtsfalls eine Auszeit zu nehmen. Wenn erst mal klar ist, wie es weitergeht, kann ich mich entscheiden, ob ich mein Studium wieder aufnehmen möchte.«

»Und Sie studieren Jura?«

Charlotte nickte.

»Welch Ironie des Schicksals.« Leilas Stimme klang vollkommen unbeteiligt.

Wieder nickte Charlotte. Am anderen Ende des Tischs runzelte Kat die Stirn und versuchte verzweifelt, den Blick ihrer Mutter auf sich zu lenken.

Ihr Vater, der das merkte, nahm ihre Hand, drückte sie sanft und flüsterte ihr ins Ohr: »Deine Mutter nimmt Charlotte nur in die Mangel, weil sie Angst um dich hat, Baby. Um dich zu schützen. Und dagegen kannst du rein gar nichts ausrichten. Also kannst du genauso gut noch ein Glas Wein trinken und das Spektakel in Ruhe aus der Ferne betrachten.« Er lachte leise. »Ich habe den Verdacht, unsere Miss Williams kann sehr gut selbst auf sich aufpassen.«

Leilas Granatcollier funkelte im Kerzenlicht und spiegelte die Farbe des Rotweins in den Kristallkelchen auf ihrem perfekt gedeckten Tisch wider. »Und nun arbeiten Sie bei meinem Mann in der Küche?«

»Genau. Das ist eine ganz neue Erfahrung für mich.«

»Das kann ich mir lebhaft vorstellen.«

»Aber eine gute. Bisher habe ich in meinem Leben nicht viel tun müssen. Weshalb ich regelrecht erleichtert war, als ich festgestellt habe, dass ich durchaus auch dazu in der Lage bin, etwas Konstruktives zu tun.«

Was Leila ein kleines Lächeln entlockte. Ein Punkt für Charlotte. »Ihre Mutter war Jackie Williams. Eine zeitlose Schönheit.«

Charlotte senkte den Kopf. »Danke.«

»Sie kommen sehr nach ihr.«

»Das ist ein sehr großes Kompliment.«

»Möchten Sie auch Model werden?«

»Nein.«

»Sie sind gerade erst aus Paris zurückgekommen, stimmt das?«

»Ja. Ich habe ein Jahr an der Sorbonne studiert.«

»Weil Sie in Yale ein Gebäude in Brand gesteckt haben?«

Charlottes Hand wackelte leicht, aber sie schaffte es, nichts zu verschütten. *Dreck.* Kats Mutter hatte sie mit ihrer freundlichen Art eingelullt und sie völlig auf dem falschen Fuß erwischt. Tief durchatmen.

Sie zwang sich zu einem schiefen Lächeln. »Das haben Sie also auch schon gehört? Ja, leider habe ich mich von Liebeskummer und einem gebrochenen Herzen zu einer wirklich miserablen Racheaktion hinreißen lassen. Zum Glück wurde niemand verletzt.«

»Und Ihr Vater hat das Gebäude wieder aufbauen lassen.«

»Ja, aber ob die Universität nun weiterhin den Namen eines stadtbekannten Betrügers über der Tür des Politikwissenschaftstrakts lassen will, sei dahingestellt.«

Worauf Leila zu ihrer Überraschung laut auflachte. »Ja, obwohl das doch irgendwie sehr passend wäre. Schließlich sind Politiker auch nicht gerade für ihre Integrität bekannt.«

Charlottes Gesicht wurde todernst. »Trotz allem, was Sie womöglich gelesen haben, ist mein Vater auf seine Art ein ehrlicher Mann. Ich nehme an, dass der plötzliche Tod meiner Mutter ihn aus der Bahn geworfen hat. Er wird für das geradestehen, was er getan hat, und ich hoffe, die meisten Betroffenen werden ihr Geld zurückbekommen.«

Leila konnte unschwer erkennen, dass sie Charlotte gekränkt hatte. Aber für den Moment ließ sie es dabei bewenden. »Wobei dann wohl am Ende für Sie nicht mehr viel übrig bliebe.«

Charlotte verzog das Gesicht. »Darf ich ganz ehrlich sein, Mrs. Karraby?« Die übrigen Gäste spitzten die Ohren.

»Natürlich.«

»Dieses ganze Geld hat mich nicht glücklich gemacht. In der vergangenen Woche habe ich mehr wahres Glück und Freude und Zufriedenheit erlebt als je zuvor in meinem Leben. Und das, obwohl ich tätlich angegriffen wurde und man mich umbringen wollte. Vielleicht sage ich das so, weil ich noch gar nicht richtig begriffen habe, was passiert ist, und vielleicht wird der Reiz des Neuen am Armsein sich auch schnell verlieren, wenn es erst mal zum Dauerzustand wird, aber augenblicklich habe ich das Gefühl, ein echtes Glückskind zu sein.« Und mit einem Grinsen zu Kat am anderen Ende des Tischs fuhr sie fort: »Allein, dass ich Ihre Tochter kennengelernt habe, war ein unglaublicher Glücksfall für mich; mit das Beste, was mir je passiert ist, und es hat mich keinen Penny gekostet.«

Leila war beeindruckt, wollte sich aber nichts anmerken lassen. »Tja, Miss Williams, dann hoffen wir mal, dass das auch so bleibt.«

Charlotte hob ihr Glas. »Darauf möchte ich trinken, Mrs. Karraby.«

Und urplötzlich lächelte ihre Gastgeberin sie strahlend an. »Nenn mich doch Leila.«

*

Nach dem Dinner umkreisten Leila und Charlotte einander vorsichtig. Da es bloß eine »kleine« Gesellschaft war, gab es nur einen einzigen Desserttisch, der gleich neben dem Esszimmer im Wintergarten aufgebaut war. Zum Glück war Charlotte keine Naschkatze, sonst wäre womöglich ihr Reißverschluss geplatzt. Profiteroles waren zu einer perfekten Pyramide aufgetürmt und konkurrierten mit einem Berg Erdbeeren, die vor Frische glitzerten und drohten, in den Sahnebottich nebenan zu kullern, um den Titel des höchsten Desserts. Außerdem gab es natürlich einen Pecan Pie und eine Zitronen-Meringue-Torte für die, die Süßes lieber mit einer säuerlichen oder pikanten Note mochten. Jackson und Kat hatten Charlotte schon dazu beglückwünscht, den Tisch heil und in einem Stück verlassen zu haben.

»Wow, meine Mutter scheint dich wirklich zu mögen.« Zum ersten Mal an diesem Abend wirkte Kat entspannt. »Ich hatte die Hosen voll.«

»Sie mag mich? Was wäre denn passiert, würde sie mich nicht mögen?« Charlotte freute sich, dass ihre Freundin glücklich war, hatte aber noch an einigen von Leilas spitzen Bemerkungen zu knabbern.

»Ach, dann wäre sie viel netter zu dir gewesen.« Seufzend beäugte Kat den Desserttisch. »Weißt du, ich habe wirklich Schwein, dass die Frauen früher ein bisschen fülliger waren und ich auf Vintage-Klamotten stehe, so fallen die fünf Kilo, die ich dank meiner Mutter zu viel auf den Rippen habe, nicht so auf.« Und damit klatschte sie schwungvoll noch einen dicken Klecks Schlagsahne auf ihren Pecan Pie.

Mit einem Blick auf ihre gertenschlanke Freundin musste Charlotte lächeln. »Ich finde, du bist genau richtig«, sagte sie, und eine Stimme hinter ihr stimmte ihr zu.

»Ein bisschen zu dünn vielleicht, aber das scheint ja heutzutage in Mode zu sein.« Von Nahem war Leila Karraby noch schöner anzusehen, und sie und Charlotte bedachten einander mit einem Blick unverhohlener Anerkennung.

»Hat meine Tochter dir dieses Kleid ausgesucht, Charlotte, oder ist das deins?«

»Das gehört mir, Mrs. Karraby, aber Kat hat in ihrem Laden wirklich eine fantastische Sammlung. Sie müssen sehr stolz auf sie sein.«

Kat schnaubte abfällig. »Sie glaubt, das ist bloß ein kleines Hobby.«

Worauf Leila kritisch die Stirn runzelte. »Zu Anfang womöglich, Katherine, aber das sehe ich längst nicht mehr so. Du stehst auf eigenen Beinen und schlägst dich hervorragend, und du hast immer das getan, woran dein Herz hängt. Mehr könnte sich eine Mutter gar nicht wünschen, wenn ich ganz ehrlich bin. Du bist glücklich, also bin ich es auch.« Dann lächelte sie Charlotte an. »Ich nehme an, deine Mutter wäre auch glücklich, wenn sie sehen könnte, wie gut du diese schwierige Situation meisterst. Es tut mir sehr leid, sollte ich eben beim Essen etwas spitz gewesen sein. So bin ich einfach. Im Grund genommen finde ich es wirklich beeindruckend, wie ruhig du in diesem ganzen Durcheinander bleibst.«

Zu ihrem eigenen Erstaunen spürte Charlotte plötzlich, wie ihr die Tränen über die Wangen liefen. Sollten Leila und Kat das bemerkt haben, so waren sie taktvoll genug, es nicht anzusprechen. »Na ja, ich hoffe, sie wäre stolz auf mich. Aber wenn sie noch da wäre, dann wäre das alles sicher niemals passiert.« Auf einmal fiel ihr wieder ein, wie die Freundin ihrer Mutter ihr von Jackies sehnlichem Wunsch nach einer großen Familie und vielen Kindern erzählt hatte; ein Traum, den auch ihr Vater im Gefängnis angesprochen hatte. »Auf jeden Fall müsste ich das alles nicht ganz allein durchstehen.«

Leila drückte ihr herzlich die Hand. »Solltest du jemals Hilfe brauchen, während du in New Orleans bist, einen Anwalt oder jemanden, der dir mit der Presse hilft, sag einfach Bescheid. Es gibt kaum jemanden in dieser Stadt, den ich nicht kenne.«

»Oh, vielen Dank, Mrs. Karraby. Ihre Familie ist mir ohnehin schon eine große Hilfe gewesen. Allein Ihr Mann war so unglaublich großzügig und entgegenkommend.«

»Und vergiss nicht, ich bin mit dir bei Target gewesen«, bemerkte Kat schmollend.

Charlotte grinste. »Sollte Kat je eine Niere brauchen, weiß sie, an wen sie sich wenden kann.«

»Ich werde es mir merken. So, und jetzt trinke ich noch was. Wenn das so weitergeht, brauche ich wohl eher eine Spenderleber.«

Charlotte spürte, dass jemand sie ansah, und als sie aufschaute, stand Jackson da auf der anderen Seite des Raums und sah sie an. Mit hochgezogenen Augenbrauen guckte er zu ihr rüber, und sie entschuldigte sich bei Mrs. Karraby und ging zu ihm.

»Wie geht's dir? Alles in Ordnung?«

Als Antwort nickte Charlotte kurz und stellte sich auf die Zehenspitzen, um ihm einen Kuss zu geben.

Mit gesenkter Stimme murmelte er: »Weißt du was, da hinten steht ein Typ, dem gehört ein Radiosender hier in der Stadt. Ich versuche gerade, all meinen Mumm zusammenzunehmen und rüberzugehen und ihn auf unsere Musik anzusprechen.« Er nippte an seinem Drink. »Aber ich glaube, erst muss ich mir noch ein bisschen Mut antrinken.«

Charlotte strahlte. »Wie wär's mit einer kleinen improvisierten Gesangseinlage?« Sie wollte ihm so gerne helfen, weil sie gerade entdeckt hatte, wie viel Spaß es machte, etwas Sinnvolles zu tun. »Unsere Gastgeberin hätte bestimmt nichts dagegen.«

Er grinste breit. »Einen Klassiker oder was von unseren eigenen Stücken?«

»Hey, deine Stücke sind Klassiker, wenn auch die von morgen.«

Gemeinsam gingen sie zum Piano, einem wunderschönen Steinway-Flügel, der bereits geöffnet dastand.

»Fangen wir mit was Bekanntem an. Wie wäre es mit ›Summertime‹? Aber mehr Ella als Janis, okay? Und dann katapultieren wir uns ein bisschen vorwärts in der Zeit und machen mit der allseits beliebten Ms. Jones weiter. Vielleicht ›Don't Know Why‹, und dann den neuen Song, den du mir neulich beigebracht hast.«

Er beugte sich zu ihr herunter. »Okay, aber nicht, dass wir es nachher auf dem Flügel machen.«

Lächelnd schaute sie ihm in die Augen. »Auf dem Flügel? Das würde ich nie wagen. Vielleicht nachher zu Hause.«

Und mit diesen unanständigen Gedanken im Kopf spielte er die ersten Akkorde des Gershwin-Klassikers.

Zunächst achtete kaum einer auf sie, wohl weil alle annahmen, das gehöre zum Rahmenprogramm des Abends, aber als Charlotte anfing zu singen, verstummten die Gespräche. Ihre Stimme war nicht einfach bloß gut. Nein, sie hatte etwas so Intimes, Kraftvolles, dass sie ihre Zuhörer auf der Stelle fesselte. Jeder, der sie hörte, hatte das Gefühl, als sänge sie nur für ihn, und freute sich doch zur selben Zeit, dass die anderen ihr auch lauschten. Kat, die vom Gartenzimmer aus zuhörte, lächelte.

Als der Klassiker zu Ende war, interpretierte Charlotte den bekannten Hit von Norah Jones auf ihre Art neu. Sie hatte eine tiefe Stimme, die knurren und fauchen konnte, aber dieses Lied sang sie schnörkellos und zuckersüß und ganz ohne den Schmerz und die Untertöne, die bei »Summertime« angeklungen waren. Und dann, als ihren Zuhörern warm und verträumt zumute war, stimmten sie und Jackson schwungvoll »Fire and Ice« an, den Song, den er geschrieben hatte, und augenblicklich prickelte die Luft. Jackson sang die Harmonien mit, und der pikante Text und die flotte Modulation ließen die Leute in den Hüften mitschwingen.

Lauter Applaus brandete auf, als sie fertig waren, und ein Mann steuerte schnurstracks auf Jackson zu und zeigte mit dem Finger auf ihn.

»Der letzte Song ist ein todsicherer Radiohit, junger Mann. Haben Sie den schon aufgenommen?«

Worauf Jackson grinste und den Kopf schüttelte. Der Mann streckte die Hand aus, und Leila Karraby trat dazu, um die beiden miteinander bekannt zu machen.

»Ben Albrecht, das ist Jackson Pearl. Seine Band, die Pearly Kings, sind momentan sehr angesagt in der Stadt, wie du sicher weißt.«

Der Mann grinste übers ganze Gesicht. »Natürlich. Wundert mich, dass wir uns nicht schon früher begegnet sind. Ihre Band ist wirklich sehr beliebt, junger Mann.«

»Danke, Mr. Albrecht. Wir haben eine Menge Spaß zusammen auf der Bühne.«

»Nennen Sie mich doch bitte Ben, sonst fühle ich mich so alt. Und diese reizende junge Dame ist …?«

»Ich bin Charlotte Williams.« Sie lächelte dem Mann freundlich zu, wandte aber dann schnell den Blick ab. Unter keinen Umständen wollte sie irgendwie Aufmerksamkeit erregen. Schon irgendwie komisch. Wenn sie sang, fühlte sie sich sicher und geschützt, aber hinterher kam sie sich immer besonders angreifbar und verletzlich vor. Zum Glück schien Jackson gar nicht zu wissen, was Lampenfieber war, und sie war heilfroh, dass er für sie das Reden übernahm. Sie standen dicht nebeneinander vor dem Flügel, und hinter ihrem Rücken nahm er ihre Hand und schob seine Finger zwischen ihre. Und gleich entspannte sie sich.

Leila war wirklich eine mustergültige Gastgeberin. »Ben gehört der größte Radiosender in Louisiana, Jackson, aber das weißt du sicher selbst.«

»Nicht bloß in Louisiana, mein Herz, sondern an der gesamten Golfküste. Nehmt diesen Song auf und bringt ihn mir morgen vorbei, und ich verspreche euch, wenn die Leute von der Arbeit nach Hause fahren, läuft er schon im Radio.«

»Das wäre fantastisch!«, rief Jackson begeistert. »Aber wir haben noch kein Plattenlabel. Ist das schlimm?«

»Für mich nicht. Das kann nicht lange dauern, Junge, wenn ihr erst mal im Radio lauft. Aber ihr solltet zusehen, dass es den Song bei iTunes gibt oder so, zum Runterladen. Dann sorge ich dafür, dass der Link auf unserer Seite erscheint. So bekommt ihr schon mal einen guten Start, und ich kann damit angeben, dass ich euch entdeckt habe, wenn ihr euren ersten Grammy mit nach Hause nehmt.« Sein Blick blieb an Charlotte hängen. »Und ihr solltet ein paar Bilder machen. Sie ist ein gutes Verkaufsargument. Aber das weißt du sicher selbst.«

Ein etwas unbehagliches Schweigen entstand, das Leila dann brach. »Charlotte ist gerade erst aus New York hierher gezogen, Ben.«

»Ach, wirklich?« Sein Blick hing immer noch an ihr, und es schien so etwas wie Hunger in seinen Augen zu liegen. Charlotte kannte diesen Blick nur zu gut. Manchmal waren Freunde ihres Vaters zu ihnen nach Hause gekommen und hatten sie genauso angesehen. Das kleine Mädchen, das sie immer übersehen hatten, hatte sich zu einer attraktiven jungen Frau gemausert, und es fiel ihnen nicht leicht, umzuschalten. Zumindest war das eine der netten Erklärungen für ihr Verhalten.

Dann tauchte Kat neben ihr auf und strahlte den Radiobesitzer an. »Guten Abend, Mr. Albrecht. Charlotte, dürfte ich dich einen Moment entführen?« Entschlossen führte sie Charlotte von ihm weg und flüsterte ihr ins Ohr: »Graust es dich bei dem fiesen Opa? Komm mit hoch, ich zeige dir mein Zimmer.«

Charlotte war heilfroh, dass Kat sie gerettet hatte. Ohne eine Frau im Haus hatte Charlotte bei den Partys ihres Vaters oft in die Rolle der Gastgeberin schlüpfen müssen. Zum Glück hatte er nur selten Partys gefeiert, aber wenn, dann wurde von ihr erwartet, dass sie ihre Rolle spielte und ihre Pflichten erfüllte. Wobei das gerade in den letzten Jahren oft bedeutet hatte, unerwünschte Avancen von Männern, die ihre Väter sein könnten, abzuwehren oder so zu tun, als sei die Hand, die viel zu lange auf ihrer Wange ruhte, eine onkelhafte und keine unanständige Geste. Erst seit ihre Welt zusammengebrochen war, ging ihr auf, wie schwierig das manchmal für sie gewesen war, wie sehr sie sich bemüht hatte, über allem zu stehen und sich nichts anmerken zu lassen. Seit sie in den Süden gekommen war, kam es ihr vor, als hätte sie eine schützende Hautschicht abgestreift, und vieles, was sie sonst einfach abgetan hätte, ging ihr nun sehr nahe. Zum Glück schien Kat das wohl zu ahnen.

Kats Zimmer war ganz oben unter dem Dach. »So konnte ich auf alle herabschauen«, erklärte sie lachend. »Janeys Zimmer ist viel größer, und sie hatte ein eigenes Badezimmer, aber ich finde es hier viel schöner. Mit vierzehn habe ich meine Mutter so lange bequatscht, bis ich sie endlich überredet hatte, mich hierher nach oben ziehen zu lassen. Und keinen Augenblick zu früh. Aber ich komme immer noch gerne hierher zurück.«

»Kann ich gut verstehen«, sagte Charlotte und schaute sich staunend um. Der Raum war früher wohl mal der Dachboden gewesen und hatte steile Dachschrägen und Gaubenfenster, die in regelmäßigen Abständen ins Dach eingelassen waren. Vor jedem war ein kleiner Sitzplatz, und die Kissen darauf waren mit alten Stoffen in Gelb- und Orangetönen bezogen. Selbst jetzt, im Halbdunkel der Abenddämmerung, schien es sonnig und einladend. Die breiten dunklen Mahagoniholzdielen waren auf Hochglanz poliert, und darauf lagen Flickenteppiche in den verschiedensten Farben. Ein altes, gelb gestrichenes Eisenbett stand schräg in einer Ecke, und die altmodische gewebte cremefarbene Baumwolldecke verlieh dem Bett etwas Zeitloses. Die Stofftiere stammten eindeutig von Kat – kleine Trolle drängten sich neben »My Little Pony«-Figürchen im Regal, und alles in allem sah es eindeutig nach einer Kindheit in den frühen Neunzigerjahren aus.

»Mein Gott, das musste ich damals unbedingt haben!«, rief Charlotte und stürzte sich auf ein Beanie Baby in Form eines Einhorns. »Aber meins war lila.«

Kat lächelte. »Ich war mehr der Barbie-Fan, wie man sieht.« Über die gesamte Länge einer Wand erstreckte sich ein langes Regalbrett, auf dem schätzungsweise hundert Barbies in den unterschiedlichsten Aufmachungen und Kostümierungen standen und saßen. Das musste Charlotte sich unbedingt genauer ansehen.

»Wo hast du denn die ganzen Kleider her? An so tolle Teile kann ich mich gar nicht mehr erinnern.«

»Die Klamotten, die sie ursprünglich mal anhatten, müssen hier auch noch irgendwo rumfliegen, aber ich war Ebayerin der ersten Stunde und habe viele meiner einsamen Teenie-Jahre damit zugebracht, die Puppen mit Vintage-Garderobe auszustaffieren und mit anderen Barbie-Fanatikern handgenähte Kleider zu tauschen.« Sie machte ein gespielt trauriges Gesicht. »Ich hatte keine beste Freundin, mit der ich Verkleiden spielen konnte, also waren die Plastikladys da meine einzige Gesellschaft.« Sie lachte beim Gedanken daran. »Wobei ich ohnehin nicht weiß, ob echte Mädels meinen wilden Stil-, Stoff- und Mustermix so klaglos ertragen hätten wie Barbie.« Womit sie auf eine der Puppen wies, die unter einem Schottenröckchen und einem Herrenhemd mit Rüschen eine Vinyl-Leggins trug. »Das war mal Kens Hemd.«

Charlotte schaute sich staunend um. »Ich habe Ken noch gar nicht gesehen. Wo ist er abgeblieben?«

»Er hat Barbie so lange bedrängt, ihm einen zu blasen, bis sie ihn kurzerhand abgemurkst hat.«

»Wow!«

»Na ja, ich meine, schau sie dir doch an. Die lässt sich doch von Männern nichts bieten, oder?«

»Wahrscheinlich nicht. Und wo hat sie die Leiche vergraben?«

»Unter dem Strandhaus, wo denn sonst?«

»Aber mal ehrlich, du hast gar keine Kens – macht es dir keinen Spaß, Männer zu stylen?«

Eine kleine Pause entstand. »Ähm … Männer machen mir generell keinen Spaß, wenn du verstehst, was ich meine.« Kat lächelte sie freundlich an, aber Charlotte verstand nicht, was sie damit andeuten wollte.

»Wie meinst du das? Mit Jackson bist du doch auch befreundet. Und mit den Jungs in der Küche.«

Seufzend legte Kat einen Finger auf die Lippen. »Hmmm, wie kann ich mich noch deutlicher ausdrücken? Ich. Bin. Homosexuell. Ich mag Männer als Freunde, aber hingezogen fühle ich mich ausschließlich zu Frauen. Ich finde Frauen viel inspirierender, und ich stehe auf Frauenkleider und darauf, wie wir darin aussehen, also style ich lieber Frauen. Aber ich könnte auch Männer stylen, wenn's drauf ankommt. Ist mir bloß noch nie in den Sinn gekommen.«

»Ach so. Du bist lesbisch.«

Kat kicherte. »Jetzt hast du es kapiert. Noch ein Grund, weshalb ich in der Schule nicht sonderlich beliebt war, auch wenn die Leute heute, wenn ich ihnen begegne, alle tun, als wären sie damals schon total cool und hip gewesen. Waren sie aber nicht.«

»Menschen können solche Flachwichser sein.«

»Wohl wahr.«

»Wissen es deine Eltern?«

Kat nickte, dann schüttelte sie den Kopf. »Ja … und nein. Mein Dad weiß es explizit, und meine Mom insgeheim, aber wir haben nie gemeinsam darüber gesprochen. Ich glaube, sie machen sich meinetwegen Sorgen. Für Eltern ist es einfacher, wenn die Kinder stinknormale Feld-, Wald- und Wiesen-Heteros sind, stimmt's? Ich bin das Kind, das ›anders‹ ist, aber sie geben sich große Mühe. Meine Mutter hatte auf dem College eine lesbische Freundin, soweit ich weiß.« Dann musste sie wieder lachen. »Und Gerüchten zufolge soll mein Cousin Brady eine Schwuchtel allererster Güte sein, aber der ist nach dem College nach Paris gezogen.« Seufzend schaute sie sich in dem gemütlichen, stilvoll eingerichteten Raum um. »Ich bin so gerne hier, aber ich glaube, ich sollte in eine größere Stadt ziehen. Irgendwohin, wo man nicht so sehr aufs Lesbischsein reduziert wird. Verstehst du, was ich meine?«

»Ich glaube schon.«

»Dich finde ich übrigens nicht attraktiv.«

»Ähm … danke?«

Kat errötete leicht. »So habe ich das nicht gemeint. Ich meinte bloß, immer, wenn ich einem Mädel erzähle, dass ich lesbisch bin, hat sie gleich Angst, dass ich mich an sie ranmache. Du bist bildhübsch, das weißt du.«

»Ähm … noch mal danke?«

»Aber du bist nicht mein Typ. Ich stehe mehr auf sportliche, ungeschminkte Mädels. Stylisch und aufgedonnert bin ich schon selbst.«

»Willst du damit andeuten, ich bin nicht in Form?«, fragte Charlotte lachend, und Kat grinste sie an.

»Na ja, dein Oberkörper ist ganz okay.«

Worauf Charlotte mit tödlicher Treffsicherheit eine Trollpuppe nach ihr warf und die beiden Freundinnen kichern mussten.

Draußen vor der Tür lächelte Leila Karraby still in sich hinein und ging leise die Treppe hinunter.

Kapitel 30

Am nächsten Tag hatten Charlotte und Jackson einen Streit.

Es fing mit einer Kleinigkeit an, einer Nichtigkeit, wie so oft zwischen Liebenden. Jackson hatte sich Albrechts Rat zu Herzen genommen, und nun debattierten die beiden darüber, was Charlotte auf den Fotos tragen sollte, die sie eigens für den Song schießen wollten.

»Wofür sind diese Fotos eigentlich gedacht?«, wollte Charlotte wissen. »Ich meine, wir schicken dem Mann doch eine digitale Datei des Songs, oder? Ein MP3?«

Jackson nickte und arbeitete sich weiter durch die Kleiderständer in Kats Laden. Er war gerade in der Unterwäscheabteilung.

»Ich finde bloß, man muss es nicht so drauf anlegen, dass sie sexy aussieht. Ich finde, sie ist auch so schon sexy genug.« Kat war auf der anderen Seite des Ladens und durchstöberte die Abendkleider.

»Ja, aber sie soll doch aussehen wie eine Popsängerin, nicht wie eine Bluessängerin. Wenn wir den Sprung schaffen und ganz groß rauskommen wollen, dann brauchen wir einen etwas gefälligeren Look.«

»Aber muss der denn zwangsläufig nuttig sein?« Kat verlor langsam die Geduld.

»Nein, aber sie sieht umwerfend aus, und du hast Albrecht doch gehört, das ist ein Verkaufsargument.« Er hielt ein weißes, viktorianisch angehauchtes Mieder in die Höhe. »Das ist nicht nuttig, das ist sexy.«

»Entschuldige mal bitte?«, mischte Charlotte sich ein. »Sind diese Fotos nur als Wichsvorlage für Albrecht gedacht, oder willst du sie auch zu Werbezwecken benutzen? Wenn Letzteres, solltest du dann nicht auch mit drauf sein? Und wenn Ersteres, warum bringst du ihm dann den Song nicht höchstpersönlich vorbei und besorgst es ihm gleich selbst?«

Ihr Tonfall war immer noch ganz cool, aber Kat und Jackson ließen beide die Hände sinken und schauten sie an. Und dann schauten sie einander an.

»Stell dich doch nicht so an, Charlotte«, setzte Jackson an, aber da platzte ihr endgültig der Kragen.

»Hey, ich bin, wie ich sein will, okay? Seit Wochen reden die Leute über mich, als wäre ich gar nicht da, oder als würden sie mich kennen, obwohl das gar nicht stimmt, und langsam reicht es mir. Ich bin ein Mensch, weißt du, nicht bloß die Tochter meines kriminellen Vaters oder meiner unbeschreiblich schönen toten Mutter oder ein reiches Miststück oder ein ›Verkaufsargument‹. Ich möchte mich nach außen so darstellen, wie ich mich innerlich fühle, und warum zum Geier wir diesem Perversling überhaupt Fotos schicken sollen, wo er doch einen Radio- und keinen Fernsehsender hat, will mir nicht in den Kopf, und darum mache ich es auch nicht.«

Von der Tür kam Applaus, und alle zuckten zusammen.

»Gib's ihnen, Charlotte.« Es war der Reporter, Dan Robinson.

»Mr. Robinson, was zum Teufel machen Sie hier? Habe ich Ihnen nicht klipp und klar gesagt, dass ich nichts zu sagen habe?«

Den Journalisten schien ihre rüde Ansprache nicht im Geringsten zu beeindrucken. »Miss Williams, Sie haben eindeutig eine Menge zu sagen. Eigentlich hätte ich angenommen, Sie würden die Gelegenheit beim Schopfe packen, eine Bühne zu bekommen, Ihre Worte gedruckt zu lesen, Ihren Kritikern Paroli zu bieten. Und außerdem sind Sie, seit dieser Irre Sie neulich Abend angegriffen hat, wieder in den Schlagzeilen, und ich würde alles tun für ein Exklusivinterview. Ich denke, meine Loyalität habe ich inzwischen hinreichend unter Beweis gestellt, nicht wahr? Ich habe Sie von Anfang an nicht mehr aus den Augen gelassen.« Und dann fügte er spitzbübisch hinzu: »Ich bin Ihnen schon länger auf den Fersen als alle anderen.«

»Ja, Sie sind wirklich sehr hartnäckig. Sie und derjenige, der mich ständig für diese schreckliche Webseite knipst.«

Charlotte schäumte immer noch vor Wut. Kat und Jackson standen einfach wortlos daneben. Jackson hatte noch das Mieder in der Hand. Kat nahm sich vor, es nachher auf Fingerabdrücke zu untersuchen.

Robinson zuckte die Achseln. »Na ja, es gibt schon eine Menge Verrückte, sowohl on- als auch offline.« Wobei er Jackson einen vielsagenden Blick zuwarf. »Und Menschen verfolgen nun mal Prominente, aus welchen Gründen auch immer, stimmt's? Viele Leute springen gerne auf einen fahrenden Zug auf, meinen Sie nicht? Auch wenn der Zug keine Lokomotive mehr hat und führerlos aus den Gleisen zu springen droht.«

»Hören Sie, ich weiß ja nicht, wer Sie sind …«

Ohne Umschweife streckte Robinson dem jungen Mann die Hand hin. »Dan Robinson, *New York Sentinel.* Und Sie müssen Jackson Pearl sein, stimmt's?«

Jackson nahm die dargebotene Hand nicht an, nickte aber kurz bei seinem Namen. »Ja, der bin ich.«

»Und Sie sind Kat Karraby?«

Kat würdigte den Reporter nicht mal eines Nickens, sondern zog nur skeptisch die Augenbrauen hoch.

Er lachte. »Tja, dann wäre ja die ganze Gang versammelt, was, Charlotte? Und wo ist Mr. Scarsford?«

»Da Sie doch anscheinend alles wissen, sagen Sie es mir.«

»Ich würde so gerne mit Ihnen reden. Können wir nicht irgendwohin gehen, wo wir ungestört sind?«

»Nein«, entgegneten Kat und Jackson unisono, und sofort sträubten sich Charlotte vor Empörung die Nackenhaare.

»Ja, natürlich, gerne.« Sie nahm ihre Tasche von der Theke und wandte sich dann an ihre Freunde. »Schreibt mir nicht vor, was ich zu tun habe, ja? Im Moment geht mir das alles viel zu schnell, und deshalb gehe ich jetzt erst mal mit Mr. Robinson einen Kaffee trinken und versuche, mich ein bisschen zu beruhigen. Wir sehen uns dann nachher bei dir zu Hause Jackson, für die Aufnahme?«

Und damit rauschte sie an Dan Robinson vorbei und auf die Straße hinaus. Mit einem Grinsen in Richtung Kat und Jackson folgte er ihr nach draußen und schloss geräuschvoll die Tür hinter sich.

Einen Moment war alles still.

»Wie lange wollen wir warten?« Kat hatte sich nicht vom Fleck gerührt.

»Wir lassen ihnen noch zehn Sekunden Vorsprung, dann folgst du ihnen, und ich laufe um den Block und überhole sie.«

»Darf ich Cagney sein?«

»Ist das die Blonde?«

Kat nickte.

»Also gut.« Und damit legte er das Mieder weg, und die beiden folgten ihrer Freundin nach draußen.

*

Dan Robinson führte Charlotte in ein kleines Café, das sie noch nicht kannte. Allem Anschein nach kannte er sich in der Gegend allerdings ziemlich gut aus; er musste sich schon eine Weile umgesehen haben. Man schien ihn hier zu kennen, und die beiden setzten sich an einen sonnigen Tisch im hinteren Bereich des Cafés.

»Also, Charlotte, was gibt's Neues?«

Mit hochgezogenen Augenbrauen schaute sie ihn an. »Ich glaube, Sie wissen ganz genau, was es Neues gibt. Ich mache mir Sorgen um meinen Dad, der im Knast sitzt, ich arbeite in einer Restaurantküche, ich singe neuerdings in einer Band, ich wurde beinahe von einem irren Stalker niedergestochen. Sie wissen schon, der ganz normale Wahnsinn im Leben einer jungen Amerikanerin eben. Nicht gerade das Leben, das ich mir in meinen Träumen ausgemalt habe, aber das Leben, das ich jetzt lebe.« Er schaute sie unverwandt an, und urplötzlich überkam Charlotte der unwiderstehliche Drang, jemandem ihr Herz auszuschütten, jemandem, der sie kannte, der ihre ganze New Yorker Vorgeschichte kannte. Vertraulich beugte sie sich zu ihm nach vorne. »Wissen Sie, eigentlich ist es gar nicht so schlecht. Ich arbeite gerne, es macht mir Spaß, meine Hände zu gebrauchen.«

»Auch wenn's bloß zum Spülen ist?«

»Klar, warum denn nicht? Mir wird immer mehr klar, dass ich für andere Tätigkeiten nicht gerade überqualifiziert bin.«

Die Kellnerin kam mit dem Tee. Charlotte bedankte sich bei ihr, gab etwas Honig in ihre Tasse und rührte um. Ein Grüppchen junger Leute am Nebentisch brach in schallendes Gelächter aus, was Charlotte einen kleinen Stich versetzte, weil sie die Runde ein wenig beneidete.

Der Journalist holte seinen Notizblock raus. »Darf ich mitschreiben?«

Entschieden schüttelte sie den Kopf. »Nein. Das hier ist kein Interview. Wir beide plaudern bloß ein wenig. Das ist rein privat.«

Dan verzog das Gesicht. »Ich bin Journalist, Charlotte. Es ist mein Beruf, Nachrichten an den Mann zu bringen, schon vergessen?«

»Okay, aber bitte nicht heute. Wir unterhalten uns ein bisschen, und vielleicht gebe ich Ihnen dann später ein richtiges Interview.« Dann hob sie die Hände und meinte: »Oder wir unterhalten uns über die großartigen Restaurants in New Orleans und wie man ein zünftiges Gumbo servieren sollte, und gehen nachher als Freunde auseinander.«

»Nein, nein, wir können uns gerne ein bisschen unterhalten. Aber bitte denken Sie wirklich ernsthaft darüber nach, ob Sie mir nicht doch ein richtiges Interview geben wollen. Die Menschen interessieren sich sehr für den Prozess gegen Ihren Vater – gegenwärtig wird gerade eine Zivilklage gegen ihn vorbereitet, wussten Sie das?«

Charlotte schaute auf ihren Teller. »Ja, das habe ich schon gehört. Aber ich bezweifele, ob diese Geschichte je ein Ende finden wird. Vermutlich geht der Rest unseres Geldes für Anwaltskosten drauf, bis alles verpulvert ist, und dann einigen die Anwälte sich außergerichtlich.«

»Klingt ja fast, als hielten Sie auch nicht gerade große Stücke auf die Juristen. Dann sind wir Journalisten wohl nicht die Einzigen, gegen die Sie was haben.«

Charlotte lächelte matt. »Ich weiß einfach nicht mehr, wem ich noch vertrauen kann. Ich habe bisher keinen einzigen Anruf von meinen alten Freunden aus New York oder sonst wo bekommen. Mein Dad sitzt im Gefängnis. Meine Mutter ist tot. Der Anwalt meines Vaters lässt seine Sekretärin bei mir anrufen, wenn er irgendwelche Auskünfte braucht oder mir ausrichten lassen will, dass sie wieder mal Geld abbuchen müssen oder so was in der Art.« Verbittert lachte sie auf. »Die Bank ruft mich nicht mal mehr zurück. Das Einzige, was mir noch geblieben ist, sind die Kleider, die ich anhabe, und ein paar neue Freunde, die ich hier gefunden habe.«

»Und Ihre Stimme. Sie sollen ziemlich begabt sein.«

»Kann sein.«

»Nun, wenn das alles nicht passiert wäre, hätten Sie womöglich nie die Gelegenheit bekommen, in einer Band zu singen, stimmt's? Sollten Sie nicht eigentlich gerade in Yale Ihren Abschluss machen?«

Sie nickte. »Sie sind ein Optimist, Mr. Robinson. Bestimmt gibt es irgendwo einen Silberstreif am Horizont, und gelegentlich kann ich ihn sogar sehen. Aber manchmal bin ich es auch einfach leid, danach Ausschau zu halten.«

Mit einem Lächeln schaute Robinson die hübsche junge Frau an, die ihm da am Tisch gegenübersaß. Irgendwie musste er sie dazu bringen, über den Prozess gegen ihren Vater zu reden. Ihm lief die Zeit davon.

»Haben Sie denn in letzter Zeit mal mit Ihrem Vater sprechen können?«

»Nein. Er darf nur einen Anruf in der Woche tätigen, und bisher hat er wohl immer seinen Anwalt angerufen. Und außerdem gehe ich ohnehin nicht mehr ans Telefon. Die Leute sind so schrecklich wütend auf mich, Sie würden es kaum glauben. Ich wünschte, ich hätte etwas Positives zu sagen.«

»Bestimmt wollen die alle ihr Geld zurückhaben.«

»Geld allein macht auch nicht glücklich.«

»Sie haben leicht reden. Diese Menschen haben alles verloren.«

»Ich auch.«

»Aber sie sind einem Betrüger auf den Leim gegangen.«

»Ich auch. Und zwar meinem eigenen Vater; das kommt erschwerend hinzu.«

Robinson seufzte. »Das klingt ja fast nach Selbstmitleid.«

Charlotte nippte nur an ihrem Tee und zuckte die Achseln. »Fragen Sie mich morgen noch mal. Im Moment gehe ich einfach einen Tag nach dem anderen an.«

*

Als sie das Café verließ, warteten Jackson und Kat schon auf sie.

»Seid ihr beiden mir etwa gefolgt?«

Kat grinste. »Sind wir. Hat Spaß gemacht. Aber ihr seid ja nicht weit gegangen, also hatte ich gar keine Gelegenheit, in ein Taxi zu springen und zu rufen: ›Folgen Sie dem Wagen‹, was ich eigentlich immer schon mal machen wollte.«

»Beim nächsten Mal gebe ich mir mehr Mühe«, entgegnete Charlotte mit einem schiefen Lächeln.

»Gut. Hat der Kerl dich dazu gebracht, irgendwas auszuplaudern?«

»Ja, ich habe ausgeplaudert, dass ich die *Mona Lisa* verunstaltet habe, aber ich glaube, das hat er mir nicht abgekauft.«

Jackson nahm ihre Hand. »Bist du immer noch böse auf mich? Wir brauchen gar keine Fotos mitzuschicken, du hast vollkommen recht. Komm, wir gehen einfach nach Hause und nehmen den Song auf und schicken ihn ab, und alles andere überlassen wir einfach dem Schicksal, ja?«

Charlotte lächelte ihn strahlend an. »Es tut mir leid, dass ich euch vorhin so angeschnauzt habe. Aber ich bin gerade etwas gestresst. Diese Webseite geht mir an die Nieren. Der Stalker geht mir an die Nieren. Und ich wünschte, ich könnte das alles so einfach abtun wie ihr beide.«

Zärtlich nahm Jackson sie in die Arme und drückte sie fest an sich. »Wir verstehen das, ist schon in Ordnung.«

Kat wollte gehen, drehte sich dann aber noch mal um. »Kommt schon, ihr beiden, hört jetzt auf, euch anzuschmachten. Los geht's. Ich will dabei sein, wenn ihr den Song aufnehmt, damit ich mich schon mal inspirieren lassen kann für die fabulösen Outfits, die ich für euch kreieren werde, wenn ihr nach L. A. zieht und reich und berühmt werdet.«

»Das ist das Tolle an dir, Kat. Du stehst mit beiden Beinen fest auf dem Boden der Tatsachen.«

Kat lachte. »Warum zum Teufel sollte ich denn auf dem Boden der Tatsachen stehen wollen? Tatsache ist doch, dass das wahre Leben einfach einen eklatanten Mangel an gut angezogenen Menschen aufweist.«

Kapitel 31

Die Aufnahmesession verlief reibungslos, wenngleich es viel länger dauerte, als Charlotte gedacht hatte. Nach einigem Hin und Her entschlossen sie sich letztendlich, zu Kats Eltern zu fahren, um die Aufnahme dort zu machen, weil der Flügel so einen wunderbaren Klang hatte. Sie stellten ein Mikro auf das Piano und eins vor Charlotte, und Kat wurde dazu verdonnert, Jacksons heißgeliebten Laptop mit der Aufnahmesoftware zu bedienen.

»Dir ist klar, dass ich keine Ahnung von Audioaufnahmen habe, oder?« Sie hatte eine große Show darum gemacht, sich die weißen Handschuhe Finger für Finger auszuziehen, um die Tasten besser bedienen zu können.

»Du brauchst nur ›Aufnahme‹ zu drücken, wenn wir anfangen, und ›Stopp‹, wenn wir, du weißt schon, wieder aufhören«, erklärte Jackson lachend. »Wie du deinen Highschool-Abschluss geschafft hast, ist mir ein Rätsel.«

»Die Direktorin hatte eine kleine Schwäche für mich. Oder sie hat mich gehasst und wollte mich so schnell wie möglich loswerden. Beides denkbar.«

»Sie mochte dich. Sie hat dich immer Kitty Karraby genannt, als seiest du eine Figur aus einem Jane-Austen-Roman.«

»Wenn du meinst. Sind wir so weit?«

Charlotte hatte still danebengestanden und fröhlich zugeschaut, wie entspannt und locker die beiden miteinander umgingen. Wenn sie und ihre Freunde in New York sich trafen, dann wurde meist als Allerserstes über die Freunde hergezogen, die gerade nicht dabei waren. Wobei ihr in dem Moment aufging, dass sie vermutlich augenblicklich gerade über sie herzogen, jetzt, wo sie nicht da war. Die beiden hier zogen sich gegenseitig auf, das ja, aber das war nicht bösartig oder verletzend gemeint.

Jackson rieb sich die Hände und spielte ein paar Tonleitern. »Ja, wir sind so weit. Gehen wir es noch einmal durch und schauen, wie es klingt?«

Sieben Stunden später, nachdem sie den Song in fünfzehn verschiedenen Variationen und mit etlichen unterschiedlichen Klavierarrangements durchgespielt hatten, war Jackson schließlich damit zufrieden.

»Ich glaube, das war's. Was meinst du, Charlotte?«

Charlotte hatte sich erschöpft aufs Sofa fallen lassen. »Klar, was immer du sagst. Die erste Aufnahme vor geschätzten fünf Stunden klang in meinen Ohren schon toll. Aber das überlasse ich ganz deinem fachmännischen Urteil.«

»Kat? Was meinst du?«

Kat, die immer noch taufrisch aussah wie ein Gänseblümchen auf einer Sommerwiese, spielte mit einer Barbie, die sie aus ihrem Zimmer geholt hatte. »Ich meine, ihr beiden solltet ein Video drehen. Nichts allzu Aufwendiges. Bloß ihr beiden, wie ihr das Lied singt, vielleicht in eurem Proberaum. Es sei denn, es wäre euch lieber, ich spiele das Ganze mit meinen Barbies nach. Wäre ein Klacks für mich.«

Charlotte schüttelte den Kopf, und dann meinte Jackson: »Hey, warum eigentlich nicht? Wir könnten Camille bitten, es zu drehen. So was kann sie wirklich gut.«

»Wirklich?«, fragte Charlotte zweifelnd. »Ich weiß nicht,

Leute, ich komme mir jetzt schon vor wie auf dem Präsentierteller.«

Vergnügt klatschte Kat in die Hände. »Aber das ist es doch! Ihr wollt doch Werbung für das Lied machen, oder? Dann können wir doch auch diese ganze abgefahrene Berichterstattung und das Interesse der Leute an dir zu eurem Vorteil nutzen. Wir drehen ein Video, stellen es bei YouTube ein und e-mailen es dann an diese grässliche Webseite, damit es da auch erwähnt wird.«

»Und warum sollten wir das tun? Die zerreißen sich doch bloß das Maul darüber.«

»Wie wollen sie das denn bitte anstellen, wenn das Ding abgeht wie eine Rakete?«

Doch Charlotte war noch nicht von der Idee überzeugt. »Weil die Wahrheit offensichtlich nichts zur Sache tut, Kat. Die schreiben einfach, was sie wollen, und sind so fies, wie sie nur sein können.«

Jackson hatte sie die ganze Zeit aufmerksam beobachtet. »Wie wäre es mit einem Kompromiss? Wir drehen ein ganz einfaches Video, laden es auf YouTube hoch und warten einfach ab, was dann passiert. Ich kann auf der MySpace-Seite meiner Band ein bisschen Werbung dafür machen, und wir können eine MySpace-Bandseite für uns beide einrichten. Deinen richtigen Namen erwähnen wir erst gar nicht, wir nennen uns einfach Jack und Charlie, okay?« Und damit trat er zu ihr und nahm ihre Hände. »Hör mal, Charlotte, wenn du den Durchbruch als Sängerin schaffen willst, dann musst du genug Vertrauen in dein Talent haben. Der Song ist spitze, deine Stimme ist der Hammer, und ich bin mir sicher, Kat kann uns für das Video ein bisschen aufhübschen.«

Kat musste lachen. »Bei ihr ist das kein Problem. Bei dir bin ich mir da nicht so sicher.«

Da hatte er schon sein Handy aus der Tasche geholt und wählte bereits. »Mal sehen, ob Camille morgen früh Zeit hat.«

Charlotte ging rüber und schaute aus dem Fenster auf den üppigen Garten, der das Haus der Karrabys umgab. Man fühlte sich hier so sicher und geborgen. Sie war umgeben von neuen Freunden, die sie sahen, wie sie wirklich war, und denen es ganz egal war, was ihr Vater getan hatte. Aber der Rest der Welt hasste sie noch immer wie die Pest. Sie musste an den Mann denken, der versucht hatte, sie umzubringen. An die Frau, die sie vor dem Gericht angegriffen hatte. Wollte sie sich wieder zur Zielscheibe machen und denen noch mehr Munition in die Hand geben?

Hinter ihr ließ Jackson sein Handy zuschnappen. »Prima, alles gebongt. Camille hat morgen Zeit, also lass dir was einfallen, Kat Karraby, damit wir nicht nackt vor die Kamera müssen. Ich frage mal nach, ob wir das Theater nutzen können, ihr wisst schon, unseren Proberaum.« Schnell ging er zu Charlotte, drückte ihr einen Kuss auf den Hals und war auch schon verschwunden.

Nun denn, dachte Charlotte. *Sieht aus, als sei der Stein ins Rollen gekommen. Dann sollte ich mich wohl schon mal aufs Schlimmste gefasst machen.*

*

Nach ihrer Schicht am selben Abend redete Charlotte mit Kat über ihre Ängste und Befürchtungen. Wie immer sah Kat das Ganze nicht so dramatisch.

»Hör zu, ich habe leicht reden und kann gut sagen, keine Sorge, weil mir keiner in einem Club ins Gesicht gesprungen ist oder mich in aller Öffentlichkeit bespuckt hat, aber ich sage es trotzdem. Keine Sorge. Erstens hat dein Dad was Falsches gemacht, nicht du, und es wird nicht lange dauern, bis die Leute das alles vergessen haben und Gras über die Sache gewachsen ist. Und zweitens, wenn du ständig Angst hast, andere könnten dir etwas wegnehmen, dann bleibt dir am Ende nicht mehr viel, das sie dir nehmen könnten.«

Charlotte lächelte. »Du bist sehr weise, Obi Wan Karraby.«

»Das stimmt. Kommt alles von meiner Jedi-Ausbildung.«

»Aber irgendwie klingst du ein bisschen wie ein Autoaufkleber.«

»Na ja, klar. Das kommt daher, dass ich aus dem Süden stamme. Wir klingen hier alle so wie warmer Zuckerrübensirup, der im August von einem Löffel auf die Veranda tropft.«

»Du tust es schon wieder.«

»Tut mir leid.«

*

Für den Videodreh hatte Kat mit den beiden verschiedene Stilrichtungen ausprobiert, sich aber am Ende für schlichte Herrenhemden und Anzughosen entschieden. Camille hatte nicht lange gefackelt und den Drehort in Kats Häuschen verlegt.

»Hört zu, wir sind hier nicht bei MTV, und wir haben weder viel Zeit noch irgendein Budget. Also halten wir es doch schlicht und einfach und erzählen eine kleine Geschichte. Stellen wir uns einfach vor, ihr beide macht euch einen gemütlichen Sonntagmorgen zu Hause. Jackson, du sitzt am Flügel. Charlotte, du liest im Ohrensessel die Zeitung und trägst nur das Hemd deines Freundes und sonst nicht viel. Zieh deine hübschen langen Gazellenbeine hoch … genau so. Okay, gut. Und dann fängst du, Jackson, einfach an zu singen. Und du, Charlotte, singst mit, und wenn dir danach ist, dann stehst du einfach auf und schlenderst zu ihm rüber. Ich drehe, was ihr mir anbietet.«

Zunächst fiel es Charlotte schwer, sich zu entspannen; sie konnte die Kamera einfach nicht vergessen. Aber dann schaute sie Jackson an, der sie so liebevoll betrachtete und zum Anbeißen sexy und lebendig aussah, und da überließ sie sich ganz der Musik. Sie liebte das Lied, und ohne weiter darüber nachzudenken, stand sie auf und trat an den Flügel und sang mit Jackson den Song. Camille hinter der Kamera musste lächeln, als sie sah, wie das Hemd gerade so Charlottes Po bedeckte, aber umso mehr ihre schlanke Figur und ihre langen, grazilen Beine betonte. Als Charlotte sich auf das Piano lehnte, ging Camille langsam mit und um die beiden herum, bis sie ihren Bruder im Profil hatte und so sein attraktives Gesicht und Charlottes verstrubbelte Haare und ihr entzückendes Dekolletee einfangen konnte. Es war sehr schlicht, ja, aber es war auch sehr sexy und sehr gut gefilmt. Camille war hochzufrieden, und die beiden ebenfalls. Nach einem weiteren Dutzend Einstellungen entschied Camille, dass sie genug Material zusammenhatte, und machte sich auf den Weg nach Hause, um sich an die Bearbeitung und den Schnitt zu setzen.

»Ich schicke es euch nachher, wenn ich fertig bin. Könnte aber spät werden. Ich habe noch ein paar andere Sachen zu tun.«

Charlotte warf einen Blick auf die Uhr. »Mist, ich komme zu spät zur Arbeit. Bis später!«

Schnell umarmte sie Jackson zum Abschied und flitzte zur Tür hinaus. Am Abend zuvor hatte er die Audiodatei an den Sender gemailt, und nun hofften sie alle, Albrecht werde sein Versprechen halten und den Song auch tatsächlich spielen. Die Straßen des French Quarter beinahe entlanglaufend, war Charlotte zum ersten Mal seit Wochen endlich wieder zuversichtlich.

*

Das Radio in der Küche dudelte vor sich hin, und nach einem kurzen Wortgeplänkel ließen die Jungs sich überreden, dass Charlotte umschalten und Albrechts Sender einstellen durfte. In der Küche standen sie mehr auf den örtlichen Kreol-Sender, der schnellen, französischsprachigen Rock und Funk spielte, aber obwohl sie spöttisch zu einem Britney-Spears-Song mitzwitscherten, beschwerten sie sich ansonsten nicht. Und Ronnies Tanzeinlage zu »Oops, I did It Again« würde sicher keiner so schnell vergessen. Statt eines Weltraumhelms hatte er sich einen Durchschlag auf den Kopf gesetzt, aber davon abgesehen wirkte er sehr überzeugend.

Und dann plötzlich, gegen vier Uhr, nannte der Moderator Jacksons Namen. Charlotte schaute auf und dachte noch, dass sie bestimmt halluzinierte, aber dann sah sie, dass auch die Jungs aufgehört hatten zu arbeiten und sie mit großen Augen anschauten.

»Hier kommt ein Song für euch ganz frisch aus der digitalen Presse. Lokalmatador Jackson Pearl, den viele von euch sicher schon mal im Big Easy gehört haben, hat sich mit einer neuen Sängerin zusammengetan, und es sieht ganz danach aus, als könnte diese junge Dame der Schlüssel zum Erfolg sein. Die beiden nennen sich Jack und Charlie, und hier kommt ihre erste Single ›Fire and Ice‹. Nicht zu überhören alles selbstgemacht – da hat keins der großen Studios die Finger im Spiel –, aber es läuft exklusiv hier bei uns auf KCRC! Den Song gibt es auf unserer Webseite zum Download und sonst bisher nirgendwo!«

Und dann kam ein Moment, den Charlotte, solange sie lebte, sicher nie wieder vergessen würde, denn sie hörte ihre eigene Stimme im Radio. Das Arrangement war schlicht, aber sehr sexy und up-tempo, und sie musste zugeben, dass es einfach umwerfend klang. Die Jungs in der Küche tanzten und jubelten und umarmten sie, und dann musste sie laut lachen, weil das alles einfach zu verrückt war.

Später spielten sie den Song noch mal. Man konnte den Moderator förmlich grinsen hören, als er ihn ankündigte.

»Da scheinen wir ja bei euch voll ins Schwarze getroffen zu haben, Leute. Nachdem wir diesen Song gespielt hatten, habt ihr beinahe unsere Webseite und unsere Telefonanlage lahmgelegt. Also, auf besonderen Wunsch kommen hier noch mal Jack und Charlie.«

Als ihre Schicht schließlich vorüber war, taumelte sie todmüde aus dem Hintereingang des Restaurants, wo Jackson sie schon erwartete.

»Hast du es gehört?«, fragte er, und seine Augen funkelten in der Dunkelheit, und er strahlte über das ganze Gesicht.

»Ja!« Sie kicherte, als er sie hoch in die Luft hob und herumwirbelte. »Ganz schön komisch, oder?«

»Wenn du mit komisch wunderbar meinst, dann ja. Meine Mutter hat sämtliche Verwandte zum Radiohören eingeladen. Ich musste flüchten, sonst hätten sie mich mit einer Konfettiparade vom Bad in die Küche gebracht.« Er lachte und trug sie noch immer in seinen Armen und drehte sich langsam in kleinen Kreisen durch die Gasse. »Sie sind ein Star, Miss Williams. Wie fühlen Sie sich?«

Worauf sie sich heftig an ihn drückte. »Ziemlich sexy, ehrlich gesagt.«

Es war dunkel in dem kleinen Gässchen, und er trug sie noch ein bisschen weiter hinein in die dunkelste Ecke. Dann drückte er sie gegen die Wand und küsste sie.

»Du bist die aufregendste Frau, die ich je kennengelernt habe«, murmelte er mit heiserer Stimme und leckte ihren Hals. Sie hatte die Beine noch um seine Hüften geschlungen, und obwohl die raue Wand gegen ihren Rücken scheuerte, merkte sie kaum etwas davon. Sie spürte seine Erregung, und ihr Körper wurde mit jeder Sekunde heißer und immer heißer.

»Vielleicht gehen wir lieber woandershin«, wisperte sie und schnappte nach Luft, als Jacksons Hand unter ihre Bluse glitt, er sie zu sich heranzog und dann anfing, die Knöpfe ihrer Bluse mit den Zähnen aufzumachen. In der kühlen Abendluft wurden ihre Brustwarzen hart und steif, als er ihre Bluse aufriss, und dann drückte er seinen warmen Mund darauf, was ihr ein leises Stöhnen entlockte.

»Nein, wir können es doch einfach hier machen …«

Sie hatten Glück, dass niemand vorbeikam und in die Gasse schaute, aber man hätte wohl auch nichts anderes gesehen als ein eng umschlungenes Liebespaar.

Nachher flüsterte Jackson ihr ins Ohr: »Deine Stimme klang so unglaublich sexy im Radio, dass ich den ganzen Tag an nichts anderes mehr denken konnte als an das hier.«

Das Gesicht gegen seinen Hals gepresst musste sie lächeln. Ihr Kopf lehnte an seiner Schulter, und Schweißperlen trockneten auf ihrem Rücken, dort, wo er sie gegen die Wand gedrückt hatte. »Wenn hier einer sexy ist, dann du«, entgegnete sie.

Langsam zogen sie sich wieder an und schlenderten dann ohne Eile nach Hause.

Kapitel 32

Als sie schließlich bei Kat ankamen, hatte Camille ihnen schon das Video zugeschickt.

»Ihr flippt aus, wenn ihr das seht«, prophezeite Kat, als sie mit funkelnden Augen auf Abspielen klickte.

Sekunden später schlug Charlotte vor Staunen die Hand vor den Mund. Sie sah ihrer Mutter so verblüffend, fast schon schmerzlich ähnlich. Irgendwie sah sie im Film anders aus, als zeigte der nur die Schokoladenseite ihres Gesichts und ihrer Figur. Selbst Jackson pfiff anerkennend durch die Zähne.

»Wow, du siehst umwerfend aus.«

»Die Kamera liebt dich, Baby!«, krähte Kat vergnügt und tanzte ausgelassen durch das Zimmer. »Warte nur, YouTube wird verrückt nach dir sein!«

Es war seltsam. Charlotte erkannte sich im Film kaum wieder. Was wiederum ihre flatternden Nerven ein wenig beruhigte. Sie setzte sich nicht selbst auf den Präsentierteller; nein, sie schickte eine glamourösere Persona ihrer selbst ins Rennen, die im Fernsehen ihre Rolle spielte.

Bei dem Gedanken musste sie grinsen. »Camille ist ein Genie. Lad es hoch!«

Dann holte sie eine Flasche Sekt aus dem Kühlschrank, während Jackson ein wenig herumtüftelte und das Video dann bei YouTube einstellte.

»So, jetzt liegt es nicht mehr in unserer Hand, was daraus

wird.« Er stand auf und streckte sich und nahm den angebotenen randvollen Sektkelch entgegen. Den hob er dann zu einem Toast. »Auf alte Freunde, auf neue Freunde und auf die Abenteuer von morgen.«

Ein kurzes Gläserklirren, und dann tranken alle einen großen Schluck. Was immer der nächste Tag für sie bereithalten mochte, sie waren jung und begabt und glücklich, und zwei von ihnen beschlich das Gefühl, sie könnten womöglich gerade dabei sein, sich ineinander zu verlieben.

*

Am nächsten Morgen war es heiß und stickig. Den Weg von Kats Häuschen zum Restaurant kannte Charlotte inzwischen wie ihre Westentasche, und sie grüßte einige der bekannten Gesichter, denen sie unterwegs begegnete. Oft wird ja behauptet, New York sei ein Dorf, so wie London auch, aber verglichen mit New Orleans war es vollkommen anonym. Die Menschen in New Orleans schienen sich wirklich für ihre Nachbarn zu interessieren, wollten die Leute kennenlernen, denen sie auf der Straße begegneten, und plauderten ohne Scheu über sich und ihr Leben. So wusste Charlotte bereits, dass die Frau, die ihr jeden Morgen den Kaffee verkaufte, eine Tochter hatte, die in Charlotte in North Carolina lebte, und dass die Frau sich deswegen Charlottes Namen gemerkt hatte. Sie wusste, dass die Frau Amber hieß und ihre Tochter Jade, was man sich leicht merken konnte – Bernstein und Jade. Ganz allmählich, Tag für Tag, wurde sie ruhiger und gelassener und schöpfte Hoffnung, diese Zeit vielleicht doch irgendwie durchzustehen und gestärkt daraus hervorzugehen. Vielleicht.

Die Arbeit im Restaurant war hart, und nach Ende ihrer Schicht war Charlotte eigentlich nur noch nach einem langen

Nickerchen oder einem kurzen Drink zumute, je nachdem, was als Erstes kam. Doch die Ruhe, nach der sie sich sehnte, schien ihr nicht vergönnt. Bei Kat zu Hause angekommen saß Jackson am Boden zerstört am Küchentisch, während Kat ihrerseits jemanden am Telefon zusammenbrüllte.

»Ähm … was ist denn los?«

Worauf Jackson die Zeitung, die vor ihm lag, herumdrehte, damit sie sie lesen konnte. Es war der *New York Sentinel*, die Zeitung, für die Dan Robinson arbeitete, und eine kleinere Schlagzeile auf der Titelseite sprang ihr sofort ins Auge:

»Charlotte Williams hat Mitleid mit den kleinen Leuten«. Im Innenteil gab es den dazugehörigen Artikel, und tatsächlich stand Dan Robinsons Name in der Verfasserzeile.

»Wenn man mit Charlotte Williams in einem entzückenden kleinen Café in New Orleans sitzt, dann muss sie einem irgendwie fast ein bisschen leidtun. Denn immerhin ist sie bildhübsch und als verwöhntes New Yorker Prinzesschen auf der Erbse aufgewachsen, und als ihr Vater wegen Wertpapierbetrugs verhaftet wurde, ist ihr ganzes kleines Leben plötzlich zusammengebrochen. ›Das hört nie auf‹, klagt sie, ›bis uns irgendwann das Geld ausgeht und die Anwälte sich außergerichtlich einigen.‹ Wobei ihnen das Geld längst ausgegangen ist, von dem die betrogenen Investoren ohnehin behaupten, es habe ihnen gar nicht gehört. Beinahe 3000 Einzelpersonen und Unternehmen haben eine Sammelklage gegen Jacob Williams' Firma eingereicht, und Charlotte würde nur zu gerne irgendwie helfen. ›Ich wünschte, ich hätte den Leuten etwas Positives zu sagen, habe ich aber nicht. Ich spüle Geschirr und gehe einen Tag nach dem anderen an.‹ Aber eine gute Nachricht gibt es trotzdem: Charlotte und ihr neuer Freund haben gemeinsam einen Song aufgenommen, der im Lokalradio rauf und runter gespielt wird. Weniger gut ist hingegen die Tatsache, dass besagter Radiosender ausgerechnet einem der geprellten Investoren gehört, Ben Albrecht, der sich der Sammelklage angeschlossen und beinahe eine Million Dollar als Verlustsumme angegeben hat. Sieht aus, als wäre Charlottes Glückssträhne – mal wieder – zu Ende.«

Entsetzt schlug Charlotte die Hand vor den Mund. »Stimmt das? Ist Albrecht wirklich einer der Investoren?«

»Du meinst, *war* er einer der Investoren. Ja, das stimmt. Irgendwer im Sender hat es ihm gesteckt, worauf er den Song sofort aus dem Programm genommen hat. Angeblich tobt er vor Wut und glaubt, wir hätten das mit Absicht gemacht.«

Verdutzt runzelte Charlotte die Stirn. »Warum? Wieso?«

»Wer weiß das schon, verdammt? Warum investiert der sein Geld bei einem Kriminellen? Warum klaut der Kriminelle das ganze Geld? Warum spaziert seine Tochter einfach in unser Haus und stellt mein ganzes Leben auf den Kopf?« Aufgebracht haute er auf die Zeitung. »Sieh dir das an, ich werde nicht mal mit Namen genannt, ich bin bloß ›Charlottes neuer Freund‹.«

»Hey, Moment mal, jetzt komm mir nicht so. Ich kann doch auch nichts dafür.«

Jackson sprang auf. »Nein, du kannst nichts dafür, das behaupte ich auch gar nicht, aber dein Dad dafür umso mehr.«

Das machte sie stinkwütend. »Ja, aber durch meine Stimme sind wir überhaupt erst ins Radio gekommen, schon vergessen? Und das Video hat auch was dazu beigetragen, oder?«

»Ja klar, und meinen faulen Arsch hast du bloß mitgeschleift, ja? Na toll. Dann mach mal schön allein weiter. Du interessierst dich ja sowieso mehr für dich als für irgendjemand anders.« Und damit stürmte er hinaus.

Charlotte drehte sich zu Kat um, die noch immer am Telefon war. Kat hob den Zeigefinger – *warte*, sollte das heißen.

»Ja, Mom. Nein, ich hab's schon kapiert. Okay, dann reden wir nachher weiter.« Und dann legte sie auf. »Erstens, euer Gespräch gerade eben war, wenn du mich fragst, auch wenn du mich gar nicht gefragt hast, von Jacksons Seite vollkommen ungerechtfertigt. Ich will ja nicht Partei ergreifen, aber er hatte unrecht und du hattest recht.«

»Stimmt. Vermutlich ist er einfach nur maßlos enttäuscht.«

Kat zuckte die Achseln. »Na ja, enttäuscht oder nicht, es ist nicht okay, sich wie ein totaler Stinkstiefel aufzuführen. Zweitens, meine Mom will mit Albrecht reden und versuchen, ihn umzustimmen. Kann ja sein, dass er durch deinen Vater eine Menge Geld verloren hat, aber das braucht er nicht an dir auszulassen.«

»Das ist wirklich sehr nett von ihr, aber das ist gar nicht nötig. Mein Dad ist, wer er ist, und was er getan hat, hat er getan. Die Leute können ihn nicht auf den Kopf stellen und so lange schütteln, bis ihm das Geld aus den Taschen fällt, oder ihm eine knallen oder ihn windelweich prügeln, also müssen sie nehmen, was da ist, um ihre Wut daran auszulassen, und da biete ich mich ja förmlich an.«

Tränen stiegen ihr in die Augen und liefen ihr über die Wangen. »Heute Morgen war ich noch überglücklich, und jetzt geht alles wieder den Bach runter.«

»Och, Schätzchen!« Kat trat zu ihr und nahm sie fest in den Arm. »Mach dir nichts draus. Du siehst fix und fertig aus. Wie wäre es, wenn du dich ein bisschen hinlegst und ein kleines Nickerchen machst? Danach sieht die Welt sicher schon wieder ganz anders aus.«

Charlotte nickte brav und kam sich vor wie ein kleines sechsjähriges Kind. Kat brachte sie in ihr Zimmer und zog die Vorhänge zu, drehte das Licht herunter und deckte sie zu.

»Halt die Ohren steif, Charlotte, das wird schon wieder, okay?«

Charlotte nickte und machte die Augen zu und hoffte inständig, die Welt würde tatsächlich ganz anders aussehen, wenn sie wieder aufwachte.

Doch das sollte leider etwas länger dauern als ein kleines Schläfchen.

Kapitel 33

Am nächsten Tag schien die ganze Welt irgendwie dumpf, fast, als liefe alles mit halber Geschwindigkeit und Lautstärke. Jackson war nicht wieder aufgetaucht und hatte weder angerufen noch gesimst, und im Küchenradio lief wieder Kreol-Musik. Charlotte nahm an, dass die Jungs irgendwie Wind von dem Artikel bekommen hatten, weil alle bemüht vermieden, den Song irgendwie zu erwähnen. Sie zogen sie nicht mal durch den Kakao. Es war beinahe beleidigend.

Tage vergingen. Jackson ließ sich nicht blicken, und irgendwann hörte Charlotte auf, ständig auf ihr Handy zu schauen, ob sie eine SMS von ihm bekommen hatte. Kat mied das Thema geflissentlich, und so entstand ein recht angenehmer Trott aus Arbeiten, Essen bestellen und Filme gucken. Rekonvaleszenzzeit. In gewisser Weise war es genau das, was Charlotte jetzt brauchte, und es führte ihr wieder einmal vor Augen, wie einsam sie gewesen war, ehe ihre ganze Welt zusammenbrach. Zugegeben, sie hatte die Nächte mit den heißesten Leuten in den angesagtesten Clubs der Stadt durchgetanzt und Dinge getan, von denen andere nur träumen konnten, aber wie sich nun herausstellte, machte es ihr viel mehr Spaß, im Pyjama vor dem Fernseher herumzulümmeln und *Star Trek* zu schauen. Ihre Freundschaft mit Kat wurde jeden Tag inniger, und sie genoss es, dass ihre Freundin nicht ständig plapperte und jedes kleine Schweigen mit Worten füllen musste. Irgendwie stimmte die Chemie zwischen ihnen, und in der wohligen Wärme ihrer Freundschaft begannen Charlottes Wunden langsam zu verheilen, und sie wurde zusehends ruhiger und entspannter. Sie versuchte, ihre Traurigkeit darüber zu verdrängen, dass Jackson einfach verschwunden war, und ermahnte sich jeden Tag, dass bei all dem Mist, der ihr in letzter Zeit passiert war, ein neuer Freund wirklich ihre geringste Sorge war. Entschieden verbannte sie den Gedanken an eine Musikkarriere aus ihrem Kopf und konzentrierte sich ganz darauf, einen Tag nach dem anderen anzugehen.

Als Jackson ungefähr eine Woche später zur Tür von Kats Häuschen hereinplatzte, machte ihr Herz allerdings unvermittelt einen riesengroßen Satz.

»Nein, wirklich, komm doch rein«, murmelte Kat träge und leckte sich die Butter von den Fingern. Sie aßen gerade Popcorn und schauten ein altes Musical. »Ich fände es furchtbar, wenn du auf Förmlichkeiten bestehen oder dich auch nur an die Grundregeln der Höflichkeit halten würdest.«

»Entschuldige, Kat, du hast vollkommen recht.« Jackson war ganz außer Atem. Er sah Charlotte an. »Charlotte, ich muss mich bei dir entschuldigen.«

Ungerührt guckte Charlotte ihn an. Das war ja schon mal ein guter Anfang, aber so leicht wollte sie ihn nicht vom Haken lassen.

Er redete einfach weiter. »Ich war wütend auf dich, obwohl du gar nichts dafür konntest, und es tut mir aufrichtig leid.«

Sie guckte weiter.

»Und dass ich nicht auf der Stelle hergekommen und dich um Entschuldigung gebeten habe, liegt daran, dass ich gemerkt habe, was für ein Stinkstiefel ich war, und es mir schrecklich peinlich war. Und dann waren auf einmal schon ein paar Tage vergangen, und es war zu spät, um herzukommen und mich zu entschuldigen.« Frustriert gestikulierte er mit den Händen herum. »Ich habe alles vermasselt. Es tut mir wirklich sehr leid.«

Charlotte zog eine Augenbraue nach oben. Sollte er doch ruhig noch ein bisschen leiden und sich winden.

Jackson holte tief Luft. »Ich weiß, das klingt jetzt wirklich fast an den Haaren herbeigezogen, aber ein Freund von mir aus L. A. hat mir eben gemailt, dass er unseren Song dort im Radio gehört hat. Ich weiß nicht, wie das sein kann, aber das hat er gesagt.«

Charlotte runzelte die Stirn und sah Kat an. »Also bist du hergekommen, um dich zu entschuldigen, weil es mit dem Song wieder läuft, und jetzt willst du wieder gutes Wetter machen.«

Entschieden schüttelte er den Kopf. »Ich weiß, dass es so aussieht, aber das stimmt nicht. Ich wollte sowieso gerade herkommen, als mein Kumpel sich gemeldet hat. Ich wollte mich nicht *nicht* entschuldigen, nur weil es doof ausgesehen hätte. Du fehlst mir sehr, Charlotte. Der blöde Song ist mir ganz egal.«

Kat stand auf und ging an ihren Computer. Über die Schulter sagte sie: »Charlotte, warum gibst du nicht einfach zu, dass er dir auch gefehlt hat, und dann könnt ihr beiden euch hinter meinem Rücken in die Arme fallen und hemmungslos rumknutschen. Ich schaue derweil online nach, ob es stimmt, was er sagt.«

Charlotte lachte. Kat hatte recht. Jackson zu umarmen fühlte sich so wunderbar an; ihr fiel ein Stein vom Herzen. Es war in Ordnung, andere Menschen zu brauchen; das lernte sie in diesen Tagen. Man musste bloß ein bisschen vorsichtig sein.

»Na, heiliges Kanonenrohr«, trompetete Kat lachend. »Euer Song läuft ja wirklich überall rauf und runter. Das ist der Hammer.« Gemeinsam spähten Charlotte und Jackson Kat über die Schulter. Sie hatte eine der großen Online-Musikseiten aufgerufen, und unter »Neu und gut« war ein einfacher kleiner Icon, auf dem »Fire and Ice, Jack und Charlie« stand.

»Wie zum Teufel konnte das denn passieren?« Charlotte konnte sich das alles nicht erklären.

»Na ja, ich habe ihn hochgeladen, und anscheinend hat sich die Sache dann verselbstständigt.« Jackson strahlte. »Das Internet ist eine großartige Erfindung. Guck mal, hier gibt es sogar einen Link zu unserem Video.«

Und dem folgten sie nun.

»Lies mir bitte diese Zahl vor«, murmelte Kat mit andächtig leiser Stimme. »Ich bin nicht so gut in Mathe.«

Jackson räusperte sich. »Fünf Millionen, neunhunderttausend, zweihundertsiebenundzwanzig Klicks.«

Ehrfürchtiges Schweigen machte sich breit, und dann haute Kat Charlotte auf den Rücken. »Glückwunsch, das nenne ich virales Marketing!«

»Ähm … toll.« Ihr war plötzlich ganz flau.

Kats Telefon klingelte.

»Hallo? Ja, am Apparat.« Sie schaute ihre Freundin an, während sie dem Anrufer zuhörte, und dann sahen beide, wie Kat ziemlich blass um die Nase wurde. »Na, das sind ja wirklich tolle Nachrichten. Ich muss das zuerst mit meinen Klienten besprechen, und dann melde ich mich bei Ihnen.« Schnell kritzelte sie eine Nummer auf einen Zettel. »Ja, danke, schon notiert. Bis bald.« Dann legte sie auf. »Also, das war aber mal ein unerwarteter Anrufer.«

»Wer war das?«

»Bloß einer der erfolgreichsten Radio-DJs des Landes. Bloß die meistgehörte Stimme Amerikas. Bloß der Moderator mehrerer hochgelobter Fernsehsendungen und angeblich einer der bestbezahlten Entertainer im Fernsehen.«

Sie machte eine Kunstpause, obwohl sie den Namen gar nicht mehr hätte zu nennen brauchen.

»Bloß … Peter Lakeshore höchstpersönlich.«

*

Irgendwann hatte Kat genug vom In-der-Wohnung-Rumrennen und Sich-die-Lunge-aus-dem-Hals-Schreien, und ihre elegante Gelassenheit kehrte zurück.

»Anscheinend haben sie Dutzende Höreranfragen für euren Song bekommen und sich auf die Suche nach euch gemacht. Ihr sollt nach L. A. fliegen und ein Interview mit Pete machen und jemanden von einem Plattenlabel kennenlernen.«

»Und warum haben die dich angerufen?«

»Na ja, sie sagten, sie haben Jackson über seine Webseite angemailt, aber darauf keine Reaktion erhalten.«

Jackson saß auf dem Sofa, Charlotte auf dem Schoß, und schien von den sich überschlagenden Ereignissen leicht überfordert. »Ich war mit den Gedanken woanders, weil ich Charlotte so vermisst habe. Ich habe die Mails von der Seite ein, zwei Tage lang nicht mehr abgerufen.«

»Ist ja auch egal. Dann haben sie Albrechts Sender angerufen, und obwohl er deinen Vater hasst wie die Pest, ist die Angst vor meiner Mom anscheinend stärker als die Abneigung, denn er hat ihnen erzählt, ich sei eure Managerin, und hat ihnen meine Telefonnummer gegeben. Pete war ziemlich aus dem Häuschen, eigenen Angaben zufolge, und dann war er weg, und irgendein Mädel war dran und wollte mit mir die Details besprechen. Ich habe ihr gesagt, ich rufe zurück.« Sie grinste die beiden an. »Also, was meint ihr? Wollen wir den Anruf annehmen oder die Nummer sperren lassen?«

*

Ungefähr eine Stunde später rief eine Koordinatorin des Senders an, um alles festzuklopfen.

»Hi, ich bin Tiffanii-mit-zwei-i, und ich bin die Koordinatorin von KRRK, okay?«

Kat sagte ja. Was hätte sie auch sonst sagen sollen?

»Wir haben Ihnen die Bestätigung Ihrer Flugbuchung zugemailt. Haben Sie die bekommen?«

Auch diese Frage konnte Kat mit einem Ja beantworten; sie hatte die Tickets bereits ausgedruckt.

»Ein Wagen wird Sie am Flughafen abholen, und Sie steigen dann dort ein, okay?«

Hier zögerte Kat einen Augenblick, weil sich die Frage stellte, aus welchem Grund sie *nicht* in den Wagen steigen sollten, beschloss aber, dass Tiffanii-mit-zwei-i womöglich auch Tiffani-mit-zwei-Gehirnzellen war, und ließ es dabei bewenden.

»Sie können Ihr Gepäck im Hotel abgeben, und dann bringt der Wagen Sie zum Sender. Sie brauchen nichts weiter mitzubringen als die Grundausstattung: Handy, Make-up, Kleider zum Wechseln, Sonnenbrille, Tasche, Schuhe.«

Schuhe? Kat nahm den Hörer vom Ohr und starrte das Telefon ungläubig an. »Kommen denn manchmal Leute ohne Schuhe?«

Tiffanii schien diese Frage aus dem Konzept zu bringen. »Neeeein, aber manchmal kommen sie nicht in den richtigen Schuhen.«

Kat atmete tief durch. »Okay, also gut. Ich werde dafür sorgen, dass die Band gut beschuht ist.«

»Beschuht?«

»Schuhe trägt.«

»Okay, gut. Ein Fotograf wird dabei sein, der vorab ein paar Fotos schießt. Möchten Sie, dass wir Ihnen einen Stylisten stellen?«

»Nein. Ich bin die Stylistin.«

Kat fürchtete schon, Tiffanii mit dieser Aussage eventuell zu verwirren, aber diese Sorge erwies sich als unbegründet. Sie hörte, wie Tiffanii sich etwas notierte.

»Ah, dann sind Sie die Managerin/Stylistin? Okay, ich bin nämlich Koordinatorin/Assistentin/Schauspielerin.«

»Cool.«

»Ja?«

»Klar.«

»Nach den Fotos machen wir dann ein Liveinterview mit Peter, und dann bringt der Wagen Sie wieder ins Hotel, damit Sie sich ein bisschen ausruhen und frisch machen können.«

»Wofür noch mal genau?«

»Für das Dinner mit Peter. Er hat morgen zwei Geschäftsessen vor seinem eigentlichen Abendessen, und ihr seid das erste, also kein Dessert, okay?«

»Und warum nicht?«

»Weil dafür keine Zeit ist. Das Dessert müssen Sie für Ihre Band selbst organisieren.«

»Das tue ich ganz sicher.« Wie sie meinte.

»Am nächsten Tag sind Sie dann in der Plattenfirma, damit habe ich nichts zu tun, okay?«

»Okay. Soll ich dann da anrufen und alles besprechen?«

Tiffanii lachte. »Neihein! Jessika wird Sie anrufen. Sie ist eine der dortigen Koordinatorinnen/Bookerinnen/Studiomanagerinnen.«

»Schreibt sie sich auch mit zwei i?«

»Nein, mit einem k.«

Und dann legte sie auf.

*

Zwei Tage später standen die drei umgeben von Freunden und Verwandten am Flughafen. Kat hockte auf ihrem altmodischen Vuitton-Koffer und trug für die Reise ein Ensemble bestehend aus einem gelb-rosa Pucci-Kaftan, Espadrilles und auf der Nase eine gigantische gelbe Sonnenbrille. Ihre Mutter scharwenzelte um sie herum, und Kat ließ sie großmütig gewähren.

»Also, Katherine, vergiss nicht, dass die Luft dort viel trockener ist als hier, also immer daran denken, viel zu trinken und dich einzucremen.«

»Und nicht die Sonnencreme vergessen.«

»Und nicht die Sonnencreme vergessen, Schätzchen, und zwar immer und überall. Denk daran, du bist ein Südstaatenmädel; wir verrunzeln schnell.«

Kat schaute Charlotte an und guckte dann schnell weg und versuchte, nicht zu grinsen.

Charlotte stand neben Millie, die gerade Jackson streng mit dem Zeigefinger in die Brust piekste.

»Denk immer an deine gute Kinderstube und vergiss deine Manieren nicht, hörst du?«

»Mom ...«

»Nimm keine Drogen und unterschreibe nichts ohne deinen Anwalt.«

»Mom ...«

»Und sei mir zuliebe bitte ein bisschen altmodisch und pass auf die beiden jungen Damen auf.«

»Mom!« Sanft nahm er sie an den Schultern. »Wir fliegen bloß nach Los Angeles, nicht in die tiefste Mongolei. Ich rufe dich an, sobald wir da sind, okay? Und nun beruhige dich.«

Kat stand auf. »Okay, dann wollen wir mal. Mütter, zurücktreten bitte!«

Es versetzte Charlotte einen kleinen Stich, dass ihre Mutter nicht dabei war, aber als Millie und Leila sie dann beide fest in die Arme nahmen, fühlte sie sich alles andere als allein und verlassen.

»Sei schön brav, Charlotte«, flüsterte Millie. »Pass gut auf dich auf.«

Lächelnd nickte Charlotte, und dann gingen die drei gemeinsam zur Sicherheitskontrolle.

*

Charlotte war schon Dutzende Male in Los Angeles gewesen, aber für Jackson und Kat war es eine Premiere.

Leider lag der LAX nicht gerade im schönsten Teil der Stadt, aber durch die getönten Scheiben einer Limousine sieht eigentlich alles gut aus.

Jackson war völlig aus dem Häuschen. »Das ist so cool. Ich bin gerade mal zwanzig Minuten in L. A., und schon sitze ich in einer Limo.«

»Und jetzt stecken wir auch noch im Stau, also hast du gleich ein authentisches L.-A.-Erlebnis.«

Charlotte war nicht so überwältigt von L. A. wie die beiden anderen, aber es war schön, unter diesen Vorzeichen hier zu sein. Ein bisschen nervös war sie aber trotzdem. Sie kannte viele Leute in der Stadt, und Paparazzi gab es hier wie Sand am Meer, und auch wenn keiner beim Sender bisher irgendwas davon erwähnt hatte, war es doch gut möglich, dass die Meute zwei und zwei zusammengezählt hatte und wusste, wer sie war. Ihr Dad war zwar augenblicklich nicht mehr so oft in den Schlagzeilen, aber es war erst ein paar Wochen her, seit alles ans Licht gekommen war. Sie fragte sich, wie lange Dan Robinson wohl brauchen würde, sie hier aufzuspüren.

Am Tag zuvor hatte sie kurz mit Arthur Bedford gesprochen.

»Hast du das wirklich alles gesagt, Charlotte?«, hatte der Anwalt sie ohne Umschweife gefragt.

»Na ja, ich weiß nicht so genau. Eigentlich war das alles vertraulich.«

»Hmm. Ich werde mal den Chefredakteur anrufen und mich beschweren. Vielleicht kann ich dadurch verhindern, dass wir weiterhin mit einer solch schmutzigen Berichterstattung seitens Mr. Robinson konfrontiert werden, aber du solltest in Zukunft etwas vorsichtiger sein, Charlotte. Am besten hältst du dich einfach an ›Kein Kommentar‹, ja?«

Als sie aufgelegt hatte, war sie sich vorgekommen wie ein unartiges Kind, und nun, im blendend hellen, sonnigen Los Angeles, versuchte sie die ganze Angelegenheit einfach zu vergessen.

*

Außerdem hatte das Gespräch, das sie während des Flugs mit Jackson geführt hatte, sie etwas nervös gemacht. Auch wenn er eindeutig ziemlich aus dem Häuschen war, legte die erste Begeisterung sich allmählich, und sie konnte ihm förmlich ansehen, dass er über etwas nachgrübelte.

Schließlich fragte sie ihn einfach. »Was ist los, Jackson? Du scheinst mit den Gedanken ganz woanders zu sein.«

Mit ernstem Gesicht, aber trotzdem lächelnd, drehte er sich zu ihr um. »Für jemanden, der mich nicht besonders gut kennt, kennst du mich ziemlich gut.«

Sie erwiderte sein Lächeln. »Na ja, du bist nicht gerade ein Meister darin, deine Gefühle zu verbergen.«

»Ich weiß ja nicht mal genau, was ich eigentlich fühle, um ganz ehrlich zu sein. Das Problem ist folgendes.« Er drehte sich zu ihr um und nahm ihre Hände in seine. »Ich finde es fantastisch, dass ›Fire and Ice‹ einschlägt wie eine Bombe und dass die Leute so darauf abfahren. Aber mein Herz gehört dem Jazz, und meine Heimatstadt ist New Orleans. Ich will nicht nach L. A. ziehen und Popsänger werden, weißt du, was ich meine?«

»Na ja, so weit sind wir ja noch nicht. Zunächst mal finden sie einfach nur unseren Song klasse.« Charlotte rutschte langsam, aber sicher das Herz in die Kniekehlen, auch wenn sie sich große Mühe gab, sich nichts anmerken zu lassen.

Er nickte. »Ich weiß. Darum finde ich es ja auch ein bisschen albern, dass ich mir überhaupt Gedanken darüber mache. Aber trotzdem, ich wollte damit nur sagen, dass mich das alles ein bisschen kirre macht. Ich weiß, dass du als Sängerin richtig Karriere machen könntest. Du bist wirklich großartig. Und zumindest jetzt fürs Erste stehe ich hundertprozentig hinter dir. Aber auf lange Sicht gesehen ist das womöglich nicht ganz mein Ding.« Er lächelte sie schief an. »Wobei du, du könntest auf lange Sicht gesehen sehr mein Ding sein.« Und dann beugte er sich nach vorne und küsste sie zuckersüß.

Unversehens schien ein Stückchen ihrer alten distanzierten Selbstbeherrschung zurückzukehren. *Hallo, mein schillernder Schutzpanzer.* »Na ja, wir nehmen es jetzt erst mal, wie es kommt, und schauen einfach, was passiert. Vielleicht ist es bloß ein Strohfeuer und vorbei, ehe wir's uns versehen.«

Worauf Jackson nickte und sanft ihre Hand drückte. »Du hast recht, Babe. Hollywood lässt einen genauso schnell wieder fallen, wie es einen in den Himmel hebt, habe ich mir sagen lassen.«

Charlotte drehte sich um und schaute aus dem Fenster, damit er nicht merkte, wie nervös sie war. *Hollywood … wir kommen.*

⋆

Ihr Hotel war am Sunset Boulevard, nur ein paar Häuser vom berühmten Château Marmont entfernt. Als sie den La Cienega Boulevard entlanggefahren waren, hatten sie das Hollywood-Schild gesehen, und Jackson und Kat hatten ganz aufgeregt losgekichert.

»Ich gebe mir allergrößte Mühe, cool zu bleiben«, hatte Kat gesagt, »aber das Hollywood-Schild ist einfach noch viel cooler als ich. Dem habe ich nichts entgegenzusetzen.«

Jetzt, als attraktive junge Männer sich um ihr Gepäck kümmerten und sie in eine mit Rauchglas und Schiefer verkleidete Lobby geführt wurden, kamen sie sich vor wie in einem Film. Charlotte achtete kaum darauf, aber als Kat sich umschaute, musste sie feststellen, dass sie noch nie in ihrem Leben so viele gut aussehende, gut angezogene Menschen gesehen hatte. New Orleans war eine elegante Stadt, und durch die lange Geschichte der Vermischung unterschiedlicher ethnischer Gruppen sah man dort mitunter umwerfend hübsche Menschen, aber es gab auch weniger schöne Ecken und Gesichter. Hier schienen alle Leute wie mit Airbrush und Photoshop retuschiert und mit zusätzlichen kleinen Highlights versehen. Überall glänzten lange Haare, schimmerte glatte Haut, protzten gestählte Muskeln und sorgfältig ausgewählte lässige Kleidung. Jeder sah aus wie ein Promi, oder als könnte er demnächst einer werden. Es war seltsam. Sogar sie selbst fühlte sich plötzlich sehr glamourös, was ein sehr angenehmes Gefühl war. Und das Wetter war einfach der Knaller.

Der junge Mann an der Rezeption sah aus, als sei er gerade einem Abercrombie-Katalog entstiegen.

»Hallo, ich bin Justin. Willkommen im Hotel Rothko. Möchten Sie gerne einchecken?«

Kat nannte ihm ihre Namen, und er reichte ihr lächelnd drei dünne Titanstäbchen.

»Das sind Ihre Zimmerschlüssel. Bewegen Sie die einfach über das Kontrollfeld an der Tür.«

»Ja, schon klar.« Kat lächelte cool, als bekäme sie jeden Tag irgendwelche Stäbchen aus Ultraleichtmetall in die Hand gedrückt, und dann marschierten die drei gemeinsam zum Fahrstuhl.

*

Ihre Zimmer lagen wie auf einer Perlenschnur aufgereiht nebeneinander, was sehr nett war, auch wenn die Räume kleiner waren als Kats begehbarer Kleiderschrank zu Hause – selbstredend perfekt eingerichtet, aber winzig klein. Das weichste Bett der Welt stand vor einem an der Wand befestigten Plasmabildschirm, und in der Wand hinter dem gepolsterten Betthaupt funkelten kleine Lichter. Vom Bett konnte man mühelos in die Minibadewanne hopsen – was Kat auch gleich sehr gelenkig demonstrierte –, sodass man eher das Gefühl hatte, auf einer Yacht zu sein als in einem extrem kleinen Hotelzimmer.

»Vermutlich mussten sie sich zwischen Qualität und Quantität entscheiden und haben Ersteres gewählt.« Kat strich mit der Hand das Bettlaken glatt und nahm anerkennend den feinen Stoff zur Kenntnis. Für sie und Charlotte, die ohnehin immer das Feinste vom Feinen gewöhnt waren, war das alles ganz normal, aber Jackson war völlig von den Socken.

»Habt ihr mal die Handtücher gefühlt? Die sind der Hammer!« Glucksend schoss er Fotos mit dem Handy, um sie seiner Mutter zu schicken. »Der Tag heute ist echt der Knaller, dabei hat er gerade erst angefangen.«

Kat warf einen Blick auf die Uhr. »Na ja, wie man's nimmt. Wir sollten uns lieber schleunigst fertig machen und runter zum Wagen gehen, sonst kommen wir noch zu spät. Ich möchte nicht, dass Tiffanii-mit-zwei-i nachher noch angepisst-mit-zwei-s ist.«

*

Der Radiosender war in Burbank und der Verkehr auf dem Weg dorthin wie gewöhnlich die Hölle. Als sie schließlich dort ankamen, war es bereits Nachmittag, und Tiffanii wirkte ziemlich aufgelöst.

»Wir sind spät dran, also geht es gleich ins Studio, okay?«

Charlotte machte den Mund auf, um eine Frage zu stellen, aber Tiffanii war bereits losgestürzt.

»Los, los«, rief sie über die Schulter nach hinten. »Wir haben den Fotografen auf morgen verlegt, es ist also egal, wie ihr ausseht. Wir müssen nur schnell ins Studio.«

Da in diesem Moment ohnehin keiner der drei einen Gedanken daran verschwendet hatte, wie sie aussahen, waren sie alle etwas verdutzt, aber dann zuckte Jackson die Achseln und ging hinter ihr her. Tiffanii hatte sich als ausnehmend zierlich und schlank und genauso zuckersüß wie sämtliche anderen Mädels erwiesen, die sie bisher in L. A. gesehen hatten, und als sie im Gänsemarsch hinter ihr herliefen, drehte Jackson sich um und flüsterte: »Wisst ihr was, vielleicht sind die Hotelzimmer ja so klein, weil alle Leute hier nur halb so groß sind wie normale Menschen.«

Charlotte musste kichern. »Da sagst du was! Ich komme mir vor wie ein Riese.«

Kat verpasste beiden einen Rüffel. »Seid nicht so gemein. Tiffanii mag zwar mit einem zusätzlichen Vokal gesegnet sein, aber das heißt noch lange nicht, dass sie nicht hart gearbeitet hat, um dahin zu kommen, wo sie jetzt ist.«

Sie schloss zu der hektisch vorauseilenden jungen Frau auf, die sie zielstrebig durch ein Labyrinth aus mit Teppichboden ausgelegten Fluren voller goldener Schallplatten und Starfotografien führte. »Erzählen Sie mal, Tiffanii, wie sind Sie denn zum Radio gekommen?«

Tiffanii lachte kurz auf. »Ach, der Sender gehört meinem Dad. Ich helfe hier nur ein bisschen aus, bis ich in Hollywood den Durchbruch geschafft habe.« Und damit zog sie eine große Flügeltür auf. »Da wären wir.«

Kapitel 34

Peter Lakeshore entpuppte sich als Mann mit zwei vollkommen verschiedenen Gesichtern. Beim ersten Kennenlernen war er sehr ernst und hochkonzentriert und sprach kaum ein Wort, als er ihren Song aus dem beeindruckenden Computersystem des Senders zog. Mit geschlossenen Augen saß er da und lauschte, während das Lied lief.

»Wisst ihr«, meinte er versonnen, »das erinnert mich ein bisschen an diesen Sheryl-Crow-Song, ›All I Wanna Do‹, aber er ist sexier, und deine Stimme klingt vollkommen anders, mehr nach Sade, aber in jünger.«

Urplötzlich setzte er sich kerzengerade auf, und seine Augen wurden groß und rund und schauten Charlotte und Jackson durchdringend an. »Seid ihr beiden bereit, ganz groß rauszukommen? Diese Single wird sich millionenfach verkaufen.« Und dann, ebenso unvermittelt, senkte er die Stimme wieder. »Natürlich nur mit etwas Unterstützung. Ihr müsst es auf jeden Fall in einem richtigen Studio neu aufnehmen.« Dynamisch sprang er auf und gab Charlotte die Hand. »Sie sind die Sängerin, ja? Nicht Sie?«, fragte er mit einem Blick auf Kat.

»Nein, ich bin die Tonmeisterin«, erklärte sie trocken. »Ich bin Managerin/Stylistin/Tonmeisterin.«

»Schön«, entgegnete er, ohne mit der Wimper zu zucken. »Charlotte, richtig?« Charlotte nickte. »Ich würde gerne ein kurzes Interview mit euch beiden machen, damit das möglichst bald gesendet werden kann. Okay?«

Worauf sie begeistert nickten.

»Das machen wir jetzt gleich hier im Studio, und dann bringe ich es morgen früh in der Morgensendung. Ihr habt morgen einen Termin bei diesem Label, stimmt's?« Ohne auf eine Antwort zu warten, setzte er seinen Kopfhörer auf und begann, auf irgendwelchen Knöpfen herumzudrücken. Angeblich war er Mitte dreißig, sah aber genauso jung aus wie seine drei Gäste und war im wahren Leben noch attraktiver als im Fernsehen. Alles, was er machte, geschah schnell und aufmerksam, aber hin und wieder nahm er plötzlich das Tempo wieder raus, als könne er ganz nach Belieben jederzeit auf Knopfdruck entspannen.

»Wo ist denn das Mikro?«, fragte Jackson und schaute sich suchend um.

»Über Ihnen, wir hören Sie einwandfrei.«

Lakeshore saß an seinem Pult, halb verborgen hinter Monitoren und Bedienfeldern. Er benutzte ein altmodisches Mikrofon, an das er ganz nahe heranrückte. Als er anfing zu reden, da war seine Stimme plötzlich die, der jeden Tag Millionen von Menschen lauschten; vertraute Töne, die im ganzen Land ausgestrahlt wurden.

»Also, das ist wirklich mal eine Geschichte. Vor ein paar Tagen haben wir hier angefangen, einen Track zu spielen, ›Fire and Ice‹ heißt er, ihr kennt ihn inzwischen bestimmt auswendig. Der Song stammt von einem bisher unbekannten Duo, Jack und Charlie, zwei Kids aus New Orleans. Langer Rede kurzer Sinn: Die beiden sind heute hier bei uns im Studio.« Damit zwinkerte er Charlotte zu und sprach sie zuerst an. »Also, Charlie, dann sind Sie wohl der weibliche Teil des Duos, stimmt's?«

Charlotte lachte. »Hat man mir so gesagt, ja.« Sie schaute sich nach einer Sitzgelegenheit um und setzte sich schließlich auf einen Hocker.

»Und seid ihr beiden alte Sandkastenfreunde oder was?«

»Nein, wir sind uns erst vor Kurzem begegnet, obwohl ich seine Mom schon seit Ewigkeiten kenne.«

»Ihre Mom hat Sie beide zusammengebracht?«

Jetzt musste Jackson lachen. »Na ja, so würde ich das nicht sagen. Sie kannte Charlotte einfach schon länger. Charlotte ist übrigens in New York aufgewachsen, nicht in New Orleans.«

Unvermittelt erschien Tiffanii hinter Peter Lakeshore und reichte ihm einen Zettel. Er überflog ihn schnell und zog die Augenbrauen hoch, während Jackson weitererzählte.

»Tja, und diese ohnehin schon heiße Geschichte wird noch besser, wenn man weiß, dass Charlie keine andere ist als Charlotte Williams, die Tochter von Jacob Williams, der, wenn ich mich recht entsinne, kürzlich wegen Unterschlagung und Veruntreuung von Millionen von Dollar ins Gefängnis gewandert ist.«

Charlotte spürte, wie ihr alle Farbe aus dem Gesicht wich. *Verdammter Mist.*

»Das stimmt tatsächlich, Peter.« Jacksons Stimme klang vollkommen ruhig und gelassen. »Was mal wieder beweist, dass jedes Unglück auch sein Gutes hat. Charlotte ist nach New Orleans gekommen, um sich bei meiner Mom eine Weile von dem ganzen Presserummel zu erholen, und dort haben wir uns kennengelernt und angefangen, gemeinsam Musik zu machen.«

Peter studierte aufmerksam ihr Gesicht, und plötzlich lächelte er. »Ein Glück für Sie, was, Charlotte?«

»Nennen Sie mich ruhig Charlie, das ist schon in Ordnung. Und ja, ich habe wirklich großes Glück gehabt.«

»Und jetzt, wo Sie in L. A. sind, wollen Sie da noch ein paar neue Tracks aufnehmen? Vielleicht ein Video zu ›Fire and Ice‹ drehen?«

»Genau das haben wir vor, Peter.«

»Toll. Also gut, hier kommt also der neue Sommerhit ›Fire and Ice‹ von Jack und Charlie.«

Und genauso schnell, wie ihnen alles um die Ohren zu fliegen gedroht hatte, war es auch schon wieder vorbei, und es war nicht mal Blut geflossen.

Peter Lakeshore gab ihnen beiden die Hand und hielt einen Augenblick mit Charlottes Hand in seiner inne. »Die Leute hätten es ohnehin herausgefunden. Das ist Ihnen klar, oder?«

Sie nickte und versuchte krampfhaft, nicht vor einem der einflussreichsten Medienleute der USA in Tränen auszubrechen.

»Wenn ich Ihnen einen guten Rat geben darf, schneiden Sie sich bei Ihrem Freund hier ein Scheibchen ab.« Und damit musterte er Jackson grinsend. »Zur Kenntnis nehmen, abhaken und weitermachen. Sie sind ja nicht ins Gefängnis gewandert, und wenn Sie wüssten, wie viele Promis Dreck am Stecken haben, Sie würden sich wundern. Es sei denn, Sie lesen die Klatschblätter, dann wundern Sie sich über gar nichts mehr. Lassen Sie sich diese Chance nicht entgehen. Am Anfang wird die Presse das sicher mit dem größten Vergnügen breittreten, aber irgendwann wird das langweilig. Konzentrieren Sie sich auf die Arbeit, dann kann gar nichts schiefgehen.«

Und mit einem strahlenden Lächeln in die Runde war er verschwunden und rief noch über die Schulter zurück: »Essen schaffe ich heute Abend leider doch nicht, aber euch viel Spaß, Leute!«

Und dann war Tiffanii wieder da und führte sie nach draußen, und als die Tür ihnen beim Rausgehen beinahe in den

Rücken schlug, wurde ihnen plötzlich klar, dass sie keinerlei Verpflichtungen mehr hatten und den Rest des Tages freinehmen konnten.

»Ich weiß ja nicht, wie es euch beiden geht«, meinte Kat mit einem Blick auf das frühabendliche Burbank, »aber ich habe einen Bärenhunger. Drei Jobs gleichzeitig können einen ganz schön schlauchen.«

Kapitel 35

Peter Lakeshore war ihnen ja schon ein bisschen verrückt vorgekommen, aber gegen die Leute von der Plattenfirma schien er der reinste Ausbund an Vernunft und gesundem Menschenverstand zu sein.

Der Tag fing gar nicht gut an.

Es begann damit, dass die Koordinatorin des Labels, Jessika, sie in der Hotellobby abholte, von Kopf bis Fuß in schwarzes Leder gekleidet. Sie war groß, durchtrainiert und sah einfach umwerfend aus. Die langen wilden schwarzen Haare schlängelten sich bis auf ihren Rücken hinunter, und sie sah aus wie eine Superheldin oder eine Figur aus einem Videospiel. Kat fielen beinahe die Augen aus dem Kopf, aber sie ließ sich nichts anmerken.

»Heute gibt's leider keine Limo für euch«, erklärte Jessika, als sie die drei zu einem langen, tief liegenden, auf Hochglanz polierten Mercedes führte. »Ich fahre selbst. Und es ist auch nicht weit.« Und damit zeigte sie mit dem Schlüssel auf den Wagen, und mit einem Piepsen entriegelten sich die Schlösser. Jackson steuerte auf die Beifahrerseite zu, aber Kat rempelte ihn rücksichtslos beiseite und schlüpfte aalglatt neben Jessika auf den Sitz. Sie trug heute ein schwarzes Etuikleid à la *Frühstück bei Tiffany* von Givenchy und wirkte unter den braungebrannten Fitnessfanatikern wie ein Rennpferd inmitten einer Schafherde.

Urplötzlich zuckte ohne Vorwarnung ein Kamerablitz auf, und Charlotte drehte sich um, als sie hörte, wie jemand ihren Namen rief.

»Charlotte! Hier drüben!«

Und dann war da auf einmal ein Blitzlichtgewitter, eine Wand aus Licht und Mikrofonen und Gesichtern. Anscheinend hörten eine Menge Leute Peter Lakeshores Radiosendung.

»Du Miststück!«, brüllte ihr ein Mann mittleren Alters zu, der ansonsten vollkommen normal aussah und hinter den Fotografen stand. »Erst stiehlst du uns unser Geld, und dann machst du auch noch Karriere auf unsere Kosten! Flittchen!«

Im Bruchteil einer Sekunde war Jessika aus dem Auto geschossen und stand schützend neben Charlotte. »Kein Kommentar, verpisst euch, herzlichen Dank!«, schrie sie, wirbelte Charlotte herum und schob sie umstandslos in den Wagen. Nachdem sie sich vergewissert hatte, dass auch Jackson eingestiegen war, knallte sie die Tür zu und sprang ebenfalls in den Wagen, um gleich darauf mit verbotener Geschwindigkeit und quietschenden Reifen vom Parkplatz des Hotels zu rasen.

»Was war das denn gerade?«, fragte sie mit einem Blick auf Charlotte im Rückspiegel.

»Wissen Sie das denn nicht?«

Jessika zuckte bloß mit den Schultern. »Ich war gestern Abend lange unterwegs, ich weiß nicht mal, wann ich nach Hause gekommen bin. Ich hatte noch keine Zeit, irgendwelche Hintergrundinfos über euch zu lesen.«

Seufzend schaute Charlotte aus dem Fenster. Langsam hatte sie es satt, immer alles erklären zu müssen.

Kat kam ihr zu Hilfe. »Charlottes Dad ist Jacob Williams, der gerade ins Gefängnis gegangen ist.«

»Ach, echt? Warum, hat er jemanden umgebracht?« Jessika schien nur mäßig interessiert.

»Nein. Er hat eine Menge Geld geklaut.«

»Ach? Von dem Kerl da draußen?«

»Keine Ahnung. Von ziemlich vielen Leuten, also vielleicht auch von dem, wer weiß.«

»Ach, na ja, macht euch nichts draus. Das geht vorbei.« Charlotte staunte nicht schlecht, aber Jessika erklärte, was sie damit meinte. »Es ist so, ich habe schon mit so vielen Rockstars und Musikern und Schauspielern und was weiß ich noch zusammengearbeitet, und früher oder später bekommen die alle irgendwelche Schwierigkeiten. Drogen, Frauen, Geld, Sex, Zockerei, Prügeleien, egal was. Und die Presse stürzt sich drauf wie die Aasgeier. Ist ja auch viel leichter, als wirklich gut recherchierte Artikel zu schreiben, wisst ihr, investigativer Journalismus und so. Und da diese Leute meistens auch noch sehr fotogen sind, liest man das auch viel lieber, als zu erfahren, dass Joe Mustermann mal wieder seine Freundin verprügelt hat. Wen interessiert das schon?« Und damit lehnte sie sich zurück und stützte den in Leder gehüllten Arm am Türrahmen ab. »Da kann ich nur Emily Dickinson zitieren, die großartige amerikanische Dichterin: ›Ruhm ist wie Bienen. Kann singen – Kann stechen – Ah ja, kann auch fliegen.‹«

Es war still im Auto, während die anderen drei darüber nachdachten.

»Ach, fick die Henne«, schimpfte ihre Philosophin/Chauffeurin/Koordinatorin. »Hier sind sie auch schon.«

Der Mercedes bog schwungvoll in die Auffahrt der Plattenfirma ein, die aussah wie jedes andere x-beliebige Firmengebäude, von den gigantischen Plakaten weltbekannter Bands mal abgesehen, unter denen die Meute der Reporter und Paparazzi kaum auffiel.

»Wobei«, erklärte sie, während sie das Tor zu einer Tiefgarage hochfahren ließ, »diese zwielichtigen Gestalten kampieren quasi hier draußen, nur für den Fall, dass Britney oder Lindsay hier auftauchen.«

*

F. Aspen, der derzeit angesagteste Produzent Amerikas, war als Francis Aspenweiser geboren worden. Schon auf der Highschool hatte er seinen Namen geändert, weil es für ihn klar wie Kloßbrühe gewesen war, dass er für etwas ganz Großes bestimmt war. Und allen um ihn herum auch. Francis, wie Freunde und Familie ihn noch heute nannten, hatte bereits in der Grundschule seine erste Band gegründet (The Recess) und seinen Dad so lange bequatscht, bis der ihm statt einer Bar-Mizwa ein MacBook Pro und GarageBand (mit sämtlichen Jam Packs) schenkte. Er spielte Klavier, Gitarre, Saxofon, Schlagzeug, Bass, Cello und Trompete und konnte keinen einzigen geraden Ton singen. Was nicht weiter schlimm war – gute Sänger gab es wie Sand am Meer, und er wollte sowieso viel lieber produzieren. Er betete am Schrein des Heiligen Dre, mit den Nebengottheiten Guy Sigsworth und Bloodshy und Avant. Und trotz all seines Hip-Seins und seiner Fabelhaftigkeit war er im Grunde seines Herzens doch auch bloß ein Musikfreak Mitte zwanzig, der sich ein Loch in den Bauch freute, wenn er einen tollen Song hörte, zu dem man tanzen oder weinen oder Liebe machen wollte. »Fire and Ice« hatte er zwei Tage zuvor zum ersten Mal gehört, dank des Internets und einer Assistentin, deren einzige Aufgabe darin bestand, das Internet für ihn nach neuer Musik zu durchforsten, und seitdem lief der Song bei ihm in einer Endlosschleife.

»Charlie und Jack! Wie schön, euch kennenzulernen, Leute. Kommt rein, kommt rein.« Er sprang auf, wobei er auch dann höchstens einen Meter sechzig groß war, und umarmte Jessika zur Begrüßung. »Hallo, Schönheit, wie geht's dir?« Er war dunkelhaarig und sah so stinknormal und durchschnittlich aus, dass er genauso gut Barista oder Student hätte sein können, und nicht ein mit Multiplatin ausgezeichneter multinationaler Musikproduzent, dem die Welt zu den chucksbewehrten Füßen lag.

»Mir geht's gut, F., ganz gut, danke.« Jessika schälte sich aus ihrer hautengen Jacke, unter der ein aufreizend schlichtes weißes T-Shirt mit tiefem V-Ausschnitt zum Vorschein kam. Kat stieß einen seltsamen Ton aus und biss sich rasch auf die Zunge. »Die drei gehören dir, okay? Wenn ihr fertig seid, soll ich sie wieder ins Hotel zurückbringen, also klingle kurz an, ja?«

»Klar, Jessika, wird gemacht. Kannst du Sandy Bescheid sagen, dass wir was zu essen und zu trinken brauchen? Ich verdurste gleich. Ist schon Mittagszeit?«

Jessika musste lachen. »Seit wann bist du denn hier? Es ist nicht mal Brunchzeit, Alter.«

»Ich bin seit gestern Abend hier, Süße, du weißt doch, wie es ist, wenn ich erst mal anfange zu arbeiten.«

Die junge Frau sah ihn kopfschüttelnd an. »Das Frühstück ist die wichtigste Mahlzeit des Tages, Mann. Iss mal ein Müsli oder so was.« Seufzend schaute sie Kat an. »Ehrlich, diese Künstlertypen.« Und dann ging sie hinaus, und der Duft ihres Parfums hing noch lange, nachdem sie verschwunden war, in der Luft.

Charlotte schaute Kat an. *Ach, herrje.* Da hatte sich aber jemand ganz schön verguckt.

*

»Dann lasst mal hören, was ihr sonst noch so habt.«

F. hockte auf dem Mischpult, während Jackson in das Aufnahmestudio hinter dem Rauchglasfenster ging. Drinnen stand ein kleiner Flügel, an den er sich setzte, und dann legte er einfach los. Charlotte stand neben F. und schaute ihm zu und war schrecklich stolz auf ihn. Ein Song nach dem anderen schien nur so aus Jackson herauszuströmen, von bluesigen Liebesliedern bis hin zu schnellen, synkopierten Dance-Nummern. Irgendwie schaffte er es, nur mit dem Flügel und seiner Stimme Arrangements und Instrumentierung der Songs zu vermitteln, und Charlotte und Kat konnten an F.s Körpersprache erkennen, dass er am liebsten gleich losgelegt hätte.

An Charlotte gewandt meinte er: »Okay, und jetzt mit dir zusammen. Kennst du die Nummern alle?« Sie schüttelte den Kopf. »Dann solltest du sie dir schleunigst draufschaffen. In einer halben Stunde bin ich wieder da. Bis dahin hast du zwei drauf, okay?« Und damit ging er nach draußen, und sie hörten ihn nach Sandy rufen, wer immer er oder sie auch sein mochte.

*

Irgendwann im Laufe des Nachmittags passierte etwas Seltsames. Charlotte und Jackson bekamen es gar nicht richtig mit, weil sie sich darüber zankten, wer nun die Harmonien übernehmen sollte, aber Kat hatte quasi einen Platz in der ersten Reihe. F. Aspen hatte sich in seinem Produzentensessel zurückgelehnt, die Füße auf das Pult gelegt, und wartete darauf, dass Charlotte und Jackson sich bezüglich der Harmonien einigten. Charlotte fing an, die Harmonien zu singen, und kehrte dann zur Hauptmelodie des Songs zurück, um klarzumachen, was sie meinte, und aus welchem Grund auch immer wirkte und klang sie in diesem Augenblick so überirdisch schön, dass selbst Kat der Atem stockte. F. Aspen sprang wie von der Tarantel gestochen auf und rannte quasi im Laufschritt aus dem Raum.

Jackson und Charlotte diskutierten derweil unermüdlich weiter, aber Kat, die die ganze Zeit über alles genau beobachtet hatte, beugte sich nach vorne und drückte das Knöpfchen, durch das man sie im Nebenraum hören konnte.

»Ähm … Leute. Ich habe ja keine Ahnung, was los ist, aber irgendwas passiert hier gerade.«

Ihnen war das völlig schnuppe.

Jacksons Stimme klang ganz ruhig, aber an seinem Gesicht war klar zu erkennen, dass er seinen Ärger nur mühsam zurückhielt. »Ich habe den Song so geschrieben, dass ich an der Stelle die Melodie singe und du die Harmonie dazu, und in der nächsten Strophe dann umgekehrt.«

Charlotte zuckte nur die Achseln. »Mir ist schon klar, dass du das geschrieben hast, Jackson, das brauchst du mir nicht immer wieder unter die Nase zu reiben. Ich sage bloß, ich finde, so klingt es besser.«

»Tja, dass du das so siehst, ist mir klar, denn du siehst ja nichts anderes als dich.«

»Das stimmt doch gar nicht. Die Harmonien sind superwichtig. Es würde nicht gut klingen, wenn ich den Teil allein singen würde.«

»Tja, ich finde, du irrst dich, und da es mein Song ist …«

Die beiden wurden laut und immer lauter, aber als F. Aspen mit einem weiteren Mann hereinkam, ließ Kat den Knopf schnell los, und schlagartig verstummte der Streit.

»Siehst du, was ich meine?«

Wie es schien, führte F. Aspen ein Gespräch fort, das er mit dem anderen Mann draußen begonnen hatte, und Kat guckte sich die beiden neugierig an. Der andere Mann war älter, ungefähr so alt wie ihr Dad, und trug einen, wie Kat auf den ersten Blick sah, teuren Maßanzug. Darunter hatte er ein Cocteau-Twins-T-Shirt an, aber der Anzug musste ganz gewiss über fünftausend Dollar gekostet haben, kein Zweifel. Er sah gut aus, reich und ziemlich lässig, und auch wenn sein Gesicht faltenfrei und recht entspannt wirkte, waren seine Augen stechend und eiskalt. An Kat gewandt sagte er: »Sie sind Kat Karraby, die Managerin?«

Sie nickte und gab sich alle Mühe, genauso ruhig rüberzukommen wie er.

»Gibt es einen Vertrag zwischen den beiden?«

Sie schüttelte den Kopf.

»Oder zwischen den beiden und Ihnen?«

»Nein. Wir sind einfach nur befreundet. Es gibt nichts Schriftliches.«

Worauf er kurz lächelte. »Tja, dann gibt es also gar nichts.« Er drückte auf den Knopf und sprach Jackson und Charlotte an. »Ich bin John Sparks. Ich leite das Label.«

Die beiden Streithähne nebenan verstummten. Charlotte drehte sich zu der Trennscheibe um, und Kat konnte sehen, wie John Sparks' Gesicht noch unbewegter wurde.

Er ließ den Knopf los und wandte sich an F. »Du hast recht, die ist verdammt heiß. Und sie kann wirklich singen?«

»Kannst es dir ja selbst anhören.« Aspen beugte sich nach vorne. »Singt doch den zweiten Song noch mal. Den, der mittendrin schneller wird.«

»›Intoxication‹?«

»Genau.«

Jackson setzte sich an den Flügel, und Aspen startete das Playback mit Schlagzeug und weiteren Instrumenten, das er kurz zuvor zusammengebastelt hatte. Charlottes Gesangsspur blendete er aus, damit Sparks sie live singen hören konnte. Als sie dann anfing zu singen, drückte er schnell auf Aufnahme. »Den Take kann ich ja auch noch mitnehmen, wo wir schon mal dabei sind«, murmelte er in seinen nicht vorhandenen Bart.

Kat, die die beiden inzwischen gut genug kannte, merkte sofort, dass ihr kleiner Streit ihnen in musikalischer Hinsicht eher genutzt als geschadet hatte. Im Grunde genommen ging es in dem Song um Sex, um das langsame Sich-Steigern, darum, wie aus den sachtesten Anfängen unvermittelt brodelnde Leidenschaft wird. Das Lied begann sehr einfach und langsam und wurde dann immer schneller, bis das Tempo in der letzten Strophe schließlich doppelt so schnell war wie am Anfang. Charlotte gab wirklich alles und ließ ihre ganze Wut in den Song einfließen.

Es war eine unglaubliche Darbietung. Ihre Stimme klang so weich, so rund und warm, und dann plötzlich hatte sie etwas Kantiges, ein heiseres Raunen, ein unterschwelliges Fauchen, bei dem sich die Nackenhaare sträubten. Kat merkte sofort, dass es John Sparks nicht kalt ließ, aber er gab sich durch und durch als abgebrühter Geschäftsmann.

Ohne große Umschweife unterbrach er die beiden. »Okay, verstehe ich das richtig, dass es zwischen Ihnen beiden keinerlei Vertrag gibt, ja?«

Charlotte und Jackson hörten auf zu singen und schauten einander an.

»Wie meinen Sie das?«, fragte Jackson.

»Ich meine, sollte das Label nur das Mädchen unter Vertrag nehmen wollen, dann wäre das durchaus möglich, stimmt's?«

Es folgte ein kurzes Schweigen. Dann antwortete Charlotte. »Na ja, theoretisch schon. Aber praktisch nicht, nein. Wir sind ein Duo, keine Solokünstler.«

»Aber Sie haben eine große Karriere vor sich, meine Liebe.«

»Nicht ohne ihn. Ohne seine Songs bin ich bloß eine Sängerin unter Tausenden.«

John Sparks lachte. Es war kein fröhliches Lachen. »Da sind Sie aber schiefgewickelt, Schätzchen. Songwriter gibt es wie Sand am Meer, und Sängerinnen genauso. Aber Sängerinnen mit so einer Stimme, mit so einem Gesicht und so einem Körper und so einer Medienpräsenz wie Sie findet man nicht an jeder Straßenecke. Aber, hey, wenn Sie nicht bei uns unterschreiben wollen, dann lassen Sie es bleiben. Dann suche ich den nächsten großen Act eben woanders.«

Er wartete einen Augenblick, dann zuckte er die Achseln. »Überlegen Sie es sich. Wir unterhalten uns morgen.« Und damit drehte er sich um und ging zur Tür. Dort blieb er noch mal stehen. »Aspen, mach jetzt Schluss, ja?«

Als Jessika wiederkam, um sie ins Hotel zurückzubringen, sagte niemand ein Wort zu irgendwem. Aber das Schweigen war ohrenbetäubend.

Kapitel 36

Als die drei niedergeschlagen durch die Hotellobby schlichen, rief Justin, der Rezeptionist, nach ihnen.

»Miss Williams? Sie wurden in ein anderes Zimmer umgebucht.« Und damit reichte er ihr ein neues Zauberstäbchen.

Sie nahm es stirnrunzelnd an. »Wieso, stimmte was nicht mit meinem Zimmer?«

Er schüttelte den Kopf. »Nein, das wurde auf Anweisung der Plattenfirma so arrangiert. Wir haben Ihr Gepäck bereits auf Ihr neues Zimmer bringen lassen.«

»Ach. Liegt das denn auf demselben Stock wie das meiner Freunde?«

»Nein. Sie sind jetzt im obersten Stock.«

Jackson schnaubte abfällig. »Klar, was denn sonst? Und damit beginnt das Honig-ums-Maul-Schmieren, was? Siehst du denn nicht, was die wollen? Das ist die reinste Verführungsnummer.«

Charlotte war todmüde und wollte sich jetzt nicht streiten. Einer der Paparazzi vor dem Hotel hatte irgendwas über die Charlotte-Williams-ist-Abschaum-Seite gesagt, und sie wollte einfach nur auf ihr Zimmer gehen, duschen, ihren Pyjama anziehen und nachsehen, was für ein Mist jetzt schon wieder über sie verbreitet wurde.

»Bitte, lass uns jetzt nicht streiten. Ich stehe voll hinter dir, schon vergessen? So leicht lasse ich mich nicht verführen.«

Aber als sie die Tür zu ihrer neuen Suite aufmachten, musste selbst Jackson zugeben, dass das Plattenlabel plötzlich ganz schön unwiderstehlich wirkte. Ein hallengroßes Zimmer mit Glasfront bot einen atemberaubenden Blick über die ganze Stadt. Ein Plasmabildschirm ließ sich aus der Wand ausfahren, und ein umwerfender moderner Lüster hing längs über dem gigantischen Esstisch. Schnurstracks steuerten alle drei auf das weiße Ledersofa vor dem Panoramafenster zu, wobei Kat noch im letzten Moment abdrehte, weil sie einen mit Leopardendruck bezogenen Eames-Sessel entdeckt hatte.

»Daran könnte ich mich glatt gewöhnen«, raunte sie, und dann klopfte es an der Tür.

»Ich bin's«, rief Jessika, die von drei Pagen gefolgt hereinkam, die kleine Servierwagen vor sich her schoben. »Ich dachte, ihr habt bestimmt Hunger.« Teller mit großen silbernen Abdeckhauben wurden rasch auf den Esstisch gestellt, und als die Hauben hochgehoben wurden, kamen darunter Steaks mit Pommes Frites zum Vorschein, ein köstlich knackig frischer Salat, drei verschiedene Sorten Donuts sowie ein Obstteller, so groß, dass Tiffanii ihn als Snowboard benutzen könnte. »Wenn ihr wollt, gehen wir nachher irgendwo noch was zum Nachtisch essen.«

Es folgte ein andächtiges Schweigen, und dann stürzten alle wie auf ein Kommando zum Tisch und balgten sich um die besten Plätze.

»Bis eben wusste ich gar nicht, was für einen Hunger ich habe«, gab Charlotte zu, nachdem sie einen Teller der leckeren Pommes Frites verdrückt hatte. An Jackson gewandt sagte sie: »Hör mal, es tut mir leid, wenn ich vorhin kratzbürstig zu dir war.«

»Schon okay. Es war alles ein bisschen viel heute.« Jackson

sah auch schon viel besser aus, jetzt, wo er sich durch einen gut gefüllten Teller futterte.

»Ich will gar nicht allein unter Vertrag genommen werden.« Charlotte griff nach seiner Hand. »Das weißt du doch, oder?«

Er zuckte die Achseln. »Ich werde dir bestimmt nicht im Weg stehen. Wie schon gesagt, das hier ist eigentlich nicht so meine Szene. Seien wir doch mal ehrlich, wir beide haben uns schon im Studio in die Wolle gekriegt, und ich will mich mit dir nicht über Musik streiten. Vielleicht wäre es das Beste, wenn ich dahin zurückgehe, wo ich am glücklichsten bin, und zwar nach New Orleans.« Er unterbrach sich und schaute Charlotte an. »Aber ich will dich hier nicht allein unter Wölfen lassen, also warten wir einfach mal ab und schauen, was noch kommt, okay?«

Charlotte nickte, und dann klingelte das Telefon. Kat ging ran, hielt aber dann Charlotte den Hörer hin.

»Ein Mr. Edelstein aus New York ist dran.«

Charlotte warf einen Blick auf ihre Uhr. Edelstein war der Bankberater ihres Vaters, der Mann, der sich geweigert hatte, ihr unter die Arme zu greifen und ein bisschen Geld zu leihen. Dort war es schon nach neun Uhr abends. Ach du lieber Himmel, vielleicht war etwas mit ihrem Vater. Schnell ging sie ans Telefon.

»Mr. Edelstein?«

»Miss Williams?«

»Ja, am Apparat. Stimmt etwas nicht?« *Sehr clever, Charlotte*, schimpfte sie mit sich. *Natürlich stimmt etwas nicht. Er ist Banker, und dein Dad hat mehrere Millionen Dollar unterschlagen.* Was ihn anging, würde von nun an immer irgendwas nicht stimmen.

Aber sie irrte.

»Ich habe gute Nachrichten, Miss Williams. Entschuldigen

Sie bitte die späte Störung, aber als ich hörte, dass Sie an der Westküste sind, dachte ich, es sei noch vertretbar, Sie anzurufen.«

Verdattert sank Charlotte auf die Kante der Couch. »Alles bestens, Mr. Edelstein, was gibt es denn?«

»Ihr Geld, Miss Williams. Ihr Privatkonto. Es ist mir gelungen, es freigeben zu lassen. Unsere Niederlassung in L. A. sollte Ihnen bereits ein Scheckheft und eine Kreditkarte ins Hotel geschickt haben. Zusätzlich zu den zehn Millionen Dollar auf Ihrem Konto haben wir Ihnen einen großzügigen Kreditrahmen eingeräumt.«

Charlotte schnappte nach Luft. Kat und Jackson schauten sie besorgt an, aber sie hob beschwichtigend die Hand. »Soll das ein Scherz sein?«

Mr. Edelstein schien brüskiert. »Nein, natürlich nicht. Ich scherze nie, wenn es um Geldbeträge über eine Million Dollar geht.« Es entstand eine kurze Pause, und dann gluckste er. »Das war natürlich ein Scherz.«

»Natürlich.« Charlotte fehlten die Worte, also tat sie einfach, was man ihr beigebracht hatte, und bedankte sich artig. Dann legte sie auf und schaute ihre Freunde an. »Tja, das ändert so einiges.«

»Was ist denn los?«, fragte Kat besorgt.

»Ich bin wieder stinkreich.«

Kapitel 37

Es war schon ziemlich spät, als Charlotte schließlich dazu kam, auf die Charlotte-Williams-ist-Abschaum-Seite zu klicken. Nach dem überraschenden Anruf von Edelstein hatten sie und ihre Freunde eine Flasche Champagner bestellt und dann einfach nur zusammen gesessen und einen Film geschaut. Wirklich sehr glamourös.

Charlotte wusste nicht so recht, was sie von dem unverhofften Geldsegen halten sollte. Einerseits war sie natürlich heilfroh, wieder liquide zu sein, denn das bedeutete, dass sie die offenen Rechnungen begleichen und, wenn sie wollte, wieder nach Yale zurückgehen konnte. Aber andererseits hatte sie sich gerade an die Freiheit gewöhnt, kein Geld zu haben.

Für diesen Standpunkt hatte Jackson nur ein höhnisches Grinsen übrig. »Arm zu sein hat nichts mit Freiheit zu tun. Das denken die Reichen sich doch bloß aus, um nicht so ein schlechtes Gewissen zu haben angesichts der immer weiter auseinanderklaffenden Schere zwischen Arm und Reich. Es ist nicht gerade befreiend, nicht zu wissen, wo die nächste Mahlzeit herkommen soll.«

Charlotte runzelte die Stirn. »Ich will Armut ja auch gar nicht verherrlichen. Ich sage bloß, dass Geld auch immer Konsequenzen und Verantwortung mit sich bringt.«

»Wieso das denn? Das war doch vorher auch nicht so.«

Die Temperatur im Zimmer war merklich abgekühlt. Urplötzlich sprang Jackson auf.

»Weißt du was, ich bin ziemlich müde. Lass uns morgen früh weiterreden und dann in Ruhe überlegen, was wir machen wollen, wenn wir beide ausgeschlafen sind, okay?«

Charlotte war schon versucht, ihn umzustimmen, ihm zu sagen, er solle die Nacht bei ihr verbringen, aber dann merkte sie, dass es ihr auch guttun würde, in Ruhe über alles nachzudenken. Kat wollte mit Jessika ausgehen und sich »die Stadt ansehen« und verschwand jetzt, um sich fertig zu machen. Charlotte blieb allein zurück und war eigentlich ganz froh darüber.

Sie fuhr den Laptop hoch und ging ins Internet. *Mal sehen, was die Welt sich wieder über mich erzählt*, dachte sie bei sich.

Zumindest war die Webseite sich treu geblieben.

»Charlotte singt für ihr Abendessen«, lautete die Schlagzeile, was ja schon böse genug war, aber der Artikel darunter war auch nicht viel besser.

»Charlotte Williams ist nach Los Angeles gekommen, um hart arbeitenden jungen Frauen die Jobs vor der Nase wegzuschnappen. Obwohl sie bis dato keinerlei Interesse an einer Karriere als Sängerin bekundet hat, hat sie sich in New Orleans mit einem talentierten jungen Musiker zusammengetan, den sie jetzt nach Strich und Faden ausnutzt. Und nun hat sie sich dort mit Vertretern einer großen Plattenfirma getroffen, die nach eigenem Bekunden nur Interesse an ihr als Solokünstlerin haben. Wie lange wird sie wohl noch Menschen ausnutzen und dann wegwerfen wie ein benutztes Taschentuch? Nicht mehr lange, hoffen wir.«

Und daneben war ein Foto von ihr, wie sie am Morgen das Hotel verlassen hatte. Es sah aus wie jedes andere Foto in einem billigen Klatschblättchen. Warum sahen diese Bilder eigentlich immer gleich aus? Der Wahrheitsgehalt dieser Geschichte war gerade hoch genug, um glaubhaft zu klingen, obwohl sie die Fakten so verdreht hatten, dass sie mal wieder wirkte wie ein gewissenloses, egoistisches Miststück, das über Leichen ging. Sie musste an die vielen Geschichten denken, die sie schon in Revolverblättern über irgendwelche Promis gelesen hatte, und fragte sich, wie viele davon wohl tatsächlich gestimmt hatten. Vermutlich nicht allzu viele.

Unter dem Artikel gab es einige Links, anhand derer sie feststellen konnte, dass CWIA nicht die einzige Webseite war, die sie beobachtete, jetzt, wo sie wieder »auf der Bildfläche« erschienen war. Auch andere Klatsch-und-Tratsch-Seiten fragten sich, in welche Clubs sie wohl gehen würde, und warteten mit Fotos von ihrer Rückkehr ins Hotel auf. Na toll. Jetzt konnte es nicht mehr lange dauern, bis ihre Freunde aus L. A. auf der Matte standen, und sie wusste gar nicht, ob sie darüber so erfreut wäre.

Das Telefon klingelte. Vielleicht war das Kat.

»Na, hallo, du kleines Miststück. Wie geht's uns denn?«

Die Stimme. Charlotte spürte, wie ihr das Adrenalin durch den Körper schoss, und wünschte sich inständig, sie wäre nicht allein. Hektisch schaute sie sich nach einem weiteren Telefon um, aber es gab keins.

»Wie kommen Sie an diese Nummer?«

Er lachte. »Na, da wollen wir doch mal überlegen. Das ganze Internet ist voller Fotos von dir, der Name deines Hotels ist allgemein bekannt, also habe ich einfach an der Rezeption angerufen und mich zu dir durchstellen lassen. Gar nicht so schwer, was? Für dich vielleicht, aber nicht für Leute wie mich, die zum Arbeiten ihr Gehirn brauchen.«

Charlotte war stinksauer. »Hören Sie, ich habe keine Ahnung, wer Sie sind oder warum Sie sich einen Spaß daraus machen, mich zu belästigen, aber ich habe Ihnen nichts getan, und ich möchte Sie bitten, das in Zukunft zu unterlassen.«

»Du hast mir nichts getan? Na ja, dein Dad hat sich das gesamte Vermögen meiner Eltern unter den Nagel gerissen und ihnen keinen Penny gelassen. Sie sind völlig verarmt, und das jetzt, wo sie sich gerade zur Ruhe setzen wollten. Du musstest zusehen, wie dein Dad in den Knast gewandert ist, aber ich musste zusehen, wie meine Eltern geweint haben aus Angst, ihr Zuhause zu verlieren, in dem sie fünfzig Jahre lang gelebt haben. Ich will sehen, wie du flennst und um Gnade winselst, Charlotte Williams. Ich will zusehen, wie du einen dicken fetten Scheck ausstellst, um das Haus meiner Eltern zu retten.«

»Sie wollen Geld? Darum geht es hier?« Charlotte konnte es nicht fassen. »Ich dachte, Sie sind verrückt, dabei sind Sie nichts weiter als ein gemeiner Dieb.«

»Das ist kein Diebstahl, Schätzchen, das ist Vergeltung.«

»Von mir bekommen Sie nichts, Schmarotzer.«

»Nein? Sind deine Freunde dir ganz egal?«

Charlotte hielt die Luft an. »Was soll das heißen?«

»Hier ist jemand, der mit dir reden möchte.«

Erst wurde es still in der Leitung. Und dann war eine andere Stimme zu hören. »Gib dem Wichser keinen Cent, Charlotte.«

»Kat?«

»Ich meine das ernst, Charlotte. Der Typ blufft nur. Der hat gar nicht die Eier, mir irgendwas zu tun.«

Wieder Schweigen. Und dann ein Schrei, den Charlotte für den Rest ihres Lebens nicht mehr vergessen sollte.

»Deine kleine Freundin lag leider ein bisschen falsch, Charlotte. Sie blutet jetzt, also beeil dich lieber.«

Im Hintergrund hörte Charlotte Kats ersticktes Schluchzen. Und auf einmal stieg in ihr eine Wut auf, so heiß und rasend, dass plötzlich alles in Zeitlupe zu passieren schien.

»Wo sind Sie?«

»Ganz in der Nähe.«

»Und was genau soll ich jetzt tun?«

»Du sollst herkommen, Baby. Ich will, dass du mir einen Scheck über fünf Millionen Dollar ausstellst.«

»Ich weiß nicht, ob ich überhaupt ein Scheckheft habe. Woher wollen Sie wissen, dass ich so viel Geld habe?«

Wieder dieses irre Glucksen. »Ich weiß alles über dich, Herzchen. Alles, was es sich zu wissen lohnt.«

»Tatsächlich?«

»Ja. Und ich weiß auch, dass unten an der Rezeption ein Scheckheft für dich liegt, und ich weiß, dass vor dem Hotel ein Taxi steht, und ich weiß, wenn du dich beeilst, dann lebt deine kleine Freundin vielleicht noch, wenn du hier ankommst.«

Charlotte drehte sich suchend nach ihren Schuhen um. Einen Augenblick überlegte sie, Jackson anzurufen, damit er mitkam, aber nein, das hier war allein ihr Problem. Sie brauchte nicht noch einen ihrer Freunde in diesen Schlamassel hineinzuziehen.

Kapitel 38

The Grove, ein gigantisches Einkaufs- und Freizeitzentrum in Los Angeles, gehört zu den größten Touristenattraktionen der Stadt. Dorthin kommen mehr Besucher als nach Disneyland, und es gibt einen Springbrunnen, der zur Musik von Frank Sinatra sprudelt. Was Charlotte anging, war das Ding allerdings einfach bloß die Pest. Vierzig Millionen Menschen schienen zeitgleich in dem riesigen Komplex herumzuschwirren, und als sie die Menge nach irgendeinem Hinweis auf Kat absuchte, fühlte sie sich heillos überfordert. Vielleicht sollte sie einfach die Polizei rufen.

»Charlotte?«

Sie wirbelte auf dem Absatz herum, und zu ihrem Erstaunen stand da plötzlich Dan Robinson vor ihr.

»Herrgott, Mr. Robinson, Sie haben mich zu Tode erschreckt. Ich habe jetzt leider keine Zeit zum Reden. Es gibt einen Notfall.«

Dan wirkte besorgt. »Kann ich Ihnen irgendwie helfen? Was ist denn los?«

Charlotte überhörte ihn einfach. Sie hatte jetzt keine Zeit für einen Plausch mit dem Reporter.

»Und ich kann Ihnen wirklich nicht helfen? Haben Sie etwas verloren? Es hat eine Weile gedauert, Sie wieder aufzuspüren, nachdem Sie so unvermittelt aus New Orleans verschwunden sind.«

Charlotte hörte gar nicht richtig hin. »Tja, na ja, ich war ziemlich sauer auf Sie, um ganz ehrlich zu sein. Ich hatte Ihnen doch gesagt, dass es ein Privatgespräch sein sollte, aber Sie haben einfach einen Artikel geschrieben und mich darin zitiert. Aber darüber können wir uns auch ein anderes Mal unterhalten.«

»Ja, Ihr Anwalt hat meinen Chefredakteuren die Hölle heißgemacht. Die waren nicht besonders angetan.«

Aber Charlotte hörte nur mit einem Ohr zu. Die Stimme am Telefon hatte ihr gesagt, sie solle allein kommen. Er hat ihr erklärt, er werde sie beobachten, und falls er sehen sollte, dass sie jemanden dabeihatte, würde er Kat wieder etwas antun. Charlotte ließ den Journalisten einfach stehen und ging ein paar Schritte weiter, in der Hoffnung, ihn damit abzuschütteln, aber er klebte mal wieder an ihr wie eine Klette.

»Mr. Robinson, Sie müssen mich jetzt bitte entschuldigen, ich habe wirklich anderes zu tun.«

»Na ja, versprechen Sie mir denn, dass Sie mir bald ein Interview geben? Ihre Geschichte fasziniert mich, Charlotte. Ich würde gern darüber schreiben.«

Charlotte schenkte ihm ein flüchtiges Lächeln. »Also, hören Sie, Dan, wir unterhalten uns morgen oder übermorgen, ja? Ich bin gerade auf der Suche nach Kat, sie hat sich verlaufen.«

»Hat sie?«

»Ja. Ich muss jetzt wirklich gehen, Dan.« Frustriert drehte sie sich um und wollte in der Menschenmenge verschwinden. Robinson war wirklich lästig, und sie fürchtete, wenn sie erzählte, was los war, dann würde die Telefonstimme sehen, dass sie zu viel quatschte, und würde Kat womöglich wieder verletzen. Sie musste das alleine durchstehen.

The Grove lag gleich neben dem Farmers Market, den alten Markthallen von Los Angeles, und die Menschen strömten von hier nach dort und zurück. Mit der alten Straßenbahn konnte man kostenlos hin und her fahren, und als eine davon an ihr vorbeituckerte, sprang sie auf, in der Hoffnung, Kat vielleicht vom oberen Deck aus zu sehen.

Außer ihr war niemand oben, und Charlotte ging von einer Seite zur anderen, suchte die Menschenmenge ab und versuchte, die aufsteigende Panik zu unterdrücken. Sollte das jetzt immer so weitergehen? Dass irgendein Verrückter sie und ihre Freunde bedrohen konnte? Sollte Kat etwas zustoßen, würde sie sich das nie verzeihen und keine Ruhe mehr geben, bis sie den Mann gefunden hatte, der dafür verantwortlich war.

Die Bahn hatte an der Endstation Farmers Market angehalten und ließ die Passagiere für die Rückfahrt einsteigen. Sie spähte über das Geländer und musste stirnrunzelnd zusehen, wie Dan Robinson in die Bahn stieg. Also wirklich, der Kerl war ja unglaublich hartnäckig und lästiger als eine Schmeißfliege. Sie hörte jemanden die Metalltreppe heraufkommen und wunderte sich nicht, dass er es war.

»Sehr nett, dass Sie mir helfen wollen, Mr. Robinson, aber ich wäre jetzt lieber allein.«

Er stand einfach nur da und sagte kein Wort. Da erst merkte sie, dass er dieselben Sachen anhatte wie bei ihrer letzten Begegnung in New Orleans. Er schaute sie ganz merkwürdig an.

»Alles in Ordnung, Mr. Robinson?«

»Nennen Sie mich Dan.«

»Alles in Ordnung?«

Er nickte. Und dann lächelte er unvermutet. »Hast du dein Scheckheft dabei, Charlotte?«

Entsetzt starrte sie ihn an. »Was haben Sie gesagt?«

»Du hast mich schon verstanden.« Er gluckste, und nun

erkannte sie auch die Stimme. »Wer sollte es wohl sonst sein, Charlotte, wenn nicht ich? Du bist so selbstverliebt, dass du die Menschen um dich herum gar nicht bemerkst, stimmt's? Kein Wunder, dass ich Kat so einfach abfangen konnte. Dir ist überhaupt nicht in den Sinn gekommen, dass sie in Gefahr sein könnte. Und sie wusste bloß, dass sie uns beide schon mal zusammen gesehen hat, und als ich mit dem Messer zugestoßen habe, war sie ziemlich verdattert.« Wieder lachte er, offensichtlich hocherfreut.

Charlotte sank matt auf einen der Sitze. »Aber … warum?«

»Warum? Das habe ich dir doch gesagt. Dein Vater hat meine Eltern zugrunde gerichtet. Und du wirst es wiedergutmachen. Zuzüglich Zinsen, natürlich. Von dem Tag an, als die Geschichte aufgeflogen ist, von dem Tag im Park an, wusste ich, dass ich dich kriegen würde, dass ich dich dazu bringen würde, uns unser Geld zurückzugeben. Du bist schwach, Charlotte, und ich bin stark. Du bist jung, dein Geld kann auf der Bank liegen, und wenn du mal so alt bist wie meine Eltern heute, dann bist du wieder reich, wenn du dich nicht allzu blöd anstellst.«

Charlotte wurde wütend. »So blöd wie beispielsweise die Ersparnisse meines gesamten Arbeitslebens bei einem Kriminellen anzulegen?«

Er wurde knallrot. »Dein Vater war ein sehr überzeugender Betrüger, Charlotte. Du hast dieses Talent von ihm geerbt, und Menschen wie Kat und Jackson glauben doch allen Ernstes, dass dir tatsächlich etwas an ihnen liegt. Dabei interessiert dich doch nur, wer sich um die arme kleine Charlotte kümmert.«

Mit einem Ruck fuhr die Straßenbahn wieder an, und Robinson klammerte sich an das Geländer, um nicht das Gleichgewicht zu verlieren.

»Aber egal, es war nett, mit dir zu plaudern, doch deine kleine Freundin verblutet gerade in einem Auto im obersten Parkdeck, und ich brauche jetzt den Scheck.«

Er zeigte auf sie. »Solltest du irgendwas tun, um die Auszahlung zu verhindern oder mich irgendwie verfolgen zu lassen, dann hole ich mir den nächsten deiner Freunde. Oder ich warte ein paar Jährchen, bis du selbst Kinder hast, und dann schnappe ich mir eins von denen. Aber ich bin ein Ehrenmann, und wenn du mir das Geld gibst, dann setze ich mich irgendwohin ab, wo es schön warm und sonnig ist, und du siehst mich nie wieder.«

»Warum sollte ich Ihnen denn bitte vertrauen? Sie können ja nicht mal ein Privatgespräch für sich behalten.«

Robinson zog ein Messer aus der Tasche. An der Klinge klebte noch Kats Blut.

»Ehrlich gesagt ist es mir scheißegal, ob du mir vertraust oder nicht. Ich will nur den Scheck. Und den stellst du jetzt aus oder ich bringe dich um; und dann gehe ich zurück und mache deine Freundin auch kalt. Im Moment bin ich so verdammt wütend, dass ich mich nicht mit etwas anderem zufriedengebe als dem Geld oder deiner Leiche. Was dir lieber ist, Charlie.«

Wie sie so dastand, ging ihr plötzlich auf, dass sie Leute lachen und reden hören konnte, dass überall um sie herum Geschäfte ihre Waren verkauften, Filme gezeigt wurden, Popcorn poppte. Sie musste an den Tag denken, als ihr Vater in New York verhaftet wurde und sich die Welt einfach unbeeindruckt weitergedreht hatte. In einem solchen Augenblick verlor Geld jegliche Bedeutung. Wie in Trance griff sie in ihre Handtasche und holte das Scheckheft heraus. Die Straßenbahn blieb stehen; irgendwas stimmte nicht. Sie schaute Robinson an – er hatte es auch gemerkt und runzelte misstrauisch die Stirn. Sie lugte über das Geländer. Sämtliche Fahrgäste verließen die Bahn, und das sehr überstürzt. Sie standen direkt neben dem Springbrunnen, der gerade wieder eine seiner Licht- und Musikshows zeigte, bei der die Wasserfontänen unglaublich hoch in die Luft schossen, bis zu ihnen hinauf sogar. Die Leute schauten zu ihr hoch und zeigten mit den Fingern nach oben.

Sie drehte sich zu Robinson um und sah den Grund dafür.

Scarsford. Mit der Pistole im Anschlag stand er oben an der Treppe.

»Hallo, Charlotte«, sagte er leise. »Alles okay?«

Sie nickte. »Kat …«

»Wir haben sie. Sie ist schon auf dem Weg ins Krankenhaus.« Er hob den Arm und zielte mit der Pistole auf Robinson. »Dan Robinson, ich verhafte Sie hiermit wegen Erpressung und gefährlicher Körperverletzung. Am besten legen Sie einfach das Messer weg und kommen mit, ja? Machen Sie jetzt keine Schwierigkeiten.«

Robinson schaute ihn irritiert an. »Was zum Teufel soll das? Was machen Sie hier? Sie sind doch gar nicht für sie zuständig.«

Scarsford rührte sich nicht vom Fleck. »Das SEC und das FBI haben Miss Williams im Auge behalten, für den Fall, dass eins der Opfer ihres Vaters das Recht in die eigenen Hände nimmt und sich an ihr rächen will. Sie stehen unter Beobachtung, seit wir herausgefunden haben, dass Sie für diese Webseite verantwortlich sind.«

»Sind Sie? Warum?«, fragte Charlotte verwirrt.

»Aus Spaß, du dämliches Miststück. Dich zu quälen war das Einzige, was mich noch angetrieben hat.« Urplötzlich warf Robinson das Messer weg. »Weißt du, das ist jetzt echt ätzend. Für dich läuft mal wieder alles wie am Schnürchen, und ich muss abhauen ohne die Genugtuung, dich abgestochen zu haben.« Er drehte sich zu Scarsford um und meinte liebenswürdig: »Sie haben mir den ganzen Spaß versaut, Agent Scarsford. Dabei hat sie Sie doch nicht mal gefickt.«

Und damit drehte er sich um und sprang vom Waggon mitten in den noch immer munter sprudelnden und dudelnden Brunnen.

Kapitel 39

Das Erste, was Kat beim Aufwachen sah, war Charlottes Gesicht.

Mit aufgeplatzten Lippen murmelte sie: »Was habe ich an?«

Charlottes Mundwinkel zuckten. »Ein Krankenhausnachthemd.«

Vorsichtig hob Kat den Kopf, um selbst nachzusehen. »Grau? Im Ernst?«

»Steht dir ehrlich gesagt gar nicht so schlecht. Bringt deine Haarfarbe sehr schön zur Geltung.«

Erleichtert schloss Kat die Augen. »Ach, gut. Und vermutlich habe ich auch so eine liebreizende Blässe?«

»Wie Greta Garbo in *Die Kameliendame*.«

Kat lächelte. »Werde ich es überleben?«

Charlotte nickte. »Ja. Aber du musst noch ein paar Tage hierbleiben. Sei froh, das ist das reinste Irrenhaus da draußen.«

»Warum?«

»Nachdem Robinson in den Brunnen gesprungen ist und sich auf einem der Flutlichter aufgespießt hat, haben sämtliche Umstehende gleich die Handys gezückt und die Fotos um die halbe Welt getwittert. Innerhalb von einer halben Minute war die Presse da, und Scarsford und ich haben es gerade noch so geschafft, mit heiler Haut da rauszukommen.«

Kat lächelte matt. »Ach, das war Scarsford. Ich dachte

schon, ich hätte halluziniert. Er hat mir das Leben gerettet, weißt du das?«

»Mir auch.«

»Eigentlich ein ziemlich cooler Typ. Würde ich auf Männer stehen, wäre der total mein Typ.«

»Er ist echt schnuckelig.«

»Er ist ein Held.«

»Und schon wieder in New York.«

»Auch gut. Hast du meine Eltern angerufen?«

Charlotte nickte. »Deine Mom ist heute Morgen angekommen. Sie wollte nur schnell was frühstücken gehen. Wir dachten, es dauert noch eine Weile, bis du wieder aufwachst.«

»Also hast du einfach bloß hier rumgesessen und gewartet?«

Charlotte grinste. »Genau. Wenn du glaubst, dass ich dich so bald noch mal aus den Augen lasse, dann hast du dich geschnitten.«

Kat erwiderte ihr Lächeln. »Okay, na dann kann ich ja auch noch ein bisschen schlafen.«

»Mach das. Ich bin hier, falls du mich brauchst.«

»Danke, Süße.«

Kats Lider flatterten, und dann war sie auch schon wieder eingeschlafen. Die Ärzte hatten sich eine Zeit lang große Sorgen um sie gemacht. Sie hatte eine Menge Blut verloren.

Seufzend schaute Charlotte zu, wie ihre Freundin friedlich schlummerte. Und dachte, dass sie gerade nirgendwo sonst auf der Welt sein wollte.

*

Es war grässlich gewesen, Dan Robinsons Sprung in den Brunnen mit ansehen zu müssen. Charlotte und Scarsford waren sofort die Treppe hinunter und aus dem Waggon gestürzt, um ihm zu helfen, aber es war zu spät gewesen. Im Grove gab es überall Wachleute, und obwohl sofort Sanitäter zur Stelle gewesen waren, war Robinson noch an Ort und Stelle seinen Verletzungen erlegen. Er wurde nur neunundzwanzig Jahre alt.

Irgendwann später hatten Charlotte, Jackson und Scarsford vor dem OP gestanden, in dem die Ärzte versuchten, Kats lebensgefährliche innere Blutungen zu stillen, und gewartet. Jackson war auf der Stelle gekommen, nachdem Charlotte ihn angerufen hatte, und er hatte ihre Hand nicht mehr losgelassen, seit er im Krankenhaus angekommen war. Charlotte hatte angefangen zu weinen.

»Es ist meine Schuld, dass Robinson tot ist. Egal, was er getan hat, er hat es nur wegen meinem Dad getan. Und nun haben seine Eltern nicht nur all ihr Geld verloren, sondern auch noch ihren Sohn.«

Scarsford hatte den Kopf geschüttelt. »Du hast Schuldgefühle. Aber er war ein erwachsener Mann; er hat das aus freien Stücken getan. Er hat Lügen und fiese Unwahrheiten über dich verbreitet. Er hat Behauptungen aufgestellt, gegen die du dich nicht verteidigen konntest. Und er hat Kat entführt und schwer verletzt.« Er lächelte sie an. »Aber sie wird schon wieder.«

»Wofür sie sich aber nicht bei mir zu bedanken braucht, was?«

Jackson zog sie zu sich und nahm sie in die Arme. »Nein, da kann sie sich bei deinem Dad bedanken, denn der hat schließlich diesen ganzen Schlamassel angerichtet, indem er das Geld veruntreut hat. Vergiss nicht, du hast schließlich nichts Schlimmes getan.«

Scarsford nickte zustimmend. »Auch wenn ich anfangs anderer Meinung war.«

Charlotte weinte noch immer, schluchzte leise an Jacksons Brust und umarmte ihn fest. Zum ersten Mal seit Wochen fühlte sie sich wieder sicher und geborgen.

*

Für die Medien war es ein gefundenes Fressen.

»Tochter von Betrüger in Mega-Einkaufscenter-Mord!«, lautete eine der besseren Schlagzeilen.

Als Charlotte und Jackson das Krankenhaus verließen, schubsten die Fotografen sich gegenseitig in den fließenden Verkehr, um das beste Foto zu schießen, was zu der Schlagzeile führte: »Paparazzo von Charlotte Williams verletzt – er klagt!« Wieder am Hotel angekommen lächelte sie dem Mann freundlich zu, der ihr die Tür aufhielt, was Anlass gab zum Klassiker unter den Zeitungsartikeln: »Charlotte Williams lacht der Tragödie ins Gesicht«, in dem sie als herzloses Weibsstück dargestellt wurde, dem nur die eigene Karriere wichtig war und das den Tod von Dan Robinson als »lästige Lappalie« abtat.

Wenn sie bei der ganzen Sache eins gelernt hatte, dann, dass die Presse ohnehin schrieb, was sie wollte. Es war vollkommen sinnlos, sich dagegen zu wehren. Zu den Schlagzeilen, die hingegen unveröffentlicht blieben, gehörte: »Charlotte Williams besucht Eltern des toten Journalisten und gibt ihnen das Geld zurück, das ihr Vater ihnen gestohlen hat«, aber die wäre wohl ohnehin zu lang gewesen. Und es beobachtete sie auch niemand dabei, denn zu der Zeit weideten sich die Klatschblätter längst an anderen menschlichen Tragödien.

*

Jackson und Charlotte machten die Tür des Hotelzimmers hinter sich zu und schlossen sie ab. Wortlos gingen sie zum

Sofa und setzten sich, noch immer wie benommen von alldem, was da passiert war.

Sie schaute ihn an. »Gehst du zurück nach New Orleans?«

Jackson schüttelte den Kopf. »Nicht jetzt sofort. Erst mal bleibe ich bei dir, bis diese ganze Geschichte ausgestanden ist und du mich nicht mehr brauchst. Und wer weiß, vielleicht kann ich L. A. ja doch noch was abgewinnen.«

Sie lächelte ihn an. »Ich weiß nicht, ob ich dich irgendwann mal nicht mehr brauchen werde. Warum vergessen wir das mit der Plattenfirma nicht einfach und machen zusammen Musik? Ich habe genug Geld, uns in jedem Studio der Stadt einzumieten. Das ging alles so schnell, wir sollten mal einen Gang runterschalten und alles ein bisschen langsamer angehen.«

Es war schwer, ihr zu widerstehen, diesem wunderschönen Gesicht, das ihm so ans Herz gewachsen war, dem anbetungswürdigen Körper und, noch viel wichtiger, der warmherzigen Frau, in die er sich gerade unsterblich verliebte. Sie war klug und mutig und einzigartig.

»Sie sind eine sehr überzeugende Frau, Charlotte Williams.« Er strich ihr die Haare hinters Ohr und küsste sie. »Okay, wir lassen uns einfach Zeit und schauen mal, was passiert. Ich weiß nicht, ob L. A. was für mich ist, und New Orleans ist und bleibt mein Zuhause. Aber hey, solange ich jeden Tag Musik komponieren und machen darf, geht es mir gut.«

Es klopfte an der Tür. Jessika.

»Hey, ihr beiden Hübschen. John Sparks schickt mich, ich soll euch was ausrichten, wobei ich den genauen Wortlaut vergessen habe.« Sie sah ganz anders aus als am Tag zuvor; sie trug ein langes weißes Kleid mit perlenbesticktem Saum, zu einer Pocahontas-Frisur geflochtene Haare und kein Make-up. Als Charlotte sie mit großen Augen anschaute, meinte sie: »Ich spiele gerne mit verschiedenen Stilen, würfele alles durcheinander, weißt du. Aber egal, John meinte jedenfalls, er hat es sich anders überlegt und will euch beide als Band signen, falls ihr noch Interesse habt. Nachdem ihr gestern weg wart, hat er sich die anderen Tracks angehört und gemerkt, wie fantastisch ihr zusammen klingt.« Sie lachte. »Und außerdem, bei dem ganzen Rummel kann er einfach nicht widerstehen, sich die kostenlose PR zunutze zu machen. Ihr habt ein paar Tage Zeit, es euch durch den Kopf gehen zu lassen.« Dann drehte sie sich um und wollte gehen. »Ich wollte eure Freundin Kat im Krankenhaus besuchen.« Sie stockte und wurde rot. »Meint ihr … glaubt ihr … meint ihr, sie hätte was dagegen? Ich meine, schließlich kennen wir uns kaum. Wir wollten gestern Abend zusammen ausgehen, aber dieser Wichser hat sie sich geschnappt, bevor wir uns getroffen haben.« Kurz legte sich ein Schleier über ihre Augen. »Ehrlich gesagt habe ich gedacht, sie hätte mich versetzt. Ich habe stundenlang auf sie gewartet.«

Charlotte musste ein Lächeln unterdrücken. »Ich glaube, sie würde sich sehr freuen, dich zu sehen. Du solltest auf jeden Fall hinfahren. Wir besprechen hier erst mal alles in Ruhe und melden uns dann später bei dir.«

»Okay, klingt gut.« Beim Rausgehen wirkte Jessika schon viel fröhlicher.

»Hmm, wie es scheint, hat Kat eine neue Freundin gefunden«, meinte Jackson nachdenklich.

»Ja. Das ist doch mal eine schöne Überraschung.«

Charlotte stand auf und schaute aus dem Fenster. »Wir müssen das Angebot der Plattenfirma nicht annehmen. Wir können die Songs auch selbst aufnehmen und online vertreiben. Wir wären nicht die Ersten.«

»Mit deinem Geld?«

»Klar.«

Jackson seufzte tief und trat dann hinter sie und küsste sie auf den Nacken.

»Wie schon gesagt, ich weiß es einfach nicht. Ich wünschte, ich könnte dir versprechen, dass ich hierbleibe, aber das kann ich nicht.«

Nun seufzte auch Charlotte, und da ging ihr plötzlich auf, dass es in Ordnung war. Sie drehte sich zu ihm um und umarmte ihn.

»Schon okay, ich verstehe das. Ich habe für mich beschlossen, dass es im Leben darum geht, das zu tun, was einen glücklich macht, nicht das, was andere von einem erwarten. Wenn man ihre Erwartungen erfüllen kann, gut, aber solange man niemandem wehtut, hat man sich nichts vorzuwerfen.« Neckisch zwickte sie ihm in den Po. »Aber du bleibst doch wenigstens noch hier, bis die Paparazzi-Horden wieder abgezogen sind?«

Jackson lachte, hob sie hoch und trug sie zum Bett. »Na ja, das könnte länger dauern, als du denkst; ich habe nämlich das Gefühl, dass du bald aus ganz anderen Gründen sehr berühmt sein wirst.« Er legte sie auf das Bett. »Und jetzt solltest du ein bisschen schlafen, auch wenn ich sehr versucht bin, dich noch ein bisschen wach zu halten.« Sie streckte die Hand nach ihm aus, und er grinste.

»So müde bin ich gar nicht. Wieso unterhalten wir uns nicht noch eine Weile?«

Worauf er sich mit einem breiten Lächeln neben sie legte.

Kapitel 40

Am Ende bekam jeder, was er oder sie sich gewünscht hatte, was nun wirklich nicht jeden Tag passiert.

Nachdem Kat das Krankenhaus verlassen hatte, suchten die drei Freunde sich eine Wohnung in Venice und machten sich daran, ein Album zu schreiben. Na ja, zumindest Jackson und Charlotte. Währenddessen begann Kat, die Herrschaft über die Modewelt von L. A. an sich zu reißen.

Als die Songs fertig waren, führte Jackson Charlotte zum Essen aus, um das Ereignis gebührend zu feiern.

Auf dem Abbot Kinney Boulevard wimmelte es an diesem warmen Abend nur so von Menschen, und auf ihrem Weg zu Joe's Restaurant musste Charlotte staunen, wie schnell ihr diese hippe Ecke von Los Angeles ans Herz gewachsen war. Mit der eklektischen Mischung aus angesagten Modeboutiquen und Kunstgalerien sowie den unvermeidlichen tätowierten Spinnern und den Kettensägenjongleuren war Venice Beach ein Ort, an den es sie nie verschlagen hätte, wenn ihre Welt nicht derart in ihren Grundfesten erschüttert worden wäre. Und inzwischen fühlte sie sich hier wie zu Hause.

Jackson allerdings konnte das nicht gerade von sich behaupten. Sie wusste, was er ihr sagen wollte, noch ehe er den Mund aufgemacht hatte.

»Du willst nach Hause, stimmt's?« Zärtlich griff sie über den Tisch nach seiner Hand.

Er lächelte sie an. »Woher wusstest du das?«

»Seit ungefähr einer Woche hast du New Orleans mit keinem Wort mehr erwähnt. Da ist mir klar geworden, dass es dir vermutlich zu wehtut, darüber zu reden, weil dir dein Zuhause so fehlt.« Sie grinste. »Ist schon in Ordnung. Ich bin hier sehr glücklich, Kat geht es blendend, und glaube ja nicht, dass ich dich nicht jedes zweite Wochenende besuchen komme.«

Er schien unsagbar erleichtert. »Ganz sicher?«

Sie nickte. »Ehrlich, es ist alles bestens. Ehe mein Dad ... ehe alles aus dem Ruder gelaufen ist, wollte ich immer, dass alles nach meiner Nase geht, weißt du, was ich meine? Inzwischen ist mir klar geworden, dass ich glücklich sein kann, ganz gleich, was auch passiert. Ich bin stärker, als ich dachte, weißt du?«

Jackson nickte und musste wieder daran denken, als was für ein cooles Mädchen Charlotte sich letztendlich entpuppt hatte. »Du bist ein ziemlich harter Knochen, so viel steht schon mal fest.«

»Na ja, daran bist du ja auch nicht ganz unschuldig.«

Er lachte. »Das glaube ich kaum. Ich glaube, du bist schon so auf die Welt gekommen und hast es nur nicht gemerkt.«

Worauf sie die Achseln zuckte und den Kellner heranwinkte. »Na ja, wie dem auch sei, momentan bin ich jedenfalls ein ziemlich hungriger harter Knochen, also lass uns was essen.«

*

Ihr Album wurde in der letzten Sommerwoche veröffentlicht, und in Los Angeles war es immer noch brütend heiß. Kat traf sich eine Woche vor der Veröffentlichung mit Charlotte bei Smashbox, wo sie einen ganzen Ständer voll Badebekleidung, Vintage-Strandkleidchen und Pareos über den Parkplatz schob.

»Hey, Baby.« Charlotte drückte ihrer Freundin zur Begrüßung ein Küsschen auf die Wange. »Wie war das Shooting für die *Vogue*?«

In den vergangenen Monaten hatte Kat die Stadt im Sturm erobert und bekam ständig neue Aufträge, die Jungen und Hippen einzukleiden und zu stylen oder die Älteren und Wohlhabenden bei ihren Vintage-Modesammlungen zu beraten.

»Soll das ein Witz sein? Ich habe Grace Coddington höchstpersönlich kennengelernt. Ganz ehrlich, ich dachte, ich sterbe. Sie ist die genialste, umwerfendste …«

Geduldig lauschte Charlotte, wie Kat nicht aufhörte zu schwärmen, und beobachtete das wechselnde Mienenspiel ihrer Freundin, und wie immer, wenn sie zusammen waren, spürte sie eine Welle der Zuneigung in ihr aufsteigen. Ganz gleich, welche Sünden ihr Vater sich auch hatte zuschulden kommen lassen, seine Vergehen hatten sie zu der besten Freundin geführt, die sie wohl je haben würde, und dafür war sie sehr dankbar.

Gemeinsam betraten sie das Gebäude, in dem ein Tonstudio, Proberäume, Übungsräume und Video-Bearbeitungskabinen untergebracht waren. Heute sollte das Foto für die Rückseite des Albums geschossen werden. Das Coverfoto hatten sie schon eine Woche vorher aufgenommen; eine Hommage an das berühmte *Vogue*-Titelbild ihrer Mutter: Charlotte nackt, die Arme vor der Brust verschränkt, mit dem atemberaubend schönen Achat-Diamant-Collier, das ihre Mutter ihr vermacht hatte. Sie hatte das Album ihrer Mutter gewidmet, und für Charlotte fühlte sich das alles sehr richtig an. Für die Rückseite wollten sie Charlotte in einem süßen Bikini aus den Siebzigern aufnehmen, vielleicht mit einem Pareo darüber, wie sie ganz entspannt und natürlich, mit offenen Haaren und ohne Make-up, im Sand saß.

»Hattest du ein schönes Wochenende mit Jackson?« Kat hatte viel zu tun gehabt und Charlotte schon ein paar Tage nicht mehr gesehen.

Charlotte nickte. »Ja, es war toll. Die Pearly Kings sind von einem Label aus New Orleans unter Vertrag genommen worden und arbeiten gerade an einer CD. Er ist ganz aus dem Häuschen.«

»Gut.« Sie schoben die Tür zum Studio auf, hinter der eine Assistentin gerade Sand vor einer Stoffkulisse auf den Boden rieseln ließ.

»Warum fahren wir eigentlich nicht einfach an den Strand?«, fragte Charlotte, die lächelnd hinter Kat herging.

»Du beliebst zu scherzen, oder? Draußen sind es bestimmt fünfunddreißig Grad im Schatten. Da kriege ich Sommersprossen!« Sie zeigte auf eine große Holzkiste, die auf der einen Seite des Raums stand. »Was zum Kuckuck ist das denn? Soll das ein Requisit sein?«

Charlotte grinste breit. »Nein, das ist dein Geburtstagsgeschenk.«

»Ich habe aber heute gar nicht Geburtstag.«

»Nein, aber irgendwann hast du bestimmt Geburtstag. Nun mach schon auf.«

Mit zusammengekniffenen Augen guckte Kat ihre Freundin an, schnappte sich dann aber doch das Stemmeisen, das oben auf der Kiste lag. Vorsichtig hebelte sie die Nägel aus dem Holz und murmelte dabei irgendwas über Splitter.

In der Kiste war massenweise Seidenpapier, und als Kat sich daran machte, vorsichtig Lage um Lage davon abzuheben, sprang ihre Stimme unvermittelt ein oder zwei Oktaven höher.

»Ossie Clark … ein bedrucktes Celia Birtwell … o Gott.« Behutsam hob sie das trügerisch schlichte Chiffonkleid aus der Kiste und schaute Charlotte mit großen runden Augen an.

»Mach weiter.« Charlotte guckte sich derweil die Bademode an und versuchte, sich nicht anmerken zu lassen, wie sehr sie sich über Kats begeisterte Reaktion freute.

»Heiliges Kanonenrohr. Alaïa …« Papiergeraschel. »Zandra Rhodes … diese Ärmel! Missoni … Ungaro … Lagerfeld … Calvin Klein … Lacroix!« Plötzlich drehte Kat sich zu Charlotte um. »Das ist die Sammlung deiner Mutter, stimmt's? Das ist mir gerade erst klar geworden. Hier ist nichts drin aus der Zeit nach …«

»Nach ihrem Tod. Nein. Es endet abrupt Mitte der Neunziger. Aber das sollte doch ein ganz guter Anfang sein, oder?«

»Anfang, wofür?«

»Für deinen neuen Laden. Ich habe gestern einen Mietvertrag für ein Ladengeschäft auf der Main Street unterschrieben. Und da dachte ich mir, du brauchst schließlich was, um die leeren Regale zu füllen.« Sie lächelte breit. »Im Laden warten noch drei Kisten auf dich, aber du musst dir irgendwo ein anderes Stemmeisen besorgen, das hier ist nur von Smashbox geliehen.«

Kat stand vollkommen reglos da und schaute ihre Freundin an. »Willst du mich veräppeln?«

»Nein, überhaupt nicht.«

»Du hast einen Laden für mich gemietet?«

»Ja.«

»In Santa Monica?«

»Ja.«

»Hast du überhaupt eine Ahnung, wie schrecklich aufregend das alles für mich ist?«

Charlotte lachte. »Ja, und deshalb ist es für mich auch schrecklich aufregend. Hör zu, Kat.« Plötzlich klang sie sehr ernst. »Du bist die beste Freundin, die ich je hatte. Du hattest nie irgendwelche Vorurteile wegen meiner Vergangenheit oder meiner Familie. Du hast nie ein böses Wort über meinen Vater gesagt. Du hast nie gezögert, es mir ins Gesicht zu sagen, wenn ich mich wie eine bescheuerte Zimtzicke aufgeführt habe, oder mir zu helfen, mich wie ein vernünftiger, normaler erwachsener Mensch zu benehmen, statt wie die verwöhnte, verzogene reiche Kuh, die ich eigentlich von Rechts wegen sein müsste.«

Kat runzelte die Stirn. »Ich hoffe, du wirst jetzt nicht sentimental. Könnte sonst ziemlich unangenehm werden.«

Charlotte grinste breit. »Nein. Nicht sentimental. Aber ich bin nicht mehr der Mensch, der ich mal war, und du bist mit daran schuld, dass ich ein besserer Mensch geworden bin. Du bist einfach genial.«

»Das stimmt.«

»Und du bist sehr stylish.«

»Wie schön, dass du das auch noch erwähnst.«

»Und ich hab dich schrecklich lieb.«

»Wie schön von dir. Ich hab dich auch lieb, du blöde Schnepfe. So, können wir jetzt bitte weitermachen mit dem Kreischen und Rumhüpfen und so? Es fällt mir nämlich gerade furchtbar schwer, nicht völlig auszuflippen wegen des Ladens, und ich spüre den unwiderstehlichen Drang, rumzuhopsen und zu springen.«

Lachend nahm Charlotte Kats Hände und hüpfte mit ihr herum. Vielleicht würde Kat nie ganz wissen, wie viel sie Charlotte bedeutete, aber Charlotte wusste es, und sie wusste, wie wertvoll wahre Freundschaft war.

Sie war unbezahlbar.

Die Romane mit Schnäppchenjägerin Rebecca Bloomwood in chronologischer Reihenfolge

Die Schnäppchenjägerin
Roman • 416 Seiten

Fast geschenkt
Roman • 448 Seiten

Hochzeit zu verschenken
Roman • 512 Seiten

Vom Umtausch ausgeschlossen
Roman • 480 Seiten

Prada, Pumps und Babypuder
Roman • 448 Seiten

Mini Shopaholic
Roman • 464 Seiten

Außerdem von Sophie Kinsella

Sag's nicht weiter, Liebling
Roman • 384 Seiten

Göttin in Gummistiefeln
Roman • 448 Seiten

Kennen wir uns nicht?
Roman • 416 Seiten

Charleston Girl
Roman • 496 Seiten

Überall, wo es Bücher gibt und GOLDMANN unter www.goldmann-verlag.de

Eine bezaubernde Komödie um Liebe, Mode und zwei Happy Ends!

416 Seiten
ISBN 978-3-442-54674-9

»Fans von Sophie Kinsella werden diese geistreiche romantische Komödie mit großem Vergnügen lesen! Die perfekte Gute-Laune-Lektüre!«
Jolie

GOLDMANN

Überall, wo es Bücher gibt und unter www.goldmann-verlag.de

Die ganze Welt des Taschenbuchs
unter
www.goldmann-verlag.de

Literatur deutschsprachiger und internationaler Autoren, **Unterhaltung, Kriminalromane, Thriller, Historische Romane** und **Fantasy-Literatur**

Aktuelle **Sachbücher** und **Ratgeber**

Bücher zu **Politik, Gesellschaft, Naturwissenschaft** und **Umwelt**

Alles aus den Bereichen **Body, Mind + Spirit** und **Psychologie**

Überall, wo es Bücher gibt und **GOLDMANN** unter www.goldmann-verlag.de

Goldmann Verlag • Neumarkter Straße 28 • 81673 München